☁ 1953 年，大哥在迪
化市（乌鲁木齐的
旧称）的留影

☁ 1959 年，我与娘、大哥合影

☁ 大哥与他的徒弟在心爱的
大道奇汽车前合影

☁ 这是我有生第一次照相，并将我与娘及
二哥的合影寄给新疆的大哥

☁ 1968 年 5 月，我陪娘去北京看病，
在天安门前与娘和大哥 5 岁的女
儿芸芸合影

与女儿在青岛石老人海滨合影

外孙女朱晓牧在乌鲁木齐

外孙女朱晓牧在青岛上小学二年级
戴上红领巾的当天，与我合影

大哥是一个充满生
活情趣的人，喜欢
照相。这是 20 世纪
60 年代大哥（上二）
与同事合影

在法国留影

在新加坡留影

▼ 在南疆岳普湖县万亩万寿菊
　 花田采访时留影

▼ 在新疆薰衣草之乡霍城县
　 采访时留影

▲ 在美丽的伊犁采访时留影

▲ 记者站开会期间与好友游览长城时
　 留影

▼ 与考古专家陈国灿教授和荣新江教授在吐鲁
　 番吐峪沟合影

▲ 在哈密古烽火台采访时留影

▲ 与《新疆日报》记者一起采访生发专家赵章光

⬤ 在"西部歌王"王洛宾家中做客

⬤ 去上海看望当年的老邻居，新疆教育学院副教授杨兴芳

⬤ 与原国家商业部部长、商业文化倡导者胡平（右二）在吐鲁番合影

⬤ 我到厦门看望病休在家的《乌鲁木齐晚报》原总编辑黄秉荣

⬤ 素有"书法家"称号的原国家商业部副部长宋克仁（右）曾为我的书《天山的魅力》题写书名

⬤ 我的初中同学，后担任新疆生产建设兵团第四师副政委、第二师副政委的翟豫新对我说："你在最稚嫩的年龄，遭遇了家庭蒙难，你顽强克服困难，挺过来了！"

△ 参加喀什商品国际交易会留影

◎ 1986 年，在哈密瓜著名产地鄯善县采访　　◎ 在新疆霍城县采访山药种植农户

△ 喜欢观看新疆硕大的葫芦（在南疆　　△ 在南疆杏乡英吉沙县赛杏会采访时留影
　伽师县采访）

⚓ 原国内贸易部新闻访欧团全体成员在摩纳哥合影

⚓ 与中国商报社领导和同人合影

⚓ 参加"吐鲁番学"第二届国际研讨会，与多位知名考古专家合影

⚓ 与多家媒体记者相聚伊力特酒厂，祝贺"伊力"商标荣获"中国驰名商标"

⚓ 与新疆多家媒体记者在石河子采访

⚲ 吐鲁番遗存的汉唐烽火台

⚲ 吐鲁番独具特色的苏公塔

⚲ 古老的吐鲁番桑树

⚲ 鄯善县库木塔格沙漠公园

⚲ 穿过塔克拉玛干大沙漠的公路

⚲ 吐鲁番著名景点交河故城

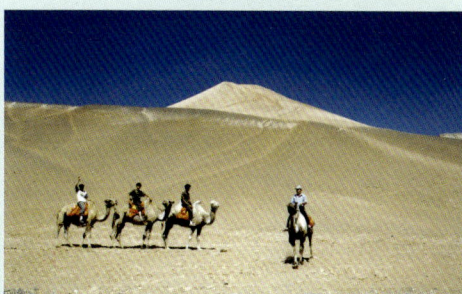
⚲ 火焰山旅游

△ 有"玉王"称号的采玉人田宝军
正在展示著名的新疆和田玉

△ 在寒冷的冬季，吐鲁番温室大棚里的番茄熟了

▽ 喀什乐器工匠展示自己的得意民族乐器

△ 喀什乐手演唱历史源远流长的《十二木卡姆》

△ 新疆的西瓜甜又大

△ 伊犁州供销社系统兴办"旅游合作社"，吸引了大批游客

踪迹

宋铭宝 著

中国石油大学出版社
CHINA UNIVERSITY OF PETROLEUM PRESS

山东·青岛

图书在版编目(CIP)数据

踪迹 / 宋铭宝著 . -- 青岛:中国石油大学出版社,
2023.12(2024.2 重印)

ISBN 978-7-5636-3845-1

Ⅰ.①踪… Ⅱ.①宋… Ⅲ.①新闻－作品集－中国－
当代 Ⅳ.① I253

中国国家版本馆 CIP 数据核字(2023)第 230195 号

书　　名:踪　迹
　　　　　ZONGJI

著　　者:宋铭宝

责任编辑:郜云飞(电话　0532－86983572)
责任校对:付晓云(电话　0532－86981529)
封面设计:友一广告传媒

出　版　者:中国石油大学出版社
　　　　　　(地址:山东省青岛市黄岛区长江西路 66 号　邮编:266580)

网　　址:http://cbs.upc.edu.cn
电子邮箱:gyf1935@163.com
排　版　者:青岛友一广告传媒有限公司
印　刷　者:泰安市成辉印刷有限公司
发　行　者:中国石油大学出版社(电话　0532－86983437)
开　　本:710 mm × 1 000 mm　1/16
印　　张:23
插　　页:8
字　　数:395 千字
版 印 次:2023 年 12 月第 1 版　2024 年 2 月第 2 次印刷
书　　号:ISBN 978-7-5636-3845-1
定　　价:39.80 元

序

18 年前,好友宋铭宝的首部新闻作品集《天山的魅力》出版,我曾为其作序。现在他的第二部新闻作品集《踪迹》也将问世,他希望我再次作序,我倍感荣幸。

我与铭宝相识于 20 世纪 80 年代初,当时都是意气风发、刚及而立之年的热血青年,我在新疆日报社,他在乌鲁木齐晚报社。那时,新疆只有《新疆日报》和《乌鲁木齐晚报》这两份报纸,我俩又经常一起去财贸口采访。在漫漫新闻生涯中,我们一块儿赴那拉提、肖尔布拉克,上北庭,下鄯善,到石河子新城……结下了深厚的感情。

当年,名噪一时的关于"乌鲁木齐"错为"乌鲁木齐"的新闻,就出自铭宝之手,这则新闻曾获得 1987 年度新疆好新闻一等奖,"一点之差"的笑柄至今仍为人们津津乐道,铭宝的新闻发现力由此可见一斑。一个新的事实能不能成为新闻,有多大的新闻价值,主要依赖于新闻记者是否有一双善于发现的慧眼。同样,发现不了新闻的人,就当不了记者,而铭宝的"新闻眼"发现了一条条"活鱼",如《大批杜松为何死去》《乌鲁木齐百万市民喊冷》《乌鲁木齐应当开办夜市》,所谓"佳篇常从格外出",就是这个道理。

新闻记者写新闻,无非两条:一是抓得住新闻,二是写得出新闻。

所谓抓得住新闻,用新闻界的一句行话来讲,就是要抓住新鲜的活鱼,而不是死鱼,更不是咸鱼。

记者在日常生活中目睹到一个现象,或者听到一句话,就要在几秒钟之内迅速判断出其是否具有较高的新闻价值。一瞬间的智慧直感,电光石火般的判断力,往往对一个记者的发现起决定性的作用。

普利策曾说:"懒人当不了记者。"新闻是跑出来的,只有勤奋的人,才能做一个好记者。读铭宝的书稿,字里行间散发着泥土的芬芳。他的第一部新闻作品集《天山的魅力》大多是消息报道;第二部作品集《踪迹》是近年的通讯报道,稿件大多数来自基层。他从事商业报道30多年,完全有条件坐在办公室里打打电话,看看简报,就可以搞定稿件,但铭宝不会这样做。他的稿件多数来自商场、饭店、夜市、工厂、农村、田间地头等基层之处,正如他在自序中所言:"用脚写新闻。"这是铭宝的肺腑之言,也是他多年记者生涯的写照。

铭宝在学生时代就立志当一名记者,不料家道遭遇灾难,他身临绝境,似乎理想将要成为泡影,但是他不畏艰难,发愤图强,矢志不移,历经磨难,终于"柳暗花明又一村",成就了理想。我不禁想起孟夫子的名句:"天将降大任于是人也,必先苦其心志,劳其筋骨,饿其体肤,空乏其身,行拂乱其所为,所以动心忍性,曾益其所不能。"

30多年来,铭宝四处奔波,伏案疾书,常年不辞辛苦,足迹遍及天山南北,乐此不疲,行而不辍,实为新疆新闻界之楷模。

铭宝与新闻有缘,缘于何方?我认为缘于一种剪不断、挺且直的新闻信念,缘于一种说不清、道不明的新闻情感,缘于一种摆不掉、挣不脱的新闻基因。喜而读铭宝大作,感触颇深,有感而发,是为序。

石 坚

2022 年春写于金陵

石坚:曾任新疆日报社高级记者,南京师范大学新闻与传播学院教授,硕士生导师。现任三江学院文学与新闻学院常务副院长。

自 序

　　这本《踪迹》是继 2004 年《天山的魅力》出版后,我的第二部新闻作品集,是我 30 多年新闻记者生涯的心血结晶。我将这两部近百万字的作品,献给给我生命、教我牙牙学语、哺育我长大的娘(从山东到新疆我一直称母亲为娘)和抚育我成长的大哥。

　　娘是裹的小脚,娘生前说起裹脚来依然气愤不已。娘几岁的时候,死活不愿意裹脚,但是村里的族长拿着白布来到家里,硬是逼着大人给她裹脚,舒展的脚趾硬是被裹断。娘抱着自己的双脚,从天黑哭到天明。

　　我娘自幼丧母,打小自立能力强,有一手好针线活。娘嫁到父亲家后,又担起了农活重担。

　　我家是一个大家庭,大伯和父亲在大汶口经营茶叶生意,家中十几亩地全靠二伯带领三个妯娌春夏秋冬耕耩锄耪。收割麦子无疑是重活,收麦子不是割,而是拔,为的是要用麦子根来烧火做饭。当时,五更天就要摸黑下地干活,黢黑的远处偶尔传来毛骨悚然的不知是什么的叫声。

　　我是六月初出生的,拔麦子是五月,想想一个小脚女人,全身重量压在不足常人脚板面积一半的脚底上,凸起的大肚子又加重了压力,该是何等的艰难,临近产期,还一刻不得清闲。

　　整整 10 个月的孕期,娘不知遭了多少罪。娘一共生了三个儿子和一个女儿(妹妹两岁就夭折了),娘不知经受了多少痛苦。

　　更令人痛彻心扉的是,娘 35 岁的时候,父亲采购茶叶因病客死在安徽舒城茶山,噩耗传来,犹如天塌地陷,娘哭断肝肠。

身边三个儿子怎么养大？最小的我才3岁。但是，小脚的娘很快就坚强地站了起来，三个儿子的冬衣、夏装、鞋帽全凭娘一针一线缝制，四口之家一天的吃喝也全靠娘操持张罗。

村外南岭上有一亩旱地，播种谷子、高粱的时候，娘双手握住耧把手，而前面用绳子拉耧子的则是13岁的大哥。就这样，播种机缓缓前行，娘的小脚踩出了一个个深深的脚印。

山东是老解放区，农村妇女多年承担着做军鞋支前的义务。我记得，每年娘要用旧衣服打袼褙做鞋底，娘捻麻线，我常常为娘转拨锤子，娘用绞成的麻线纳鞋底，针脚细密，纳出的鞋底当当作响，做的军鞋总是受到表扬。

娘遵照父亲生前的嘱咐，孩子长大后，都要去读书。尽管孤儿寡母，生活穷困，但是娘节衣缩食，让我们弟兄三个都上了学。我的大哥宋铭臣是边放羊边到外村上学，上课时就把羊拴在校门外，上完课再牵羊沿路吃草返回。我记得，我去上一年级，娘提前用花布给我缝制了一个花书包，背带宽宽的，娘领我走进学校，报名上一年级，我从此步入了知识的大门。

生活的孤苦，逼娘为家寻觅出一条生路。1953年，娘为大哥摊好一包袱煎饼，送15岁的大哥到新疆参军，并成为汽车连队的一名司机，也是连队的第一代汽车司机。

那时，连队的汽车都是美国大道奇卡车。20世纪50年代有个口号"比学赶超"，连队宽大的宣传牌子上醒目地标示着往北京奔驰的箭头。当年，我看到大哥与另一名陕西籍年轻司机总是分列第一、第二，属于行驶里程最多的两名司机。大哥能干，身体魁梧健壮，是连队每年的节约汽油和节约轮胎标兵，人送绰号"十二能"。

20世纪50年代新疆的冬天比现在冷，零下30 ℃是常态。清晨，大哥冒着严寒，把木柴装在有孔洞的铁桶里，点燃后烘烤底盘压包。汽车启动要用摇把子摇，一般人是摇不动的，大哥胳膊有劲，往往摇上十几圈，汽车就发动了。那个年月，司机开车出门的时候都是随车携带一大桶汽油，每当从大油桶里导油时，司机要先将导管插入桶中，然后用嘴吸油，但是很多时候，一股子汽油就吸进肚子里去了，对身体显然有很大的危害。开车十几年，大哥以及众多司机不知吸进肚子多少汽油。

那个年代的司机是居无定所的，汽车开到哪个运输站就睡在哪里。好几次寒暑假，我坐在驾驶室里，跟大哥跑车，知道了南疆许多运输站名，在乌鲁木齐到南疆喀什 1 500 公里的公路沿线就有托克逊、库米什、乌什塔拉、焉耆、库尔勒、轮台、阳霞、策大雅、三岔口、八盘水磨等。驾驶员铺盖卷是随身携带的,被褥用帆布包裹起来,用粗绳捆绑在驾驶室顶上,到哪个运输站就把行李扛到住处,如此往复。

大哥对娘非常孝顺。乌鲁木齐去南疆的公路有两条:一条是距离近一天的天山冰达坂,但是山高路险,呈"之"字形的盘山道,下面是万丈深渊,错车都困难,经常出事故。另一条是绕道吐鲁番托克逊的戈壁公路,要多一天行程,但是平坦安全。一次暑假,我跟大哥跑车,平日拉货的时候,大哥都是走天山冰达坂,但这次大哥要走南疆远一天的路,我问何故,大哥说:"冰达坂危险,一旦翻下山去,咱俩就不能给娘送终了。"这句感人的赤子之言,至今几十年我仍记在心间。

谁还记得大哥老一代司机的功劳? 20 世纪 50 年代,兰新铁路从兰州依次通车到多个车站,从兰新铁路的起点站兰州到张掖、武威、峡东、红柳河、打柴沟,继而是威亚、哈密、大河沿(吐鲁番)、盐湖,大哥的车和车队的许多汽车的车顶都安装固定好白色的帆布棚,让来自浙江、天津、上海、武汉等省市的一批批青年和一批批湘妹子、川妹子、山东大闺女下了火车登上汽车,大哥和许多司机无数次把他们拉到准噶尔、塔里木、伊犁河谷的兵团农场。

大哥还将一台台拖拉机及各式农机具运到石河子下野地和南疆多浪河边、开都河畔、孔雀河边的农场,还将一车车日用百货从大河沿火车站拉运到和田、喀什、且末、若羌、阿图什、阿克苏、库尔勒等地,将一车车南疆棉花拉运到乌鲁木齐七一棉纺织厂……

20 世纪 50 年代,新疆汽车单位有个传统,在汽车前保险杠上喷印安全行车里程,大哥驾驶的汽车开始喷印的是 5 万公里,接着不断地更新为 10 万、15 万、20 万、30 万,直到后来的 50 万公里。大哥开车跑遍了新疆,在全国六分之一的版图公路上留下了他的汽车轮印。

当然,20 世纪 50 年代的司机收入高,那时我家就买了五波段电子管收音机和飞鸽牌自行车。我上学全靠大哥供养,大哥还支持我订阅了多份报纸杂志,大哥自己也订阅了《汽车》杂志。我买了很多书,大哥喜欢看书,每次出车回来,都要更换几本书在路上阅读,令人惊讶的是他还给杂志投稿。有一次,他到呼图壁县石梯子山里拉运木头,恰逢大雪封山,被阻在深山老林好几天,回来后,他竟然写了一篇散文《奋战在石梯子》投到《新疆文学》杂志社。这件事对我触动很大,启发我立志做一名记者或者作家。

然而，天有不测风云。1967年，大哥因遭受迫害而去世。十几年之后，单位为我大哥召开了追悼会，并宣读了关于宋铭臣同志的复查结论：宋铭臣同志自参加工作以来，能认真学习马列主义毛泽东思想，热爱党，热爱毛主席，热爱社会主义，为祖国边疆建设作出了积极贡献，曾荣获先进生产者、安全标兵、青年红旗手等光荣称号，曾多次受到表扬和奖励。经查证落实，宋铭臣同志是个好同志。

大哥不在了，我家的顶梁柱倒了。我娘哭天喊地，叫天天不应，叫地地不灵，悲痛与疾病交加，也在1968年6月离开人世，年仅53岁。

当时，我读书的学校正在"停课闹革命"，我也辍学在家。后来，我去找校长要求工作，校长让我等待，有一次还被校长家的狼狗咬了小腿，流出鲜血。无奈我只好打短工维持生活，扛过麻袋，装过汽车，还在建筑工地挑过砖头，一人独居一屋多年。直到1969年，才与数百名学生一起下农场再教育，后来回城在商业系统工作，饭店蒸过馒头，开过票，还在照相馆做过摄影师。恢复高考以后，我经过复习，考上大学，大学毕业后又考进报社当了记者。

大哥和娘的死，是我的长痛，撕心裂肺的痛，此痛贯穿在我的整个生命中。

我当年的对门邻居，后来是新疆教育学院副教授的杨兴芳，在一次师生聚会时发言："在那个不堪回首的年代，在家庭遭遇迫害时，宋铭宝沦为社会最底层的人，但是他凭着坚强的信念、顽强的意志，奋发向上，刻苦努力，圆了自己上大学的梦，当记者的梦，并获得了新闻界最高职称，成为高级记者。"

几十年来，我跋山涉水，"用脚写新闻"，几乎跑遍了占六分之一国土面积的新疆，走过那么多坎坷的路，我常常想起娘的"三寸金莲"艰难耕耘播种的场景；每当我外出采访乘坐汽车行驶在新疆漫长的公路上，常常想起大哥的双眼曾经紧紧盯住这些路面，驾驶着奔驰的汽车，越激流，冲险滩，峰回路转，跨越50万公里的壮丽画面，我便浑身充满了力量。娘和大哥是我前进的动力源泉。

书名取《踪迹》，缘于我的两位亲人——娘和大哥都在这块热土生活和奋斗过，在这块土地离开人世，血肉之躯融化在这块土地里，这里留下过热情、激情和悲情。我又在这块土地前赴后继，记录和传播这块土地的神奇魅力和新生，这就是我的经历。

我将序和自序事先发给我的朋友——中国美术家协会会员、《南方日报》高级编辑赵晓苏征求意见，他回短信给我："序和自序都好。自序感人，父亲早逝，小脚的娘是家中的天，所承担的困苦、艰辛难以想象，更不要说让孩子都读上书。大哥如父,承担与能干跃然纸上,又惨遭不幸,也让我明白老兄你的艰难成长经历。文字也很好,我感动了!"

承蒙新疆日报社原高级记者、南京师范大学新闻与传播学院教授、硕士生导师,现任三江学院文学与新闻学院常务副院长石坚先生为本书作序,在此表示深挚的谢意。

承蒙中国商报社老同事任晓时为本书题写书名,也一应表示深挚的谢意。

对此书的出版,许多亲朋好友提出了宝贵建议,我也根据情况对部分内容进行了修改。他们有陈高宏、史兰菊、高炯浩、丁炜、宋铭航、戴文翰、张克明、何其琛等,在此一并表示诚挚的谢意。

宋铭宝

2022 年 3 月 30 日于乌鲁木齐初稿

2022 年 5 月 17 日于青岛定稿

目　录

| 宝地魅力 |

| 国外游览 |

| 经济报道 |

—人物风采—

情牵吐鲁番

——访著名学者陈国灿教授

在当今中国乃至世界，有一门业内公认的学科，也是一门显学，叫作吐鲁番学。什么叫吐鲁番学？它的定义是什么？著名学者陈国灿作了如下表述：吐鲁番盆地的地上地下，蕴藏着极为丰富的历史文化遗产，上起石器时代至周、秦，下迄明、清；既有汉族的，也有北方各个民族留存下来的实物或文字记录。这些都是中国古代文明的一部分。对于这一特定地域及其周边地区的历史文化遗产进行维护、整理和研究的学问，称为吐鲁番学。上述关于吐鲁番学的定义被国内外史学界、学术界赞同公认。

陈国灿，湖北大学教授，博士生导师，敦煌吐鲁番学知名学者，中国敦煌吐鲁番学会副会长。不久前，笔者在吐鲁番大饭店与陈教授晤面，他深情地介绍了他致力于吐鲁番考古及文书研究的心路历程。

对祖国充满深情

陈教授对于吐鲁番及敦煌的情结始于 20 世纪 50 年代在武汉大学受教于著名唐史研究专家唐长孺教授时期。

唐长孺先生当年谆谆告诫学生，历史研究一定要与地下考古结合。他特别指出：敦煌、吐鲁番出土文书相当丰富，将其研究透彻，至少唐朝历史能够改写！听到唐先生的教诲，陈国灿感到既惊讶又茫然，在从事数十年吐鲁番学研究后，陈国灿才深知唐先生话语的精辟。

陈国灿步入新疆、吐鲁番历史研究领域基于一种缘由，即常说的"愤怒出精神"的结果。

陈国灿研究生毕业后,为支援边疆,1958年来到内蒙古大学任教,工作时间长达16年。作为史学工作者,陈国灿想了很多,最后得出结论:东北、西北、华北尤其是西北历史研究应引起重视。

陈国灿来到陕西武则天墓游览,看到墓前共有61尊唐朝文武官员雕像,上面都刻有官衔名称。陈国灿兴趣盎然,经过一一辨认,他发现其中有新疆乃至中亚地区少数民族将领的名字。比如石国(现塔什干附近)王子雕像。陈国灿于是四处找寻资料进行考证,并在一本古籍《金石录补》中查到的乾陵石刻雕像官职名字中找到一批在天山南北首领的名字,他又进一步考证出其中39个人物的详情,于1971年写出《唐乾陵石人衔名研究》一书,并于1972～1974年不断对其书进行修改增补完善。这更增加了他对新疆及西域研究的兴趣。后来,凡《文物》《考古》等杂志书籍有关新疆内容,尤其是吐鲁番考古,他更予以认真关注。

1973年,陈国灿调回了武汉大学,协助唐长孺先生工作。从1975年开始,在国家文物局直接领导下,成立了以武汉大学唐长孺教授为组长的吐鲁番出土文书整理小组,陈国灿是主要成员之一。他们经过艰辛的工作,从1981年起,陆续出版了经过整理的十卷本《吐鲁番出土文书》,后来又出版了大四卷本的图版本。

十卷本《吐鲁番出土文书》出版后,在国内引起轰动,也刺激了国外吐鲁番学研究领域。这标志着中国吐鲁番学研究跃入了一个新阶段,显示中国的吐鲁番学已全面走上了自行发展、自主研究的道路。其后,围绕着十卷本《吐鲁番出土文书》,国内和国际学术界开展了广泛的研究,发表了大量的具有创见性的新研究成果。

此后,陈国灿始终以吐鲁番出土文书为研究方向,带领柳洪亮、刘安志、卮小红三位博士,共撰写发表 110 多篇研究文章。另外,陈国灿 1994 年出版了《斯坦因所著吐鲁番文书研究》一书,1997 年出版了《宁乐美术馆藏吐鲁番出土文书》一书,2003 年台湾出版了他的 30 万字《吐鲁番出土唐代文献编年》一书,成为吐鲁番学研究领域最活跃的一位学者。

自 1980 年以来,陈国灿教授来吐鲁番 30 多次,有时一年多达 3 次,步入花甲之年的他,足迹遍及高昌故城、交河故城、柏孜克里克千佛洞、鄯善吐峪沟等许多古迹遗存地。他还应邀到日本、美国、法国、德国、俄罗斯及我国台湾等地讲学,介绍宣讲吐鲁番学博大精深的学科内容,成为世界公认的吐鲁番学知名学者。

珍贵的吐鲁番出土文书

交谈中,陈国灿教授向笔者介绍了吐鲁番考古、吐鲁番学研究取得的成绩、深远意义及其前景。

"吐鲁番地下文物宝藏真正是无可限量。"陈国灿满怀深情地说。从公元前 1 世纪到公元 8 世纪期间,吐鲁番地下不知埋入多少文物,至今在阿斯塔那一地仅仅挖掘考古了 400 多座坟茔,连同 19 世纪末 20 世纪初各国探险者挖掘的 100 座坟茔,总共也只有 500 多座。而阿斯塔那从目前地表封土痕迹看,还有 3 000 多座坟茔。另外,在高昌故城东面新发现了古老坟地。古时候,高昌王国周围有 2 个城堡,每城周围都有坟地,比如这两年发现的洋海墓地范围相当广阔,发掘才刚刚开始。在鄯善鲁克沁(古称柳中城)周围也有古墓地,但是未经发掘。通常,一层古墓下面还有一层墓,甚至是三层。比如上层墓是唐代,中层墓是高昌国时期,深层墓则是十六国时期。

陈国灿介绍,古代吐鲁番人有用带字纸文书糊纸人、纸马、纸物品、纸衣帽陪葬的习俗,认为有字的纸可引导亡者灵魂升天,而这些字纸因干旱气候大多未腐烂,是宝贵的文献。比如,从一双纸鞋中就可拆出几十件文书。

陈国灿教授介绍,吐鲁番出土文书史料价值无量,它包含的内容广泛丰富,其中不仅有众多古代公文,更重要的是还有大量民间文字资料,比如状纸、审理案件笔录、官员任命书、百姓通行证、私人信件、僧人经卷、借贷契约、记账单、户口册、学生习字本、驿站马料账等,使消逝两千年的祖先生活神奇再现在现代人的面前。

孔子的《论语》在汉朝时期曾有三个版本,但到唐朝时其中一个版本就失传了。近年,吐鲁番出土文书中竟神奇地发现了那个失传的《论语郑氏注》抄本,它无疑起到填补了中国文献空白的作用,价值极其珍贵。陈国灿每当看到大量弥足珍贵的吐鲁番文书惊现时,念及已经过世的唐长孺先生关于出土文书可改写历史的论断,备感崇敬。

陈国灿教授介绍,已经出土的浩繁的古代吐鲁番文书是高昌历史的秘密资料库、中国历史与文化的百科全书,它是1 300多年前中国在新疆地区进行有效行政统治的实物证据,也有力地证明新疆自古就是中国不可分割的一部分的事实。

吐鲁番学研究的领路人

作为国内外公认的资深吐鲁番学者,陈国灿为未来吐鲁番学研究指出了明确的目标。

进入21世纪,吐鲁番学面临的研究课题非常之多,既有基础建设方面的,也有研究课题方面的。

在基础建设方面,吐鲁番学至今还缺乏几本大账。

第一本大账是19世纪末叶以来,外国的探险家们究竟来到吐鲁番多少次?他们属于哪些国家?拿走了哪些地上地下文物?现藏何处?围绕这些文物,他们做过哪些重要考古发掘报告和主要的研究?这本大账做好了,就能对海内外的吐鲁番文物做到心中有数。

第二本大账是编制吐鲁番出土文物总目录,包括国内各地所藏和流散到海外各国收藏的文书。这种家底不明、心中无数的状况,不应再持续下去了。

第三本大账是中华人民共和国成立以来吐鲁番古墓葬十余次大型发掘的

考古发掘报告的整理工作。

第四本大账是吐鲁番现存古遗址的详细记录,这其中包括古城、石窟、古墓葬群及其他古遗址的测量、摄影、绘图的详细记录和说明。这是文物工作建设的百年大计,即使将来某个遗址出现毁坏,我们也能有数据可查,并据之加以恢复。

在吐鲁番研究方面的课题也极其丰富。

在政治方面,大到吐鲁番盆地在历史上历朝历代的政治归属,小到吐鲁番这个地区为什么称为"吐鲁番";另外,还有州、县、乡、里、城之间的关系,官与民的关系等,都是可深入研究的课题。

在经济方面,吐鲁番在历史上的经济开发,如农、林、牧、桑、副等的发展状况,农田水利的建设,水源的开发与分配使用上的历史经验与教训,等等。这些都是有益于今天经济建设的研究课题。

在民族方面,吐鲁番在历史上曾有过许多个民族的活动。公元9世纪之前,这里除了汉族外,还有塞种、车师、匈奴、突厥、粟特、沙陀等族的活动。9世纪后,回鹘西迁来到这一地区,出现了以回鹘人为主体的包括汉人、突厥人、粟特人、吐蕃人、吐谷浑人,以及后来的蒙古人、满人的活动。这些民族的迁徙、斗争、交往和融合,构成了吐鲁番历史上的民族关系发展史,研究并总结出这些历史文化遗产给吐鲁番的古代文明所做的贡献,也是很有价值的学术内容。

在文化方面,古代的吐鲁番呈现出多元化交流融合的特征。既有儒家学说、道家思想,又有佛教、祆教、摩尼教、景教的流行,后来还有伊斯兰教的信仰,每一种思想和信仰,都会规范和影响到人们的行为和生活。对于这些思想和信仰,结合传播的社会背景来进行科学的研究和分析,必将有助于健康的社会主义精神文明的建设。

此外,对于古代吐鲁番人民中的社会生活、风俗习惯,比如衣、食、住、行、婚、丧、嫁、娶,生、老、病、死等,作出如实的考察和研究,也是具有一定现实意义的课题。

陈国灿教授强调:吐鲁番学之所以成为一种具有地域特色的专门学问,就在于它拥有极具特色的历史文化遗产,因此保护好这份历史文化遗产,也就成了吐鲁番学的一个重要组成部分。

他说,吐鲁番诸多文物遗址,自 19 世纪末叶以来,不断遭到外国探险队的盗窃和掠夺,这种特殊的历史经历,也给吐鲁番提出了一个对被破坏、窃走的文物进行建设性的恢复、复制的任务。例如高昌故城中的可汗堡及各大寺庙遗址,今天的现状,与一百年前外国探险者拍摄的照片相比,又有了很大损毁,我们应该照原样进行修复,修旧如旧,保持百年前的文物古貌,也是我们进行文物保护的一项责任。

陈国灿充满信心地表示,进入新世纪的吐鲁番学,方兴未艾。相信在今后不太长的时间里,中国的吐鲁番学将会有较大的飞跃。

（选自 2007 年 6 期《今日新疆》）

葡萄沟情思歌王——王洛宾

　　初夏时节，笔者驱车前往吐鲁番，参观王洛宾音乐艺术馆。这是笔者时隔6年后第二次去参观访问艺术馆。王洛宾的儿子王海成及夫人党国英夫妇俩热情地接待了笔者。

　　王洛宾音乐艺术馆坐落在葡萄沟。这是一座白色穹顶建筑，周围绿树环绕，门前一池碧水相映，环境优雅秀美宁静。艺术馆是由吐鲁番葡萄乡政府、新疆大西部旅游公司和新疆洛宾文化艺术发展有限公司共同组建的，2000年7月落成。笔者当时应邀参加了开幕开馆仪式。

　　王洛宾音乐艺术馆有三个展览大厅，展有180多幅王洛宾生前各个时期的图片，以及王洛宾生前使用过的宽檐牛仔帽、劳力士手表、老花镜、乐器、乐谱和其他生活用品等，还包括联合国和其他部门颁发给他的大量奖状、荣誉证书，以及介绍其生平的书籍、画册、文章汇编、明信片、纪念册、纪念折、歌曲集、CD、VCD、DVD等。

　　驻足艺术馆，观看图片、资料、实物，参观者可管窥王洛宾坎坷的一生和壮丽的音乐生涯。

　　下面让我们循着墙上的图片文字，聆听讲解员娓娓解说王洛宾的身世。

影响王洛宾音乐生涯的三位女性

　　王洛宾笔名洛宾，1913年12月28日出生于北京，1926年在北京通县上中学，1931年考入北京师范大学音乐系，他的音乐导师是俄国沙皇的御妹沙多夫伯爵夫人，她是王洛宾走上音乐之路的启蒙老师。

　　沙多夫伯爵夫人发现王洛宾非常有音乐天赋，建议他大学毕业后去法国巴黎音乐学院继续深造。王洛宾牢记师训，也渴望到异国去深造。

1934 年，王洛宾为著名诗人徐志摩的诗《云游》谱曲，笔者在艺术馆展厅内看到了《云游》谱曲的手稿。这首歌是王洛宾创作的第一首作品，也成为他一生云游四方的伏笔或注脚。

1937 年，"卢沟桥事变"爆发，北京沦陷，王洛宾告别北京的亲人，投身抗日救亡行动，在山西省参加了八路军"西北战地服务团"。在这个时期，他创作了《风陵渡的歌声》《老乡上战场》《洗衣歌》等三十多首抗战歌曲。

1938 年春天，经组织委派，王洛宾、萧军、塞克等艺术家前往新疆开展抗日宣传工作。汽车行驶到甘肃六盘山时，突然天降大雨，他们住在山下一个地名叫"和尚铺"的车马店里。女店老板"五朵梅"是当地有名的山歌手，当晚她为艺术家们演唱了一首《眼泪的花儿飘满了》。透过那凄凉哀婉动人的歌声，王洛宾突然发现最美的音乐就在自己的国家，因此他放弃了留学巴黎的打算，只身留在大西北与民歌结下了终生不解之缘。不可否认，人生之路上的第二个女性"五朵梅"对王洛宾的音乐人生产生了巨大的影响。

1939 年，在青海从事教育工作的王洛宾陪同电影导演郑君里来到青海湖畔拍摄纪录片《民族万岁》，导演邀请了千户长美丽的女儿卓玛扮演牧羊姑娘，邀请帅气的王洛宾身穿藏袍扮演她的帮工。在一起赶羊时，卓玛故意在王洛宾背上轻轻抽了一鞭子，这一鞭子使王洛宾神思遐驰，辽阔的草原、美丽的姑娘让他迸发了灵感。在离开青海湖以后，他创作了传世之作《在那遥远的地方》。卓玛，王洛宾人生旅途中刻骨铭心的第三位女性，震撼他的心灵，因而《在那遥远的地方》才令世人痴迷神往。

据了解，美丽的卓玛已于 1953 年病故，但是王海成向笔者提供了一张中央电视台在青海录制"同一首歌"节目时，王海成与卓玛的外孙女南木金的合影，我们从美丽的南木金的外形容貌上可以洞悉当年卓玛的美丽身影和富有灵性活力的性格。

逆境中创作出惊世之作

1941 年春天，王洛宾被反动当局逮捕，关进兰州沙沟监狱，受尽折磨。其间，他为狱友们谱写了《囚徒之歌》《蚕豆谣》《我爱我的牢房》等 20 余首囚歌。

1944 年 4 月，王洛宾被营救出狱，回青海继续从事音乐教育，这一时期，他改编了《阿拉木汗》《送大哥》《青海情》等 20 多首民歌。从 1938 年到入狱前的这段时间,他还搜集、改编了《半个月亮爬上来》《康定情歌》《青春舞曲》《掀起你的盖头来》《都达尔和玛丽亚》《玛依拉》等歌曲,这些歌曲很快在各地传唱,以至于半个世纪后全世界的朋友都会唱"达坂城的姑娘辫子长,两个眼睛真漂亮"。

抗日战争胜利后,王洛宾又将青海民间小调《四季调》改编成歌舞《花儿与少年》,并很快在青海及其他地方传唱。

新疆是王洛宾西部民歌创作源泉

1949 年 9 月,王洛宾在西宁参加了中国人民解放军,被任命为部队文艺科长。在行军途中,他创作的诗词《凯歌进新疆》谱曲并给部队教唱,十万解放大军唱着这支军歌翻越冰雪祁连山开进新疆。

新疆,这个闻名中外的歌舞音乐之乡哺育滋养了王洛宾的音乐创作,他在哈密改编了民歌《我不愿擦去鞋上的泥》《哪里来的骆驼队》,编写了俄罗斯民歌《在银色的月光下》,他为边防战士创作了大合唱《英雄的骆驼队》《和平花籽》以及歌曲《阿曼都尔》《骆驼羔子》。在和田编写了和田民歌《沙枣花香》,在伊犁改编了《牡丹汗》《亚克西》《蓝马车》《天马圆舞曲》。1958 年王洛宾参与创作音乐话剧《步步跟着毛主席》,剧情描述了库尔班•吐鲁木老人骑着毛驴上北京看望毛主席的故事,王洛宾创作了主题歌《萨拉姆毛主席》(萨拉姆是维吾尔族语"想念、衷心祝福"的意思)。当年,《萨拉姆毛主席》唱红了全国,同时唱红的还有《亚克西》等歌曲。

1960 年,《萨拉姆毛主席》在北京会演获奖不久,王洛宾就被人诬陷,以莫须有的罪名判处 15 年徒刑,剥夺政治权利 20 年。在狱中,王洛宾用"艾依尼丁"的署名编写了《高高的白杨》《撒阿黛》《社会主义光芒照在我老汉的心坎上》《玛尔江》等大量歌曲。

1975 年,王洛宾出狱。此后由于引起中央领导同志的重视,先后派工作组到新疆了解调查王洛宾冤案,直到 1981 年王洛宾才得到彻底平反昭雪,恢复军籍和职务。68 岁的王洛宾重新穿上了军装。

王洛宾为女作家三毛写了两首歌

在展厅内,笔者看到了王洛宾的许多音乐手稿。其中,最引人注目的是王洛宾为中国台湾女作家三毛写的两首歌曲,一首是《幸福的 D 弦》,另一首是《等待》。应笔者的要求,王海成介绍了王洛宾与三毛的友情及恩怨。

1990 年 4 月一个午后,中国台湾女作家三毛万里迢迢来到新疆,走进了乌鲁木齐幸福路王洛宾的寓所。

中国香港女作家夏婕曾在《台湾日报》上发表了几篇介绍王洛宾的文章,善感的三毛听夏婕讲述王洛宾的故事后落泪了,她以女性特有的细腻,对远在天边的老人的生活产生了很大的兴趣。她从夏婕那里得到了王洛宾在乌鲁木齐的地址,踏着春天的脚步,伴着丁香的芬芳,走进了王洛宾的家。

两人一见如故,谈得很投机。王洛宾曾经详细写下了他自己当时的感受和情景——

我心里说:"真是一个热情、开朗、洒脱、无羁的女人!"后来,"她为我唱了自己的作品《橄榄树》,她的歌、她的声音以及感情都很美"。"我也为她唱了一首狱中的作品《高高的白杨》。当我唱到'孤坟上铺满了丁香,我的胡须铺满了胸膛'时,三毛哭了。唱罢,我向她表示谢意,因为她的眼泪,是对我作品的赞扬"。

三毛离去后 20 天,王洛宾收到了三毛的信,信是 1990 年 4 月 27 日写的,节选如下。

我亲爱的朋友,洛宾:

万里迢迢,为了去认识你,这份情,不是偶然,是天命。没法抗拒的。

我不要称呼你为老师,我们是一种没有年龄的人,一般世俗的观念,拘束不了你,也拘束不了我。尊敬与爱,并不在一个称呼上,我也不认为你的心已经老了。

闭上眼睛,全是你的影子。没办法……

三毛回到台北的几个月里,她与王洛宾通了不少信。其中,她在说要来乌鲁木齐的那封信中表示,来乌鲁木齐后不住旅馆,就住在王洛宾的住所,她说:"我要走进你的生活。"

但是，三毛第二次来乌鲁木齐却成了伤心之旅。8月，电视台正在拍一部五集电视传记片，反映王洛宾的经历，自然王洛宾是主角。他很配合，导演怎么说，他就怎么做。正在拍片时，听说三毛来了。王洛宾向剧组请假，要到机场去接三毛。导演一听大喜过望，正好拍王洛宾的传记片，中国台湾女作家来了，简直好得不能再好了，真是千载难逢的好机会，这下可以借此炒作一番了。

导演立马安排好了迎接三毛的戏，他们给王洛宾买了一束鲜花。那天王洛宾打扮得特别精神，好像要登台演出一般。飞机晚点了，半夜12点才到，三毛走下飞机，导演把摄像机对准了她，一束强光打到她的脸上。三毛用胳膊挡住脸退回到飞机上原来的座位……

王海成说，他见到三毛时，三毛愤愤地告诉他："我好像被绑架了。"也许这是她最真实的感受。

事实上，三毛是再也无法忍受痛苦才走的。像三毛那样的人，她怎么能忍受眼下的生活，她生病期间，王洛宾都没有终止拍片。

三毛走后，王洛宾在乐器吉他上发现了三毛的发卡，他想这肯定是三毛留给他的纪念。他将发卡珍藏起来，并写了一首歌《幸福的D弦》。

三毛只待了九天，便甩手离去。王洛宾的心情肯定极为复杂，他既有歉疚，又有不安。

后来，王洛宾又收到了三毛的一封信，这是她写给王洛宾的最后一封信。

1991年元月5日，一条令人震惊的消息传来，三毛在中国台湾自缢身亡。

这天，王洛宾喝醉了。而后他写了《等待》：

> 你曾在橄榄树下等待又等待，
>
> 我却在遥远的地方徘徊再徘徊。
>
> 人生本是一场迷藏的梦，
>
> 且莫对我责怪。
>
> 为把遗憾赎回来，
>
> 我也去等待。
>
> 每当月圆时，对着那橄榄树独自膜拜。
>
> 你永远不再来，
>
> 我永远在等待，

等待, 等待,

等待, 等待,

越等待, 我心中越爱!

王洛宾把三毛最后一封信贴在一张撕下来的杂志封面上, 用笔重重地写上"忏悔吧"三个字。

王海成说, 三毛这样走了, 这真是一个大错误, 对父亲是, 对三毛也是。他们毕竟生活在两个世界, 隔开他们的不是年龄, 而是他们各自的世界。

王洛宾情系吐鲁番

王洛宾生前曾经多次来吐鲁番采风并拍摄电视纪录片《在那遥远的地方》《西部歌王》。他编写过《达坂城的姑娘》《阿拉木汗》《黑力其汗》《亚克西》《黄羊、黄羊你是怎么想》《托克逊马车夫之歌》等一大批以吐鲁番民俗为素材的民歌作品。火焰山下, 葡萄沟畔, 都留下过他的足迹和歌声。他与吐鲁番各族人民结下了深厚的情谊。他的歌, 让人们进一步了解了这个美丽的地方。"吐鲁番的葡萄啊呀来, 唯有那白葡萄甜; 葡萄沟的姑娘啊呀来, 要数咱黑力其汗……" 这些优美动听、风情独具的歌词, 无不说明王洛宾对这片热土的无限深情。他的名字与吐鲁番早已水乳交融, 结合成一体了。

说到大合唱《黑力其汗》, 还有一段鲜为人知的故事。

黑力其汗其实是汉族姑娘王惠珠的维吾尔族名字。20世纪50年代, 王惠珠从武汉华中农学院毕业分配到吐鲁番种植葡萄。她推广葡萄上架技术, 改变了传统葡萄匍匐在地种植的落后技术, 还推广了许多葡萄新品种。她吃住在维吾尔族农民家中, 维吾尔族农民还给她起了维吾尔族名字"黑力其汗"。她能说一口流利的维吾尔族语, 因而担当起到这里来采风创作的音乐家王洛宾的维吾尔族语翻译。王惠珠当时黑眉毛、大眼睛, 一双长辫子又黑又亮, 看上去美丽动人, 因对种植葡萄作出突出贡献, 维吾尔族群众亲切称王惠珠是"葡萄奶奶", 全吐鲁番人都知道"葡萄奶奶"。王洛宾被王惠珠的事迹打动了, 并为她创作了《黑力其汗》。

吐鲁番人民没有忘记王洛宾。2000年7月18日, 王洛宾音乐艺术馆在吐鲁番落成。2002年8月, 吐鲁番市人民政府追授王洛宾为"吐鲁番市荣誉市民"。

夕阳无限好　音乐伴终生

王洛宾的晚年是欣慰的,他看到了全世界对他音乐创作的喜爱。

著名作曲家生茂说过,一个音乐家一生中如果有一首创作出了名,那就是大家了,而王洛宾则是几十首创作驰名中外,那就是超级音乐家了。

王洛宾一生创作改编了 1 000 多首歌曲,他的歌被世人广为传唱。他是继汉唐西域龟兹、高昌音乐传入中原后,再次将中国西部民歌大规模传入国内外许多地方起到桥梁作用的人。

有人说:"凡是有华人的地方,就有王洛宾的歌。"这句话是对他一生最好的奖励。

王洛宾晚年去过澳大利亚、新加坡、美国,以及中国香港、大连、广州、深圳等地,参加了那些地方举办的王洛宾音乐会。

1994 年 7 月,在纽约联合国总部,隆重举办了"丝路情歌——王洛宾作品音乐会"。150 多个国家的大使出席观看。时任中国驻联合国代表李肇星在致辞中说:"联合国每日听到的是战争和灾难的消息,王洛宾先生却给大家带来美好的歌声。"

联合国教科文组织授予王洛宾"东西方文化交流特别贡献奖"。

王洛宾创作的歌曲《在那遥远的地方》,被法国巴黎音乐学院作为东方音乐教材,被多明戈、保罗·罗伯逊、卡雷拉斯等众多的外国歌唱家当作华语演唱的保留节目,唱遍欧美各国。《在那遥远的地方》《半个月亮爬上来》入选 20 世纪华人音乐经典。《康定情歌》被选作代表中国的"宇宙歌曲"放入太空。

1996 年 3 月 14 日,王洛宾因患胆囊癌在乌鲁木齐军区总医院去世,享年83 岁。

歌王已逝,到那遥远的地方去了,但他给后人留下了传唱永久的歌。

（选自 2006 年葡萄节特刊《每周文萃》）

和田玉"玉王"田宝军与 "玉王故乡"且末

俗话说,"乱世藏金""盛世藏玉"。近年来,作为玉石极品的和田玉日益成为社会和大众的收藏佳品。

说到中华瑰宝和田玉,我们自然要提到为和田玉产业作出突出贡献的享有和田玉"玉王"称号的田宝军和享有"玉王故乡"称号的新疆且末县。

"玉王"称号首先得益于田宝军从事玉石产业的资历比较久。田宝军18岁进入昆仑山采玉,从矿工当到采矿队长、副矿长、矿长兼玉雕厂厂长,已历经33个寒暑,是目前中国从事玉石开采时间最长的人之一。由于采玉非常艰辛,常人受不了那个苦,许多人便半途而废了,而田宝军把青春贡献给了中国的玉石产业,为国内玉石界所公认。

鲜为人知的是,毛主席纪念堂中央基座上一块重达218公斤的和田青白玉,就是田宝军当年在海拔4 000米的昆仑山上亲自采集而后运到北京的。

在30多年的采玉生涯中,田宝军已记不清具体采到多少块玉石,但巨大的玉石都记录在册。这些大块玉石采集中,他都亲自参加或参与了领导、指挥和组织工作。

1995年且末县玉石矿采出一块重达1 502公斤的和田青白玉,成为且末历史上开采出的最大玉石。这块稀世珍宝,80名工人用了89天、克服了昆仑山的险峻、耗资50万元才运回且末。台商曾愿出资4 600万元收购而未得。后来,此玉被且末县放置在县宾馆,并被列入吉尼斯世界纪录。

2004年,且末又一块重达2 874公斤的和田青白玉被采挖,共耗资25万元、用一个月时间运下山来,此玉价值2 000万元。2005年可谓硕果累累,田宝军所在的玉矿接连采挖到重达 3 吨、7 吨、10 吨的和田青白玉，并于 2005 年 10 月 22 日将其中一块重 3 吨的玉石运到县城，2006 年开春后又将另两块运下山。这三块玉石总价值在 1 亿元以上。以上 4 块玉石每一块重量都超过 1995 年 1 502 公斤玉石的吉尼斯世界纪录。

经过改制，原且末县玉矿现已成为且末县民族工艺玉雕公司，田宝军任董事长兼公司所属天马玉雕厂厂长。公司辖三个和田玉矿区、一个玉雕工厂，是从事集和田玉原料开采、玉器设计、雕刻、产品批发、零售、精品收藏于一体的综合企业。该公司拥有国内生产白玉和青白玉（山料）的最大矿山，年产和田玉石 100 多吨，占新疆和田玉年产量的 20％。公司所产玉石 40％销往和田地区，20％销往扬州、北京、天津等玉石传统加工地，40％委托国内技术精湛的扬州玉雕厂名师进行代加工，或由自己的玉雕厂进行雕刻。年加工玉器中，小件 10 万件。公司所加工的玉器行销我国河南、山东、北京、上海、天津、苏州、扬州、广州、深圳等地区以及韩国、日本、新加坡等国家。扬州玉器厂用该公司产出的和田白玉雕刻的大型玉器"五行塔"被收藏在中国工艺美术馆珍宝馆内。

田宝军说，盛世收藏热。近年来，和田玉收藏升值越来越大，所以不少精品不急于销售，现在他们公司藏有精品玉器 200 多件，总价值近千万元。其中，"极乐世界图"白玉玉山子，国内仅有三座，另两座分存于故宫和澳门，每座加工费 100 万元，销售价最低也在 300 万元以上。

（选自 2005 年 11 月 10 日《中国商报》）

"玉王"田宝军浅谈和田玉

新春伊始,记者就和田玉的品质、种类以及市场等状况,访问了有和田玉"玉王"之称的田宝军。

田宝军说,和田玉的分类应以玉石的颜色、质地、光泽、透明度和杂质含量等为基础依据,据此,可分为白玉、青白玉、青玉、碧玉、墨玉、黄玉六类。他着重介绍了和田白玉。

和田白玉中,有葱白、鱼肚白、糙米白、梨花白、石蜡白、月亮白等颜色。从理论上讲,白玉是越白越好,但是太白了就是死白,白而不润并非好玉,白玉一定要润,温润的脂白才是上等白玉。

白玉极品是羊脂玉,古人称其是白如截脂,呈油脂蜡状,滋润光泽,半透明状(工艺玉器状如凝脂,无绺、裂、杂质及其他缺陷),而今羊脂白玉呈难觅态势,愈显珍稀。带红皮色的羊脂玉最为珍贵。

青白玉是白玉和青玉的过渡品,是和田玉中数量较多的品种,一级青白玉颜色以白色为基础色,白中闪青、闪黄、闪绿等,质地细腻坚韧,无杂质,呈半透明状。

青玉颜色有淡青、深青之分,一般以纯青、韭菜青为基础色,纯青多产在且末,灰青多产在叶城,纯青则为珍贵品种。青玉是和田玉中最多的一种。

碧玉类,又称绿玉,其色润如菠菜绿者为上品,而绿中带灰者为下品。

墨玉类,墨玉有全墨、点墨等多种,"黑如纯漆"者为上品,点墨和聚墨俏雕者价值极高。

黄玉类,黄玉中有栗黄、葵花黄、蜜蜡黄等色,以"黄如蒸栗"为最佳。

田宝军特别指出,黄玉是名贵和田玉,几千年中极为罕见,在古代有"一两黄金一两玉"之说,而现今的比喻应该是"二斤黄金一两黄玉",在且末、若羌县有少量黄玉,其价值与青白玉相似。

田宝军说,在和田玉上往往有"糖色"(似红糖颜色)分布,糖色玉多处于从属地位,所以不单独划分为玉种。糖色在玉雕中多成为俏色,很有利用价值。据悉,许多玉雕工艺大师善于利用糖色玉与白玉相搭配,如田宝军藏有一块白玉之上突兀一匹糖色(红色)奔马玉佩,姿态生动,可谓巧夺天工之作,此玉佩价值近 10 万元。

田宝军又指出,根据和田玉产出地(段)的不同,也有一个分类习惯。

山料,又名山玉和宝盖玉,是产出在昆仑山的原生矿石,特点是呈尖棱尖角状,大小不一,良莠不齐,质量不如"山流水"玉石。

"山流水"是原生玉石矿石经风化崩落,由主冰川或山洪冲运至河床上游、中游的玉石。特点是距离原生矿床近,块度大,棱角少有磨圆,表面光滑,品质不如仔玉。好的"山流水"与羊脂玉价值区别不大。20 世纪 90 年代,田宝军曾在河岸边拣到一块 700 公斤重的"山流水"和田青白玉。

仔玉是原生矿床被剥蚀冲运到河床中的玉石,因长期搬运、摩擦、冲刷,多呈卵形,块度较小,表面光滑,品质优良。这种仔玉多分布在河床两侧的阶地或河床的中下游处,有些仔玉经氧化之后表面带有一定的颜色,价值不菲。但是,当前在仔玉上造假色的不少,因此要特别注意识别。

田宝军介绍,以目前所能达到的开采能力,相对来说,宝贵的和田玉资源已越来越少,和田玉价格近年呈扶摇直上之势,其中羊脂玉增值最快,20年内价格增长30倍以上,青白玉价格增加10倍,时下"山流水"和田玉每公斤达到30万元。羊脂玉每公斤60万元,而10年前每公斤是2万元。

(选自2006年3月9日《中国商报》)

田宝军的和田玉情结

田宝军一生与和田玉结下了不解之缘。

1972 年，田宝军由陕西来到且末玉石矿工作，30 多年里他历任采矿工、采矿队长、生产销售股长、副矿长、矿长兼玉雕厂厂长。他现在是亚洲珠宝联合会理事、中国珠宝行业协会理事、新疆宝玉石协会常务理事、新疆玉石专业委员会副主任、新疆且末县民族工艺玉雕公司董事长兼且末县天马玉雕厂厂长，还担任新疆巴州政协委员。他虽然担任了许多领导职务，但是始终未离开采矿第一线，每年仍跋涉在昆仑山的崇山峻岭。

在玉石生涯中，田宝军有不少传奇故事，其中有三次与死神擦肩而过。1981 年他当采矿队长，有一次，一块 10 多吨的巨石突然向下滚落，直冲他而来，万幸的是，巨石卡在了离他几米远的一条石缝中。1991 年一名替岗工人没按规定时间放炮，正在作业区检查工作的田宝军接二连三地遭爆炸袭击，天上下起了漫天石头冰雹，他躲在一辆人力车下，看到一块巨石从天而落，他眼明身快，箭一般逃离车子，车被砸得粉碎，他却安然无恙。1997 年，一次攀登时绳索突然断裂，他被摔下深谷，至今留下多处后遗创伤。

田宝军有一张独特的名片，背面是一副对联，上联是"以玉会友"，下联是"天长地久"，横批是"养玉"。对联中间印有一篇短文：在所有玉材料中，和田玉与人最亲也最近，金银是钱，钻石是价，而玉是生命。玉有五德，仁、义、智、勇、洁。要养玉，必须具备玉的品德，信不信？握玉在手中，你会发现玉是活的，正和着你的思绪在共鸣。

田宝军介绍，中国人视玉为吉祥辟邪之物。在古代，玉象征权力、高尚、纯洁、典雅、华贵。宝玉有灵，从古至今，玉和人类活动关系密切，我国古代几位高寿皇帝——武则天、康熙、乾隆等，都曾久佩和田玉。

他又介绍，医学研究证明，和田玉中含有多种微量元素，具有特殊的光电效应，长期和人体接触会使皮肤吸收这些微量元素，让体内各种元素获得平衡，起到祛病消灾的作用。我国中药学巨著《神农本草经》《本草纲目》都有记载：玉具有除热、止渴、润心肺、助声喉、滋毛发、滋养五脏六腑、柔筋骨、利血脉、明耳目、降血压之功效。

田宝军对和田玉的保健强身功能深有体会。他说，在且末玉石矿工作 10 年以上的工人，至今无一人得过重病，6 位老矿工 30 年的医疗费总计不到 300 元，平均每人每年 1.66 元，这在世界上是罕见的。

他还说，和田玉有防腐、固体、久存的奇效，因此毛主席纪念堂选用且末县玉石矿 218 公斤和田青白玉作为重要的建筑材料。

和田玉又是收藏、把玩、馈赠亲友的佳品，中华人民共和国成立初期，周总理用和田玉打开了与国际友人交往的大门，和田玉功不可没。和田玉收藏价值空间巨大，收藏人数每年大幅递增。

田宝军从心底酷爱玉石，将青春献给了和田玉事业。他还将这项工作传递给下一代，将小女儿送到某地质大学珠宝学院学习珠宝鉴定，大女儿医学院毕业后回到且末，也改行从事了玉石经营，夫人及儿子早已从事了玉石工作。田宝军全家可谓是名副其实的和田玉世家了。

（选自 2006 年 3 月 16 日《中国商报》）

额河奇石与觅石"三杰"

中国是奇石收藏历史悠久的国家之一。自20世纪70年代，藏石热在西方发达国家、日本、韩国以及中国大陆和港澳台地区再掀起热潮，近年更是达到炙手可热的程度。

10多年来，在奇石家族中，额河（额尔齐斯河的简称）奇石异军突起，先是个别人进而带动一大批寻觅收藏奇石群众大军，使沉睡千万年的阿尔泰深山沟壑中的宝物名扬天下。我们聚焦三位寻觅奇石的人物，通过他们的寻宝经历和体会，管中窥豹，来感悟和认知额河奇石的独特魅力。

赵翼光——寻觅额河奇石第一人

赵翼光被当地公认为额河奇石寻石藏石第一人。退休前他是县旅游局局长，还曾担任过县广电局局长，再往前曾在该县当了15年教师。

祖籍北京市的赵翼光出身于名门望族的官宦家庭，父亲承传收藏有大量历代名人字画，自幼赵翼光就经常同兄弟姐妹一起帮父亲晾晒几十箱名人字画，这些耳濡目染都在他的脑子中留下了艺术的印记，也为他后来的奇石收藏奠定了基础。

赵翼光于1998年开始到额河拣奇石，8个年头中共拣2 000多块。在他的带动下，紧随其后开始是四五个人、几十个人，后来发展到几百人、几千人，现在富蕴县连放羊的哈萨克族牧民、种地的农民、开矿淘金的工人都拣起了石头，几乎家家有奇石。

初秋时节，记者专程赴富蕴县访问赵翼光。他现在是中国文化信息协会石文化专业委员会理事、新疆宝玉石协会奇石专业委员会副会长、富蕴县奇石协会会长。

他告诉记者:奇石也称观赏石,又称雅石、石玩等,是指天然形成的具有观赏、玩味、陈列和收藏价值的各种石体,包括一般未经琢磨而直接用于陈列、收藏、装盆、造园的岩石、矿物、化石和陨石等。它们以奇特的形状、艳丽的色泽、漂亮的花纹或细腻的质地等特点而受到人们的青睐。

赵翼光概括介绍了额河奇石的有关背景知识。

额河是中国唯一一条流入北冰洋的河流,发源于中蒙边境富蕴县境内,流经富蕴、福海、哈巴河县进入哈萨克斯坦、俄罗斯。额河上游河谷深、落差大、流速快、冲刷力强、泥沙积聚少,河水清澈见底,大量河卵石暴露在河床中。从地质史看,这里岩石众多,有花岗片麻岩、石英云母岩、石英沙质岩、泥灰质岩、卡西岩、各类硅质岩、石英变质岩、蓝晶石变质岩、火山砾岩、火山角砾岩、石灰岩等,众多岩石在地壳内部时就多次被褶皱、挤压、断裂、隆起、破碎,同时又伴随多种矿物岩浆入侵、充填、黏合,包括混融和多种矿物质水溶液侵染、氧化等发生了复杂的地球物理和化学变化,当地壳不断上升,露出地面后风化脱落,又经千百万年湍急河水冲刷、磨砺,造就了神采各异的额河奇石。

额河的河卵石,石质坚硬、水洗度很高,并天生有光洁的石肤(也称石皮),而玛河石、黄河石则无此特色。额河石纹理色彩丰富,对比度高,奇石种类繁多,目前,已发现 20 余种,图案构成千姿百态,人物、动物、花草、山水、树木、鱼虫,门类齐全。有些画面意境深远,构图绝妙,各地奇石爱好者观后赞不绝口,纷纷以高价购买,不少人不远千里专程到富蕴采购。

额河奇石,主要产自富蕴县以西,特别是在额河支流哈依尔特河、哈拉额尔齐斯河产量最多,石质、石形、纹理、色彩最好,因为这些河床中蕴藏黄金最富。几十年来,人们不断在这里开采黄金,把大量的河卵石翻了出来,目前,当地觅石活动以地表面进行,其实,在河道地下平均5~8米深处全是河卵石。赵翼光认为要是经过科学论证,在政府允许情况下,形成一种产业,有计划地进行开发,潜力很大。

接着赵翼光介绍了拣选、甄别、收藏额河奇石技术与方法。

收藏额河奇石要遵照形、质、色、纹四个方面进行评估。

形——额河奇石的形状基本上达到了要求,最多见的是鹅卵状和不规则卵石状,也有象形石和造型石。收藏时要避免顶部平整形、三角形、四边形、正面或背面过于平整形,厚度要合适,不能是明显的单薄形,观赏面不能有明显裂纹,表面也不能明显凹凸不平,还要避免表面明显破损等。在收藏时不能因过分考虑图案而忽略了石形。

质——额河奇石石质是公认的优等石质。它结构细腻,水洗度高,石肤浓重光洁,手感质感非常好,在国内纹理画面卵石中不多见,硬度多在5~7度。本身固有石肤使它非常完美,无须加工处理。

色、纹——额河奇石的欣赏应把色和纹结合起来分析。奇石的底色和纹理的颜色,在构成奇石画面中共同起到了重要作用。在图像石中,人们看到的多是两种色构成的图案,而在额河石的图案中常常见到三色以上的图案,在众多奇石中特别抢眼。国内各类奇石中色成了奇石的生命线,像黄蜡石、七彩石、鸡血石、雨花石等都有一身好的色,显得高贵华丽。对额河奇石的欣赏不应单纯地去赏色,而应从色纹结合的图案去品味其内涵。

赵翼光介绍,额河奇石的形、质、纹大多很理想,尤其是它们经过巧妙组合,形成的图案令人叫绝,飞禽走兽、花草树木、山川河流等无所不包。

他说,在额河奇石中,图案很多。初玩石者总是在看一块石头像什么,只停留在表面上。其实欣赏一块奇石,既要看到实际存在的纹理图案,又要看到抽象的或是并不存在的纹理景象,也就是既要看到实的一面,也要看到虚的一面,有实有虚,以虚代实,从而产生一种新的境界。比如,我有一方额河奇石,全石墨绿色,观赏面有一条橙黄色小鱼,非常逼真,谁看了都会认为小鱼在水中游动,活泼可爱。画面中水并不存在,但赏石者都认为有水,鱼就在水中游,水是想象出来的,这就是以虚代实,实虚结合。

赵翼光介绍,额河奇石所在地过去因地处偏远,地区闭塞,交通不便,加之信息不畅通,所以似待嫁的女子,藏在深闺人未识。近年额河奇石突然崛起,在全国、自治区奇石展览中,崭露头角,有十多次获得金奖、银奖。不少原本很清贫的人,包括哈萨克族牧民热合曼·赛地克、汉族小伙秦治志等都因拣石卖石发了财,一年收入在(2~6)万元。现在富蕴县已开设有几十家奇石市场和专卖店,新疆乃至全国奇石爱好者纷纷到富蕴选择奇石。

焦飞虎——拣到了奥运标志中国印奇石

焦飞虎说,他是受赵老师(当地人称赵翼光为赵老师)的影响,1999年开始喜欢上拣石藏石的。他原是县城派出所的干警,以前也曾当过语文教师多年。

焦飞虎介绍,一开始是拣些小块石头,后来转向拣画面石。他每次都是骑摩托车去拣石头,往往飞驰几十甚至上百公里。他拣石头如中魔法一样入迷,没腰的水跳进去伸手探摸石头,全然不顾刺骨的冰凉。

功夫不负有心人。焦飞虎持之以恒钟情于奇石,终于取得了令人羡慕称奇的收获。4年时间他凑齐了"2008"四块数字石,还拣到了神奇的京字奥运标志字体(又称中国印,实为人体形象化的京字),也称"舞动的北京"。其中2003年8月拣到"京"字中国印奇石,2004年拣到两个"0"字奇石,2005年拣到"2"和"8"字奇石。

焦飞虎拣到"2008"和京字奇石后,包括中央电视台在内的全国各大报纸、电视台纷纷进行报道,北京奥委会有关部门还来函要求收藏。

焦飞虎至今已拣拾500多块奇石,其中有"双虾戏水""鸳鸯戏水""幽林春晓"等精品100余块。

屈志治——石头使他起死回生

籍贯陕西省的屈志治原在富蕴县法院工作,进行过两次肝癌手术的他是被医院宣布活不了多久的人,2002年退休后,豁出性命加入了拣石头行列,每年5月至10月十二三次进入阿勒泰高山峡谷中去拣石,几年下来,医生检查时惊奇地发现,他的肝癌病彻底痊愈了。对此,屈志治感慨万千。

屈志治每次拣石头都是先乘100公里汽车,下车后在深山峡谷中步行10多个小时,这都是些深山老林,人迹罕至,常人吃不了这个苦。每次都拣二三百公斤,有时一块就重达80公斤,根本背不动,他就一次次分批往山下背,一直到找到放牧的牧民,雇用马匹驮运下山。

他说,收藏奇石其实是收藏大自然,寻觅奇石常常跋山涉水,到山上、到水中去寻找,这是一种锻炼身体、强健体魄的活动,投入大自然的怀抱,观赏绿水青山,呼吸新鲜空气,真是一种莫大的享受。

屈志治介绍,他很多次要翻过八九座山甚至十座山,山连山,山套山,这些山奇形怪状,山、森林、树木像剑麻草一样尖利,直插云端,震撼心魄,使人感到敬畏。他说,石头救了他的命,拣石中整个身心融入大自然,这是精神疗法,肝气舒,百病皆除,这是他亲近自然享受生活乐趣的结果!

屈志治拣石去处是富蕴县其他拣石人望而生畏的独到之处,所以只有他拣到了珍贵的蓝晶石。蓝晶石也称变质岩,这种石头红、黄、蓝、白、黑等各种颜色混合、五彩纷杂,似将多种颜色泥巴揉搓成一体一样,令人观后能感到它的奇妙无比。这种变质岩硬度高达 8 度,据称水晶硬度才 7 度。业内人士称,富蕴蓝晶石是国内奇石中的珍品,收藏前景非常看好。

采访完额河奇石和觅石人,笔者感触颇多,不由得想到唐代白居易《双石》中的诗句:"万古遗水滨,一朝入吾手。忽疑天上落,不似人间有。回头问双石,能伴老夫否?石虽不能言,许我为三友。"这或许是众多奇石收藏者的心声吧!

(选自 2006 年 14 期《每周文萃》)

两代人的伽师瓜情结

　　不久前,新疆伽师瓜节在南疆伽师县隆重举办。来自国内外的客商云集一堂,争先恐后地订购闻名遐迩的甜瓜珍品。30 年前还鲜为人知的伽师瓜,如今已是香飘万里,誉满神州了。

　　可是,许多人不知道,正是伽师县两代供销合作社干部职工前赴后继,默默奉献,才使得伽师瓜走出了大漠,走出了新疆,走向了世界,使越来越多的人品尝到它的甘甜和美味……

藏在深闺人未知的珍品

　　记忆回到 19 年前。1991 年 7 月 18 日,伽师县供销合作社瓜果公司举办首次伽师瓜订货会,记者应邀与来自北京、广州、长春、沈阳等地区近百位供销合作社果品公司的经理,一路颠簸来到距新疆首府乌鲁木齐 1 500 多公里的伽师县。当时的县委书记和副县长带领着远道而来的客人参观瓜地、品尝香甜的伽师瓜、介绍伽师瓜的特色……

伽师县地处塔克拉玛干大沙漠南缘，县域三面环山，中间低洼，气候干燥，光照充足，作物生长季节日照达2 923小时，而且昼夜温差大，有利于瓜果生长和糖分积累。这里的土壤盐碱性高，含有甜瓜生长期需要的丰富元素，而且瓜农沿袭着用一种苦豆子草做肥料的习俗，长出的伽师瓜香甜出奇。

伽师瓜的特点是皮厚且硬，极耐储藏和运输。它通体黑绿，瓜味甜、汁多、香脆，瓜瓢呈橘黄玛瑙色。晚熟是它的另一特色，因而又被人称作冬甜瓜。哈密瓜在六七月份成熟，故被称作夏甜瓜。伽师瓜由于耐储藏，可放置到春节甚至来年五六月份，当地瓜农在冬春季节，在南疆公路边摆摊卖瓜，许多跑长途的汽车司机成为幸运的顾客。然而在当时，全国知道伽师瓜的人少之甚少，有点"墙里开花墙里香"的味道。

邓新午：一个不应忘记的名字

20世纪80年代中期以后，伽师瓜向世人掀开了它的神秘面纱。

1985年临近春节，伽师县供销合作社瓜果公司经理邓新午带领果品加工厂厂长许玉昌等7名员工，每人身背8个伽师瓜，迎着凛冽的寒风，走出了伽师县，几经辗转来到了首都北京。他们要去寻觅伽师瓜的销路。

1985年3月10日，在北京民族文化宫举办了新疆伽师瓜鉴赏品尝会，操办者就是邓新午。国内300位食品专家和一些中央首长品尝到此瓜时，无不交口称赞。著名书法家启功、米南阳、李铎、苏平、魏传统、赵家熹等当场挥毫书写了"珍品飘香""天下独味美绝伦，方知瑶池蟠桃会""奇甘都市尝新味，盛世儒林说异瓜""汁浓鲜美祖母绿，肉厚香甜玛瑙红"等溢美之词。会后，北京的报纸、电台、电视纷纷加以报道，伽师瓜一鸣惊人！

伽师瓜从此声名鹊起，引来了大批的进货商，并很快风靡北京、广州、长沙等几十个城市。1990年北京亚运会官方就购买了7.4万公斤，占北京亚运会瓜果供应总量的三分之一。

在1985年之后的6年里，邓新午领导的伽师县瓜果公司共销售伽师瓜2 000万公斤，销售额达2 300万元，年人均创产值10万元，年人均创利1.1万元，

6 年上缴税金 100 余万元,创全疆同行业最高水平。6 年中,仅商品瓜收购一项就直接为农民增加效益 500 万元。6 年中,有 2 000 名瓜农沿着瓜果公司开辟的销路,将伽师瓜运销全国,总销量 7 000 万公斤。伽师瓜使贫苦的瓜农走上了富裕之路。

令人遗憾的是,后来,由于县上偏重强调扩大棉花种植,种瓜面积陡然萎缩,伽师瓜生产数年陷入低迷。20 世纪 90 年代中期,和许多地方一样,伽师县供销合作社也走入低谷,在改制压缩机构时,邓新午也提前办理了退休手续。不甘寂寞的他先是包地发展苹果种植业,后又远走他乡,涉足中亚边贸经营。

据伽师县招商局外经贸局局长颜永玖介绍,当邓新午得知伽师县伽师瓜产业枯木逢春时,他心中未曾泯灭的伽师瓜情结之火又重燃了,他决定回国重新从事伽师瓜经销。可是,2009 年,在回国途中,他在塔吉克斯坦因遭遇车祸而不幸身亡,终年 57 岁。记者仅在 19 年前那次伽师瓜订货会上见过他一面,但他热情接待客人的笑脸至今记忆犹新。可惜他壮志未酬,许多人扼腕叹息。记者感喟,伽师县人民应该不会忘记这位为伽师瓜营销作出贡献的先驱者、伽师县县域经济发展的默默奉献者。

王金龙:伽师瓜营销的继承者

在这次伽师瓜节举办期间,记者见到了负责包括伽师瓜在内的全县农产品经销工作的王金龙,可谓伽师瓜经销的继承者。王金龙的职务是伽师县兴农农产品购销有限责任公司总经理、伽师县供销合作社副主任。这位关中汉子曾经在空气稀薄、海拔 5 300 多米的喀喇昆仑神仙湾哨卡守边 5 年,20 世纪 80 年代末转业来到伽师县供销合作社工作,从基层社书记到县社副主任一干就是 20 多年。记者刚来到伽师县的时候,就听到了有关王金龙坚持不懈为首都人民供应伽师瓜的故事。

2008 年 7 月,王金龙接到一位素不相识的北京女经销商钦韩芬的电话,她说:"你们的伽师瓜又脆又甜,口感很好,能不能给我们发些样品来。"王金龙当即爽快地答应下来。

当天他挑选 8 个标准商品伽师瓜,贴上标签,分装在两个箱子里,专门驱车近百公里,送到喀什机场,并付了 180 元空运费及下站费。第二天,钦韩芬就收到了伽师瓜,这使她很惊喜,也很满意,随后给王金龙单位账户汇去 1 万元,王金龙又将 10 多吨标准伽师瓜空运给了钦韩芬。由于相互诚信度高,两年来,王金龙将 40 吨伽师瓜发运到北京,使首都市民在许多超市都可以买到香甜新鲜的伽师瓜。现在,伽师县供销合作社还在北京设立了伽师瓜直销点,构建起了新疆与首都之间的伽师瓜快捷销售渠道。

王金龙告诉记者,现在伽师县伽师瓜种植面积已有 15 万亩,占到全县播种总面积的三分之一,伽师瓜年总产量已达 45 万吨,销售额是全县总收入的二分之一,伽师瓜已经成为瓜农的"黄金路"。如今,伽师县供销合作社、兴民农产品购销公司被县委、县政府赋予全县伽师瓜、农产品销售重任,公司每年都要携带产品参加在北京、上海、广州、厦门、青岛、乌鲁木齐、喀什等地举办的展销会。不久前举办的喀交会上,广东、山东等省签订的伽师瓜合同金额就达到 4 亿元。

(选自 2010 年 11 月 2 日《中华合作时报》)

新疆的红花为什么开得这样红

红花,一种栽培历史悠久的古老作物,但是人们对它知之甚少,甚至存在认识上的误区。用"不识庐山真面目""物以稀为贵""藏在深闺人未知"等词语比喻其价值和现状,绝不过分。

在我国新疆西部险峻雄奇的阿尔泰山脉和天山山脉之间,在蔚蓝色天空、洁白的雪山脚下,有一块瑰丽而神奇的绿洲,这就是被国家有关部门命名的具有"中国红花之乡"称号的额敏县。除额敏县外,还有塔城市、裕民县、托里县,统称塔额盆地,上天偏爱它,给予每年超过 3 000 小时的充足日照和中国独一无二的大西洋季风气候熏陶,使它孕育出独具特色、品质优良、取之不尽的"新疆红花"。近年来,这里的红花产业(亦称红色产业)有了突飞猛进的发展。

这里记述的则是倾力培育红花花朵,扶持、推动、打造这一红色产业的"红专家""红司令""红小兵"。

"红专家"王兆木

王兆木,是我国红花界知名的两位学者之一(另一位是黎大爵),是国际国内红花育种、栽培、科研领域公认的大师,素有"红花王"之称。他向记者详细介绍了红花的特性及有关情况。

红花全身都是宝,而精华部分首先是它的花丝(花冠),即通常人们所说的红花。它既是传统中药材,又是天然染料。作为中药材,具有活血化瘀、通经止痛的功效。据《本草纲目》记载:"红花出自西域,味甘无毒,能行男子血脉、通女子经水,多则行血,少则养血。"大多数中国人恐怕只了解红花是药材,其他则不知晓。

其实,红花精华的另一部分是用红花籽榨出的红花油,也称红花籽油。说到红花油,绝大部分中国人认为指的是正红花油药水。就连精明的上海老太太也自认知识面"渊博":"啊!红花油嘛,阿拉晓得了,不就是跌打损伤、涂涂抹抹、舒筋活血用的正红花油嘛!"

王兆木澄清:"新加坡出品的正红花油与我们所说的红花籽油根本不是一种东西,可谓风马牛不相及。正红花油的成分是由人工合成的。"王兆木亲自进行过化验,正红花油根本不含红花籽油的成分,只是名称上的一种巧合。这是专家第一次为正红花油和红花籽油正名,澄清了长久以来广大百姓的模糊认识。

王兆木指出,多少年来,红花还被人们称为草红花、西红花、番红花、藏红花。其实我国的红花大多种植在新疆,面积、产量占全国的80%。西藏并不出产所谓藏红花,误传的藏红花则是产自毗邻我国西藏的不丹、尼泊尔和印度等国,而经由西藏辗转运至中原而得名。藏红花这一名称习用至今并把它同草红花的概念等同起来,实在不妥当。

王兆木介绍,红花原产地为大西洋东岸、西北非及地中海沿岸和中东地区,长期以来,则被广泛种植栽培在印度、中东及中国。红花被引种于美洲和大洋洲,只有100年左右的时间。

中国与欧美栽培品种截然不同。欧美种植的是含油率高的油用型、不采用其花的植株、有刺、开黄色花的红花品种。中国种植的是无刺、油花兼用型品种(又采红花丝,又用红花籽榨油)。历史上中国主要用红花丝作药材和染料,只是到20世纪60年代国内油品奇缺,新疆才率先在全国用红花籽榨油。

王兆木介绍,红花在中国栽培历史久远,自西汉张骞通西域以来,中原各地种植已有2 000多年历史,新疆栽培史要比国内其他地方的栽培时间更长。中国红花资源丰富、品种繁多,就栽培面积和产量而言,新疆在全国都占第一位。新疆红花主要分布在塔城、昌吉、伊犁、巴州,其中额敏县被中国特产组委会命名为"中国红花之乡"。

红花特性耐旱怕涝,耐盐碱地,尤其在开花期遇雨会影响开花授粉而降低产量,新疆气候干燥、光照时间长、热量资源丰富。七八月份红花开花授粉及成熟期间,新疆干旱少雨,是红花的理想生长环境,因此,新疆红花色泽鲜艳,含油率高,因此红花籽油品质佳。20世纪80年代初,同年同品种红花在美国与中国不同生态环境下试验种植表明,新疆塔额盆地红花油质量最高。

王兆木向记者介绍了那么多丰富的红花知识,而记者更关心王兆木投身红花产业的事迹。

王兆木现年66岁,从事红花研究已有40年时间。新疆得天独厚的自然资源和丰富多彩的品种资源,使新疆具备发展红花生产的潜在优势,但长期以来,由于农民采取种子自繁自用,以料代种及相互换种等方式,使红花品种严重混杂、产量低、品质差、效益不高,并导致红花籽在市场上缺乏竞争力。因此要发展红花种植业,首要问题是解决良种。1984年,中国唯一的红花专业油厂额敏红花油厂建成投产,一直到改制后的塔原红花公司,始终以新疆农科院经济作物研究所为依托单位,在品种改良与新品种选育方面双方紧密予以配合,而担当这一重任的就是王兆木及其课题组。数十年来,他们每年在新疆和海南试验种植,通常一个品种育成要历时10年时间。

20世纪80年代,王兆木把药用(红花丝)红花的含油率由11.5%～16.8%提高到18.6%～22.9%,90年代初进一步改良品种,把油用型红花的含油率提高到23.1%～25.6%。1995年王兆木及其课题组成功培育出新红花1号和新红花2号两个红花新品种,使红花育种上了一个台阶。新红花1号为油花兼用型,含油率达30%～32%,不仅品质好,含油率比传统种植品种高出6%,而且产量可增加10%以上。

2000年,王兆木课题组培育出新红花3号和新红花4号两个红花新品种,这是世界上红花界的重大科研突破。他们根据遗传学原理,在世界上首次打破高油分与有刺、黄色花的相关遗传链锁,建立了无刺、红色花与高油性状相结合的新型遗传链锁,利用美国高油高产的优异资源亲本与新疆本地选育的无刺、红色花、产量高的优异亲本配置杂交组合,成功地培育出世界上第一个优质高产、高油红色花、植株无刺的油花兼用型红花品种新红花4号,该品种把双亲的特点和优势结合在一起,含油率高达39.69%,被科技部作为农业科技成果转化项目向全国推广。

近年来,王兆木被塔原红花公司聘为高级顾问,又担任了公司副总经理,企业为科学家提供了施展才能的大舞台,企业又依托科技得以健康发展,两者相得益彰。正因如此,王兆木的新品种不断得到推广,新品种推广服务面积每年达 5 万～6 万亩,为提高红花产量、品质,为农民增收作出了贡献,科技真正转化为了生产力。

"红司令"唐定邦

新疆塔城地委书记唐定邦,人送绰号"红司令"。原因是 10 多年来,唐定邦从任地委委员、副书记、书记始终能排除阻力,矢志不移、持之以恒抓红花产业的发展,因此得此雅号。更多的人说,新疆塔城地区红花产业能够健康发展,并取得耀眼的成就,功劳簿上应给唐定邦重重记上一笔。实践证明,科技是第一生产力,而且只有管理者高度重视并抓而不放,才能结出丰硕果实,唐定邦就是这样的领导干部。

10 多年前,作为主管农业的地委委员、地区副专员,唐定邦一到任就深入基层进行调查研究,认准红花产业蕴含着不可估量的含金量。时至今日,他向记者说起红花的价值依然充满兴奋与憧憬之情,他对红花知识的了解俨然是毫不逊色的行家,难怪有人说他是半个红花专家,堪称学者型领导干部。

唐定邦说,红花既是我国人民十分熟悉的中药材,还是一种集药材、油料、染料和饲料为一体的特种经济作物。红花浑身都是宝,特别是红花籽油具有宝贵的价值,是一种集食用、治病、美容为一体的高级食用油,也是当今世界公认的三大保健食用油之一。

唐定邦说,红花籽油的特殊价值就在于它的亚油酸含量高。世界卫生组织在 20 世纪 70 年代就推荐红花籽油、米糠油、玉米胚芽油为三大营养食用油,其中红花籽油列首位。国内外研究表明,红花籽油是所有供人类食用的油脂中质量最优质的食用油,它的亚油酸含量是迄今为止世界上所有已知植物油中最高的,达 75%～85%。亚油酸能阻止血管动脉粥样硬化,能降低人体血脂和胆固醇的含量,阻止血液的不正常凝固,软化血管,扩张动脉,增大血液循环,调节心脏和老化的内分泌系统,间接恢复神经功能,对高血压、冠心病、偏瘫、中风等心脑血管疾病有较显著的食疗效果,因此世界各国的医学科学家、营养学家建议人们多吃红花籽油。

唐定邦说,红花全身都是宝,除花冠是传统中药材、花籽是特殊油料外,花冠又是天然染料,将其提炼成色素,可以广泛用于食品、药品和纺织品的无害着色和天然食品添加剂。作为高蛋白制品的优质原料,红花饼粕可以直接加工配合饲料,还可以开发氨维营养饲料等。

唐定邦认定红花是塔城地区的特色资源。他说,党中央强调要重视"三农"工作,根本问题是农民脱贫致富问题。将红花特色资源进行资源优势转化工作,培育塔城地区新的经济增长点,帮助农民增收,是塔城地区农民的最佳致富途径,因而唐定邦极力主张将红花产业列为塔城地区主要产业进行发展,并迅速做大做强。

为了提高人们的认识水平,也为了扩大对红花的宣传舆论工作,在唐定邦的力促下,红花产业发展研讨会于 2000 年 4 月在首都北京召开,邀请中国科学院、农业部(国务院原有组成部门)以及食品、医药、商贸等方面的 27 位专家,畅述红花产业。专家们在会上踊跃发言,并且急切呼吁,红花作为 21 世纪的朝阳产业,有无限广阔的发展前景。红花不仅是塔城地区的特色资源,也是全国的特色资源,应作为西部大开发的优势资源开发项目。当时中央电视台好几套节目对研讨会进行了报道,引起强烈反响。此举不仅坚定了唐定邦及塔城地委领导一班人的信心,也促使红花产业从此迈入快车道发展之路。

要发展红花产业,做好"三农"工作,关键是扶持龙头企业,没有龙头或者龙头作用不强,任何产业发展只能是"纸上谈兵"和"空中楼阁"。要发展订单农业,农民的利益首先靠龙头企业来体现。于是唐定邦及地委领导班子决定,以原额敏红花油厂为基础,扶持一个集团。组建集团缺资金不行,于是地委要求所属县市及大企业拿出资金支持组建塔原红花有限责任公司。唐定邦说,没有钱不行,所以先有了钱,才有了集团公司。

一个龙头集团,必须有一位头脑清晰、思路敏捷、懂经营、善管理、会开拓市场的领头人,唐定邦选贤荐能,将原乌苏市经贸委副主任杜立杰推上了塔原公司总经理位置。

唐定邦还不远千里到乌鲁木齐,亲自登门拜访新疆农科院红花专家王兆木研究员。他告诉王兆木,地委已下定决心,将红花作为主导产业,现在就缺专家,他希望王兆木不仅在良种培育上,而且在栽培技术、加工产业上给予全面支持,王兆木欣然接受了塔城地委农业顾问的聘任。此后,唐定邦又牵线搭桥,王兆木被塔原公司聘为高级技术顾问。

唐定邦认为,经过 10 多年的奋斗,红花产业应该说已经开花结果。他称赞塔原公司开拓了红花油市场,启动了红花产业链的互动,真正起到了龙头作用,发挥了龙头带基地、基地连农户的作用,用一个产业富一方农民群众的初衷已开始显现,现在依然需要领导重视,尽快将其壮大,带动地方经济的发展。

唐定邦说,全国有超过 13 亿的人口,每年有 1.3 亿中老年人患有不同程度的高血压、高血脂、动脉硬化、冠心病等心脑血管疾病,如果其中有 15% 的患者为身体保健而消费红花油,每人每年食用 10 公斤红花油,平均一个月还不到 1 公斤,则全国每年有 6 万吨红花油的消费空间,需要 20 万吨红花籽来榨油,需要种植(200～250)万亩红花提供种籽。其效益也非常惊人,如果加工生产出 10 万吨红花油,就可创产值 10 亿元,可为地方提供税收 3.3 亿元,而全地区每年财政收入也不过 3 亿元,那样的话,塔城地区就可以全面进入小康社会了,这还仅仅是红花油一项的收入,不包括同步发展的综合红花油加工产品、高科技转化副产品的产值。将来,全塔城地区可拿出 1/2 可耕土地种植红花,还可以塔城为龙头,带动全疆各地的红花种植。

唐定邦说,目前,影响红花产业做大做强的瓶颈还是缺资金。现在由于塔原公司市场开发力度的增强,红花油被市场、被消费者认知的程度与日俱增,国内知名油品加工品牌如金龙鱼、福临门等都纷纷将目光投向塔城,都想涉足红花油产业,欲谋合作事宜,金龙鱼自从与塔原公司合作,引进红花油而生产出 1∶1∶1 调和油,已风靡神州城乡市场,塔城地区政府还将扮演红娘角色,为引进国内外大集团而架设桥梁。问题是,谁的资金投入大,谁能迅速做大做强,谁能带动塔城红花产业的产品走向大市场,就选择谁为合作者,目前,各大集团正在进行论证,各自的总部即将进行审批,估计很快就见分晓。

"红小兵"杜立杰

2001 年 7 月 27 日,在美国北达科他州威利斯顿市召开的第五届国际红花会议上,大会主席贝格曼向来自世界 12 个红花生产国 49 位红花专家现场展示推介中国塔原牌红花油产品,并向与会代表介绍中国唯一参会生产企业代表,中国新疆塔原红花有限责任公司的总经理杜立杰,受到全体代表的热烈欢迎。

新疆塔原红花有限责任公司是由商业部(国务院原有组成部门)投资,

1983 年建成的新疆额敏红花科研油厂和我国最大的红花籽油加工企业、新疆额敏红花油厂基础上改制发展起来的。20 世纪 90 年代末期，原企业由于经营不善，负债率 400%，四个月未给工人发工资，三年未给职工交纳养老金，拖欠职工养命钱，企业处于生死存亡的边缘。

面对绝境，额敏县委、塔城地委要寻找一个能人，使企业起死回生，最后由额敏县委和乌苏市委共同推荐、塔城地委拍板，千钧重担落在杜立杰身上。各级领导为何将宝押在杜立杰身上呢？他能挽救企业，重现企业生机吗？

当时担任乌苏市经贸委副主任，兼任乌苏市企业改革领导小组办公室主任的杜立杰是从工人逐渐成长起来的年轻干部。曾任厂长、二轻局长，任期都在两年以上，是当时全市最年轻的科级干部。他 19 岁时就当上了乌苏市塑料编织总厂厂长，他靠借款 3 万元起家，6 年时间，企业突飞猛进，总资产达 1 000多万元，在全疆轻工系统 2 000 余家企业中脱颖而出，被评为 6 家先进企业之一。杜立杰自学能力特别强，常常学习读书至深夜两三点，因而谙熟党和国家的经济和法规政策，估计正是鉴于他既有企业工作丰富实践经验，又懂经济体制改革的理论，因而被推上了"老大难"企业改制的岗位。

1999 年 10 月，走马上任的杜立杰首先向人浮于事问题开刀，精简机构，彻底砸掉大锅饭，实行合理定岗定编，对社会实行外部竞聘，对内部实行竞岗，实行岗位工资、计时工资、效益工资,建立新的工资运行机制,逐渐转移到按劳分配、多劳多得上来。同时,向职工和社会承诺,竞岗不下岗,公司不向社会甩任何包袱。即便是在竞岗中落聘的人员,还可拿出临时工岗位进行安排。全体员工都实行民主管理,领导干部、中层管理人员、员工都在此范围。考评小组每年都对人员进行考评。优胜劣汰,改革措施的推行,使优秀员工脱颖而出,调动了全体员工的积极性。

到 2000 年 7 月,在杜立杰的努力下,塔原公司完成了企业改制工作。在近一年的时间里,杜立杰的思想也有了升华。原本抱着完成改制就离开的想法的杜立杰喜欢上了红花产业,认识到红花产业是非常超前的朝阳产业,发展空间和前途非常广阔,市场前景之好难以估量。他全力以赴地开始了拼搏。

杜立杰认为,开拓产品的市场销路是企业发展的重中之重。市场在哪里?杜立杰认为,市场就在大企业的手中。杜立杰调查发现,原先企业 70% 的员工不知道自己厂生产什么品牌的红花油,更不知道红花油含什么营养成分。供销科仅局限于等客上门开票,销售人员无销售意识,存在"皇帝女儿不愁嫁"思想。鉴于落后的销售状况,杜立杰组织成立了产品经营部,组建了销售网络,并提出内抓产品质量、外塑企业形象,提出产品质量目标是合格率为 100%,投诉率为 0,在保证产品质量前提下,全面进行市场开拓。注重会展经济是杜立杰开拓市场的一大法宝,塔原公司积极参加乌洽会、广交会、食品博览会等许多商品展销会,近三年内共参加 30 多次专业和综合性全国、区域性商品交易会、展销会。杜立杰认为,这些商品会展是集中与客户见面的最好场所,且运营成本最低,利用会展机会,积极寻求合作伙伴,每逢参会,塔原公司总是精心布置展台,以精美的红花油产品赢得客户的青睐。杜立杰也是每次自始至终坚守展位,力求广交客户朋友,塔原的数百个客户都是在展会上认识的,如金龙鱼集团就是 2002 年在西安洽谈会上认识的,正因为金龙鱼引进塔原公司的红花油,才生产出了闻名遐迩的 1:1:1 第二代营养油品。

塔原公司在全面进行市场开拓中,将目标市场按地域划分为疆内市场和全国市场,按销售对象划分为工业用户市场和终端消费市场。在努力开拓品牌油塔原红花油市场的同时,将工作重点放到了大客户、大集团的长期合作上,与各大油厂、药厂、保健品厂广泛合作,扩大了产品销售渠道。公司还在北京、上海、深圳、山东、湖北、甘肃、广东等省市建立了经销机构。销售量每年以两倍速度递增,产品走向了全国市场,部分产品销往日本、东南亚和欧美等国家。产品在全国市场的占有率达60%以上,公司总股本已由公司成立之初的850万元增加到3 000多万元。

与此同时,塔原公司还获得众多殊荣。2000年公司被中国企业形象评审委员会评为"中国企业形象AAA级"及"中国市场知名企业"称号,2001年又被中国质检协会评为"产品质检合格单位"。公司生产的"塔原牌"红花籽系列食用油,被中国绿色食品发展中心认证为绿色食品,被卫生部(国务院原有组成部门)批准为保健食品,连续两年评为"新疆农业名牌"产品,被授予"中国放心食品信誉品牌""第五届国际红花会议指定产品""中国市场知名品牌""国际食品博览会金奖""2001年中国农业名牌产品"。2002年,公司成为西北五省区第一家获得ISO 9002国际质量体系认证的油脂企业。公司注册拥有的"塔原"商标被评为新疆著名商标。

2003年6月,塔原公司整合租赁了塔城地区第二家万吨红花油厂裕民县新疆红花植物油有限公司,从而使公司的精炼红花油年生产能力达2万吨以上,更加确立了塔原公司红花油产量在国内的霸主位置。

根据自治区"一红一黑一白"的发展战略,新疆塔原公司已被塔城地区列为以红花为主的红色产业龙头企业,塔城地区唯一被自治区批准为新疆首批农业产业化重点龙头企业。

还有一则喜讯是,"国家农副产品深加工示范工程粮油副食品深加工项目——新疆红花综合开发项目",已经通过专家评审,由国家计委(国务院原有组成部门)立项批复,将由塔原公司实施,项目总投资6 987万元,该项目运行后将建成10 800亩优质红花良种繁育基地,二级油加工能力将增加到10 500吨,和万吨精炼油相配套,企业的发展将更具市场竞争力。该项目将带动塔城地区50万亩红花原料基地建设,使全地区农民户均年收入增加3 300元左右。

为确保红花特色农业产业链的持续发展和发展后劲,塔原公司专门成立了以黎大爵(中国科学院农植所教授、国际红花会议联席会主席)、王兆木(第三届国际红花会议副主席、新疆农科院教授)等国际知名红花专家领衔的专家委员会,以指导红花产业化全系列工作,还成立了以吴桂荣(新疆医科大学药学院教授,红花研究专家)为首的"新疆塔原红花产品研究所",筹备生产加工肥胖病人、心脑血管患者、癌症患者等特殊群体专用油的立项审批并进行批量生产,同时着手进行具有降低血脂、降低胆固醇功能的双亚胶囊、红花降脂乳、红花口服液及红花茶的生产。

经过短短几年的拼搏,杜立杰领导的塔原公司成为塔额盆地红花产业的一艘旗舰、一支红色先锋,成为红花产业的龙头企业,这个龙头企业一头连着农户,一头连着市场,成为拉动农业产业化、促进农民增收、带动塔城地方经济发展的排头兵,在塔原公司基本建立了全塔城地区集红花优良种子供应、大面积栽培、收购、生产加工、销售为一体的一条产业链。从 2000 年开始,塔原公司开拓推行"公司 + 农户"订单农业模式,2003 年订单模式的红花种植面积已达38 万亩。

塔原公司崛起在新疆塔额盆地,使这里焕发出生机,成为一片充满希望的原野。

（选自 2003 年 8 月 9 日《中国商报》）

"拉面王子"——厉恩海

"拉面王子"厉恩海难舍故乡情,在乍暖犹寒的三月又回到了乌鲁木齐。

拉面技艺精妙绝伦

从3月18日到4月5日,厉恩海先后在乌鲁木齐的幸运酒楼、海悦大酒店进行了近30场拉面绝技表演,向新疆烹饪界传授技艺。他精妙绝伦的拉面技艺倾倒了每一位观众。

4月5日,笔者又一次观看了厉恩海的拉面技艺。

在案板前,他先是将面团拉成胳膊粗的长条,拉长后又旋转拧成麻花状。拉到尽兴时,他把一米多长的粗面条举过头顶,缓缓绕圈后再聚拢揉成面团,接着又反复抽拉,间或将面条在冰水中滑过。几分钟后厉恩海额头上沁出了晶莹的汗珠。多次抽拉以后,他才将面团再拉成长条,一变二、二变四、四变八……只见面条由擀面杖粗渐变成教鞭粗、筷子粗、毛线粗、棉纱粗,转眼间,他双手一抖,展示在观众面前的是百万根拉面,如蜘蛛结网、春蚕吐丝一般,又如同瀑布飞流直下。

10分钟左右的表演,他的绝技令观众目不暇接、眼花缭乱,啧啧声、赞叹声不断。

这次表演,厉恩海共拉出209万根细如蛛网、韧如蚕丝的面条,总长度约2 652千米,再现了他的吉尼斯拉面世界纪录。

学艺之路充满艰辛

厉恩海,今年57岁,江苏南京人,1964年支边到新疆,在新疆军区生产建设兵团当通讯员,后担任厨师长。

刚开始学拉面的时候,他每天都练习 3 小时以上,但拉出的面却如筷子一样粗,他就琢磨着怎么能够再把面拉细一些。

为此,厉恩海来到首都国宾馆,想拜一位清朝皇帝的御厨传人学习拉面,据说当年这种拉面技术是由山东孔府传入宫廷的。不料,老厨师斩钉截铁地说:"我们的绝技祖祖辈辈是传男不传女,自家的女儿都不传,何况你这个外姓人,不教!"

厉恩海不气馁,暗下决心,要想方设法学到这门手艺。北方是面食的故乡,厉恩海先后到北京、济南、西安、兰州等地走街串巷"偷学"技艺,日积月累,他的拉面技艺不断提高。

功到自然成

常言道,功夫不负有心人。1988 年,在全国第三届烹饪大赛上,厉恩海用 1 公斤面粉拉出了 15 扣 16 000 根细面,获得"拉面王子"称号。

1998 年 3 月 12 日,厉恩海在上海首次以 1 公斤面粉拉出 18 扣(每扣 1.94 米)262 144 根细面,累计长度 508 559.36 米,经公证部门公证,打破了吉尼斯拉面世界纪录。

2000 年 6 月 6 日,厉恩海刷新自己创下的拉面纪录,创造出 1 公斤面粉拉出 20 扣 1 048 576 根,每扣 2.53 米,累计长度 2 652 897.28 米的新纪录,这个

长度基本相当于万里长城山海关到嘉峪关的距离，约为珠穆朗玛峰高度的266倍。

2002年，美国总统访问中国，国事活动期间，就安排有观看中国三创吉尼斯拉面世界纪录的厉恩海表演拉面项目。外国贵宾看了表演后赞叹不已，品尝了厉恩海的拉面，并当场向厉恩海赠送礼品。

近10年来，厉恩海应邀到山东、上海、江苏、重庆、云南、内蒙古等地的几十家星级酒店进行表演，并先后到过英国、法国、日本、新加坡、马来西亚、泰国、菲律宾等国家进行拉面绝技表演。

做拉面也有秘诀

说起拉面秘诀，厉恩海笑了，他说："面粉里加了什么要保密，但优质面粉是关键。"他创造吉尼斯世界纪录使用的面粉——100公斤小麦只磨出25公斤的面粉，几乎是小麦心磨出的雪白粉，无任何添加剂，洁白细腻。

厉恩海告诉笔者，常人之所以不能拉出"绝技"，主要在三方面有差距：一是未采用最佳品质面粉，二是没有科学合理的配方，三是未能掌握什么环境何种温度下拉面的技巧。

细如蛛丝的面下到锅里不就煮散了？厉恩海说，细如蛛丝的面应下到五成热的油锅中，一下锅拉面即卷成一窝丝，这样炸出的面洁白如雪，根根不乱，酥脆香浓，特别适合老年人食用。而较粗的拉面，比如细如毛线的面，才适合煮到水中而后食用。

让拉面技艺发扬光大

这次，厉恩海在乌鲁木齐又收了幸运楼34岁的新疆名厨肖潇为徒，这是他在全国接收的第91名弟子，厉恩海要让拉面技艺发扬光大。

现在，91名弟子中已有一人打破了厉恩海创造的吉尼斯拉面纪录，这个人就是他的儿子厉涛。2002年1月16日，厉涛在河北用1公斤面粉拉出21扣（每扣1.36米）2 097 152根，总长度2 852 126.72米。人们说："这真是青出于蓝而胜于蓝了。"

（选自2007年4期《今日新疆》）

婚礼殿堂上扬撒爱情

——记新疆婚庆著名主持人郭胜

如今,无论你是老者抑或是年轻人,都应该参加过亲朋好友的儿女或同学、同事、朋友的次数不等的婚礼。婚礼上不同主持人的主持风格,也一定会给你留下不同的印象。

我认为,主持人的主持风格一般分为两种:一种是僵化地死记硬背程序,口若悬河如街头卖艺人甚至到了令人倒胃口的程度,场内气氛一片哗然。另一种是语言流畅,妙语连珠,语句诙谐幽默,自始至终如行云流水,令满座高朋或会心微笑,或开怀大笑,过后犹余音绕耳,令人回味无穷,难以忘怀。

郭胜——新疆著名婚礼主持人,就是后一种主持风格。

郭胜不印名片,但他的主持特色不胫而走,声名远播,许多人千方百计寻找到他。他每年主持 50 多场, 20 年来已主持 1 100 场。找他主持婚礼要提前两个月预约,社会上流行"未定酒店,先定郭胜"的说法。一名华凌做板材生意、拥资上亿元的老板要给儿子举办婚礼,可能是财大气粗,派出 4 路人马打探寻找婚礼名主持人,结果 4 路人马不约而同地先后找到郭胜门下,可见他在婚礼圈内的影响力有多强。

爱读书的婚礼主持人

初秋时节,笔者在乌鲁木齐市东门外碱泉沟属于郭胜的一处住宅中访问了他。

入门第一印象是郭胜的书多,茶几上、沙发上、床头、枕边都有书,书柜里更是一排排、一层层的书,这些书都是语言类的,笔者细心浏览,其中有《幽默的艺

术》《幽而不俗》《笑的艺术》《社会热点——现代流行民谣》《百姓民俗礼仪大
全》《实用婚丧喜庆大全》《实用委婉语词典》《当代民谚民谣》《主持人是怎样
炼成的》《人生幽默妙语词典》《谚语分类词典》《京味儿礼仪话本》等。细观这
些书,都是全国著名出版社出版的书籍,粗略估计有上百本,给人一种明显令人
信服的感觉:郭胜不是一名缺乏文化的主持人,他广采博引,主持风格中蕴含着
深厚的文化底蕴,是一名文化型主持人,难怪他的主持风格迥然不同。

鞭挞庸俗的主持风气

当笔者向郭胜提及婚礼主持人良莠不齐,很多主持人水平低下、庸俗时,郭
胜也有同感。

郭胜说,目前婚礼主持没有规范的制度,形成了千篇一律、一人一套、云山
雾罩、胡说八道的局面。"是人不是人,都是主持人",群众这样说。许多婚礼主
持人拿新郎新娘开涮,拿父母取乐,时常有低级下流的语言流露出来。听到低
俗不堪入耳的语言后,新娘的父母很尴尬,也非常气愤;有的主持人主持时间长
达 1 小时 50 分钟,来宾饥肠辘辘,主持人全然不顾;还有的主持人让新郎新娘
亲吻长达 15 分钟,甚至抱着满场走一圈,把新郎新娘当猴耍。郭胜说到这些时,
气愤之情溢于言表,说:"我听了这些低劣主持行为,恨不得上去扇主持人耳光,
告诉他,中国话应该怎样说,不应该怎样说……"

郭胜说,中国有 5 000 年文明史,有世界上最丰富的语言,而有些婚礼主持
人讲话,滑冰射箭、骑马游泳、古今中外、山川地貌,东拉西扯,貌似知识渊博,其
实让人听了云山雾罩。

别开生面的婚礼主持风格

郭胜说,目前主持人大致有三类,最低档次是仅仅完成程序化的主持,依次
是第一项、第二项、第三项……最后一项,一条一条完成而已,这是流水账式;第
二类是稍好型,不仅仅是一项一项过程化,还加进一点主持人的个人智慧;第三
类是最高境界,自始至终洋溢着激情,活生生以情感人,以情激发人。

郭胜对幽默的理解是"智慧 + 语言技巧 + 漫长的生活积累",主持人要有
三气:一是才气(文化与才智),二是霸气(要有驾驭婚礼全场的气势),三是人气
(主持人较好的人缘,即大家喜欢你)。

郭胜主持婚礼始于 1986 年，至今已经 20 年，被誉为新疆婚庆主持第一人。郭胜谈及 20 年的最大感悟是：好的主持人不仅仅是插科打诨、嘻嘻哈哈的简单层面，上升到理论高度理所当然是婚礼文化，它理当有存在的价值。然而，要当好主持人，不仅要驾驭全局，使台上台下浑然一体，寓于喜庆效果，更重要的是主持人是新郎新娘的代言人，要始终把握喜庆、热烈、健康、高雅、幽默、辉煌等这几个气氛原则，才能将婚礼主持到最高境界，而且要避免千篇一律，今天张家、明天李家的格式不能相同。

郭胜特别强调，新人职业不同，主持内容也就不同。笔者听后甚感兴趣，特请他详细举例阐明，于是他分别细说关于从事公安、大夫、教师、记者等职业的主持方法。笔者试录一则。

郭胜说，如果是新郎从事公安工作，就要婉转幽默暗示即将成为警嫂的新娘的责任感和面临的实际问题，甚至有可能面临危险和不测。这种情况下便可这样主持：

"新娘，你即将成为警嫂，令许多女人极为羡慕。可是，你的老公，现在的新郎，不仅仅是你的丈夫，他还是人民的警察。由于他特殊的职业身份，他始终处在贪婪和罪恶分子包围之中，每当情侣们在花前月下或林荫小道喃喃细语时，每当亲朋好友推杯换盏时，你可曾想到，你的老公正为这祥和的生活履行岗位责任而忘我工作吗？他们很可能彻夜甚至几天几夜不回家。新娘，你要做好思想准备（起到预警作用，防患于未然，把将要可能出现的矛盾讲明，以便使人做好必要的思想准备）。你选择了警察，也就选择了一份风险，但是，我们相信，你完全有能力承担风险带来的后果；我们更相信，你们不会有危险。祝福好人一生平安，幸福将与你们终身相伴。"

郭胜强调："20 年中我主持了 1 100 场婚礼，我把每一家婚礼都当作第一场来认真对待，从不懈怠，因为对大多数新郎新娘来说，一生只有这一次婚礼，他们没有给我第二次主持机会。"

为人师表的个性魅力

郭胜认为，"正人先正己，教人先教己"。主持人在婚礼上宣传营造和美家庭，自己则要率先垂范，长期维持好自己家庭的和睦，这样你才能具有由衷的情感,将真挚情感倾注于婚礼。有的主持人离过三次婚,在婚礼上还祝福别人白头偕老,长相厮守;有的主持人三天两头和配偶吵架,主持时脸上还贴着创可贴:这些人主持婚礼真令人啼笑皆非。有些主持人穿着短裤、趿拉板主持,这是对新人的不尊敬。郭胜偶然脸上长个疙瘩,他也要婉言谢绝邀请,尽管邀请人反复说没关系,而郭胜认为形象欠佳会破坏喜庆气氛,也是对新人的不尊重。

郭胜坚持以身作则。他说,在家中也要摆正自己的位置,这是很重要的环节,对妻子要热心、放心、诚心、有责任心。热心就是对妻子始终不变的热情;放心就是不要疑心猜忌对方;诚心就是不说谎言,对妻子孩子要实实在在;责任心就是对夫妻双方及对孩子都要具有责任感,要互敬互爱。他还强调,要热爱生活,不热爱生活的人家庭大致都不怎么样。人要热爱生活,自己穿着打扮要整洁,家中也要保持干净利落,有个和谐、和睦的家庭,才有和谐的社会,比如随地吐痰可耻,讲卫生光荣,不洗脚可耻,干净光荣,出口伤人打人可耻,相互包容光荣等。几十年来,郭胜用一颗真挚火热的心,情系着夫妻感情,营造了一个和谐美满的家庭。

生活中郭胜还是一个心地善良的人。从 1999 年到 2001 年,他一直资助一名失去父亲、家境贫困的维吾尔族男大学生阿吉,3 年共资助了 2 万多元。现在已经在自治区中医院工作的阿吉,谈及郭胜时依然流露出许多感激的话语。

婚礼盛典上寄人间深情

郭胜多年婚礼主持形成了独特的风格。主持中他摒弃了封建迷信色彩,但决不忽视如敬老、爱老等中华民族优秀传统道德宣扬,在婚礼上他是这样宣扬敬老亲情的。

"我要提醒一对新人,此时你们站在父母面前,你们应抚今追昔,浮想联翩,想一想自己成长的日日夜夜,想一想父母走过的路。当你们来到这个世界之前,便注定了你们的父母牵挂你们一生,牵扯他们一生的思绪。你们曾看到,透过层层的玻璃,伟大的母亲在厨房里忙碌的身影,她光亮的面颊出现了新的皱纹,曾经乌黑的头发已布满了银丝,腰身已不再像往日那样挺拔。有多少日日夜夜,你们看到,伟大的父亲为拉扯儿女成人,一肩肩负社会的重担,一肩肩负养育儿女的家庭重责,把一个嗷嗷待哺的婴儿拉扯到今天这个模样。在这个成家立业的时候,你们看到,眼前的父母已经走出了他们人生很长的路。在不久的将来,等到新郎新娘你们二人也为人父母时,才会感悟到父母的艰辛、博爱与伟大!你们任何时候,都不要娶了媳妇忘了娘,要始终将父母放在心上,将来,你们的孩子也要仿效你们、回报你们。现在请对你们有几十年养育之恩的父母深深鞠躬。"主持人郭胜动人心弦的话语早已打动了新郎新娘,他们双眼噙满泪水,许多时候,他们要扑通跪下给父母叩头,令全场来宾唏嘘感动!

郭胜又说:"常回家看看,哪怕打个电话,也是对父母最大的安慰!无论将来你们官多大,财富多少,无论你们走到天涯海角,都不要忘记家中的爸爸、心中的妈妈!"

许多宾客也感动得不能自已,他们认为,这真是上了很好的爱家、爱丈夫、爱妻子、爱老人的生动传统美德一课。很多已婚的中老年人表示,真想让郭胜为自己重新主持一次婚礼!

谈及婚礼主持,郭胜说:"很多人听了我主持的婚礼,有一种感觉就是,它不仅符合大众的口味,还有很浓的文化气息在里面。"

郭胜已经成为新疆著名的婚礼主持人。多年来,他主持过百年不遇的同年同月同日生的双胞胎新郎与双胞胎新娘的婚礼(哥哥娶了妹妹,弟弟娶了姐姐),这样的婚礼世界罕见。他还主持过双博士新郎新娘的婚礼,众多婚礼被拍摄下来作为珍品收藏,还流传到韩国、日本、美国,许多华人和外国人都模仿郭胜的主持风格。

如今,郭胜主持婚礼已经走向全国,许多人曾请他到北京、上海、兰州、山西等地方主持婚礼,婚家即使要承付往返价格不菲的飞机票和住宿费用,也在所不惜。

演艺生涯助推婚礼主持

其实,知情人知晓,郭胜的婚礼主持风格之所以独具魅力,得益于他出身于一个艺术家庭以及有丰富的舞台经验和艺术功底。

郭胜的父亲郭云山是中华人民共和国成立前乌鲁木齐城隍庙老艺人,新疆第一代说书人之一,与班松林等名艺人齐名。他在说书中,至高潮处,还巧妙地加唱一段自编的唱腔,遂成一绝,郭胜自小就受到家庭的艺术熏陶。1984年,郭胜参加了新疆职业学校开办的新疆曲艺班,这一选择,使他成为我国第八代相声演员之一。当时报名的有 400 多人,录取 80 人。入学 3 个月,郭胜并不显山露水。在一次才艺表演中,他模仿姜昆的相声《剧场制度》,声情并茂,惟妙惟肖,这让我国著名单口相声表演艺术家、曲艺理论研究专家、曲艺作家殷文硕老师惊喜不已,他当即表示要把郭胜培养成"新疆的姜昆"。

从此,殷文硕老师专给郭胜"开小灶",不仅潜心传授相声表演艺术,而且补充各方面的知识。为表达对得意弟子的关爱和殷切期望,殷老师特意给他取艺名叫"郭嫡传",确认为"嫡传弟子"。从此,郭胜如鱼得水,在相声艺术的海洋中畅游。

一年后,80 名学员经过筛选,只留下 20 多人。好中选优,其中 8 人被送往北京曲艺团深造。郭胜有幸来到李金斗、笑林老师身边,直接得到大师的言传身教。郭胜勤学苦练,深得师兄们的喜爱。

又是一年春华秋实。毕业时,新疆学员特为中国科学院数学研究所的专家们做了一次慰问演出,郭胜自编自演的相声《天山欢歌》是压轴戏。著名数学家陈景润看后非常激动地说:"你们的水平不比北京的名角差。"

回到新疆后,他先后参加了石河子第一届艺术节、海峡之声音乐会、第一届新疆天山之秋艺术节、赴老山前线慰问演出等活动。1987 年,文化部(国务院原有组成部门)部长王蒙看了郭胜的演出后特意把他叫到身旁,问他是专业演员还是业余演员,当得知他是一名业余演员时说:"应该到专业团体去,发挥的空间更大。"

一个偶然的机会,郭胜模仿周恩来总理的声音即兴说了两句,举座惊叹不已。这进一步激发了他丰富的语言表现力,于是他悉心学习周总理的语音、语气、语调、语速,为此收集了总理大量的讲话资料,深入了解他的语音特色。1994 年元旦,郭胜应中央电视台梅地亚传播中心的邀请,赴北京与著名影视表演艺术家濮存昕一起担纲主持"中国知名企业家迎春联谊会",获得了专家和观众的一致好评,这使他开始涉足主持人的行列,成功开辟了继相声之后又一个新的领域。特别是濮存昕听了他模仿周恩来的语言之后,感慨地说:"有人学周恩来讲话,只能说几段,你这不是说哪一段,而是完全可以用周恩来的语言谈话、聊天、谈工作,你的发音器官是不是与周总理有相似之处?"

从此,郭胜在相声表演艺术和主持人舞台上比翼双飞,才艺的路子越走越宽,一步一个台阶攀上新的高峰。他先后与毛阿敏、巩汉林、李金斗、笑林、牛群等著名艺术家同台表演。为李金斗、笑林、李国胜、牛群、冯巩、王谦祥、李增瑞等大师在内的北京曲艺团赴新疆大型演出中做节目主持人,也是新疆第一届乌洽会歌舞晚会主持人之一。在新疆他毋庸置疑地成为新疆婚礼主持第一人。

面对如何改变乌鲁木齐已具有的五六百人的主持人队伍中存在的鱼目混珠、良莠不齐、优秀主持人匮乏的状况,郭胜建议,应成立主持人民间组织,加强管理和培训,规范和提高婚礼主持水平,让无数对新人感受到婚礼的高雅、舒心和幸福,并成为他们终生幸福的回味。

（选自 2006 年 10 期《每周文萃》）

伊犁河谷新农事

柳树新家——木斯乡

2007 年 11 月中旬,节令已进入冬季,可在"塞外江南"伊犁尼勒克县木斯乡的土地上,大片柳树仍然青枝绿叶、亭亭玉立,温暖的盆地小气候使这种来自沂蒙山的"客人"长势特别喜人,春天才扦插的几十厘米长柳枝条已普遍蹿到 3 米多,最高已达 4 米。

据木斯乡党委书记马常保向记者介绍,木斯乡政府致力于招商引资和对外经济合作,发展柳树种植业和柳编产业,已经有了良好开端。

据介绍,山东临沂是著名的柳编之乡,全县有 10 多万农民从事这一传统工艺品制作,临沂东佳工艺品公司加工生产的柳编品出口世界 100 多个国家,品种有一万多个,年产值上亿元。2007 年初,马常保书记不远万里到临沂东佳工艺品公司参观考察,一眼就看上了柳编这种产品,便与东佳工艺品公司签订了合作开发经营业务。

其实,在决定着手这项产业合作开发之前,马常保是经过了认真思考的,并且算了一笔细账。他琢磨,伊犁河谷气候温暖,雨量充沛,特别适合柳树生长,巩乃斯河两岸本来就繁衍生长着大片大片的野生柳树,长势茂盛。种植柳树、发展柳编业的经济效益明显高于传统农作物,一亩小麦产值 1 000 元左右,一亩玉米产值 500～600 元,而一亩柳条产量 4 吨,经济效益高达 2 800 元。而且 1 年种植、50 年受益,因为柳条一年割了,翌年又长出来,年复一年,"春风吹又生"。

2007 年春天,木斯乡政府派人从临沂收购 3.5 万公斤柳条,万里迢迢拉到木斯乡栽植。据介绍,一根 0.5 公斤重的柳枝可截成十多节进行扦插,这些柳树品种有"一支笔""大红头""大稀叶"等,它们长大后均呈现挺直如毛笔、少枝杈的特点。

经过一年的生长,这些从山东引进的柳树特服水土,在伊犁河谷这片沃土上长势非常好,加之无病虫害,所以普遍生机盎然,分别在 7 月和初冬采割两茬,改变了在原产地山东一年只割一茬的状况。今年木斯乡已种植 300 亩,每亩地平均达到 4 万~5 万棵。

去年,利用新枝条加工生产的产品登上了 2007 年 9 月的经贸盛会——乌洽会。在伊犁地区木斯乡展位上,各种柳编篮子、筐子等编织品吸引了络绎不绝的参观者,尤其是一些年轻的姑娘和少妇看到各种柳编品,竟然爱不释手。这些上过油漆的编织品油光闪亮,有的小巧玲珑,有的精美可人,件件堪称艺术品。不少女士非要缠着购买不可。外商也很看好这些柳编产品,一位哈萨克斯坦客商就相中了这些精美的工艺品,报出的年订单数量多达 200 多万件。这着实让木斯乡领导惊喜不已。

现在木斯乡已派出 10 多名优秀青年,前往山东临沂学习柳编技术,临沂东佳工艺品公司已决定将公司工作重心转移到尼勒克县木斯乡,全力携手合作,开发这项具有广阔前景的产业。

大学生养鸵鸟

金秋时节,在伊犁第二届农副土特产品博览会上,众人被展位上摆放的一个个硕大椭圆形、酷似兰州白兰瓜的展品吸引,上前细问,方知这是一个个鸵鸟蛋,双手捧起一个鸵鸟蛋掂量,沉甸甸的,大约 2 公斤。

鸵鸟蛋的主人是一位身高一米八左右的青年人。他叫郑培锋,24 岁,是西安外国语学院的英语专业毕业生,毕业后已经在西安工作两年时间。一个风华正茂、学有专长的大学毕业生如何爱上了鸵鸟养殖业呢?

原来,郑培锋工作之余喜欢上网。一次,他在网上看到了鸵鸟产业具有广阔的发展前景且能创造不错的经济效益的信息,便暗下决心要尝试一下。于是他毅然辞去西安的工作,回到了家乡霍城县清水河莫乎尔牧场。2006 年 5 月 8 日,郑培锋从千里迢迢之外的奇台购买了 2 只公鸵鸟和 4 只母鸵鸟。为确保运输安全,他在卡车车厢里支起棚架,蒙上篷布,经过一天一夜才将 6 只"大鸟"

运抵牧场。

鸵鸟食量大,每只鸵鸟每天要吃 1.5 公斤精饲料,另加 2.5 公斤草料。郑培锋精心喂养,一天坚持喂 4 次,从不间断,仅仅一个月时间,鸵鸟就陆续下蛋了,到年底已经下了 60 个蛋。看到一个个硕大好看的鸵鸟蛋,郑培锋喜上眉梢,从而更坚定了养殖的信心,而经济效益也确实可观,一个鸵鸟蛋市场价可以卖到 100 元。到 2007 年 10 月,总共下了 100 多只蛋,并且已孵化成活了 25 只小鸵鸟。郑培锋还与奇台某公司签订销售合同,他育雏出 12 个月的鸵鸟均由该公司回收,并初次尝到了鸵鸟产业的甜头。

现在,在郑培锋的带动下,回族老人马金成也养起了鸵鸟,还有许多农民到郑培锋家里取经,也准备从事这一产业。

据郑培锋介绍,其实鸵鸟特别好养,45 ℃到零下 30 ℃范围内都适宜生长。鸵鸟产业发展前景非常好,可开发许多产品。鸵鸟蛋营养丰富;鸵鸟肉是绿色食品,极富营养价值;羽毛无静电,用途广泛,1 公斤羽毛市场价 70 多元;一张鸵鸟皮 1 000 多元,是加工高档皮鞋的原料;鸵鸟蛋壳可以制作成独具特色的工艺品,经过雕刻绘画的蛋壳每个市场价格达到 400 元,是能够登上大雅之堂的精美工艺品。郑培锋正准备邀请雕刻家、画家参与加工工作。

当问及学习的是英语专业,而从事的是养殖业,是不是后悔时,郑培锋乐呵呵地表示,一点也不后悔,因为这是他看准的产业,前景非常好!

种植山药致富的领头人

自 1972 年从河南来到新疆以来,农民余根已经在霍城县惠远镇务农 35 年时间了。

50 岁出头的余根是一位不断进取的新型农民。

改革开放初期,农村实施土地联产承包制,余根老实巴交地种了几年地。但是,他又是一个肯动脑筋的人。劳动之余或者农闲时节他买来不少农村种植业、养殖业的光碟和图书,其中有饲养牛羊的,也有种植各类农作物的,得到了许多信息和知识,也开阔了思路……余根决心探索致富的门路。

余根的第一步棋是与别人合伙办了个养鸭场,养了 3 000 只鸭子。后来因为销路不好以至于赔本而作罢。余根的第二步棋是投身养牛,9 头黑白花奶牛新品种着实可爱,然而1公斤牛奶仅4角钱,而且销路不畅,因此只好放弃。余根的第三步棋是养羊,他花费23 000元买了120只羊,效益还不错,挣了些钱,用养羊挣得的钱供两个儿子分别上完了北方交通大学(北京交通大学曾用校名)和武汉商业服务学院(武汉商学院曾用校名)。余根后来又种了5亩地苹果树和3个大棚蔬菜,但都因为销路平平而先后放弃了。

余根的思想跟着市场走,他想惠远的土地肥沃、灌溉良好,应该发展高效农业。他想从电视上获得有用的信息,果然,他看到了一条外地农民种植山药每亩地收入上万元的信息,遂决定投入资金种植山药。2002年他开始培育山药幼苗,2003年获得初步成功,到2004年,种植面积达到10亩,亩产量达到1.8吨,亩产平均收益3 000元。他不断总结种植经验,2006年种植面积达到20亩,亩产平均2.5吨,最高达到3吨,总产35吨,总计收入12万元。

余根种植山药起了良好的示范带头作用。2007年惠远镇种植山药的农户达到40多户,余根向农民提供山药种子并且无报酬地向农民提供技术服务,全镇山药总面积达到500多亩,平均亩产量达到2吨,山药品质优良,根茎直径最粗有10厘米。虽然2007年山药产量供大于求,价格不及上一年,但是亩产收入仍然接近3 000元。

现在,霍城县惠远镇已经成为万亩无公害蔬菜山药基地,余根被选为山药协会会长,并注册了"伊惠"牌商标。现在他们的产品销到了伊宁市、克拉玛依市、乌鲁木齐市,山药种植为农民增收开辟了一条新出路。

岁末年初,余根又有新打算,2008年开春播种时他们要引进外形美观、产量高的农大短山药和农大长山药新品种,余根满怀信心地说:"明年山药会更上一层楼,欢迎记者秋收季节再来看看我们的山药。"

采访伊犁河谷后感触颇多,忽然想起伟人的名言:"农村是一个广阔的天地,在那里是可以大有作为的。"如今,党的政策好,有知识、有头脑的新农民正在创造一个个好年景。

(选自2008年1期《今日新疆》)

边陲盛开合作花　鸵鸟落户天山下

新疆伊犁哈萨克自治州霍城县地处我国西部边陲，与哈萨克斯坦接壤，虽然地处偏远，但是由霍城县供销合作社引领创办的各类农民专业合作社多达105个，犹如一朵朵鲜花在边疆大地开放。

在刚刚结束的安徽财大杯"2012中国合作经济年度成就奖"的颁奖典礼上，地处西北边陲的新疆霍城县佳农鸵鸟养殖专业合作社光荣入围"中国50佳合作社"。合作社理事长胡魁经过几年的努力，带领农民建起了新疆规模最大、模式最稳固、产业链延伸最全面、养殖前景最看好的鸵鸟产业群体。

敢为人先养鸵鸟，兵地融合奔小康

49岁的胡魁是地处霍城县域内的新疆生产建设兵团农四师66团的畜牧科科长。他在学校时学的是农牧专业，后又曾担任过团场生产第一线的连长，既具备专业知识，又有丰富的实践经验。受国内一些地方饲养鸵鸟成功事例启发，胡魁与团场12名农工从2003年开始入股集资成立了鸵鸟养殖协会，开始饲养鸵鸟，2010年以协会成员为基础成立了佳农鸵鸟养殖专业合作社。

原本驰骋在非洲大地上的鸵鸟，近年来纷纷落户新疆，在众多养殖单位中，佳农鸵鸟养殖专业合作社可谓是佼佼者。在佳农鸵鸟养殖专业合作社的养殖场里，记者看到，数十个围栏中圈养着活蹦乱跳的鸵鸟，公鸟张开美丽的翅膀在翩翩起舞，尤为引人注目。

目前，佳农鸵鸟养殖专业合作社主要推行代养制与集中圈养相结合的模式。"代养制"是做大做强鸵鸟产业的一种有效组织形式，即鸵鸟养殖不分民族、不分文化高低，农户从合作社领养幼鸵鸟，缴纳一定押金，待养到12月龄，体重达到 90 公斤左右后,由合作社按照双方事先约定的每只 1 500 元的价格回购,能够确保农民每只最低有 500 元的收益。在代养期间,合作社对农户提供技术培训、疫病防治等统一服务,这种形式有利于推行标准化生产,实现品牌经营,而且有效化解了代养户的技术和市场风险难题。

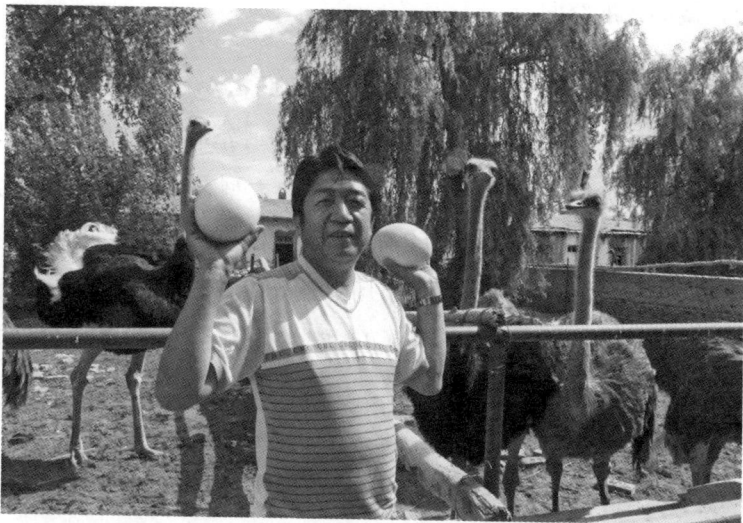

深谙鸵鸟经,养殖前景好

胡魁真不愧是畜牧行家,说起鸵鸟来头头是道。他说,鸵鸟养殖有耐粗饲、好饲养、抗病强、适应性强等特点,还能把农业下脚料如麦秆、黄豆秸、葵花底盘、玉米秆充分利用起来,转化成蛋白质食品。鸵鸟的繁殖期有 40～50 年,在人工养殖条件下,每只母鸵鸟年产蛋 50～80 枚,孵化率高达 82％以上,育雏成活率也在 85％以上,正因为繁殖能力强,所以鸵鸟产业比较容易实现规模扩张。

胡魁说:"新疆气候干燥,环境类似非洲,特别适合鸵鸟生长,而且鸵鸟生长速度比牛羊快,发展鸵鸟产业,可以极大地缓解牛羊肉供需不平衡的矛盾。"

他还给记者举例说明发展鸵鸟的优势。他说,15 只鸵鸟一年的食量相当于一头牛一年的食量。一只鸵鸟出肉率达 50 公斤,15 只鸵鸟的出肉率就是 750 公斤,还可以得到 15 张鸵鸟皮;而一头牛出肉率仅 150～200 公斤,得一张牛皮。按现在市场价格算,农户为合作社代养 20 只鸵鸟,每年可获利 1.5 万元以上。

胡魁还介绍说，肉和皮是鸵鸟产业两大主导产品。鸵鸟肉属纯红肌肉，外观与牛肉相似，口感细腻、鲜嫩；鸵鸟皮轻柔、抗折、拉力大、弹力好、不裂纹、透气性能好，价格高于鳄鱼皮。此外，公鸵鸟血具有很高的药用价值，鸵鸟脂肪可制作高档化妆品，鸵鸟蛋壳可进行雕刻和彩绘，羽毛可做名贵装饰品，因此鸵鸟产业具有广阔的发展空间。

养殖渐入佳境，经济效益颇丰

如今，佳农鸵鸟养殖专业合作社已成为集鸵鸟养殖、鸵鸟机器孵化繁育、鸵鸟深加工、鸵鸟餐饮、鸵鸟种苗销售等一体化的大型合作社。合作社的鸵鸟蛋雕、彩绘等工艺品已经远近闻名，每年加工工艺品达 500 多枚，每个售价 500 元以上，如今已经累计加工 2 000 枚，在市场上十分畅销。

合作社率先在新疆开办了"鸵鸟山庄"农家乐餐饮服务项目，向顾客供应鸵鸟肉、蛋及各种熟食加工品，吸引了络绎不绝的顾客，一年纯收入超过 10 万元。

胡魁对合作社产业链延伸也是想尽了办法，由于鸵鸟皮油性大，比牛羊皮鞣制难度大，他就下大力气对鸵鸟皮加工技术进行攻关，耗资近 10 万元终于攻克了这一难题。鞣制的鸵鸟皮轻薄柔软，用鸵鸟皮小批量加工出了男女皮鞋和皮包，其中鸵鸟皮鞋已经加工近 1 000 双，这在新疆也是首家。

胡魁说："虽然目前合作社饲养繁育中心鸵鸟年饲养总量达到 700 只，已经名列新疆之首，但是进一步向产业化迈进仍需加快发展速度。下一步我们的计划是改变单一代养肉鸟模式，努力的目标是'扩种繁群'推行代养种鸟计划，即向农户发放 1 只公鸟、2 只母鸟代养，以便形成种蛋多、小鸟多的发展趋势，3 年内形成年 5 万只的饲养量，打造订单农业模式。"

（选自 2012 年 6 月 8 日《中华合作时报》）

小工艺品链接大市场

——记工艺美术师单秀梅

在新疆广袤的土地上生活着 56 个兄弟民族,在各民族中蕴含着许多各具特色的艺术瑰宝。多年来,不少有眼力的艺术家慧眼识珠,深入新疆各地去采风、发掘、整理或艺术再加工、再创作,并逐步让诸多艺术珍宝走出新疆,走向全国,走向世界,享有"中国工艺美术大师"称号的新疆年轻女艺术家单秀梅就是其中的佼佼者。

她帮牧民闯市场

在乌鲁木齐周边环天山山区和草原上集中居住着许多哈萨克族牧民。近年来,单秀梅的名字在这些牧区广为人知。她致力于收集、整理哈萨克族传统工艺刺绣品,帮助牧民将工艺品进入市场的举动,被牧民传为美谈。

2008 年 2 月 27 日,单秀梅要到乌鲁木齐东郊山区葛家沟村去与来自周边牧区的哈萨克族女牧民见面,回收绣品,笔者便慕名前去观摩。

冬日的白雪覆盖着田原大地,可葛家沟村委会大会议室里笑语喧哗,来自方圆 20 公里以内的 12 个牧业队的 62 位哈萨克族女牧民齐聚一堂,带着各自的刺绣品,请工艺美术大师单秀梅评阅验收。原来,10 天前,单秀梅与市妇联等有关部门在这里举行了一次学习班与见面会,给 62 名女牧民免费发放了用于刺绣的布和各种彩线,要求她们按照各种尺寸绣出装饰在小钱包、小挂件等用品上的图案,单秀梅所在的旅游公司按价回收。

在见面会上,单秀梅被一位来自大石头沟牧区的 40 岁左右的女牧民古里逊的刺绣吸引,这张刺绣在 40 厘米见方的黑色底布上绣着错落有致的五朵红色和紫色的鲜花，中间连接着葱翠欲滴的枝蔓叶子。单秀梅高兴地说，这是典型的哈萨克族民间传统图案，而且工艺工整，针脚细密，边沿平直，看上去赏心悦目，当即予以收购。古里逊高兴地说，她15岁就开始刺绣，已经有近30年时间了，过去刺绣品都是送给亲戚朋友，没想到今天单老师予以收购，变成了商品，还能赚钱呢！

单秀梅还特意带去一本精美的彩色版《新疆民间刺绣》，这是专家学者新近整理出版的一本图案集，其中收集有精美的哈萨克族刺绣图案。现场的哈萨克族女牧民立即围看起来，她们既在书中看到了自己绣品的影子，也为书中更多精美图案而惊讶唏嘘不已，好几位女牧民希望单秀梅老师帮助购买这本画集，以便学习、借鉴其中的图案特色。

其实早在4年前，单秀梅就开始了艺术采风调查活动。2004年冬季，单秀梅在市妇联支持下，第一次来到南山萨尔乔克牧场。当地牧民听说美术大师来征集图案，妇女们纷纷将自家的绣有图案的褥子用马驮，或怀抱着大包小包拿给单秀梅看。许多图案精美绝伦，让单秀梅非常激动，她当时就萌发一个心愿，要将这些独具哈萨克族特色的艺术通过市场渠道输送到全国和世界。

单秀梅向笔者介绍，传统的哈萨克族妇女刺绣是使用黑色或红色平绒布作底布绣花。2005年，单秀梅决定改变这种模式，向牧民提供麻质的或棉质的布料，在冬季牧民闲暇季节举办牧民见面会，当面告知女牧民让她们尝试使用现代面料，将传统图案绣在现代面料上，加工刺绣产品则是一些日常生活使用的茶杯垫、沙发扶手垫、围裙等，有许多绣好的精美布块，单秀梅回收后要进行二次加工，将其缝制在时尚女士挎包或其他饰件上，为挎包或饰件锦上添花。

几年时间内，无数绣有哈萨克族精美图案的装饰品和生活用品源源不断进入市场，尤其受到来疆游客的青睐。

近三年来，单秀梅不顾冬季严寒每隔10天下一次牧区办学习班，足迹遍及市郊环天山的西白杨沟、托里牧场、达坂城水西沟、永丰渠……自2006年以来，单秀梅在市妇联的配合下，已培训指导800名哈萨克族女牧民，使她们的刺绣品进入市场后创收数万元。

谈起这项工作，单秀梅表示这仅仅是开始阶段，下一步将开展订单式加工，将更多精美哈萨克族刺绣品带入市场，让国内外的更多游客分享这些艺术瑰宝的独特魅力。

新疆布偶走进市场

许久以来,很多来疆游客抱怨具有新疆特色的旅游纪念品太少了,仅仅有小花帽和刀子等,带刀子乘飞机、火车还要受到限制,给不少游客留下些许遗憾。

但是进入 2000 年,新疆旅游市场悄然出现了具有新疆民俗百态的人物工艺品"新疆布偶",也有人称其为"新疆芭比娃娃",旅游纪念品市场顿时给人一种耳目一新的感觉。其中有神态各异、如醉如痴的十二木卡姆乐手群像,有大腹便便挤着狡黠小眼的巴依老爷,有长辫子的美少女,有身背褡裢倒骑毛驴的阿凡提,每件作品各具神态特色,活灵活现,惟妙惟肖,妙趣横生,洋溢着西域风情特色,让许多人不禁哑然失笑,拍案叫绝。这些作品的创制者就是单秀梅。看到这些工艺品,就连新疆画坛的著名维吾尔族画家哈孜•艾买提也称赞这些布偶工艺品很具新疆少数民族人物神韵。新疆杂技团团长艾尼瓦尔则断言,没有长期在维吾尔族生活的观察和体验是不会创造出如此具有新疆少数民族风情作品的。

单秀梅研发制作的纯手工布艺品短时间就冲出了新疆,走向了全国。2005年"新疆布偶"获中国工艺美术精品奖金奖,2006 年单秀梅应邀参加了中央电视台《小崔说事》直播节目,2007 年单秀梅获得"中国工艺美术大师"荣誉称号。

单秀梅的艺术成就是显赫的,这些成就源于她走过了不同寻常的艺术道路。

常言说,艺术来源于生活。单秀梅说,她艺术上取得了一点收获,得益于母亲的启蒙教育以及充满魅力与风情的新疆大地的滋养。

1963 年 1 月,单秀梅出生在乌鲁木齐一个回族家庭。单秀梅似乎自小就有美术天赋。3 岁时,母亲绣猫头鞋,在上面要绣垂直站立的小人,单秀梅看到底样,就将小人画出双手举起来似呈舞蹈状,给小人画上辫子或头上画上小花帽,母亲看了惊喜不已,就教给她绣花手艺,并告诉她小孩子学东西就像在石头上刻字一样,能记得牢靠持久。

6岁时,单秀梅全家被疏散到吐鲁番红旗公社,单秀梅在这里生活了三年,还上了维吾尔族语小学,能说一口纯正流利的维吾尔族语。

单秀梅在上中学时依旧酷爱画画,课余甚至课间时间,同学们围着炉子烤火,她则抓紧时间给同学们画速写。她闲暇时将美丽的维吾尔族姑娘请到家里来画素描,她家对面新疆艺术学院美术系学生也借光来画,单秀梅此时就仔细观看大学生们怎样画,把绘画技巧记在心中。

在北京自费上了几年中央工艺美术学院后,单秀梅又回到新疆。为了不断提高绘画技艺,单秀梅继续深入少数民族生活中,多次到南疆采风,用画笔和照相机捕捉艺术素材,她到过喀什、和田、叶城、沙雅、库尔勒、木垒等地,民族风情照片拍了数千张,速写画了数百张。

单秀梅特别崇尚罗丹的名言:"这个世界不是缺少美,而是缺少发现美的眼睛。"她说,她就得益于这句话的启迪,走上了"新疆布偶"的创作之路。

一次,她看到商店靳羽西化妆品促销,购买500元商品,赠送一个芭比娃娃,这些布娃娃可爱极了。她灵机一动,要研究制作新疆的芭比娃娃。

1999年,单秀梅凭着深深植根于维吾尔族生活知识积累和20余年绘画基本功底蕴,经过反复研制,终于创作出了新疆少数民族风情布艺人物,并从最初的七款不断提升发展到百余种,大致分类为阿凡提系列、历史故事系列、民俗系列、舞蹈系列等。单秀梅将立体手工艺缝制技艺与传统及现代服饰材料有机结合为一体,工艺技术前无古人,在全国属首创。布偶的关键技术是人物头部使用的填充物和面部高弹面料,她将这种独具新疆少数民族特色的布艺人物注册了"龟兹情"商标,并申请了外观专利。

自2002年开始,单秀梅设计创作的新疆布偶工艺品已在市场上销售10万件以上,不仅畅销新疆,还销往日本、东南亚国家以及中国台湾、香港,海内外订单不断。单秀梅工作间帮助30余名下岗女工实现再就业。单秀梅荣获了"全国巾帼建功标兵"称号。

(选自2008年4期《今日新疆》)

留下人生的美好瞬间

——记杨文明和乌鲁木齐大众摄影公司

乌鲁木齐大众摄影公司总经理杨文明在全国摄影界可谓赫赫有名,是摄影界的一朵奇葩。

杨文明祖籍陕西白水县,真名王孝弟。杨为"扬"的谐音,意欲为弘扬文明而努力。

杨文明从小喜欢摄影,中学时就跑到县文化馆求师。他自造洗印机,用手电和日光进行显影照射,10多岁的孩子就迷上了摄影行业。

1972年,杨文明进入新疆杂技团从事舞台灯光和舞台摄影工作。摄影是光与影的艺术,从事舞台灯光工作,这为他后来的人像摄影创新铺平了道路。10年后,杨文明创办了大众摄影部,后来发展壮大为大众摄影公司。照相馆是培养摄影家的摇篮,许多大师名家如郎静山、吴印咸、郑景康、宋士敬等无不如此。杨文明也一样,精湛的业务和扎实的基本功,为摄影技术的提高奠定了基石,而1985年至1987年在中国摄影学院的两年进修、深造,使其艺术造诣进一步升华。

开办摄影部之初,他结合自己的舞台灯光基础,将其用光技巧巧妙地运用到照相馆人像摄影上,在被拍摄者的姿态、情态等方面进行了创新。

杨文明首开先河的拍摄风格,引起全国摄影界的关注。1988年,中国摄影家协会副主席袁毅平专门在《大众摄影》《人像摄影》杂志向全国摄影界推介杨文明。他认为,杨文明摄影的创新主要有三个特点:① 有些作品借鉴了舞台灯光的经验,大胆运用了橙、红等偏暖的浓重的光色以及深沉的背景,形成了一种厚重的基调,突出了人物的神情动态,使观看者在欣赏心理上获得强烈的感染和更大的满足。② 有些结婚照片,大胆打破了过去新郎新娘并肩而立面对镜头的惯用模式,而拍摄了两位新人面对面的亲昵的情态,使人感到生动、风趣,更富有生活味。③ 有些作品尤其是结婚照片,勇于突破过去不能闭眼的框框,而特意让人物闭目神思,使观赏者更能细致入微地体味到人物此时此刻复杂的精神活动和甜蜜幸福的心态。袁毅平还专门为杨文明题词,称赞所拍相片"惟妙惟肖""神形兼备"。

杨文明在谈到摄影用光时说,灯光的处理讲究色彩搭配、明暗反差、影调高低、光比大小等,不同人物(包括年龄、性别、职业)在灯光的运用上也不尽相同,灯光如合适,往往会收到事半功倍的效果。

1990 年,中国人像摄影学会在北京专题召开了杨文明艺术人像摄影创新研讨会,在国内摄影界引起反响,全国 70 多个城市的行业代表,公认杨文明改革的人像摄影技艺在中国人像摄影史上揭开新的一页。

自 20 世纪 80 年代以来,杨文明摄影作品在国内外频频获奖。其作品《憧》《洛神》入选新疆第六届摄影展,分获优胜大奖和铜牌奖,同年选送香港展出。《风姿》在 1988 年获第三届尼康国际摄影大赛优秀奖。《情愫》在 1990 年获全国人像摄影创新技艺大赛金奖。1992 年在全国婚纱人像摄影技术交流大赛中,在全国 78 个大中城市 1 000 余名作者竞选中,杨文明独占鳌头,共有九幅作品入选,五幅作品获奖。

杨文明创出了自己的摄影风格,改变了过去人物拍摄呆滞的方式,突出人物的神情动态,使芸芸众生的喜怒哀乐跃然纸上:他让孩子哭,哭出了天真;他让小伙子大笑,笑出了男子汉的豪爽;他让新娘、新郎闭目遐想,表现了新娘的娇羞和新郎的甜蜜……

杨文明现为国家一级摄影师、中国摄影家协会会员,中国人像摄影学会副主席、新疆摄影家协会副主席。2000 年获全国"德艺双馨,文艺百佳""德艺双馨,摄影十佳"等荣誉称号。杨文明不仅仅在人像摄影领域里业绩突出,在风光摄影创作上收获也硕果累累,在国内外 50 余种刊物上先后发表作品 1 000 余幅,获奖作品 200 多幅。

(选自 2006 年第 5 期《今日新疆》)

赵章光的追求

猛一见面,他那与众不同的满头浓密的黑发就令人折服,不愧是名副其实的护发养发专家!镶嵌于额头的深深皱纹就是其坎坷经历、奋斗历程的印记。

赵章光,"东方魔水"101 毛发再生精的发明者,现在已是驰名中外的人物。此行他是以北京 101 毛发再生精总厂厂长的身份确立 101 系列产品在新疆定点经销单位来到边城的。他翌日返京,记者见缝插针,连夜采访。

赵章光曾是浙江温州乐清县乡间的一名赤脚医生,父亲是懂点草药知识的农民。1968 年,本生产队一名 18 岁农家姑娘脱发,去上海投医治疗毫无效果,踯躅黄浦江边,江风吹落假发,羞愧难堪,痛不欲生。同情心使赵章光萌生了为姑娘和脱发患者解忧的决心。赵章光查阅医书,遍觅民间偏方开始配制药水,先是在自己大女儿和父亲的头上试验效果,先后经历了头皮起水泡、肿痛发炎等不适症状,并屡屡改进配方比例,历经 101 次试验后终于取得最佳药性,此药因此定名 101。经赵章光用 101 药水治疗,1974 年那位姑娘长出了一头秀发。

光阴荏苒,现在赵章光在北京、郑州、乐清开有 3 家毛发再生精厂,还在日本、美国、法国设有公司和研究机构。101 产品畅销全国和世界 43 个国家和地区,总销售额已超过 3.6 亿元,创利税 1.53 亿元,创外汇 3 600 万美元。101 系列产品自问世以来,已经在国际上荣获七项金奖,被老外称为"东方魔水"。

然而,赵章光在成绩面前没有自我陶醉、停滞不前,仍孜孜追求着,去年他又研制成 101E 粉刺一扫光,临床试验表明,有效率达 99%以上,去年这一发明获得纽约第十四届国际发明展览会金奖。纽约市一位 29 岁的李女士脸上的粉刺很多,她起先不信 101E 能将她脸上粉刺一扫光,以为是取笑她,但在耐心解释下,接受治疗 3 天后,脸上粉刺大部分消失,她笑着说:"真服了!"

赵章光最后告诉记者："我从来不相信月亮是外国的圆,我只相信中华民族是个充满智慧的民族;挖掘中草药这个宝库,我们会创造更多的奇迹,我们不仅要攻克脱发、粉刺,还将要研发治疗蝴蝶斑、老年斑和'少白头'的新产品。"

（选自 1992 年 5 月 21 日《中国商报》）

北疆人闯南粤

——记广东电视台播音员温勃

自去年 12 月份起,一张新面孔出现在广东电视台《早新闻》《全省新闻联播》等栏目的荧屏上。这位年轻男播音员英俊潇洒,播音风格沉稳、从容、亲切、大方,也以清新独特的风格让观众耳目一新。他就是来自大西北新疆的"老"播音员温勃,一位新疆家喻户晓、受成千上万观众青睐的著名播音员。

温勃 1986 年毕业于北京广播学院播音系。在新疆这块神秘而充满魅力的土地上辛勤耕耘了 8 年,多年的播音生涯取得了丰硕成果。这位 1993 年全国"省台十佳播音员"、新疆电视台播音组长、一级播音员,是一位多面手。他参与过新闻、晚会等许多栏目,尤其是新疆台开播 4 年的《点播与欣赏》栏目更是家喻户晓,这个综合性栏目采编播合一,完全是温勃自己一人的劳动结晶。他曾经和中央电视台《经济半小时》著名主持人敬一丹联袂主持节目,还曾与电视剧《围城》主角演员陈道明同台主持晚会。另外,他还兼职电视剧、动画片的配音,曾为《寻找格兰特船长》、50 集电视剧《西曼》等 13 个角色配音,用声音塑造了不同的形象。

他是一位深受新疆观众喜爱的播音员,对此温勃有许多幸福的回忆。有时打的,司机认出他是自己喜爱的主持人,宁可免费送他;不止一次,观众提着水果到电视台看他,非要逼他吃下去才肯离开;有一年夏天,一位 50 多岁的老伯冒着 30 ℃的酷暑,骑单车到电视台,说是专门来看望他;还有的儿童,让妈妈领着,特地到电视台与他合影留念。正当温勃事业上飞黄腾达时,他突然产生了一种不满足感。他发现,广东、上海等省市电视台主持人的队伍不断壮大,水平越来越高,他们的节目丰富多彩,风格千变万化,灵活度、组织能力、临场发挥都有过人之处，他看到了自己的不足。于是，温勃只身闯广州，毛遂自荐，后来广东电视台招贤纳士，慧眼识才，笑纳温勃。

其实，温勃又何尝不眷恋新疆和千千万万观众，他也有淡淡的愁绪。过去功成名就，众人瞻仰，现在一切从零开始，新观众对他是陌生的，人际关系、工作都得从头做起，心里也有过不平衡感。但是温勃经受住了考验。他今年30岁了，古人云"三十而立"。温勃说："我要30岁来一个转折，事业上的转折。"

温勃来到广东电视台体会最深的是直播量大，每天大量看提示器直播，这就与新疆台不一样。另外，温勃认为广东台的工作紧张程度要超过新疆，很正规、很紧张，没有松散的感觉，有利于自己养成雷厉风行的工作作风。

温勃是乌鲁木齐生、乌鲁木齐长，地道的新疆人，祖籍是广东梅州，还是客家人。由于孜孜追求事业的成功，30岁的温勃至今还没考虑婚姻大事。温勃认为：一个成功的男人应该是事业和爱情都能获得成功，只一头成功不算真正的成功。在乌鲁木齐市，许多姑娘给他写示爱信，有的将辫子剪掉寄来以示山盟海誓，有的写来长达几万字跟小说一样的信件，很感动人，温勃看后都珍藏起来。也许是没有缘分，温勃幽默地说："我相信缘分，该来的总会来，不该来的不会来。"

（选自 1994 年 4 月 11 日《广东求职报》）

向世界"空中王子"挑战

长江天险夔门闻名中外,这里峡口两山夹峙,两岸悬崖峭壁,峡中急流滚滚,涛声如雷,又如万马奔腾,号称"夔门天下雄"。

1995年10月25日,加拿大人杰伊·科克伦只身从长江上空高405米钢丝上跨过了646米宽的夔门,时间仅用53分10秒。享有"空中王子"称号的科克伦创造了吉尼斯世界纪录,此举当时轰动全球。

科克伦40余年来一直是自创纪录,自破纪录,天马行空,独来独往,无人挑战,天下无敌。

然而很快传出消息——新疆维吾尔自治区杂技团演员阿迪力·吾守尔向科克伦提出了挑战。阿迪力说:"我们中国的地方,让外国人先创造了吉尼斯世界纪录,我不服,我能比他做得更好。"他在给国家体委和新疆杂技团的决心书中说:"我要从同一条钢丝绳上跨过长江,改写世界纪录。"这一消息同样引起了国内外广泛关注。

传世绝技,焕发青春

25岁的维吾尔族青年阿迪力之所以敢于向世界"空中王子"挑战,全仰仗他掌握的达瓦孜表演技能。

达瓦孜,维吾尔族语,有高空走绳之意。达瓦孜究竟源于何时,目前从出土文物和史料记载考证,已有2 000多年历史了,这种源于西域的民间高空表演艺术,差不多历代文献中都有记载,汉代称走索,南北朝、隋唐称绳技,宋代称踏索……

传统的达瓦孜表演者手持起平衡作用的长杆,不带任何保险设施,在高30米、长80米的绳索上前后走动、盘腿坐索、骑索、侧走、蒙眼踩碟走索、鸭步走索、飞身跳跃、佯装失足跌落而瞬间双腿夹绳坐定转危为安等。表演时地面上有维吾尔鼓乐伴奏，达甫鼓节奏激越，唢呐声震天响，表演动作扣人心弦，令成千上万的观众引颈喝彩，如醉如痴。

这项表演艺术代代相传沿袭，至今新疆仅有南疆英吉沙县还有一个达瓦孜世家的两个表演队，这个世家即阿迪力·吾守尔家族。

阿迪力·吾守尔是达瓦孜第五代传人吾守尔·木沙的小儿子。根据阿迪力长辈口述，这个家族从事达瓦孜表演已有至少427年历史了。阿迪力的祖上曾流落西欧、北美演出，在美国演出时引起轰动，后又辗转印度、南洋演出，后经广州又回到清都北京，为皇帝表演，皇帝观后大悦，并派人护送回新疆。

1990年，根据国务院拯救民间艺术的政策精神，新疆维吾尔自治区政府将阿迪力等散落在民间的10多名艺人，正式编入新疆杂技团。从此，古老的达瓦孜走进了正规艺术表演殿堂。

为国争光，奋力拼搏

阿迪力已有17年的达瓦孜表演艺龄，对高空走长江充满自信。以阿迪力为骨干的达瓦孜演出队再次把这一绝技奇葩奉献给全国引起轰动以来，在1985年、1991年、1995年第三、四、五届全国民运会上均获一等奖。

从1990年起，达瓦孜演出队足迹遍布长城内外，大江南北。去年，新疆达瓦孜跨越长江三峡筹备处在乌鲁木齐宣告成立，新疆杂技团团长米吉提·沙吾尔出任筹备处总指挥，这次活动被命名为"长·河·长史诗工程"，首先向科克伦世界纪录挑战，高空过长江，然后北上跨黄河，山海关上下走长城……

筹备组决定今年为跨江日，但长江三峡工程11月截流，水位将上升，高度不再是科克伦脚下的405米了，因此必须赶在截流前付诸行动，因此决定跨江日期为6月22日前后。

人们将拭目以待，期待新的吉尼斯世界纪录诞生……

（选自1997年3月15日《中国商报》）

—宝地魅力—

历史瑰宝

——吐鲁番出土文书

孔子经典思想之作《论语》在汉朝时期尚存三个版本，但到唐朝时，其中一个版本就失传了。然而在 20 世纪新疆吐鲁番古墓发掘考古时，发现了那个失传的《论语郑氏注》抄本，它无疑具有填补中国文献空白的作用，价值弥足珍贵。

唐朝著名边塞诗人岑参的许多诗句至今广为吟咏。无独有偶，在吐鲁番地下考古中，发现了这位大诗人在吐鲁番从军时的马料收支账："岑判官马柒匹，共食青麦叁豆伍胜，付健儿陈金。"意思是岑判官有马七匹，这些马共吃青麦三斗五升，已交志愿兵陈金。

以上事例，仅仅是不可胜数的吐鲁番出土文书的两个代表。

吐鲁番得天独厚的干旱少雨酷热气候，以及古代采用的地下房屋式墓冢，使"火洲"吐鲁番成为天然自然博物馆和文物宝库，使沉睡地下千年的文书得以保存下来。

自 19 世纪末以来，吐鲁番共出土多少文书？ 2005 年召开的吐鲁番学国际学术研讨会上，一位德国女学者发言称，她们进行数字化处理的吐鲁番出土文书就有 4 万多件。实际上，应该有更多件。极具权威的吐鲁番学专家陈国灿教授呼吁，要尽快收集统计全世界究竟共有多少吐鲁番出土文书。

吐鲁番出土文书有何价值？为什么引起国内外学者长达 100 余年热度不减的关注？记者不久前访问了年仅 40 岁、从事吐鲁番学研究的四川师范大学教授王启涛。

王启涛教授研究的课题领域是敦煌吐鲁番学。近年来，他著述颇丰，连续出版了《吐鲁番出土文书研究》《吐鲁番学》《吐鲁番出土文书词语考释》。目前主持承担了国家社科基金项目"吐鲁番出土文书语言研究"等三个有关吐鲁番学的国家级课题，是一位引人注目的吐鲁番学研究的新星和后起之秀。

王启涛介绍，吐鲁番文书发掘始于 1898 年，早于敦煌文书面世的 1900 年，并且吐鲁番出土文书所涉及的时代上限与下限都超过敦煌文书，绵延时间更长。

说起文书的意义，王启涛首先引用了著名学者、文化名流梁启超的一段话："一部中国史，往往是一部帝王将相加才子佳人的历史，至于普通百姓的真实生活，往往是得不到全面正确反映的。"而吐鲁番出土文书也比较全面地反映了当时这一地区普通民众的社会生活史。吐鲁番出土文书包含了非常丰富、没有经过任何裁剪的第一手社会生活资料，不仅有众多公文，更重要的是还有大量民间文字资料，比如从高昌王国到唐西州的各种官府文书，状纸，审理案件记录，授勋封官的任命书，行旅通行证，私人信件，僧人经卷，居民之间的租佃土地、买卖商品、雇佣劳动、借贷钱物的契约、记账单，户口册，学生的习字本，驿站中的马料账等，使消逝近两千年的祖先生活重新呈现在现代人的面前。

关于这一点，著名学者、北京大学教授荣新江也指出，吐鲁番出土文书在内容上比敦煌文书更加丰富多彩，数量要超过敦煌藏经洞所出土的同时期的社会世俗文书，它既生动具体地反映了这一时期的历史社会面貌，又填补了我国唐代以前档案文书的空白，它对于研究古代社会结构、政治、经济、军事制度、西北历史、边防、丝绸之路与中亚交通、民族关系、社会民情、民俗文化等都是极具学术价值的第一手资料,为研究我国传统的物质文明与精神文明都提出了一系列新的研究课题。

王启涛又说,吐鲁番出土文书还是研究政治史、经济史、法制史、公文史、学术史、民族关系史的第一手资料。新疆吐鲁番地区自公元 3 世纪末建立高昌郡以来,其中经汉人建立的地方政权高昌王国近 200 年,直到唐朝在此建立西州延续到 8 世纪末,一直由中原朝廷统治下的汉族官员在这里行使有效治理,因而出现了大批用汉文书写的官府诏敕、符牒文书及州、县、乡、里行印钤朱,贯彻朝廷的法令、推行中原的制度,这些文书是 1 300 多年前中国在新疆地区进行有效行政统治的实物证据,也有力证明了新疆自古以来就是中国不可分割的一部分的事实。

王启涛说,除了汉文文书,吐鲁番还出土了数量可观的非汉文文书,大致包括梵、粟特、突厥、于阗、龟兹、焉耆、波斯、叙利亚、吐蕃、回鹘、西夏等民族的文字与文献。

王启涛指出,研究了吐鲁番出土文献(包括汉文与非汉文),便研究了这一时期汉文化与其他文化的友好往来,研究了人类不同文明在这里碰撞与交流、开花与结果的壮丽场景。

王启涛教授的贡献是系统地研究了吐鲁番出土文书的语言文字。浙江大学古籍研究所张涌泉教授评价他的研究时说:"他第一次对迄今出土文书的文字与语言(包括语音、词汇、语法)进行全面而系统的释读、整理、考释和研究,为从各个角度研究吐鲁番出土文书的学者提供一个比较扎实可靠的吐鲁番出土文书释读文本,同时总结吐鲁番出土文书文字与语言的考释方法,这将有力促进吐鲁番学的研究,并对汉语史研究和词汇编撰起到重要作用,填补了吐鲁番学和汉语史研究的一片空白。"

(选自 2006 年 1 月 3 日《中国商报》)

"吐鲁番学"研究方兴未艾

吐鲁番一向以海拔低、天气酷热、瓜果美味可口著称于世,然而它更引人入胜之处是众多的古迹和丰富多彩的古老文化。

吐鲁番地委书记孙昌华在接受记者采访时这样说:"地处丝绸之路要冲的吐鲁番,是世界四大文化交会的突出典型地区,是折射新疆古老灿烂文化的一面镜子。"

文化大师季羡林教授很早就指出,世界四大文化体系汇流的地方就是中国的敦煌和新疆地区,这四大文化体系分别是中国、印度、伊斯兰和希腊。

季老曾强调:"有人怀疑我把新疆的地位抬得过高,如果真是这样的话,我们不妨诉诸历史事实,新疆长达几千年的辉煌的历史,现在注意的人,包括新疆人在内,恐怕不是太多,关于这方面的书籍出得实在太少了。"

一、历经浩劫的吐鲁番文化瑰宝

在 19 世纪末期和 20 世纪二三十年代,新疆吐鲁番才向世界撩开了灿烂的历史文化面纱。俄国、德国、日本、英国、法国等列强争先恐后纷纷向新疆特别是吐鲁番派遣所谓探险考古队。他们大肆盗掘掠夺寺庙、石窟、墓葬中的宝藏,使不计其数的文献、文物流失到国外,众多的文化瑰宝也轰动了世界。

俄国与新疆相邻,德国血统的俄国人雷格尔最早来到吐鲁番考察。雷格尔是彼得堡皇家植物园的主任,1879 年到吐鲁番采集植物标本,并考察了许多古代遗址。回去后他向外界传递出信息,在那片遥远的土地上,依然保存着大量和有价值的古代遗址及其他遗留物。雷格尔的考察对后来人到吐鲁番有直接影响。1893 年,俄国罗波洛夫斯基、科兹洛夫到吐鲁番建气象站,离开时带走了吐鲁番佛窟里的一些古佛经写本和回鹘文写本。1897 年,俄国考古学会会长克列门兹到吐鲁番探查了 130 个佛窟,并将其中一些精致的壁画、铭刻和许多古写本盗运到俄国,而后出版了《吐鲁番及其古迹》。俄国人在吐鲁番劫掠的古物是比较多的,光拍摄的胶片就有 8 000 张。

俄国人的收获引起德国人的垂涎,柏林民俗博物馆的格雷威德尔和勒柯克等人在德皇和军火商的资助下,组成"皇家普鲁士吐鲁番考察队",先后四次到吐鲁番进行大规模文化盗窃活动。第一次掠走 46 箱文物,每箱 37.5 公斤重,随后,格雷威德尔发表了《高昌故城及其周边地区的考古工作报告(1902—1903年冬季)》。勒柯克等人第二次在柏孜克里克、吐峪沟等千佛洞和高昌故城内疯狂盗掘和切割壁画,运走各种经卷、文书、钱币、雕刻、壁画等共计 200 箱,而后勒柯克出版了《高昌——吐鲁番古代艺术珍品》一书。经过这四次考察,德国共攫取文物 433 箱,重量达 3.5 万多公斤,其中文书 15 000 件,完整与不完整的壁画 630 多幅。勒柯克的信条是:"我走后,别人就没有必要再来了。"

俄、德的举动,同样引起日本、法国、英国的浓厚兴趣,其中日本掠夺文物之多仅次于德国。

自 1902 年 8 月起,日本佛教教主大谷光瑞也组织考古队,前后三次到新疆探险。具体实施人主要是 18 岁的僧侣橘瑞超。由石窟盗掠转向墓葬盗掘发端于橘瑞超,他们发掘阿斯塔那和哈拉和卓一带的古墓葬,获得了大量高昌王国至唐代的社会文书以及古写本典籍和佛经残片,还有大量古钱币、殉葬品和墓志砖,连同十几具古代干尸全部运回日本,其中公布的文书就达 7 733 件,《大谷文书》《橘瑞超文书》中均有记载。

到吐鲁番盗掘文物的还有斯坦因,他在柏孜克里克石窟割剥壁画,也发掘了 34 座墓葬,出土有北凉、高昌国、唐代的文物、文书。他于 1928 年出版了《亚洲腹地——在中亚、甘肃和伊朗东部考察的详尽报告》。其后,还出版了《斯坦因在中亚第三次探险的中国文书》。

孙昌华说,以上仅仅是几起大的外国探险考古队在吐鲁番的盗掠,小规模的还很多。

吐鲁番的文物遗存和出土文书内容相当丰富,卷帙浩繁,涵盖自然和社会各个方面,可谓包罗万象、历史文化内涵极深,是历史形象的记录、人民智慧的结晶,是历史的百科全书。吐鲁番自古就是多民族聚居地区,是民族迁徙与融合的集散地,很多民族在这块土地上生活过,多种宗教曾在这里流行或并存。丰富多彩的文化昭示着吐鲁番是世界四大文化体系的交会点、华夏灿烂文明进程的活化石。

从 19 世纪末到 20 世纪初,吐鲁番出土的考古文物数量惊人,目前大多存放在 13 个国家的 30 多个博物馆、研究机构和大学中。一百年来,世界各国的汉学家以及史学、考古学、民族学、语言学、宗教学、地理学的学者、艺术家,对这些出土文物和文书开展了持续不断的研究和考释,并发布研究新成果,这门学问被称为"吐鲁番学",与"敦煌学"共称"敦煌吐鲁番学"。

二、方兴未艾、任重道远的"吐鲁番学"研究

值得欣慰的是,从 20 世纪初至今,中国也涌现了许多研究吐鲁番学的专家学者。1914 年,当时在日本的中国学者罗振玉得知大谷考察团在吐鲁番掘获高昌墓砖后,便千里迢迢冒酷热来到吐鲁番,采录墓砖铭文,出版了《西陲石刻录》。学者黄文弼于 1928 年和 1931 年两次来到吐鲁番进行古迹勘察,后来出版了《高昌》《高昌砖集》《高昌陶集》三部著作。

孙昌华说,中国"吐鲁番学"真正得到发展,也就是中国人自己全方位研究吐鲁番文化瑰宝,应该是中华人民共和国成立以后。在国家的资助下,从 1959 年至 1975 年,新疆文物考古工作者对阿斯塔那、哈拉和卓古墓群进行了 13 次发掘,共发掘 456 座古墓,其中 203 座墓葬有多朝代一万片纸质文书,并从 1981 年起陆续出版了十卷《吐鲁番出土文书》。在已故吐鲁番文物局局长柳洪亮博士的主持下,还出版了《新出吐鲁番文书及其研究》,收集了 1975 年以后出土的典型文书。

中华人民共和国成立以后,中国涌现出一大批"吐鲁番学"学者,其中著名的有武汉大学历史系陈国灿教授,中国社会科学院考古研究所孟凡人教授,北京大学荣新江教授,中国文物研究所王素,原吐鲁番文物局局长柳洪亮博士,新疆考古研究所王炳华,新疆博物馆伊斯拉菲尔•玉素甫,青年学者现吐鲁番文物局局长、博物馆馆长李肖博士,中国社会科学院历史研究所女学者宋晓梅,青年女学者乔玉,等。他们都为吐鲁番学的研究作出了巨大贡献。

1983 年,我国成立了中国敦煌吐鲁番学会,近年出版了《吐鲁番学研究》期刊。"吐鲁番学"研究方兴未艾、任重道远。

孙昌华列举了陈国灿教授对"吐鲁番学"的一段阐述:吐鲁番盆地地上地下,蕴藏着丰富的历史文化遗产,上起石器时代至周、秦,下迄明、清,既有汉族的,也有北方各个民族留存下来的实物或文字记录。这些都是中国古代文明的一部分。对于这一特定地域的历史文化遗产进行维护、整理和研究的学问,被称为"吐鲁番学"。

2005 年 8 月 26 日,新疆吐鲁番学研究院在吐鲁番市挂牌成立;同时,吐鲁番学国际学术研讨会在吐鲁番市召开,来自国内外近百位学者参加了研讨,这标志着"吐鲁番学"又有新发展。

许多专家认为,21 世纪研究"吐鲁番学"面临的任务相当繁重,其中一项就是搞清 19 世纪末叶以来,外国探险考古学家究竟到吐鲁番多少次、多少人、属于哪些国家、拿走哪些地上地下文物、现在藏在何处,而后要编制吐鲁番出土文书总目录。在课题研究上也非常丰富,涉及政治、经济、民族、宗教、文化、交通、军事等方面。

专家还指出,对被破坏、窃走的吐鲁番文物应进行建设性恢复和复制,例如高昌故城中的可汗堡及各大寺庙遗址,今天的状况与 100 年前的勒柯克、斯坦因拍摄的照片比较,又有了很大的损毁,应该加以修复,修旧如旧,保持百年前的文物风貌。还有柏孜克里克佛窟中的壁画,大部分在百年前被德国探险队切割走了,勒柯克曾经出版彩色版"高昌"专集,依现在的科技,完全可以复制放大,放在原来的石窟中陈列,供国内外游客参观。

（选自 2005 年 8 月 26 日《中国商报》）

高昌壁画

——人类四大文化交流融合的艺术瑰宝

在 2005 年 8 月 28 日举行的第二届吐鲁番学国际学术研讨会上，记者采访了中国社会科学院考古研究所研究员、著名吐鲁番学专家孟凡人教授，请他介绍高昌壁画的艺术特色、艺术价值，从而得知，高昌壁画是人类四大文化交流融合的艺术瑰宝。

佛教为主的多宗教绘画集萃地

孟凡人教授介绍，吐鲁番自汉代以来，大部分时间被称为高昌，由于地处东西方交通要冲，与外界经济文化交流频繁，从而使高昌地区成为新疆古代文明摇篮之一。在漫长的历史岁月里，汉族人民与当地各族人民命运相依，创造了灿烂的物质和文化，其中高昌壁画以其高度的艺术技巧和独具一格的画风，在中国美术史上和世界绘画史上都占有重要地位。

孟凡人指出，人们现在能看到的高昌画，以高昌回鹘时期为主，其次是唐代，少数画要早到高昌国或高昌郡时期，这些绘画资料的数量很大，内涵比较丰富。

按性质来分，有佛教画、摩尼教画、景教画、墓葬画和少量的世俗画，其中墓葬画主要在阿斯塔那古墓中。

按绘画所采用的质料来分，有壁画、绢（帛）画、麻布画、纸画和版画，其中以壁画占比例最大。

按绘画题材来看，又因各类画的性质不同而各异，如：景教画题材多与基督、使徒有关，画面一般绘有十字架，色调偏冷。摩尼教画题材多以摩尼和僧众为主题,所绘人物大多白衣白冠,经典中插图则使用金、银、红、绿等颜色,绚丽夺目。墓葬画题材广泛,一般以墓主人生前生活图像为主,此外还有人首蛇身图(伏羲女娲图)等,用色不拘一格。佛教壁画题材非常复杂,大致有各种净土变、涅槃变、药师变、地狱变,成组的供养画、说法图、佛本生和佛经故事、千佛像、供养人和供养比丘像以及各种图案和装饰做花纹等。

孟凡人教授指出,高昌画大部分是宗教画,因为高昌曾是多种宗教流行的地区。但是无论是摩尼教还是景教的绘画,其数量和质量都远远不能和佛教画相比。毫不夸张地说,佛教画是高昌画的主流,一部高昌绘画史实际上主要是佛教绘画史。

高昌画是世界四大文化融合的结晶

孟凡人说,高昌画受外来艺术影响很明显。一般认为,高昌画受中原以及波斯和犍陀罗影响较大,同时通过犍陀罗艺术又感受到古希腊罗马艺术等西方古典艺术的影响(印度佛教绘画雕塑是在借鉴吸收古希腊罗马艺术的基础上发展起来的)。波斯和犍陀罗艺术在很大程度上正是以西域南、北道为媒介传入高昌地区的。

孟凡人举例说,以画种而论,摩尼教画明显可见受摩尼教发源地波斯艺术的影响,这些画除具有精致的写实精神外,还颇有装饰的要素;景教画,如"圣枝节"图完全是写实画法的西方风格,人物的相貌和服饰等则具有波斯的特征;阿斯塔那墓地出土的绘画以及唐西州时期佛画的主流,明显与中原画风一脉相承;现在大量存在的高昌回鹘时期的壁画,情况比较复杂,它实际上是以中原佛教壁画为主,同时将摩尼教和高昌以西诸因素融合在一起而形成的混合性的绘画艺术。

孟凡人指出,首先是中原地区的影响。高昌地区自高昌壁时代起直到唐代,当地的统治者和倡导佛教者均以汉族为主,因此这个阶段高昌佛教和佛教艺术的兴起和发展都与汉族密不可分,具有浓厚的汉族色彩。回鹘入主高昌后,受到当地汉族文化的影响。尤其是在宋元时期,高昌回鹘的官员、商人和佛僧经常到汉族人居住的地区从事各种交流活动,他们耳闻目睹到这些地区高度发达的文化和佛教艺术,并将其中适合的部分移植到高昌,因此高昌回鹘的意识形态领域便自然打上了汉族文化和艺术的烙印。

从佛教壁画来看,高昌佛教壁画所反映的信仰,主要属于大乘佛教系统。高昌回鹘佛教壁画题材与敦煌唐末、五代、宋朝时期的壁画题材基本上大同小异;高昌回鹘佛教壁画中,经常出现各种汉族建筑图,其风格大致与唐末至宋代汉族建筑相同;高昌回鹘佛教壁画,经常出现汉族服饰的人物像,这些人物像既有汉族人也有回鹘人。

总之,高昌佛教壁画不但在高昌郡至唐代汉族统治时期有浓厚的汉族色彩,而且在回鹘统治时期也几乎随处可见汉族佛教和佛教艺术的影响。由此可见,两者在佛教和佛教艺术方面有着不解之缘。

孟凡人又指出,摩尼教及其绘画艺术对高昌回鹘的佛教和佛画也有一定的影响,同时它又是高昌回鹘与其他地区佛教绘画艺术相通的桥梁之一。由于两教教义有相通之处,因此在信仰摩尼教的回鹘族进入高昌后,在当地佛教影响下摩尼教也渗入了佛教的因素。这种互相渗透关系,在其佛画中有较明显的表现。如在高昌故城、交河故城、木头沟、柏孜克里克、吐峪沟等高昌回鹘佛教遗址中,均发现有被帽地藏菩萨或十王图、地狱图等。这些图像不但在表现主题上与摩尼教的冥府思想密切相关,而且在绘画的布局和形象上也与摩尼教的冥府图酷似。

孟凡人说,高昌的绘画艺术能够吸收不同文化体系的营养,东西方文化兼容并蓄,使高昌绘画既有鲜明的地方色彩和时代特征,又能看到东西方文化色彩和时代特征。

（选自 2005 年 10 月 11 日《中国商报》）

吐鲁番的桑葚熟了

"桑葚！桑葚！新鲜桑葚！"大约从 5 月 10 日开始，乌鲁木齐大街小巷便传来小贩的桑葚叫卖声。浏览街头巷尾，一辆辆手推车上一堆堆、一筐筐紫红色、黑色、乳白色的水灵灵、晶莹剔透的桑葚，引得路人垂涎欲滴。

桑葚年年有，不过今年明显让人感觉到上市量特别大，而且集中上市。无论市中心的闹市或偏僻小巷，都可以见到它的芳踪，闻到它特有的清香！

新疆是驰名中外的瓜果之乡，在非温室瓜果中，桑葚最早成熟上市，是名副其实的新疆瓜果大量上市报喜的信使，或瓜果成熟的报春花，紧随其后，杏子、哈密瓜、西瓜、葡萄、无花果等便接踵而至，令人应接不暇，从而展现出一个瓜果飘香的世界！

最早登上乌鲁木齐市场的桑葚来自吐鲁番，那里是桑树的世界，也是桑葚的著名产地。

其实，五一长假，笔者游览吐鲁番，早就在那里看到了枝繁叶茂、叶子油光闪亮的桑树，桑树枝头挂满一嘟噜一嘟噜黑色、紫红色、白色的桑葚。在吐峪沟中，笔者顺着栈道逶迤而行，路旁时不时就有伸出的桑树枝，游人信手便可采摘到枝头上的桑葚，顺手将其填入嘴里而大饱口福。路径旁，还可时时看到可爱的维吾尔族男孩、女孩端着满盘满筐的桑葚向游人叫卖。

在吐鲁番，在新疆各地，尤其是南疆，桑树虽为个人所栽，桑葚却不为己所有，桑葚熟了，谁都可以采摘，这已成为一种习俗。

吐鲁番的桑葚以粒大味甜驰名，赢得了远近游客的赞美。1989 年 5 月，笔者与刚刚大学毕业分配到《新疆日报》的陈晨到吐鲁番采访。他第一次品尝到这么粒大、这么甜的桑葚，简直是欣喜若狂，像个孩子似的，不停地采摘，不停地吃，桑葚将嘴唇染得紫红。

还有一次，正值 6 月初，笔者陪贵州来的《大陆桥报》郭总编赴吐鲁番葡萄沟游览，他发现在戈壁和火焰山旁的山谷中竟有一望无际的葡萄园，非常惊讶，他也品尝了葡萄沟中的桑葚，于是回黔后有感而发，撰写了一篇《大漠藏秀》的散文，盛赞吐鲁番桑葚的甜美和景致的秀美。

在维吾尔语中，桑葚叫"阿克衣孜木"，意思是白色的葡萄，而葡萄叫"塔拉衣孜木"。桑树同维吾尔族人民的生产、生活有着密切关系，人们对桑葚也有特殊的感情。旧社会农民有"半年桑杏半年粮"的说法。如今在桑葚成熟季节，人们在树下或者攀上树枝采摘桑葚。更常见的是人们在树下扯起大块的布，树上的人摇晃树枝，桑葚便如雨点般纷纷落在布上，这已成为桑葚成熟季节新疆城乡常见的一道风景。

桑葚——果品中的"贵族"

桑葚，又叫桑果、桑子。成熟果实油润，酸甜适口，以个大肉厚、颜色紫红为最佳，黑色、白色次之，通常人们以鲜食、晒干或蒸熟后晒干食用最为普遍。成熟的桑葚富含果汁，清香可口，营养丰富，含有丰富的葡萄糖、果糖、蛋白质、脂类、醇类、挥发油、芦丁、胡萝卜素、多种氨基酸、维生素以及锌、锰等多种微量元素，不仅营养丰富，还是一味良药。

中医认为，桑葚味甘酸、性寒，具有补肝益肾、生津养血、通气血、利五脏、驻容颜、抗衰老等作用。现代医学研究认为，桑葚具有调整机体免疫功能、促进造血细胞生长、降血脂、护肝等多种作用，多用于治疗肝肾亏虚、阴血不足所致的贫血，以及失眠健忘、头晕目眩、须发早白、神经衰弱、习惯性便秘等病症。

在新疆，维吾尔族群众通常将桑葚晒成桑葚干，因此在新疆市场上一年四季均可买到桑葚干，人们在桑葚成熟季节还常常将新桑葚用纱布包住挤压出桑葚汁，加上羊油和面粉调成美味可口的桑葚羹食用。桑葚还可以提取琥珀酸，每 100 公斤桑葚干可榨取 20 公斤食用油。

关于桑葚的营养价值，古代著名医学家李时珍在《本草纲目》中写道："久服不饥，定魂安神……"桑葚还可以熬糖、酿酒，吐鲁番生产的驼铃牌桑葚贡酒就是深受市场欢迎的产品。

如今，许多学者称桑葚是第三代水果，是果品中的"贵族"。桑葚有极为广阔的开发利用前景。

桑树——古丝绸之路繁荣的活化石

说到桑葚，当然离不开桑树的话题。中国有悠久的种植桑树的历史。中国最早的《诗经》中就有"桑之未落，其叶沃若，于嗟鸠兮，无食桑葚"的描述。

实际上，新疆最早没有桑树，后来随着古代丝绸之路的开辟才从中原地区传入新疆。史书《魏书》《北史》《大唐西域记》《新唐书·西域传》等都有这方面的记载，据此可以断定，中原地区的桑树以及养蚕技术最迟不晚于公元 7 世纪传入新疆。如今在吐鲁番的葡萄沟内就有千年古桑树，它是丝绸之路桑树传入新疆的活化石。到了清代，左宗棠也积极扶持新疆蚕桑业，当时，从长江流域运到新疆的桑苗就有数十万棵。

在新疆，尤其是吐鲁番和南疆，维吾尔人把桑树视为神木，不仅大街小巷、居民院落、机关学校、工厂所在地广栽桑树，几乎是无处不桑处处桑，民间还有"桑大不可砍，砍桑如杀人"之说。

饶有兴味的是，一般国人都知道江、浙、川、粤等省是桑蚕生产大省，却有许多人鲜知塞外新疆也是盛产桑蚕的地方，在天山南北的吐鲁番、喀什、和田、阿克苏、巴州、哈密、伊犁，农民都广种桑树，在一些地区栽桑、养蚕、缫丝还是农民的主要产业,养蚕地区高达40多个县市。著名的和田丝绸厂生产的艾德莱斯丝绸闻名中外。据20世纪80年代初统计,全新疆桑树达2 500万棵,如今经过20余年的发展,数量估计又有大的增加。

不过令人费解的是,在遍种桑树的吐鲁番,养蚕业几乎是空白。带着疑问,笔者曾询问一位维吾尔族中年男子农民,他告诉笔者:"养那个东西(指蚕),比养巴朗子(小孩)都麻烦!"笔者想,可能吐鲁番农民有致富的葡萄产业,较之养蚕,种葡萄难度不大,经济效益也明显吧!不过,开发桑树系列产业,吐鲁番乃至新疆都有广阔的前景和巨大的发展潜力。

(选自2006年5期《每周文萃》)

英吉沙的杏子熟了

2007 年 7 月 1 日，英吉沙县赛杏会在艾古斯乡举行，参加第三届喀什中亚南亚商品交易会的中外客商和几十家媒体记者应邀前去目睹了杏乡盛会的风采。

赛杏会在杏林果园杏树下举行，一棵棵杏树上挂着一串串、一簇簇黄澄澄的杏子，杏树下铺着一块块色彩斑斓的地毯，十几排桌子上摆满了英吉沙县 13 个乡镇 200 多名杏农带来的 40 多个品种的色买提杏。

说起英吉沙杏，不能不提到艾古斯乡和色买提杏。

据英吉沙县委宣传部武部长介绍，英吉沙县是我国七大优质商品杏产地之一，具有悠久的植杏历史，而艾古斯乡是英吉沙县最著名的杏产地。

相传 500 年前，一个名字叫色买提的庄稼汉从外地带回一棵杏树，栽种后结出的杏味美可口，乡亲们知道后，都来找色买提要嫁接杏枝。几百年过去了，不仅艾古斯乡，整个英吉沙县全是色买提杏树。

至今，一年一度的英吉沙县赛杏会已举办了三届，也已成为英吉沙农民展示自己杏产品的盛会。在这届赛杏会上，10 多个优质杏产品获得评委会颁发的一、二、三等奖及特等奖，分别得到 200～800 元不等的奖金。

山东福田重工有限公司党委副书记杨洪义参会时感慨地说："以前仅仅知道英吉沙的小刀驰名，没想到这里的杏子也这么好！"

据艾古斯乡党委书记汤波洲介绍，艾古斯乡有着发展林果业得天独厚的自然条件，三面环山，光热资源丰富，昼夜温差大，加上冰山雪水的浇灌，孕育了冰山玉珠——色买提杏。色买提杏果面光滑无毛，成熟后呈金黄色，果实向阳面稍带红晕，色泽亮丽，果肉橘黄色，离核，果实个大，肉厚，色鲜，肉质细软多汁，纤维少,品质上乘,平均单果重达 50 克,有的杏子将近 100 克重。现在,全乡种植色买提杏的耕地总面积达 1.7 万亩,总株数达 32.5 万株,人均占有 45 株,基本实现了铺天盖地,满山遍野,为发展特色杏子产业奠定了良好的基础。

汤波洲说:"我们注重科学管理,努力提高杏子产量。首先,针对我乡人均占有耕地较少的情况,在保证农民口粮的基础上,把'树上有钱花,树下有粮吃'的间作式种植作为我乡色买提杏的定植模式;同时加大杏树的密植高产栽培技术的推广,在现有间作式模式的基础上适当增加杏树密度,提高亩产量。其次,加强科学管理,增加果园发展后劲,逐步引导农民从传统的粗放型向现代集约型转变;在科学管理过程中,层层落实责任制,使每名干部、农民技术员手中都有一把剪子、锯子,做懂科学、用科学的带头人;每年加大对老果园的清理改造力度,改造低产园,使当前老果园的盛果期尽量延长,通过管理使近年新定植的果树早日进入盛果期。"

艾古斯乡采取加大科技培训力度"走出去、请进来"的办法举办培训班,突出进行果树的科学管理,在全乡形成人人懂林果业、人人抓林果业的良好氛围。现全乡 2 000 多户人家,8 800 余人,每年乡里色买提杏收入有 800 万元,人均收入近千元。曾经,新疆地处偏远,运输不方便,色买提杏只能以原料产品或晒成杏干出售。现在,随着色买提杏产业的发展和英吉沙县招商引资力度的加大,已有屯河公司等几家大公司在英吉沙县安家落户,开发杏子产品。其中,新疆屯河公司在原有浓缩杏浆产品基础上新增"万吨无核杏干"项目,促使英吉沙县色买提杏这一优质果品走出大漠,迈进国际市场。

参加赛杏会给优胜者颁奖的英吉沙县县委书记殷绍龙告诉记者,目前全县杏园面积 30 万亩,挂果 22 万亩,年产鲜杏 20 万吨,成为全国第一大杏园。这几年英吉沙实施特色农业计划,注册了"英吉沙尔"牌"色买提杏"商标,通过发展杏子产业,打造新疆杏子产业第一大县,已经取得初步可喜成绩。

(选自 2007 年 7 期《今日新疆》)

从一棵古杏到万亩杏园

——伊犁珍稀杏乡行

在杏花怒放的阳春三月,笔者来到珍稀果树吊树干杏(民间亦称不掉干杏、吊死干杏、花干杏)的故乡——地处伊犁河谷阿里玛里古城地域的新疆生产建设兵团农四师 61 团场,实现了笔者多年的心愿。

20 年前,笔者参加了一个新疆林果业发展战略研讨会,会上一位皓首老教授大声疾呼,世界上许多国家都非常注重保护本国的珍稀果树资源,防止物种灭绝,新疆也有不少在世界上独具特色的果树资源,应该引起高度关注,也要严加保护,不使其灭绝。老教授当时举了两个例子,一个是一串 10 公斤左右的超级葡萄品种,另一个就是吊树干杏。前者产自轮台,后者产自伊犁。

与普通杏树不同的是,这种杏成熟后不会"瓜熟蒂落",熟透的杏子挂在树上自然风干而成为杏干。当年听了老教授的发言后,笔者不禁对这种珍稀杏无限神往。

时隔多年以后,笔者竟在 2007 年 9 月举办的伊犁农产品博览会上觅到了吊树干杏的芳踪,展位上包装精美的吊树干杏成为抢手货,而且价格不菲,1 公斤吊树干杏价格高达 80 元以上。经打听,吊树干杏的产地是兵团 61 团场,于是笔者决定到这个团场探寻这种杏的来龙去脉。

汽车穿过风光秀丽的果子沟前行,然后沿着霍尔果斯口岸的东围墙外公路向北行驶大约 20 公里行程后,便来到了天山雪山下的 61 团场。蓦然,公路旁两行怒放的杏花映入眼帘,一直蜿蜒伸向远方,路两旁的田野里杏花盛开,更是灿若云霞,一眼望不到边,不由得让人兴奋不已。

61团团部办公楼前后也栽种着杏树,杏花簇拥着办公楼。在这里,笔者见到了被称为"杏子团长"的王作敏,他安排笔者先进行参观。

在61团园林4连的居民点,笔者看到了"镇团之宝"——拥有百年历史的老杏树,这也是中国唯一的吊树干杏鼻祖。它高数丈,初春便萌发了嫩芽,连长杨平元与副连长阿迪力江两人手拉手围抱老杏树,结果都没有搂抱过来。

园林4连原是一个古村落,后纳入兵团管辖,当地老居民介绍了老杏树的来历。

20世纪初,当地一位叫阿不都·许的农民从中亚塔什干用牛奶浸泡着40多棵吊树干杏苗,翻越千山万水,历经千辛万苦带回来栽种在院落里,仅存活了7棵,而且这7棵树结出的杏,颜色口味都不相同,颜色有的黄艳艳,有的粉红色,有的黄里透红,果核有的薄如纸,但都酸甜可口,别有风味。许多老居民小时候都吃过好几种不同口味的杏,经过近百年的风雨,到10多年前,还有2棵,而现在仅存1棵,可见其弥足珍贵。

我们又来到农5连的一块杏园,青年农工蒋永军、郝艳菊夫妇俩正在给杏树挖沟施肥,地上还有一条白色京巴跳来蹦去,农工的生活情趣和生活水平可见一斑。夫妇俩共种植50亩土地,在8亩果园地中有5亩是吊树干杏,去年虽因天气原因杏减产了,但鲜杏与杏干销售仍有3万元收入。全连队上百户农工,每家都种植了吊树干杏。大部分种植10亩地左右,许多人因种杏而致富。

看完老杏树和杏园,王作敏团长向笔者介绍了吊树干杏的特色以及61团大力发展以吊树干杏为主的林果产业所取得的成效和远景规划。

据介绍,在植物学上,吊树干杏属蔷薇科杏属,61团处于地球的大陆逆温带,这里海拔850米至1480米,昼夜温差大,是水果生长最佳气候区,因此,这里种植的吊树干杏及其他水果品质优良。尤其是吊树干杏,鲜杏成熟后外皮红透,果肉黄软,香气扑鼻,酸甜多汁,营养成分高,含多种人体所需微量元素,它的果核皮薄,轻嗑即裂,果仁干脆香甜,杏仁具有药用价值和保健功能,因此这种"一杏两吃"、风味奇特的杏被誉为金果、杏中的珍品,有很高的经济价值。

20世纪80年代末,百年珍稀杏受到农场许多农工的喜爱,61团领导便鼓励职工从这棵老杏树上剪取枝条与野杏树进行嫁接,从此以后,这种杏树的种植面积便逐渐扩大开来。

2003 年，61 团明确提出将林果业确定为全团发展的主要产业目标，尤其是重点发展吊树干杏种植业。自 2003 年 61 团开始培育 1 300 亩吊树干杏基地起，至今果树面积已增加到 23 000 亩，其中吊树干杏达 10 000 亩，全团吊树干杏已有 3 000 亩挂果，亩产达 800～1 200 公斤。团场还加大产品深加工力度，进行杏干机械、电力烘干加工，开展鲜杏保鲜、杏酱、杏仁、杏奶加工，计划 3 年时间建 9 个加工厂，以便增加产品工业附加值，实现果品加工产值 1.3 亿元。目前，团场已引进资金 3 000 万元，建起了 3 个果品加工厂和保鲜库，其中吊树干杏加工厂已投产，这种品质极佳的干杏上市后声名鹊起，成为果品市场的新宠，伊犁人外出或外地人来伊犁，总要购买一些干杏作为馈赠亲朋好友的首选礼物，产品远销北京、广东等国内城市和美国、东南亚等国家与地区，年销售鲜果 1 000 多吨，吊树干杏近 400 吨。

61 团确定的长远目标是以吊树干杏为主的林果种植面积 8 万亩，除平原地区 2 万亩果园外，他们的惊人之举是开发 6 万亩呼鲁赛尔旱田山的万古荒原。

王作敏团长陪笔者到呼鲁赛尔旱田山参观。61 团的地理状况很特别，呈北高南低坡状地形。汽车依山坡地势向上攀升，当三菱汽车的海拔表显示 1 000 米时，我们下车查看已栽种的高低不一、最高达胸部的 8 000 亩杏树。

与海拔 850 米的团部所在地杏花遍地开放相比，旱田山的杏花花苞才露尖尖角。王团长介绍，一般情况下海拔高度每增加 100 米气温就降低 6 ℃左右，所以海拔 1 000 米以上的旱田山的杏花比山下迟开 10～20 天，这种季节差，反而使果实成熟期错开，延长了水果的上市时间。

呼鲁赛尔旱田山是亘古荒山，土质不含碱，土层厚数十米，特别适宜发展林果种植，但美中不足的是缺水，为了开发这 6 万亩荒地，61 团大胆实施了从山下拉水浇树的举措，安排 20 辆水车拉水，笔者看到，从山下拉水上山的汽车往来不断，将一车车水拉到旱田山上浇灌已栽种的 8 000 亩杏树。

为了从根本上解决陆续开垦的 6 万亩果树浇水问题，61 团正在旱田山上修建 4 座总容量达 270 万立方米的大型蓄水库，4 座水库工地上大型挖掘机和汽车正紧张施工，挖运土方。同时，61 团还要在呼鲁赛尔旱田山新建 3 个林果连队。

为改造旱田山，61 团计划投入的总资金是 300 万元，这无疑是一笔巨大的数字。

61 团为发展林果业出台的优惠政策也是促进杏树产业发展的助推器。团场规定凡种植吊树干杏的农户，享受新栽树免一年的用水灌溉费，为农户垫付苗木费，并承担 3 年的利息。这些优惠措施极大调动了全团农工种植积极性，全团杏树种植大户已超过 500 余户，许多农工因种植吊树干杏等水果而致富，全团银行存款达 1.8 亿元，100 万元以上的存款户有 200 余户。

61 团旱田山果树开发远景计划，受到了农四师及兵团领导的关注和支持。新疆维吾尔自治区党委副书记、兵团政委聂卫国，兵团司令员华士飞等领导曾亲临旱田山参观视察指导，称赞 61 团"建果品基地，引龙头企业，拓中外市场"的产业发展战略，非常适合当地实际，是因地制宜的发展目标。

目前，61 团已经成为全伊犁、全新疆乃至全国最大吊树干杏园，鉴于目前全团全年已形成 1 000 吨鲜杏、干杏销售能力，61 团已向国家申报建设大型果品二级批发市场，以便形成辐射国内外尤其是周边中亚国家的果品销售网络，还要依托毗邻霍尔果斯口岸的优势，开展农业观光旅游，使林果产值占到全团大农业产值 60% 以上份额。

采访 61 团后，笔者感触良多，军垦官兵将一棵特色古杏树扩展为万亩并将增加到 8 万亩杏园，这是何等壮举！笔者想，20 年前大声疾呼要保护吊树干杏的老教授看到这些，该是何等欣慰。

（选自 2008 年 6 期《今日新疆》）

甜蜜之旅——哈密行

2007年7月16日至31日，第四届哈密瓜节在哈密举行。瓜节期间，国内外游客兴趣盎然参加了"坐'马的'、饮神泉、观佛塔、品贡瓜"以及"赛瓜会"、"甜蜜之乡"书画摄影展、哈密维吾尔族民俗展等精彩活动。然而，给笔者留下最深刻印象的还是品味了名扬中外的哈密瓜以及结识了为传承和发扬这一特色产品作出贡献的"酿蜜人"。

贡瓜与贡瓜传人

在哈密瓜推介会上，主办方向来宾介绍了作为贡瓜的哈密瓜的情况。哈密瓜因哈密得名，哈密因哈密瓜享誉世界。哈密年均日照3 358小时，日照时间超过了"日光城"拉萨，位居全国城市之首。这里特别适宜各类瓜果的生长，因此自古以来这里产的哈密瓜特别甜。

哈密种植哈密瓜已有2 000多年的历史了。据传，哈密瓜之名是由清朝康熙皇帝赐名的。康熙三十七年（1698年），一世回（鹘）王额贝都拉携带甜瓜等贡品入京朝觐。在宴席上，康熙和群臣们品尝这种甜瓜以后，个个赞不绝口，便问这叫何物，额贝都拉跪答："这是哈密臣民所贡，特献给皇帝、皇后和众大臣享用，以表臣子的一片心意。"康熙说："这么好的瓜，应该有一个好听的名字，它既产自哈密，又贡自哈密，何不就叫'哈密瓜'呢。"康熙言毕，群臣雀跃，齐呼万岁圣明。从此，哈密瓜名扬四海。当时所贡之瓜主要是"加格达"品种，因其具有个大、皮厚、味甜、宜贩运等特点，所以有幸成为御用贡品。

如今，在原哈密回王9块贡瓜地之一的哈密市花园乡喀拉塔勒村还住着一位著名的贡瓜传人尼亚孜•哈斯木。

在这个村，笔者见到了这位贡瓜传人。年逾七旬的尼亚孜•哈斯木说话开朗诙谐。他的祖上有五代给哈密王种贡瓜,到清朝光绪年间,贡瓜才停止进贡,而那时,他们家族种贡瓜历史已有200年了。

他说,历史上为了不让贡瓜种子外传,祖上人在瓜田周围建起了高墙,并上了锁,由专门的看家护院人进行看管。为了防止瓜种流失,他们秋天将瓜种精心和进泥巴中,再将其糊到墙上,到来年春天,再从墙上抠出种子种到地里。

尼亚孜·哈斯木20岁就在瓜园劳动。有一年他种了2亩哈密瓜,种植品种仍然是祖传贡瓜品种——加格达。为了保持瓜的甜度,他给瓜地上的肥料主要是农家肥,光是羊粪、牛粪等农家肥就上了6吨,这是他花费1 350元钱从附近兵团农场买来的,他还沤了许多苦豆子来作肥料,用这种肥料上的哈密瓜特别甜,祖祖辈辈的瓜农都用这种苦豆子作瓜的肥料。

尼亚孜·哈斯木带笔者去看他的瓜园。瓜园仍筑有围墙,大门上锁,看来传统的护瓜方法基本上传承了下来。瓜园里种有"加格达""黑眉毛""一包糖""羊不拉克"等10多个祖传品种,这些瓜体浑圆,表面黄澄澄、金灿灿,或表面深绿色,网纹密布。尼亚孜·哈斯木切开两个瓜让笔者品尝,瓜肉一种是翡翠色,另一种是橘黄色,瓜瓤晶莹剔透,食之不但特别甜,而且风味也可以说是妙不可言。

尼亚孜·哈斯木现已成为哈密瓜品牌宣传的"形象大使",几届哈密瓜节他都是宣传员。借助贡瓜传人的知名度,他开办了"农家乐"旅游,今年他家已接待了 2 000 多名中外游客。尼亚孜·哈斯木还有一个夙愿,就是希望能将自己种植的优质哈密瓜送到北京,请中央领导品尝,感谢党中央的好政策,使农民的生活变得像哈密瓜一样甜美。

张诚打造"甜蜜的事业"

哈密瓜节期间,中外媒体记者参加了两个仪式,一个是新疆哈密天山瓜业股份有限公司揭牌暨"天山密王"哈密瓜产品推介会,另一个是"天山密王"哈密瓜生产基地建成揭牌。而打造"天山密王"哈密瓜产业的领军人物叫张诚。

张诚的公司原先叫长城实业公司,1995 年开始经营哈密瓜产业,10 多年来一直致力于打造哈密瓜品牌。

见到张诚,没想到他对哈密瓜概况了如指掌,如数家珍。

张诚说,新疆近年哈密瓜种植面积每年在 50 万亩左右,哈密地区每年种植面积在 7 万亩左右,主要分布在大南湖、小南湖、三塘湖和淖毛湖。

张诚介绍,由于多年来哈密瓜种植中存在诸多问题,严重影响了哈密瓜的市场化进程。主要问题是生产无序和市场无序,农民盲目种植导致不少地方的瓜农在品种种植选择上一窝蜂,由于一味追求产量,普遍使用化肥,并且是大肥大水,致使瓜质下降,不甜现象成为主流,真正符合标准的仅占 1/3 左右,含糖量大多徘徊在 8~10 度,而合格的哈密瓜含糖量应在 15 度以上。另外,邻近新疆的一些省区也在种植甜瓜,并且冠以"哈密瓜"名字在市场销售,由于光热水土都与新疆迥异,这种被戏称为黄瓜的"哈密瓜"鱼目混珠,对新疆原产地的哈密瓜销售造成严重影响。

10 多年来,长城实业公司一直致力于哈密瓜产业链整合工作,孜孜以求地探索哈密瓜规模化、标准化种植与品牌化营销有机结合的产业发展道路。前期,公司给瓜农每亩瓜地预付 500 元作为生产资金,收获后每公斤瓜按 1.80 元保护价收购,而以前瓜农销售的瓜价仅每公斤 1.20 元。长城实业公司还在哈密最重要的高品质哈密瓜产区大南湖乡及淖毛湖镇建立了自己的早熟和晚熟"天山密王"品牌哈密瓜种植基地,通过"公司 + 农户"的经营管理模式连接市场与生产,以绿色有机标准种植哈密瓜,并授权使用"哈密瓜原产地"注册商标和"绿色食品"认证标志。

　　笔者询问了这种模式的细节。例如,农民享受产前产后政策,但也必须承担承诺的义务,由公司技术员对生产全过程进行指导,农民必须按公司规定的哈密瓜优良品种与时间种植,种植中要施用70％以上的农家肥,给瓜打杈、翻秧、坐果都有具体要求。再如,改传统的沟灌为滴灌技术,不但节约了大量用水,而且减少了病害,过去沟灌时,如有病害往往一沟瓜秧全受传染,现在实行滴灌技术,一株瓜秧生病,不会波及其他瓜苗。

　　新产业链模式推广后,哈密瓜品质陡然提高,含糖量普遍提高到15～18度,有的高达21度,去年长城实业公司将450万箱"天山密王"哈密瓜销往国内外市场一炮打响,来自真正原产地的哈密瓜受到国内外消费者青睐,销往香港超市的这种哈密瓜一个卖到22港币,在日本一个卖1万日元(约合人民币600元)。今年新成立的天山瓜业股份有限公司与香港五丰行超级市场又联合建立了天山密王哈密瓜生产基地与销售合作协议,并已将首批50万箱2 000吨哈密瓜运往中国港澳及东南亚市场,依然销售火爆。

　　天山瓜业股份有限公司努力打造品牌产业,得到了哈密地区、各市县领导及农业等部门大力支持。哈密地区行署副专员魏天哲说,天山瓜业基地目前达到4 000亩,明年全地区五六万亩瓜地将全部纳入基地模式,要让新疆哈密瓜这一特色品牌产品成为世界著名品牌。随着新疆哈密天山瓜业股份有限公司的揭牌成立和"天山密王"品牌哈密瓜市场战略的启动,纯正原产地哈密瓜将被更多消费者认同,哈密地区瓜农也将获得更多的回报。

(选自2007年8期《今日新疆》)

吐鲁番的葡萄有了"护身符"

一首美妙动听的歌曲《吐鲁番的葡萄熟了》不知打动了多少人的心扉。然而，"人怕出名，猪怕壮"。驰名中外的吐鲁番葡萄以及葡萄干也曾遭到假冒行为的侵害，致使市场鱼目混珠。近日，经过政府相关部门和葡萄产销企业的共同努力，国家质量监督检验检疫总局（国务院原直属机构）发出公告，对吐鲁番葡萄、吐鲁番葡萄干实施原产地域产品保护。

"绿珍珠"遭遇鱼目混珠

吐鲁番是"丝绸之路"上的一颗璀璨明珠，这里是中国最酷热的地方，夏季气温高达 48 ℃，地表温度七八十摄氏度，素有"火洲"之称。由于具有独特的光热资源，这里生产的葡萄碧绿甘美，酸甜适中，爽口清香，被誉为"绿珍珠"。吐鲁番的葡萄干颗粒饱满，含糖量高，色泽碧绿，闻名遐迩。以上两种产品早已成为驰名中外的市场珍品。

吐鲁番种植葡萄的历史悠久，公元 5 世纪南北朝时期便有种植葡萄的记载，至今已经有近 2 000 年的历史，其后，历经沧海变迁，久盛不衰。中华人民共和国成立以来，吐鲁番葡萄在种植、市场开拓等方面都有了突飞猛进的发展。1979 年，国家经济贸易委员会（国务院原有组成部门）将吐鲁番定为全国最大的葡萄生产基地。1999 年，中国农学会授予吐鲁番"葡萄之乡"称号。2002 年，吐鲁番获"全国无公害农产品生产示范基地"称号。2003 年，吐鲁番葡萄种植面积达到 42 万亩，占全国葡萄种植面积的 16%，是全国第一大葡萄集中产区。年总产葡萄 52 万吨，占新疆葡萄总产量的 60%。鲜食葡萄销售量每年 10 万吨，年产葡萄干 8 万吨左右，占全国葡萄干总产量的 80%，是世界绿色葡萄干的主要产地。现在，吐鲁番葡萄产业总产值占吐鲁番地区农业总值的 51%，葡萄种植业已发展成为吐鲁番农业经济的支柱产业,占农民年人均收入的60%以上。

但是,除吐鲁番地区以外,新疆其他地区如喀什、和田地区,还有甘肃、宁夏、内蒙古一些地方,也栽种无核白葡萄,在市场上打着吐鲁番的旗号进行销售。虽产品名称相同,但因生长环境不同,其品质大相径庭。由于缺乏必要的法规制度保护,吐鲁番葡萄、葡萄干遭到了来自区内外假冒行为的侵害,致使市场鱼目混珠。真正的吐鲁番葡萄、葡萄干卖不了好价钱,而异地产品又滥竽充数,既损害了吐鲁番葡萄、葡萄干的声誉,又扰乱了市场秩序,也损害了消费者的利益。这已成为多年来困扰吐鲁番地区各级官员和百姓的重重的心事。

为吐鲁番量身打造"标准"

不久前,新疆吐鲁番地区行署副专员巨艾提·伊明将一项图案精美的维吾尔族小花帽戴在国家标准化管理委员会副主任王忠敏的头上,感谢以他为首的专家组为吐鲁番葡萄和葡萄干送来了"护身符",使吐鲁番葡萄及葡萄干有了国家标准,并得到了原产地域产品保护称号。在这次名为"原产地域产品吐鲁番葡萄、吐鲁番葡萄干国家标准审定会"上,王忠敏宣布:"从现在起,吐鲁番葡萄、葡萄干将受到国家原产地域产品的保护,并按国家技术标准化进行生产、质检和综合管理。"

该标准规定:素有"火洲"之称的吐鲁番盆地干燥高温、光照度强和降水少的独特自然气候,已形成和具备了以上两种独特品质风味的原产地域产品生长和加工的环境。其标准名称确定为"吐鲁番葡萄"和"吐鲁番葡萄干"。凡吐鲁番市、鄯善县、托克逊县行政区内的葡萄种植区域均属于吐鲁番葡萄和吐鲁番葡萄干原产地域保护范围。该标准从吐鲁番葡萄生长的自然环境(气候、土壤性质、降雨等)到果实颗粒密度、颜色、穗重,从栽培技术到制干工艺,"从头到脚"予以标准化。比如,要求葡萄种植环境年平均日照时数2 900～3 200小时,年平均日照率65%以上,年平均太阳辐射总量139.5千卡/平方厘米;年平均气温11.3～13.9 ℃,无霜期190～230天;降水稀少,年降水量为16.5～25毫米等。这显然是吐鲁番独有的条件。

原产地域产品及标准的渊源是什么?它又有何等意义?记者在吐鲁番采访了参加审定会的王忠敏副主任。

据王忠敏介绍,国外的标准化及原产地认定已有100多年的历史了。虽然中国的标准化在秦始皇时期就推行了,但是具有广泛的意义是在国外大工业出现以后兴起的。尤其是现在,所有的东西,所有的产品,只要是批量化、产业化生产,就都有标准。标准的另一项重要功能,就是在世界经济一体化之后,中国加入了WTO,我们的产品要被国外接受,是否符合人家的标准,只能按照技术的方式、标准的方式来进行贸易。过去我国大米没有标准,认为只要能吃饱就行,不难吃就可以,可是后来在大米出口时便遭遇困境,日本检验我国大米的指标一共有127项,任何一项不合格就不接受。欧盟检查进口茶叶要查117项指标,只要其中有一项指标不合格就拒收。

据王忠敏介绍,在我国国家标准化管理委员会成立之后,其中一项十分重要的工作,就是推行原产地域保护国家标准的制定工作。这项工作是我国改革开放,特别是2000年以来,我们向欧洲及发达国家学习的六项先进管理措施。

据介绍,原产地域保护最早出现在法国。众所周知,法国的葡萄酒和香槟是很有名的,但是当这个产品出名后,其他地方纷纷仿造。后来法国所采取的一项措施就是葡萄酒和香槟只限定于它生产的原来地域,这个地域之外所生产出来的东西,不仅不受法律保护,还将受到打击和处罚。法国采取这个措施后,法国的香槟和葡萄酒才在全世界真正树立起了品牌。

王忠敏指出,我们国家原来没有这些措施,这样就使国家有地区特色的农业产品和加工产品在生产和经营的过程中不断受到冲击。比如绍兴的黄酒,是历史久远的名酒,但是在世界上卖得最多的不是绍兴产的黄酒,而是我国台湾产的同一种酒,名字叫女儿红。再比如龙井茶,本来它在浙江很少几个地方有,后来龙井茶不知怎么跑到福建、广东去了,这显然是不行的。类似这样的情况很多,本来一个很好的有特色的产品,是经过当地劳动人民、科学技术人员经过几十年、几百年甚至上千年的培育发展,才会有今天的名气,但是由于不能受到很好的保护,就使它受到了假冒伪劣的冲击或克隆出来的产品冲击,这就可能把牌子砸了。正因如此,国家质量监督检验检疫总局成立后就发布行政命令,用行政法规方式把原产地域产品保护工作启动起来。

王忠敏强调,我们现在是通过科学的方式和以技术作基础的方式制定一系列的标准,也是唯一的标准。比如龙井茶已经获得原产地域保护,它就是当地三个主要龙井茶生产区域的标准,在其他地方是生产不出来的。现在我们制定的吐鲁番葡萄、吐鲁番葡萄干原产地域产品保护,就是以科学为依据,通过技术基础的作用制定出来的标准。标准制定出来后,是任何其他地方都不能达到的,它在技术上是一个保障,把技术保障作为基础,使得原产地域的保障找到了根基。比如无核白葡萄,新疆其他地区及自治区外也有生产,但今后除吐鲁番地区外,其他任何地方的产品就不能打吐鲁番葡萄的牌子了,否则将受到处罚。

原产地域保护政策来之不易

王忠敏在接受记者采访时,特别强调了吐鲁番地区质量技术监督局(原地方行政职能部门,简称质监局,下同)对原产地域保护工作所作出的贡献。自从原国家质量技术监督局于1999年发布原产地域产品保护行政公告后,全国已经有80多个地方申报了原产地域保护项目,而且已有30多个制定出标准,并已公布实行,其中吐鲁番葡萄、葡萄干的项目是新疆唯一的申报项目,这说明吐鲁番此项工作走在了领先位置。

饮水思源,吐鲁番葡萄、葡萄干的"护身符"来得并不容易。2000年底,担任了近10年吐鲁番地区托克逊县副县长、县委副书记原建设被调至吐鲁番地区质监局任局长。知道底细的人认为,这项任命再适合不过了,原因是他多年主管经济工作,有丰富经验,而且在更久以前他担任过地处托克逊县的吐鲁番白粮液酒厂厂长一职多年时间。他是有名的抓产品质量的企业家,早在20世纪80年代初,他就因当众砸瓶销毁一批不合格酒而闻名四方。2000年12月底,原建设刚刚调任地区质监局局长,就开始思考地区质监系统如何为当地经济建设有效服务。不久,原建设从有关信息上看到,中国加入WTO后将对国内的一些有特色的农产品和工业品实施原产地域保护。他和党组织其他同志异常兴奋,草拟了一个对吐鲁番葡萄、葡萄干进行原产地域保护的粗略报告,向地委和行署领导进行汇报。地委书记宋爱荣非常赞同这一设想,当即表示在资金方面给予全力支持。2002年2月,正值春节假期,原建设带领四名干部奔赴浙江省进行考察,学习龙井茶进行原产地域保护申报的全过程,回来后正式开展申报工作,上报报告、计划、方案,地区领导全力支持这一工作之后,并要求2002年10月前上报项目计划方案。经过一系列艰苦细致的工作,国家质量监督检验检疫总局于 2002 年 9 月 17 日在相关媒体上对吐鲁番葡萄、葡萄干原产地域保护进行公示。在 2002 年 9 月 17 日至 2002 年 12 月底前这段时间内，吐鲁番质监局紧锣密鼓组织制定吐鲁番地区葡萄的各项标准，整个系列制定了 8 个标准，包括产品标准 2 个。这项工作得到新疆维吾尔自治区质监局领导的支持，几位局长和标准处、法规处负责人多次到吐鲁番进行指导，现场办公，帮助制定标准。2003 年 3 月 20 日，又组织葡萄专家赴国家质量监督检验检疫总局进行审查，正式通过了标准。2003 年 6 月 25 日，国家质量监督检验检疫总局发布公告，从而圆满完成了申报工作。

据权威人士预测，按照国家新标准进行质量标准化管理，吐鲁番近几年每年用于商品流通的鲜葡萄可达 12 万吨，葡萄干 8 万吨，实现经济效益 1 亿多元，极大增强了其在国内外市场的品牌竞争力。

（选自 2003 年 10 月 21 日《中国商报》）

别开生面的果乡盛会

——新疆阿克苏果品推介(交易)会侧记

提起著名的瓜果之乡阿克苏,人们自然会想到那里是驰名中外的薄皮核桃之乡、冰糖心苹果之乡。9 月 16 日,一年一度的阿克苏地区果品推介(交易)会隆重举行。中外客商云集在这里,领略了果乡的魅力。

闻名遐迩的瓜果之乡

在首先举行的媒体见面会上,阿克苏地区行署副专员尼亚孜•阿西木向众多媒体记者介绍了阿克苏果业发展概况。

阿克苏地处塔克拉玛干沙漠边缘,维吾尔语的意思为"清澈奔腾之水"。阿克苏水资源异常丰富,光热资源得天独厚,核桃、苹果、香梨、红枣特别适宜在这里种植,是经济效益最好的经济树种。2005 年,阿克苏地区决定重点发展林果种植业,建设以红枣、核桃为主的 350 万亩特色林果基地,经过几年的发展,全地区林果种植面积从 2004 年的 139 万亩迅速扩张到现在的 450 万亩,实现了人均 3 亩果园的种植目标。该地区还制定了红枣、核桃、苹果等六大果品地方标准 15 项,先后注册了"阿克苏红枣""阿克苏核桃""阿克苏苹果"等 14 件地理标志商标,成为全国拥有地理标志商标最多的地区。

产销对接到果园

9 月 16 日,10 多辆大巴车载满各地客商,驶向近郊果园。众多客商首先参观的是温宿县核桃林场,这里距离阿克苏 15 公里。客人们被眼前 3 万亩的核桃林场所震撼,他们从未看到过这样一望无边的核桃林,树上硕果累累,果实已经成熟。收摘果实实现了自动化,一只机械手紧握树干,有规律地抖动着,核桃果实纷纷落地,令参观者叹为观止。据介绍,这个有着30年历史的核桃林场共培育出了20个核桃品种。

随后,客商们相继参观了阿克苏果满堂果业公司的6 800亩红枣林以及阿克苏地区实验林场5万亩果实累累的红枣林,大部分红枣已经泛红,一串压着一串,一簇压着一簇,满树几乎簇拥着一大堆枣,煞是喜人。客商们纷纷与枣树合影留念,当然也不时地伸手摘下一粒枣,美滋滋地品尝着。

来自河北省绿岭果业公司的女工程师陈利英告诉记者:"来到阿克苏才看到了中国最大的枣园和中国最大的核桃园,也才领略了新疆果品的魅力。"据了解,今春,华北受冻害,导致当地核桃、红枣减产,她们一行三人是到新疆组织干果货源的。

推介会上供销合作社崭露头角

记者发现,阿克苏地区供销合作社和各县供销合作社、许多农民专业合作社的展位分外醒目,他们展出的主要是核桃、红枣、苹果,还有香梨、鲜桃、木瓜等产品。阿克苏地区温宿县是核桃之乡,该县供销合作社书记段玉泉带领机关干部全部来到展位,经过洽谈,他们与浙江金华市签订了800吨的红枣供销合同,金额达3 000万元。记者还巧遇江苏南通市供销合作社副主任马桂祥和南通市果品公司总经理许国良,记者从他们口中得知,南通市供销合作社已经与阿克苏地区供销合作社达成协议,由阿克苏地区供销合作社所属的中枣枣业公司在南通设立分公司,年销售核桃、红枣3 000吨,预计销售额达到1亿元。实现西果东送,也是跨省区供销合作社的强强联合的一笔大单,推介会上阿克苏地区供销合作社与广东省东莞市签订了2 000吨核桃、价值4 500万元的供货合同。

在这次推介会上,阿克苏各果品产地与客商共签订供销合同37.5亿元,推介会取得了可喜的成果。

（选自2013年10月1日《中华合作时报》）

石蕴玉而生辉

　　和田玉石,驰名中外,但"和田美玉且末为上"就不一定有多少人知道了。阳春三月,记者越过塔克拉玛干大沙漠,直奔遥远偏僻的新疆维吾尔自治区且末县寻玉探宝⋯⋯

　　一下飞机,记者便直奔昆仑玉雕厂,去参观慕名已久的大玉石,仓库门打开,只见地上堆放着大堆大堆的各色玉石,其中最大的一块上面用红色油漆书写质量为1 502公斤,并标明:"新疆且末县玉矿1995年采出历史上最大的青白玉"。

　　厂长田宝军介绍说,以原料销售这块玉,价格就格外昂贵,如雕刻成艺术品,恐怕是价值连城。田宝军说起玉石来如数家珍。他说玉石在山上矿脉呈一条线状,到一定位置才藏有大小不等的窝状,有时一窝几十吨,这块1.5吨的玉石就是一窝中最大的一块。田厂长领记者参观加工车间,车间里发出"沙沙"的加工声音,只见工人们正在精雕细刻玉器。在玻璃展柜中陈列的各种玉器艺术品,多以仕女、僧人、罗汉、菩萨为主,另有护身符(俗称"鬼脸")、花鸟和各种属相玉佩。问及玉石种类,田宝军介绍:白玉最好,依次是青白玉、糖包玉、青玉。他特别指出,糖包玉最不易人工合成,所以市场上糖包玉艺术品罕有合成品。

　　且末县委程书记介绍说,中国是世界上玉石产量最大的国家,长达1 500公里的昆仑山中盛产玉石,那里出产的玉石通称昆仑玉或和田玉。自从1972年且末玉矿开采以来,且末每年玉石开采量都在百吨以上,总储量5 000吨以上,而且成矿成带,远远超过整个和田地区玉石产量总和。且末目前有十几个玉石矿区,主要出产白玉、青白玉、糖包玉、青玉,不但品种多、玉块大,而且质地细润、色泽美丽而透明,远销全国各地。且末玉器多为国家收藏,北京人民大会堂新疆厅玉石屏风一半为且末玉。据说,且末玉所雕的酒具不仅能使酒清澈甘洌,还有降低酒精度 3%～5% 的特殊功能。

玉石开采的发展带动了玉雕业的崛起,记者漫步在面积不大的且末县城,发现且末街街有玉器店,共计 30 余家。记者同一位叫邵莲花的女店主攀谈,她说,来采购玉器的主要是外地客户,其中不少是台商,还有一些是外国商人,他们主要喜欢菩萨胸坠、护身符和属相玉佩。

且末县目前正在修建玉石一条街,集中数十家玉器店于一条街,以便让更多的客商来且末选购。

（选自 1996 年 5 月 28 日《中国商报》）

尼勒克县看羊驼

一种在世界上仅少数国家拥有,在中国也极为罕见的动物——羊驼,如今却在中国边疆伊犁河谷深处的尼勒克县安了家,这给伊犁地区乃至新疆畜牧业注入了新鲜血液,带来了新的发展前景。

尼勒克县羊驼饲养基地位于离县城30公里的乌拉斯台乡乌拉斯台村。乍暖还寒的4月,笔者来到这里参观访问。

羊驼饲养基地占地面积200亩,其中棚圈建设面积100平方米,另有优质草场1500亩。

走进羊驼圈养围栏边,只见六七只羊驼在头羊的带领下竟缓步迎面而来,头羊还发出一种低沉悦耳的很难模仿的声音,仿佛是向客人表达问候之音。难怪早听人说,羊驼是一种与人很亲近的动物。

尼勒克县金绒羊驼科技推广公司的维吾尔族经理加尔丁向笔者详细介绍了羊驼特性及公司发展羊驼产业的情况。

羊驼也叫驼羊,这种动物的老家在南美洲安第斯山高原地区,1 000多年前由印第安人经野生羊驼驯化而来,是古老的畜种。羊驼体型高大,介于羊与骆驼之间,脖子很长,由于羊驼外形可爱、美丽、清洁,有与人亲近的习性,所以国外有些富人把它作为宠物来饲养。

羊驼以拥有珍贵而特殊的羊绒著称。它的毛细长柔软,富有弹性,韧性也非常好,强度是普通羊毛的三倍,保暖系数是普通羊毛的两倍,可以用来制作高档的时装,1公斤羊驼毛在国际市场价格约为100美元,被人们称作"软黄金"。

羊驼是食草动物,一般牧草与农作物秸秆都是它很喜欢采食的饲料,所以羊驼适宜农户小群圈养。羊驼也适于在牧区放牧,在人工草场上利用简单的可移动围栏实行分区轮牧,饲养成本较低。

羊驼由于是特殊的三瓣嘴,吃起草来,肉唇先着地,即便想吃也吃不到草根。它的蹄表面有肉垫,属于偶蹄类动物,因此羊驼对土地表面伤害较轻,有利于植被保护和快速恢复,是一种非常环保的动物。羊驼抗病能力特强,通常不会感染家畜传染病。

羊驼是稀有动物,目前全世界数量不多,仅集中在南美洲的秘鲁以及美国、澳大利亚、新西兰等国家。由于近10年来用羊驼毛生产的纺织品在国际市场走俏,毛的缺口很大,从而刺激了羊驼饲养业发展。

加尔丁告诉笔者,以上介绍的这些羊驼信息,是金绒公司于2004年从互联网上"中国羊驼网"网页上获悉的。捕捉到羊驼信息后,他们异常振奋,意识到困扰尼勒克乃至新疆畜牧业发展的两大难题有了解决的希望。金绒公司对当时伊犁和全新疆畜牧业现状进行了分析,认为现在一个牧民家庭动辄放牧的羊有上百只或几百只,超负荷放牧造成草场严重退化甚至沙化,过去是"风吹草低见牛羊",现在是"风吹没草见牛羊"。

加尔丁说,看到羊驼的饲养特性后意识到,应该引进羊驼饲养,利用其圈养特性,充分利用过去弃之不用的农作物秸秆,大力发展羊驼产业,饲养羊驼可收到事半功倍的效益,一只羊驼一年剪下的羊驼毛价值可达3 000～5 000元,羊驼寿命长,受胎率极高。羊驼毛是非常受市场青睐的纺织原料。新西兰、澳大利亚、欧洲、美国、日本需求量大，国内市场也很紧俏，所以发展羊驼养殖，市场前景广阔，是帮助农牧民脱贫致富的好门路。

2005年，金绒公司通过新疆外贸部门以每只9.20万元的价格从澳大利亚引进6只羊驼到尼勒克县。两年多的实践证明，尼勒克县的气候很适合这些羊驼生存，而且它们不挑食，很好饲养。金绒公司羊驼饲养基地一般用粉碎的苜蓿泡软后加玉米和麸皮喂养，冬天圈养每天用苜蓿5公斤加500克精料。饲养员精心照料，还建立了每只羊驼的档案，对生活习性等认真做了记录，两年中有7只小羊驼降生，使羊驼数量由原来6只增加到了13只，已剪羊驼毛40公斤，每公斤售价达1 000元，总值达4万元。澳大利亚羊驼协会的专家也先后两次来到尼勒克县查看羊驼长势，称赞"养得很好"！

金绒公司决定今年再从澳大利亚引进25只羊驼，到2010年引进总数增加到80～100只。

羊驼进入中国仅仅是近一二十年的事情，饲养地区很少，犹如凤毛麟角。现在，尼勒克县已成为继山西榆次、山东青岛市即墨、新疆青河之后，我国第四个羊驼养殖县。

金绒公司现在已着手与尼勒克县有关部门制定具体优惠措施，将羊驼以低价赊给经过培训的农牧民，供他们饲养，金绒公司在饲养技术、防止病害等方面提供全程系列服务，并负责回收羊驼毛。

金绒公司的远景目标是，将羊驼产业逐步推广到全县甚至整个伊犁地区，为开创新型畜牧业作出贡献！

（选自2008年7期《今日新疆》）

"蝶王"飞出天山

——新疆针织厂创名牌闯市场小记

一提起针织内衣,人们会不约而同地说到"三枪""豪门""宜而爽""靡老大"这些牌子,而现如今新疆针织厂生产的"蝶王"牌内衣已飞出天山,进入全国市场,跻身名牌产品之列,与老品牌一争高下。

新疆针织厂是有 1 200 名职工的大型针织企业。几十年来由于产品总在棉毛衫裤、背心、短裤、文化衫上打转,产品不适合市场的要求,工厂效益下滑,濒临破产。1994 年,侍世钢走上厂长岗位,领导班子回顾工厂历程并形成共识:工厂要发展,必须不断开发新的、站得住脚的、能在市场竞争中立于不败之地的拳头产品。由此,工厂确定了"走名牌之路,创名牌效益,重塑企业新形象"的奋斗目标。侍世钢看到上海"三枪"牌内衣俏销,就亲赴上海登门讨教,并派工程师带队到工厂学习。针对设备陈旧状况,侍世钢四处奔波,筹资 300 万元,从香港等地购进 20 世纪 90 年代国际先进水平的织、染、制衣设备。工厂选用新疆生产的 38 支优质精梳棉纱以及进口高弹力丝,采用新设备、新工艺,生产出了柔暖型、薄型、细针距螺纹型和彩色休闲型 4 大系列、60 个品种的针织内衣,因其布面平整,透气性好,吸湿性强,1996 年被新疆维吾尔自治区认定为自治区级新产品,填补了自治区高档针织内衣的空白。

有人说,"蝶王"内衣卖 100 元一套没问题,厂长侍世钢则表示,就卖 60 多元,这既可让工薪大众买得起,也是工厂的营销战略。"蝶王"内衣一进入市场便以手感丰满、花色典雅、不易变形、价格适中,迅速成为新疆各大商场的畅销货,去年产量高达 50 万件,产值近 3 000 万元。"蝶王"内衣成了新疆消费者眼里的名牌。

　　该厂并不满足于新疆市场,从一开始就积极向区外延伸扩大销售网络,一改"撒施胡椒面"找市场方式,实行"分片包干,试点坐销"营销办法,先后在西安、兰州、上海等地建立了固定的销售点,最近又与兰州百货集团公司、成都百货集团公司等建立了总代理、代理的合作关系,外部市场一派看好。

　　"蝶王"飞出了天山。愿它为大江南北、长城内外带去花香。

(选自 1997 年 3 月 26 日《中国商报》)

新疆"蝶王"飞向大市场

在国内一些大中型针织企业纷纷破产倒闭的情况下,新疆"蝶王"牌针织内衣却在激烈的市场竞争中异军突起,跻身于"三枪""宜而爽"等国内品牌针织服装行列,在北方享有"北京有铜牛,新疆有蝶王"的美誉。不久前,有数10万件蝶王休闲文化衫在奥运会上一展风采;在刚刚闭幕的广交会上,与外商签订蝶王销售合同100万美元;蝉联新疆名牌产品称号的蝶王还通过了ISO 9002质量认证,产品不仅畅销全国,还出口法国、美国等10个国家。

蝶王市场取胜的法宝何在呢?

中国加入WTO在即,作为中国传统长项,商品服装纺织品将具有角逐世界市场的优势,然而必须有过硬的质量方能取胜,蝶王公司超前意识到这一点。他们与新疆钢铁集团公司等三家单位重组,改制形成多元投资体,筹措4 600万元用于设备更新和技改,主要引进国际20世纪90年代末先进设备和针织关键设备织造和后整理设备,选用世界公认的德国、意大利设备,配套设备则选用国内先进设备,引进大圆机、染色机、拉幅定型机、预缩整理机、电脑配色系统等共计60余台(套),从而彻底解决了过去产品易出现的跑丝、袖口领口变形等问题,使产品内在质量达到甚至超过了国内先进水平。

蝶王公司采取"派出去,请进来"的办法提高员工的技术水平,由总工程师带队到沿海同行名厂调研学习,受训面高达98%,邀请三枪集团有限公司专家为技术顾问,对设备安装、技术参数进行把关,保证改造引进工作顺利进行,为提高产品质量奠定了坚实基础。

不断开发新产品是蝶王市场制胜的又一法宝。近年来,公司相继推出了蝶王纯棉、纯毛、混纺内衣以及莱卡弹力内衣、远红外舒暖棉套装。针对彩色棉服装正走俏欧美、日本等国际市场,彩棉针织品无须人工染色,避免了染料对人体的毒害,被誉为绿色服装产品而广受消费者青睐。蝶王利用新疆得天独厚的彩棉原料优势,在国内率先开发出了多种彩棉针织服装,已投放市场 10 万件(套)以上,9 月份开始进入上海联华超市,受到上海消费者喜爱,销售火爆,已连续发货 3 次,销售额达 30 万元。

目前,拥有国内针织行业中世界先进生产设备的蝶王公司已成为我国西部 12 个省区中针织强势企业,成为具织造、染整制衣等综合功能的企业集团,形成了莱卡系列、彩棉系列、家居系列、儿童系列等时尚产品,年产量达 50 万套。

在销售战略上,蝶王公司总经理侍世钢表示,要变"立足新疆,占领西北"为"开拓东部市场""区内、区外两个市场一起抓",让蝶王飞向国内外大市场。

(选自 2000 年 11 月 23 日《中国商报》)

新疆蝶王老总的"蝶变"

——引领新疆汉帛纺织产品享誉中外市场

在新疆,说起"蝶王"牌针织内衣,那可是家喻户晓的品牌产品,在 20 世纪的 10 多届乌鲁木齐对外贸易洽谈会上以及广交会上都成为中外客商青睐的产品。蝶王牌产品除畅销新疆外,还飞出天山,走向千家万户,比如一次性发往上海联华超市的 10 万件产品,销售火爆,受到上海消费者的青睐。除内销外,产品还出口法国、美国等 10 多个国家。

当年名闻遐迩的新疆蝶王的领头人就是英气勃勃的侍世钢。

光阴荏苒，昔日带领蝶王牌产品勇闯市场的领头人侍世钢已经"蝶变"，成为新疆汉帛纺织有限公司的老总，带领企业，在激烈的市场竞争中勇敢博弈，成为纺织行业的一朵奇葩。

春寒料峭的三月，笔者来到国家级新疆石河子经济技术开发区参观新疆汉帛纺织有限公司。这是一家新型的现代化棉纺企业，公司现有生产规模 10 万锭，年产纯棉无接头精梳及混纺不同规格用途的纱线及气流纺纱 10 000 吨。

侍世钢陪笔者走进机器声欢畅的车间，一边参观，一边介绍情况。公司主要设备配置有立达清梳机、并条机、立达条卷机、立达精梳机、粗纱机和细纱机（这二者都配置世界一流的德国绪森板簧摇架），还有络筒机、并纱机、信捻机，以及气流纺公司实验室配有马斯特 4 型条干仪、HVI、AFIS 等检测设备。

公司的生产原料采用闻名世界的新疆棉花。生产的主要品种是精梳纱。其优势产品是环锭纺精梳 26 支纱、32 支纱、40 支纱，赛络纺 16 支纱、20 支纱，高配 21 支纱、26 支纱、32 支纱、40 支纱，加工各支数的股线，超柔气流 8～10 支纱、16 支纱、21 支纱，这些棉纱都是国内外针织生产厂家的必用材料。

汉帛棉纱产品主要销往江苏、浙江、广东等针织生产厂家云集的沿海省市，也出口国外。比如知名针织生产厂家海澜之家、七匹狼、森马、GAP（美国品牌）都是公司的主要客户。在当前消费品市场低迷、纺织行业普遍不景气的情况下，新疆汉帛纺织产品却呈现出一派产销两旺的喜人前景。

（选自作者 2023 年 6 月文稿）

世界的目光投向新疆
新疆的目光投向世界
——第六届乌洽会侧记

日前,第六届新疆维吾尔自治区乌鲁木齐对外经济贸易洽谈会(简称第六届乌洽会)正式举行,参会的国内外客商近 1 万名,进馆人数达 14 万人。外贸成交合同额 11.84 亿美元,内贸成交合同额 74.8 亿元,27 个省、区有贸易成交,内、外贸成交额是历届乌洽会中最高的一年。此届乌洽会成交火爆的迹象表明:让世界了解新疆、让新疆走向世界正在变为现实,新疆已成为国内外客商关注的热点,成为我国向西出口商品的集散地。

万商云集

本届乌洽会共设展位 1 000 个,其中自治区外认购 542 个,一大批国内外知名企业、名牌产品企业参会,反映了他们想凭借新疆与中亚的地缘优势,利用乌洽会大舞台,叩开中亚市场大门的愿望。国内 20 多个城市和经济特区以及南亚、中亚、西亚许多国家的客商前来参展,仅乌兹别克斯坦就认购 20 多个展位。本届乌洽会贸易活动涉及 38 个国家,除原有贸易伙伴外,又出现一些潜力大的新贸易伙伴,德国、意大利、日本、英国、捷克、泰国、新加坡、比利时、瑞士等国在会上都有较大的成交额。国内一些知名产品也纷纷亮相乌洽会,如桑塔纳、海尔、新飞、康佳、东宝、容声、双星都能看到其芳踪。

广告大战也油然而起,布标、气球、充气彩虹气柱、模特、乐队令人眼花缭乱,青岛海尔集团总裁与副总裁亲自到会,仅广告费就投入 20 万元。新疆众多地、市、县则打出地方特色牌,以其别具特色的动物农产品吸引客户。如且末县陈列出盘羊、岩羊头骨,焉耆、尉犁县推出了甘草巨龙、鹿茸王,库尔勒市摆出了香气四溢的香梨,这些无声的广告反映出新疆人抓住机遇、渴望走向世界的信念。伊犁地区展团团长、地委副书记丁大卫则在自己的名片上印上"不到新疆,不知中国之大;不到伊犁,不知新疆之美"的广告词,还印上12个"伊犁之最"以便客户了解伊犁,此举在乌洽会传为佳话。

用最好的葡萄酿制最好的葡萄酒

在这届乌洽会上,新疆鄯善中外合资楼兰酒业有限公司的葡萄酒成为热门产品,展位和3个品尝点前挤满了人。一位法国客商购买了一箱怡情白玫瑰葡萄酒,当晚就将这5公斤酒喝光了,第二天又要购买一箱,公司也破例又售给他一箱。

地处吐鲁番盆地的鄯善县是驰名中外的葡萄产地,1996年英国客商看中了这里的葡萄原料优势,投资1 700万元改造鄯善葡萄酒厂。合资后的楼兰酒业有限公司引进了法国最先进的果酒酿造设备,聘请法国农业部推荐的法国酿酒圣地波尔多的酿酒专家来厂指导生产,又聘请深圳大学的酿酒博士担任工程师,生产出了达到法国葡萄酒水平的楼兰牌干红、干白葡萄酒。继而公司又开发出两种介于葡萄酒与饮料之间的古堡浓系列饮料酒,这两种酒现已成为许多城市夜总会、歌舞厅的"新宠"。在这届乌洽会上共有50家客户与之洽谈,已有10余家客户签了订货合同。公司总经理杨文辉告诉记者,他们就是要用中国最好的葡萄酿造出中国最好的葡萄酒,让鄯善葡萄酒走向世界。

新疆开发投资热

据业内权威人士称,从国家水土开发整体看,新疆是我国最后一块待开发的宝地。由于光热水土资源丰富,加之新疆政府制定了许多优惠政策,近年来国内外客商纷纷投资新疆开发。这届乌洽会上,客户纷纷与新疆各地州市、县签订水土开发合同,乌洽会开幕头3天,南疆第一县和硕县就签约4个,金额近1亿元。南疆的且末、民丰、和静、焉耆以及北疆的伊犁,都成为客户投资开发的热点地区。

新疆的石头好诱人

许多展台上陈列着多种矿石,除通常的金、铁、铜、水晶石、玉石、花岗岩、石灰岩等矿石外,还有天青石、方解石等,这些特殊用途的石头备受广大客户青睐。在和静县展位上摆放着通体透明的菱镁矿石晶体,据县委常委马新年介绍,该县菱镁矿储量1.3亿吨,而全国仅有3处矿点,西北五省区仅新疆独有。菱镁矿是高科技耐高温材料,广泛用于航天、无线电、原子弹等工业,1吨价值1.8万元。该项加工生产已列入国家星火计划10年成就,被国家科学技术委员会授予大奖。这个县的一座大型菱镁矿冶炼厂已投产,订货量已达5 000万元。

(选自1997年9月18日《中国商报》)

西出阳关闯市场

——山东莘县农民新疆种菜记

"要想奔小康,种菜到新疆。"如今这句话已成为许多山东莘县农民的口头禅。最近记者到天山南麓距离乌鲁木齐380公里的和硕县,采访了在那里种菜的山东农民。

距和硕县城10余公里便是山东莘县农民开发的蔬菜种植基地。基地占地680亩,其内坐落着262个塑料温室大棚,最大的有600米长,被称为亚洲温室之最。有307名农民从数千里之外到这里开辟新天地。

基地领头人是50岁的姚学存,他原是山东莘县一家公司的副经理。企业不景气,不少人到南方谋生去了,而他却孑然一身西出阳关到了新疆。他发现新疆冬季时间长,蔬菜供应紧缺,当地即便发展了一些温室,也全种植叶菜,果菜却无人生产,于是决定种菜而且选择了和硕县。这里日照时间长,日光强烈,水分含碱量小,半沙性土壤,而且温室冬季无须加火,节约费用,种植果菜条件得天独厚。这里市场大,毗邻有数万名石油工人的塔里木石油会战地,与库尔勒市和乌鲁木齐市仅有数小时的运距,且紧靠314国道,运输方便。他的举动得到莘县及和硕县政府的大力支持,两县共给他贷款数百万元。1994年,他建成了38个大棚,1995年产量2 200吨,销售额430万元;1996年总产量2 600吨,销售额700万元。每逢冬春季节,大量新鲜果菜源源不断地运往乌鲁木齐及新疆各地。

姚学存带领我们到温室参观。3月的新疆春寒料峭,而进入温室大棚则如一头扎进了8月的高粱地,高温闷热,潮气袭人,室内一派春意盎然景象,黄瓜、茄子、长短豆角、西葫芦、西红柿,青枝绿叶、果实累累。姚学存说:"种菜获得成功,一靠党和政府的大力支持,二靠科技。我们从寿光请来 4 名种菜专家,每人年薪 5 万元,而且技术人员每个季度都去寿光参观交流经验,寿光有什么新菜,这里就有什么,比如今年寿光新增香丝瓜,我们秋天就引种,山东有佛手瓜,我们也已育好了苗。"

在这里种菜,大多为夫妻双双承包一个温室大棚。一对叫姜兴文、石香玉的夫妻说,他俩头一年来新疆种菜,净收入可达 1.2 万元。一位叫金丁财的农民说,他和妻子、女儿来这里种了 3 年菜,前年收入 1.5 万元,去年收入 2 万元,今年可稳拿 3 万多元,争取 4 万元。

据姚学存介绍,今年 8 月基地要新增 238 个大棚,使大棚数量达到 500 个,产量 4 600 吨,销售额 1 400 万元,还将由山东莘县劳务输出公司招募 260 名菜农来新疆种菜。

（选自 1997 年 4 月 22 日《市场报》）

"天山"的魅力

——记中外合资新疆天山毛纺织品有限公司

近年来,我国大西北新疆新崛起一个企业——新疆天山毛纺织品有限公司(简称"天毛")。在全国两万家中外合资企业中,该公司自 1987 年至 1989 年连续 3 年被评为全国十大最佳合资企业之一,其中 1989 年获得十佳第一名。1990 年该公司天山针织二厂生产的"中老年女开衫"在我国众多同类产品中首获羊毛衫长城国际金奖。现在"天毛"年创汇 2 000 余万美元,历年累计创汇 1 亿美元,产品畅销海外 14 个国家以及国内 30 多个省市。

"天毛"创建于 1980 年,是由新疆的香港针织品有限公司、日本东洋纺丝工业株式会社、香港国际棉业有限公司合资经营企业,公司下属天山毛纺厂、天山针织厂(包括一、二、三厂)和香港分公司,主要产品为羊绒纱、羊毛纱、羊毛衫、羊绒衫。

"天毛"成功秘诀何在?最近记者前去访问,公司党委书记、副总经理周培德谈了几点体会。

引进先进技术设备,立足国际市场竞争

"天毛"主要设备从国外引进,同时引进了全套操作工艺。先后有 24 批共 253 人去日本、中国香港学习企业管理操作技术。新疆的优质毛绒原料,加上引进的先进设备和先进操作技术,都为产品打入国际市场奠定了坚实基础。

按国际标准生产,确保产品质量

"天毛"先后采用国际羊毛局纯羊毛标志品质标准 14 个,日本东洋纺丝企业标准 17 个,并据此全面制定了公司多工种产品严格质量标准,产品质量

十分稳定,最终产品羊绒衫的出口合格率达99.94%,羊毛衫的一等品率达99.86%,并被国际羊毛局批准在主要产品上挂纯羊毛标志,使"天山"牌系列产品在国内外享有很高声誉。

以市场为导向,加快产品款式开发

针对国内外羊毛衫市场竞争的激烈形势,公司采取以快对快策略,利用合资各方和客商及时反馈的信息,每年设计的羊毛衫款式达1 000余种,投产达400余种,产品多次在全国评比中获奖,1990年有一种薄款斑马纹衫风靡全国许多城市,国际金奖产品"中老年女开衫"被全国羊毛衫技术权威誉为创新产品,填补了我国中老年服装的一项空白。

该公司还根据中老年臀部宽大的特点,摒弃以往毛衣下摆千篇一律呈螺纹紧口"显丑"的缺憾,而采用宽大直筒窝边下摆式样,穿着后高雅大方而不显胖,产品获奖后全国订货者纷至沓来,元旦、春节期间市场尤其火爆。

广开销售渠道,拓展内外销市场

目前,"天毛"产品已在北京、天津、上海、成都、重庆、青岛、西安、武汉等30多个城市建立了"天山"牌羊毛衫经销部,并且同美国羊绒店、意大利友谊、日本帝国、瑞士洋行以及中国香港达思、达森等建立了长期经销关系,年销售额3亿元左右,年盈利5 000万元左右。

几年来,"天毛"以其独特魅力吸引一批又一批中外客人前来参观,泰国公主、伊朗总统夫人、新加坡前总理李光耀都曾光顾过,英国前首相希思也成为"天山"牌羊绒衫的主顾,"天毛"名闻遐迩。

愿"天毛"更上一层楼,愿更多"天山"牌羊毛衫给千家万户的人带去温暖!

(选自1991年1月31日《中国商报》)

天山酒香

——新疆伊犁酿酒总厂开拓市场纪实

目前,全国白酒厂家强手如林,市场搏杀硝烟弥漫,许多厂家销售锐减,效益下滑。而地处天山深处的新疆伊犁酿酒总厂产品不仅在新疆连续保持40余年畅销不衰的势头,近年来还销往全国20余个省市,产品供不应求。1997年销量首次突破万吨大关,达1.4万吨,创利税1.5亿元,经济效益创历年最高水平。今年第一季度销白酒3 200吨,销售收入7 000万元,实现利税3 000万元,分别比上年同期增长7%、12%和18%。

深山飞出"金凤凰"

伊犁酿酒总厂建于1956年,地处天山深处伊犁巩乃斯草原的肖尔布拉克。这里是没受丝毫污染的地区,属冬暖夏凉标准的中温气候,土质富含微生物,地下水受丰富天山矿脉影响,含有多种微量元素,因而被公认为得天独厚的"绿色食品"。

该厂视产品质量为生命,实行统一制曲、统一大缸勾兑、统一出厂标准,在西北首家引进微机监控酒曲发酵,发酵期长达80天,名酒率高达55%,产品质量合格率连续9年达100%,在新疆20余家酒厂中首家被评为自治区质量免检产品,形成三大系列19个品种产品,主要产品伊力特曲、伊力老窖成为中国名牌产品,被誉为"新疆第一酒""新疆的茅台"。

东进续华章

几十年来,在新疆维吾尔自治区内,伊力特曲始终雄踞国内名酒销量之首,这使得厂内许多人已习惯"一地之王"的光环,因此当厂领导提出开辟国内其他省市市场时,不少人不以为然。厂领导一班人居安思危形成共识:国内其他省市厂家大举进疆,伊犁酿酒厂也要向全国大市场进军。他们制定了市场东移的战略目标,即"巩固新疆市场,占领西北市场,沿陇海线建立黄金销售带,挺进中原,打向全国"。

1990年,伊力特曲跨过玉门关,首战兰州市场。多年来,兰州白酒市场是"一年喝倒一个牌子",谁也不是"常胜将军"。然而兰州人对伊力特曲情有独钟,当年就销售50吨,以后又攀升到年销售500吨。1993年伊力特曲被甘肃省消费者协会评为"消费者信得过产品"。这次"东进序曲"可谓旗开得胜。

在占领兰州市场后,1993年伊力特曲挺进到八百里秦川,以西安为中心,北起延安,南至安康,西始宝鸡,东到潼关,伊力特曲无处不在,销量由几百吨增至上千吨,1997年突破3 000吨。

中州大地自古乃兵家必争之地,近年来商战更是如火如荼。郑州乃群雄逐鹿之地,进入郑州并站稳脚跟谈何容易。伊力特曲采取了外围突破、向内包围的方法,首选新乡、开封立足,市场扩张迅速,很快进入郑州。至今在河南省已设11个经销点,年销售1 000吨以上。

徐州是南北大动脉津浦线和欧亚大陆桥交会点,地理位置的重要性不亚于郑州。1998年3月15日伊力特曲在徐州一炮打响,年销货量超1 500吨。

时至今日,伊力特曲已通过陇海线辐射到北起沈阳、南至深圳等全国大多数省区市。齐鲁酒乡名酒如林,自1994年到1997年销售伊力特曲1 000吨。江南水乡人历来钟情黄酒,然而伊力特曲也赢得水乡人青睐,绍兴各大酒店首宠黄酒"古越龙山",但伊力特曲与其同展风采。在钓鱼台国宾馆,迎新春时节一次航运提货5 000箱。近7年来,伊力特曲销往其他省市3万吨,仅去年就有6 000吨,占该厂产量的一半。目前,伊力特曲在自治区内外市场已是平分秋色,今年自治区外订货量已超出自治区内市场。

共享促共荣

近几年,伊犁酿酒总厂经营副厂长侯朝震有个深刻体会:在开拓市场工作中,主要得益于与商家的多年密切合作。企业产品虽处卖方市场,但始终没有抛弃多年的合作伙伴——国有商业部门,更没有"喜新厌旧"。40多年来该厂始终保证向新疆 15 个地州市糖酒公司供货,并在价格上予以特优。他们还向新疆维吾尔自治区和伊犁哈萨克自治州糖酒公司参股 500 余万元,形成风险共担、利益均享的合作关系。商业部门也很称赞这种合作。兰州市安宁区糖酒公司安强经理说:"我做过许多种酒的生意,做来做去,都难赚钱,唯有伊力特曲做得最稳,这在于酒厂让利于商、让利于民。"酒厂坚持一地一个总代理制,依靠实力强大可靠的商业部门,保证渠道不乱和价格稳定。

（选自 1997 年 5 月 7 日《中国商报》）

摘取"棉花状元"的奥秘（上）

近日在新疆召开的全国供销社科技兴棉现场会上，来自全国植棉区的代表一致认定，在科技兴棉活动中，新疆供销社和棉麻公司作出了贡献。

早在 1990 年，新疆供销社与新疆农科院共同建立了新疆棉花研究所、新疆土肥研究所、新疆果菜研究所。为了解决新疆棉花含糖和低强的问题，新疆棉麻公司拨款 30 万元，由棉花研究所牵头联合新疆农业大学等 5 个单位共同攻关，经过 3 年科研、2 年推广，终于解决了这些问题，并被全国供销合作总社评为 1994 年度科技二等奖。

在"科技之冬""科技之春"活动中，新疆各级供销社积极开展科技培训，提高棉农植棉技术。主产区喀什、阿克苏、和田每年举办植棉培训班 20 多期，学习人数 2 万人次，印发技术资料 12 万份。据不完全统计，自治区每年培训基层干部、植棉技术人员达 70 多万人，现在，基本上实现了村村都有植棉技术员 1～3 名和户户都有植棉明白人。经过学习培训，喀什、阿克苏 35 万亩棉花单产达到或超过 100 公斤，其植棉丰产中的科技含量已达 50% 以上。为推广植棉技术的新疆维吾尔自治区棉麻公司投资 10 万元与新疆维吾尔自治区科协联合，将其科学化、规范化的管理与技术拍摄成电视科教片，并无偿将 700 余盘录像带赠送给新疆植棉县、乡。另外各级棉麻公司协助地方政府，在棉花生长期举办现场技术推广观摩会 1 000 余次。

棉花是枝花，更靠肥当家。在搞好测土配方施肥以及化控化促，加强棉田科技管理中，供销社的土肥研究所发挥了重要作用，建立了两个专用肥厂，现已生产出适应新疆土壤条件的棉花专用肥，提高了化肥的综合利用率，为新疆棉花进一步增产丰收创造了有利条件。自治区供销社还建立了庄稼医院 304 家，成立支农服务队 315 个,他们走乡串村,为农民免费修理农机具,深受棉农欢迎。庄稼医院围绕棉花生产,开展门诊咨询、出诊巡访、田间治疗、肥药质量检测、土壤成分化验等技术活动,为新疆棉花生产大发展立了大功。据统计,自治区年开处方 5 万张,接待咨询人员 10 多万人次,巡回指导 8 000 多人次,防治病虫害 700 多万亩,同时印发田间管理、药肥使用等技术资料 40 万册,发放挂图 3 万幅。

种好自己的试验田,参与增产承包,大力推行科技示范工作。在自治区 56 个产棉县中,已有 40 多个县社和棉麻、农贸公司参与了棉花集团承包工作。"八五"期间,全区供销社系统用于扶持棉花生产资金达数千万元,供应化肥 1 000 万吨,地膜 12 万吨,承包示范棉田达 500 万亩,平均单产比一般棉田高出 10～20 公斤。

　　几年来，新疆维吾尔自治区棉麻公司先后在玛纳斯、英吉沙、库车、莎车等县建立了良种繁育基地，在自己开荒承包的 6 万亩土地上种植棉花，使用新的科学技术，为广大棉农示范棉花田间管理、肥药的科学施用以及新成果应用，引导棉农走高产优质、高效的路子，如喀什地区供销社系统开垦荒地 7 800 亩用于种棉花，1994 年当年获纯利润 400 万元，使 112 个基层供销社扭亏。新疆供销社明确要求各级棉麻公司认真管理好自己的良种繁育基地和科技示范棉田，县棉麻公司示范田要达到 500 亩，轧花厂示范田达 100 亩，以自己的先进科技示范辐射和带动周围棉区科技兴棉。巴楚县棉麻公司 1995 年投入 50 万元，从河南引进良种中棉 12 号，全面淘汰了种植多年的高糖低强的大铃棉，取得了丰产丰收，全县总产和收购量均超过历史最高水平。

（选自 1996 年 8 月 27 日《中国商报》）

摘取"棉花状元"的奥秘（下）

近年来,新疆棉花生产获得了空前的大发展,人们惊喜地发现,新疆棉田面积由 1980 年的 270 万亩发展到 1995 年的 1 100 万亩,年产量从 7.9 万吨猛增到 935 万吨,亩产由 29 公斤提高到 84 公斤,新疆棉花单产、总产、质量、收购量、调出量已连续 3 年(1993—1995 年)居于全国首位,成为全国最大的商品棉生产供应基地。

对于新疆棉花突飞猛进的大发展,不少人认为是得益于新疆得天独厚的自然条件,然而事实并非完全如此。最近,在新疆召开的全国供销社科技兴棉现场会让来自全国各地的棉花行家们了解了问题的真谛。

7 月 24 日,来自全国重点植棉省市县的供销社主任、棉麻公司经理、棉花科研专家数百人来到玛纳斯县和兵团石河子垦区的棉田参观。代表们参观了这里成方连片的几百亩、上千亩、数千亩的棉田。这里地处北纬 44°,曾被国外权威人士认定为植棉禁区,但是近年来这里利用地膜植棉推广"矮、密、早"栽培技术,使棉花连年丰收,代表们站在一望无际碧绿的棉田中,交口称赞新疆科技兴棉的成果。新疆有关部门在此间介绍了他们搞科技兴棉的四点做法。

一是对棉花生产实行了农业双层经营体制,大力推广"五统一"管理和服务,实行规模化经营、规范化管理、集约化生产。"五统一"即统一生产计划、统一灌溉、统一机械化作业、统一病虫害防治、统一重大技术措施。通过统一生产计划,保证了棉花生产大条田成方连片大规模作业,使棉田面积迅速得到落实;通过统一重大技术措施,扩大了棉花"矮、密、早"模式栽培,增产措施得到应用;通过统一病虫害防治,有效地控制了棉蚜、棉铃虫的大发生;通过统一机械化作业,实现了从整地、铺膜、播种、施肥到中耕、除草、化控等一系列机械作业,提高了劳动生产率；通过统一灌溉，合理配置了水资源，实现了按棉花需求规律供水的目标。

二是建立健全了全区良种繁育体系，大力推广棉花优良品种，近年培育出了以"军棉""新棉"为主的育种体系，基本保持一个棉区两个品种，"军棉1号""新陆早1号""岱字80"优良品种分别成为南、北、东疆棉区的主栽品种，克服了昔日新疆棉花品种多、混杂退化严重的问题。

三是全面推行"矮、密、早"栽培技术。"矮"，棉花平均株高60～80厘米；"密"，每亩种植（1.1～1.4）万株；"早"，推广早熟品种和地膜覆盖技术。"矮、密、早"栽培技术的中心是地膜覆盖栽培，近几年全区地膜棉占棉田总面积的96%以上，今年又推广了宽膜技术（较窄膜棉增产10%以上）。地膜栽培不仅使土地保墒好，还使地表土壤增温快，特别有利于棉花生长发育，还减轻了盐碱对棉花的危害，促进了棉花早熟，增加了霜前花比重，提高了单产和品质，是新疆棉花高产丰收的关键措施之一。

四是加大物资投入，全区化肥年供应量由20世纪80年代初的62万吨增加到360万吨，地膜使用总量已达到4万吨，棉花每亩施用化肥量达40～70公斤，秸秆还田、各种有机肥和绿肥施用量达到1吨左右。

（选自1996年8月28日《中国商报》）

新疆"特变电"特变惊人

新疆特变电工股份有限公司(以下简称"特变电")与 11 年前情况比较,已由当初的 15 万元固定资产、年亏损 73 万元,发展到 1997 年总资产 4.5 亿元、销售 2.3 亿元、年纯利 4 500 万元,劳动生产率居全国同行业厂家第二名,产品畅销海内外。这些天翻地覆的变化,用"特变电"人的话说叫"不变则已,特变惊人"。

一个地处边疆地州小市的工厂何以一鸣惊人,发展成为"舰队"式的集团公司,产品走红市场,个中原因发人深思。

1997 年初,这家公司领导形成共识:为适应国际化市场竞争大趋势,必须获得产品通向国际市场的通行证。为此,公司从意大利、瑞士等国引进生产技术、工艺和设备,对员工进行 ISO 9000 知识培训,一年中投入新产品开发经费 500 万元,先后开发出多项填补国内空白的特种变压器和电线电缆产品。经过艰苦卓绝的努力, 1998 年 3 月 9 日,公司产品获得了由国家质量技术监督局等权威部门颁发的 ISO 9001、ISO 9002 证书和英国皇家 UKAS 国际质量认证书。

现在,公司生产的变压器、电线电缆已成为新疆名牌产品,电线电缆经北京亚运村、兰新铁路复线、克拉玛依油田使用后反映良好,产品还远销马来西亚、巴基斯坦、苏丹、蒙古等国,为国家创收大量外汇。1997 年,该公司产品销售额及利润分别比上年增长 109％和 311％,今年第一季度,产值、利润又创下比1997 年同期翻一番的佳绩。

新疆"特变电"靠产品"绿卡"闯市场,不变则已,变则惊人。

(选自 1998 年 4 月 23 日《中国商报》)

新疆成为世界香型啤酒花主产地

经过五年的试验栽培,新疆目前已成为世界香型啤酒花第三主产地,不仅品质、产量胜过德国、捷克产品,还已形成种植、采摘、加工一条龙综合生产能力。

啤酒花是酿造啤酒的关键原料,中国产量居世界第三位,其中 80%产在新疆。啤酒花分苦型和香型两种。苦型啤酒花苦味成分高,属大众型品种,栽培比较容易。香型啤酒花苦味成分低,但是苦味和香味品质极佳,是酿造优质香型啤酒必不可少的原料。过去,世界上只有德国和捷克生产香型啤酒花。

1987 年开始,日本四大啤酒厂之一的三宝乐啤酒株式会社与东京丸-商事株式会社和新疆生产建设兵团阜北农场共同投资 3 680 万元,在该农场试验栽培香型啤酒花获得成功,1993 年种植面积已达 1 500 亩,产量达 144 吨,价值120 万美元。据日本国啤酒花协会理事梅田胜介绍,新疆气候干燥,啤酒花病虫害极少,且不施用农药,新疆生产的香型啤酒花是世界上同类型最好的产品。

(选自 1993 年 12 月 7 日《中国商报》)

新疆食盐外调量达历史最高水平

新疆食盐生产发展迅速,今年 1—8 月份外调量创历史同期最高水平。

近几年,由于工业用盐量急剧增加,加之北方海盐区连遭自然灾害影响,国内许多省区食盐供应偏紧。为缓解这一矛盾,中央决定"西盐东调"。新疆盐业公司采取各种改革挖潜措施,除巩固发展原有的盐湖、七角井、七泉湖盐场外,又开辟了托克逊、和丰等新的盐场,使外调盐场达到 7 个。

1—8 月,新疆食盐产量已达 53 万多吨,为年计划的 133.25%;食盐外调量已达 37.05 万吨,为年计划的 123.08%。预计到年底,总产量和外调量将分别达 70 万吨和 50 万吨。外调地区除河南、陕西等外,还扩大到吉林、黑龙江、宁夏、湖南、湖北、四川等 13 个省区。

(选自 1987 年 9 月 6 日《乌鲁木齐晚报》)

边城堆起"西瓜山"
大街小巷有瓜摊

今年，乌鲁木齐市西瓜上市早，数量大，优质品种多，目前进入销售旺季，同期零售价低于去年，销售网点多于去年。

7月27日，记者来到乌鲁木齐市果品副食品公司新建西瓜、甜瓜交易市场，瓜场负责人告诉记者，从7月5日到7月27日，已有400多车1 602吨西瓜、甜瓜进入交易市场。今年预计将有7万吨瓜进入乌鲁木齐市。

许多种植西瓜、甜瓜的专业户，引进了优良品种，精心管理，合理施肥，因而瓜多、质量好。上市的瓜皮薄肉脆，味甜水多，多为红优一号、二号，还有友谊一号、二号、三号和柳叶青、大红籽、早花等。

现在乌鲁木齐市的大多数街道两旁都堆起了一座座"瓜山"，搭起了一个个瓜棚，国营、集体售瓜网点比去年增加了2倍多。最高零售价每公斤两角五分，最低一角七分，与去年同期相比，分别降低了一角三分和一角八分。

（选自1984年7月31日《乌鲁木齐晚报》）

新疆人均占有瓜果上百公斤

新疆素有"瓜果之乡"的美称。新疆人均占有瓜果水平远远超过全国和世界人均水平。1985 年,新疆人均占有瓜果量为全世界的 1.5 倍,为全国的 7 倍。

有关统计数字表明,1985 年,全世界瓜果年总产量为 3.3 亿吨,其中我国约产 1 700 万吨,而新疆约有 150 万吨。瓜果的人均占有量,全世界为 70.78 公斤,其中我国为 16.12 公斤,新疆则高达 110.44 公斤。仅西瓜、哈密瓜的人均占有量,新疆为全国的 11 倍,为世界的 10 倍;葡萄的人均占有量,新疆为全国的 38 倍。

（选自 1987 年 5 月 8 日《乌鲁木齐晚报》）

难忘百年名店鸿春园

乌鲁木齐只不过有 200 余年建城历史，可是城中却有一座 100 多年历史的鸿春园饭店。在漫长的岁月里，它如同一位饱经风霜的老人，历经坎坷，艰难地生存下来。而今在房地产商开发热潮中，它却轰然倒塌。

沧桑风雨走过来

鸿春园饭店创建于 1891 年，原名"杏花村"，地址在当时迪化（乌鲁木齐的旧称）满城街（今建国路）北十字路口东北角，小饭店主人是厨师王恺川。当时，该饭店只卖一些小吃和面食。1898 年，20 岁的青年陈兴顺从老家四川新都来到迪化，1899 年，他拜王恺川为师，1904 年出师。由于饭店临近东门孔庙（也称文庙），终日香客不断，游人众多，因而生意不错。1919 年，王恺川去世，陈兴顺继承了师业。

店主兼厨师陈兴顺虚心好学，多次回蜀寻师问艺，访亲交友，因此他的川菜烹饪技艺不断提高。他从四川采购川菜原料运回新疆，专供自家饭馆使用。由于不断开拓业务，鸿春园饭店在迪化渐有名气，陈兴顺成为当时迪化的川菜名厨师。

当时迪化的达官富贾举行喜庆宴会，竞相用名厨高手，以能用名肴佳馔待客为荣，陈兴顺自然成为众富豪邀请的对象。

1932 年，由于生意兴隆，饭馆迁往迪化闹市区大兴巷口营业（现在乌鲁木齐大十字邮局马路对面，中医诊所之侧），改"杏花村"字号为"洪升园"，1938 年又迁至保安路口（现新疆工会大厦），并将字号改为"鸿春园"。

1948 年，陈兴顺回四川省亲，饭店由四川人李南村主持，由于经营不善，仅一年时间，生意便萧条下来。

1949年夏,由于李南村回四川借来现大洋,加之新疆天池宋老道人出借数量可观餐具和黄金予以辅佐,饭店才重现生机。

1957年,鸿春园饭店公私合营转为国营饭店,第一任公方代表兼经理是王喜庆,陈兴顺是第一副经理,李南村是副经理。王喜庆在1973年离开鸿春园,后来先后任新桥饭店经理和二道桥饮服中心经理;陈兴顺于1971年去世。

1959年,鸿春园饭店搬至民主路。

新疆名厨师的摇篮

鸿春园的几位厨师技艺精湛,陈兴顺及其徒弟郑连芳等都是当年一流名厨,他们的菜肴花样翻新,常常是由顾客说出口味,按顾客要求如法烹制。陈兴顺先后恢复增加菜肴达240多道,经常供应的有170余种。其中"水石鱼"是令人叫绝的名菜,其做法是:将乌鲁木齐河中打捞出的中等重量的活鱼,去鳞开腹,切成寸段,将乌鲁木齐西河坝中手指肚大的数百枚青卵石洗净,放入一个坛子里,然后将寸段葱白和鱼,一层鱼、一层葱码入坛子中,再加佐料,置火炉上文火炖一夜,第二天把鱼倒出,只见鱼皮完好,鱼香四溢,食之回味无穷。

不仅如此,中华人民共和国成立后,鸿春园厨师新秀辈出,陈兴顺的徒弟山东人苗文时就是佼佼者之一,技艺不凡。

年轻厨师更是群星灿烂。特级厨师唐燕柱在1983年全国首届烹饪名师技术表演鉴定会上用西瓜雕刻的"花篮藏宝",技压群芳,荣获冷拼工艺制作最高奖。"花篮藏宝"篮体是一个切蒂长形黑西瓜,瓜表面雕刻着浓郁的民族风情画:满架的葡萄,众多的苹果、香梨、石榴,葡萄架下维吾尔族青年男女翩翩起舞。雕刻者唐燕柱虽是一名厨师,但酷爱美术,他把美术与烹饪有机地结合在一起,技艺精湛,刀法熟练。瓜盅内盛着冰糖蜜水,内泡香梨、苹果、海棠果、哈密瓜瓣、西瓜瓤、鲜葡萄、石榴子、樱桃等新疆八鲜水果……

"花篮藏宝"这道工艺菜在我国传统食品雕花基础上,进行了大胆创新,图案形态逼真、栩栩如生,原料全部选用新疆本地出产的多种名贵干鲜瓜果,具有鲜明的地方特色,八鲜藏于花篮主体,故名"花篮藏宝"。

"花篮藏宝"当年技压群芳,叹为观止。爱新觉罗·溥杰赞曰:"这是无与伦比的冷拼首擎。"足见鸿春园厨师高超的造诣。

　　鸿春园还有名扬神州的著名厨师朱显明、李振兴、朱云显、董泉根、杨瑞初、胡伯良、华福民等,他们或是红案大师,或是白案高手,或是刀工精湛,在历次全国烹饪大赛上为新疆赢得殊荣。据不完全统计,鸿春园培养了近百名特级厨师,如今都在全国、全疆的著名饭店事厨,鸿春园名厨可谓桃李满天下了。

更上一层楼

　　1981年6月,鸿春园饭店五层营业大楼在乌鲁木齐市小十字西北角落成,使用面积6 000平方米,设中餐部、西餐部、旅馆部,饭店可同时容纳500人就餐,中餐部经营南北大菜200余种,尤以烹调川菜驰名,西餐部是新疆有史以来最早的一家,旅馆部拥有320张床位。

1993 年, 投资 6 000 多万元建设的 19 层鸿春园新宾馆大楼在 5 层老楼旁拔地而起, 床位 400 余张, 连同老楼共计 800 余张床位。

经过无数历练, 鸿春园目前已成为驰名中外的饭店。20 世纪末出版的《旅游顾问》一书, 详细地介绍了新疆乌鲁木齐鸿春园饭店的菜肴和经营特色。曾有人赋诗赞道:

> 鸿春园里绽百花,
>
> 名驰海外人人夸。
>
> 香比江南杏花村,
>
> 味夺塞上第一家。

鸿春园被原国内贸易部认定为"中华老字号", 同时被认定为这一称号的还有享誉全球的北京"同仁堂"药店、"全聚德"烤鸭店、杭州"胡庆余堂"药店等数百家名店。

正当人们为鸿春园更上一层楼、再创辉煌充满期待时, 鸿春园却被拆掉。几年中, 笔者时时处处会听到群众对鸿春园拆掉的惋惜和对它的怀念, 希望有关部门顺应民意, 别让鸿春园这块金字招牌消失在历史的尘埃中。原址新建的楼房还应叫鸿春园, 不能改名, 让鸿春园光彩重现吧!

(选自 2007 年 7 期《今日新疆》)

60年浴池一朝迁
浴客难舍"新盛泉"

——乌鲁木齐市老字号浴池搬迁记

"中华老字号"乌鲁木齐市新盛泉浴池要拆除了！消息一经传出，在当地媒体和市民中引发了一场轩然大波。

当地媒体对此进行了一场为时不短的报道。仅以报纸为例，《新疆日报》《乌鲁木齐晚报》《新疆都市报》等都作了大篇幅的连续报道。

新盛泉已经"活"了62年。在众多"桑拿"风起云涌之中，它依然宾客盈门，既无老态龙钟，也无兼并破产之虞。然而，好端端的一个老字号，为什么要被拆除呢？

乌鲁木齐人大概没有一个不知道新盛泉的。尽管有的家庭装上了热水器，有钱的人去洗桑拿，但是老百姓还是忘不了新盛泉。

有人讲，从某种意义上说，"中华老字号"是一个城市的名片，从中可以折射出历史的底蕴和文化的根基。乌鲁木齐的老字号本来少得可怜，新盛泉能"活"到今天，已十分不易。

据说，原因是一家银行看中新盛泉这块地盘。然而，许多人认为，钱可以毁掉一个老字号，但再多的钱也难以堆出一个老字号。

一批又一批新盛泉的浴客自发会聚到新盛泉大门前表示愤慨之情："要拆新盛泉，不仅少了一个老字号，从市民感情上也难以割舍。"72岁的民俗作家刘荫楠说："父亲和我及我儿子、孙子四代人都在新盛泉洗浴，我12岁就在这里洗澡，已经洗了60年，每星期必来。现在在家里可以洗澡，但总感觉没有这里舒服，这里有多年的澡友,设施好,价格也便宜。"

新盛泉在乌鲁木齐和新疆的名气很大,可谓家喻户晓。1939 年,天津人张锡禄在迪化(乌鲁木齐的旧称)修建了新盛泉,经过 60 多年风雨,成为乌鲁木齐最大的浴池,每月接待浴客 5 万余人。1993 年,新盛泉被原国内贸易部认定为"中华老字号",新疆仅 12 家企业获此殊荣。

新盛泉要拆除,新盛泉的上级主管部门乌鲁木齐市饮食服务公司总经理张志华表示十分无奈。他说,他们公司已多次向上面反映情况,但是因城市改造的需要,他们要服从大局。面对强大的舆论压力,面对广大浴客的一片深情,该公司最近找到了解决办法,他们将新盛泉进行了整体搬迁,迁并入另一家不在市中心的天池浴室,投资 30 万元,将天池浴室游泳池改造为三个大型浴池,一个澡堂挂两块牌子。3 月 9 日新盛泉在新址上开张,老浴客们又步入了新盛泉。

(选自 2000 年 3 月 29 日《中国商报》)

喀什布子南亚、中亚经济圈

喀什古称疏勒,是国务院认定的新疆唯一的历史文化名城。近年来,当地政府倾力打造喀什在南亚、中亚经济圈中的重心地位,重振丝绸之路辉煌与繁荣,使古城焕发出勃勃生机。

这是一个很有意思的地方

20世纪60年代,我国著名诗人郭小川为喀什写过一首脍炙人口的经典诗歌:

> 不进天山,
>
> 不知新疆如此人强马壮;
>
> 不走南疆,
>
> 不知新疆如此天高地广;
>
> 不到喀什,
>
> 不知新疆如此源远流长。

此诗在社会上广为传诵后,便很快演绎出一句名言:"不到喀什,不算到新疆。"

喀什位于新疆的西南部,北接天山,西连帕米尔高原,南依昆仑山脉,东临塔克拉玛干大沙漠,古"丝绸之路"的南道、北道、中道都在这里交会,是我国与中亚、南亚、西亚乃至欧洲交流的国际商埠。喀什地区面积约16.2万平方公里,人口约350万,是新疆人口最多的地区。下辖12个县(市、自治县),拥有888公里的陆地边界,与印度、巴基斯坦、阿富汗、塔吉克斯坦、吉尔吉斯斯坦五国接壤,与乌兹别克斯坦、土库曼斯坦和哈萨克斯坦也非常接近,这八个国家形成一个弧形的经济圈,喀什正好是这个圆弧的圆心。喀什周边有红其拉甫、吐尔尕特、伊尔克什坦、卡拉苏四个陆地口岸和喀什航空港共五个一类口岸可以利用。这种区位优势不仅仅在中国国内绝无仅有，就是在世界上也极为罕见。

喀什是著名的瓜果之乡，盛产无花果、巴旦木、阿月浑子、伽师瓜、杏等果品，不仅是世界六大果品基地产区之一，还是我国棉花的主产区。

喀什民族众多，文化多元，历史厚重，有2 000多年的文字记载历史，居住着47个民族，是维吾尔族文化的发祥地和东西方文化交流荟萃之地。喀什民族风情和异域风情独具魅力。喀什境内有闻名遐迩的香妃墓（也称香娘娘庙），有全国四大清真寺之一的艾提尕尔清真寺，有班超出使西域故址盘橐城，有"福乐智慧"创始人玉素甫·哈斯·哈吉甫墓，有维吾尔族经典音乐"十二木卡姆"，有独具特色并正在申报世界文化遗产的高台民居等历史遗迹，有高山、大漠、冰川、雪峰和原始胡杨林等多种自然景观和原始风光，历来是中外游客心驰神往之地。19世纪，马可·波罗来到喀什，看到"大街行人中一半是工匠，一半是商人"，称它"货如云屯，人如蜂聚"，是"东方开罗""一个很有意思的地方"。

新发展，新定位

2003年初，喀什地委书记史大刚随新疆党政代表团到山东、河南等地考察，看到那里经济飞速发展，决心学习那里的经验，促进喀什大发展。

考察结束后，领导班子便对喀什经济发展进行科学谋划。他们详细分析了喀什的各种优势（包括区位优势、地域优势、口岸优势、资源优势），分析了周边八个国家的市场情况以及沿海珠江、长江三角洲在产业结构调整、转型、升级发展面临新的选择，然后大胆提出了利用周边国家大市场发挥喀什区位优势、大力推进东西部经济互动和优势资源转换战略。

为了避免决策失误，喀什地区领导到北京请经济学家进行专题调研，写出可行性报告，并在2004年成功举办了"喀什中亚、南亚经济圈发展战略"广州、喀什、杭州、北京四大论坛，有百余位全国知名经济学家、中外使节、国家有关部委领导、新疆维吾尔自治区有关领导以及各大新闻媒体记者到会，大家共同围绕主题，从不同方面对喀什的战略定位给予了充分肯定，从而坚定了决策者的信心。

喀什诸多居民与周边各国贸易交流历史悠久，经济互补性强，这使得喀什与中亚、南亚各国的经济合作有着得天独厚的条件，把喀什的发展置放在中亚区域经济发展的大格局中去谋划,按照中央"把新疆建成向中亚、南亚、西亚乃至东欧国家出口商品的重要基地和商贸中心,尽快形成比周边国家明显的发展优势"的指示精神,喀什的领导班子把握大机遇,开阔大视野,筹划大思路,推动大发展,及时提出了把喀什打造成为"中亚经济圈核心",提高喀什核心竞争力的构想。同时,着眼于周边国家的大市场,力争经过多年的努力,承东启西,把喀什建设成为东部地区进入中亚、南亚、西亚的桥梁和辐射中心,建设成为名副其实的我国西出贸易的门户和进军上述三地区的桥头堡,为东部经济发展开辟新的空间,实现多边经济贸易互赢。

喀什战略地位十分重要。喀什在中国向中亚、南亚、西亚的开放格局中具有不可替代的中介地位。从地理位置上看,在中亚、南亚、西亚弧形经济圈中喀什就处在中心位置,是我国连接中亚、西亚和南亚,进而连接欧洲的天然路桥和黄金通道,从喀什陆路到巴基斯坦卡拉奇比从广州海路到卡拉奇近 5 000 余公里。众所周知,经济因素是当今国际关系的主要纽带之一,互惠互利的经贸往来对促进各国发展友好关系、维护地区和平与稳定发挥着十分重要的作用。我国经济与中亚、南亚、西亚的经济具有很强的互补性,地缘相邻、人文相近、利益相关。中国经过 20 多年的改革开放,在设备、技术、管理和资金等方面具有比较优势,而中亚、南亚、西亚国家拥有极为丰富的战略资源——石油、天然气,是仅次于波斯湾和西西伯利亚的世界级石油储藏地区,是 21 世纪世界经济发展的最大能源库之一。对于能源需求越来越大的中国来说,加大该地区的投资并积极参与该地区的能源东西方贸易一直是具有战略意义的。

当前,中国近一半的石油要靠进口,在进口石油中,大部分来自中东和非洲。这些石油主要是取道印度洋,经马六甲海峡运回中国的。从国家经济安全方面考虑,中国必须开拓通往中东和西方的战略性陆路通道。目前,我国有两条欧亚大陆桥:一条是从满洲里出境,接上俄罗斯的西伯利亚大铁路;另一条是从新疆的阿拉山口出境,经哈萨克斯坦再接上西伯利亚铁路。从安全角度看,一条通道发生问题的概率是二分之一,四条通道同时发生问题的概率就可降到十六分之一。从经济上考虑,如果只有一两条通道,且都经过一个国家,相当于垄断;如果有三四条通道,就会产生竞争,就意味着较低的过路费和较高的安全性,同时会使贸易量迅速增加。在这样的背景下,喀什就显得格外重要。从喀什出发,向西可以经中亚、伊朗和土耳其到欧洲;向南既可以走巴基斯坦的白沙瓦到卡拉奇,再经阿拉伯海到中东和欧洲,也可以通过巴基斯坦到伊朗,再到其他中东国家和欧洲。而且,经过喀什西出和南下的通道,路程短,成本更低。目前中亚、南亚各国经济复苏,进入了恢复性增长的新阶段,他们都希望能尽快重新融入世界经济发展的主流,特别是加强与中国的经贸合作。我国已相继与哈萨克斯坦、吉尔吉斯斯坦、乌兹别克斯坦、塔吉克斯坦、土库曼斯坦五国分别签署了政府间经贸合作协定和投资保护协定,双边经贸法律框架基本形成并日益完善。对于国内投资者来说,这是进入中亚市场最有利的时机。因此,加强中国与中亚的经济合作,应当成为我国发展战略中十分重要的组成部分。

随着四国公路联运和喀什至伊斯兰堡国际航线的开通,以及今后南疆铁路的西延,喀什"五(口岸)通八国,一路连欧亚"得天独厚的区位优势更加突出。这种客观存在的位置和区位优势,就使喀什理所当然地成为中国与中亚、南亚和西亚经贸合作的前沿,成为中国和中亚、南亚、西亚三个地区经济合作的承接地和聚合点。

据喀什有关领导介绍,周边八个国家是近12亿人口的大市场,当前主要竞争对手是日本和韩国。如果我们不利用好这个优势,就会错失良机。

今天,便捷的铁路、航空、公路以及互联网把喀什与南亚、中亚各国的发展更加紧密地连接起来。在喀什至伊斯兰堡的航线开通的基础上,喀什机场(现更名为喀什徕宁国际机场)正积极争取尽快开通喀什至印度、塔吉克斯坦、吉尔吉斯斯坦的空中航线,以及喀什至国内大城市的飞机直航和火车直达,这将使喀什从过去遥远封闭的"死胡同""口袋底"变为横贯东西的国际大通道、大口岸,一条通往中亚、南亚、西亚及欧洲的现代"丝绸之路"必将形成,喀什正以崭新的时代风貌展现在世界面前。

独特的区位优势、人文优势,使喀什最有条件成为中国与中亚、南亚和西亚经贸合作的承接地和聚合点。立足于抓住国家实施西部大开发战略的历史机遇,发挥区位优势和集群口岸优势,喀什地区提出了"打造喀什在中亚、南亚经济圈重心地位"的发展战略,确立"外贸先导、旅游开路、特色产业支撑、工业增值"的发展思路。力争通过若干年的努力,把喀什建成东联西出的商品加工基地、西进东销的商品集散基地和商贸物流中心。

五朵金花扮靓经济圈

喀什地区的大发展，必须实行全方位对外开放与联合，既要和周边国家经济融为一体，又要与东部沿海城市合作共赢，真正实现东部沿海地区能够依托喀什开拓周边国家市场，周边国家也可以借助喀什进军中国市场的目的，把喀什建成东联西出的商品加工基地、西进东销的商品集散地和商贸旅游购物中心，实现多方位优势互补、互惠互利、合作互赢。

打造南亚、中亚经济圈核心地位工作，需多方并举。

一是大力实施"商贸兴边"战略，以贸易发展推动城市经济的合作。实践证明，城市的兴起与贸易密切相关。首先坚持每年举办"中国新疆喀什·南亚中亚商品交易会"。通过举办区域性国际经贸盛会，创造一个宣传南亚和中亚、宣传喀什、宣传企业、宣传产品的机会，提供一个国内各地与南亚、东亚进行商品展示和经贸洽谈的平台，推动东西部经济的互动，实现区域一体，共同发展，合作互赢。2005年5月10日至12日举办的首届喀交会，取得了令人鼓舞的成果。同时，从今年5月底开始，在中国与巴基斯坦、中国与塔吉克斯坦、中国与吉尔吉斯斯坦边境每周开展小额贸易互市，通过双方客商直接交易，尽快把贸易额做大。其次在贸易量达到一定程度时，吸引东部沿海企业和周边国家企业到喀什投资办厂，建立边境自由贸易区和出口加工区。最终目的是把喀什建成"两个基地、一个中心"，带动经济向更高层次发展。

二是紧紧把握产业梯度转移的有利契机，促进与东部沿海地区的经济合作。喀什面对中亚、南亚巨大市场，具有低廉的劳动力和丰富的资源优势，与长三角、珠三角、环渤海经济区具有承接互补、市场互融、利益互动的空间。目前，我国对中亚、南亚等国的出口商品基本来自中东部地区，必须经过长途运输和转口，这无疑增加了贸易成本，不利于充分挖掘相互间的合作潜力和拓展市场空间。喀什可以紧紧抓住东部沿海产业升级和产业转移的机遇，主动承接其产业梯度的辐射。只要有利于资源转化，有利于增加地区财政收入，有利于扩大就业，只要不危害国家经济安全、破坏生态环境，只要不涉及国家限制类项目，都允许在喀什落户发展。通过特殊优惠政策，吸引东部沿海城市在喀什建立轻工业和组装加工生产基地，重点生产面向中亚、阿拉伯国家所需的纺织服装、日用百货以及五金家电、建筑建材等产品，向他们提供质优价廉的商品，增强中国商品的竞争力和吸引力,让周边国家人民得到实惠。

三是发展壮大中心城市,增强综合经济实力。要举全地区之力,加快以喀什市为中心,疏附县、疏勒县为两翼的"一市两县"区域经济发展,加快轻工服装纺织工业园区、能源材料工业园区、石化工业园区、旅游及文化产品开发园区的建设,力争喀什市年均经济发展速度不低于20%。通过不懈努力,构筑人口在120万以上、面积达到5 000平方公里的大喀什城市图。以中心城市的发展带动区域经济的发展,以物流商贸、资本运营、生产合作等多种形式增强对周边区域的辐射带动力,力争把喀什建设成为国际商贸中心和工业城。

四是精心打造世界级黄金旅游板块,以旅游带动贸易,贸易带动加工。喀什地区是新疆唯一一座国家级历史文化名城、全国优秀旅游城市,神秘古朴的历史神韵与现代文明的蓬勃英姿交相辉映,东西方文化交会的特点突出,民族风情浓郁,自然景观奇特,具有大力发展旅游业的客观条件。喀什现在正通过举办一系列国际国内喀什旅游推销活动和具有重大影响的国际性旅游观光活动,吸引国内外游客关注喀什,以巨大的旅游人流汇聚物资流、信息流、资金流,拉动其他产业快速发展。

五是实施特色资源转换战略,以发展现代农业推动中亚经济圈核心地位的建立。喀什的光热水土条件得天独厚,是世界上最适宜农作物生长的地区之一,这里生产的杏、石榴、核桃、伽师瓜等瓜果的品质堪称世界一流。喀什现在按照区域化、专业化、标准化的要求,加速形成400万亩粮食产业带、250万亩优质林果产业带、50万亩优质哈密瓜产业带、250万亩棉花产业带、10万亩大棚蔬菜产业带和牲畜饲养量1 500万头(只)以上的畜牧业基地,并根据周边国家的需求,依托大通道的便利优势,用喀什的优质果品、蔬菜、畜产品占领周边国家市场。

"重心战略"产生强烈共鸣

"打造喀什在南亚、中亚经济圈重心地位"战略构想,在国内外产生了强烈共鸣。中国社科院俄罗斯东欧中亚研究所所长邢广程认为,这个构想充分证明喀什地委、行署具有长远战略发展眼光,他们把喀什潜在的能力、智力、资源、人文等要素整合起来,把喀什的经济潜力化为经济实力,为喀什实现经济大发展奠定了基础战略定位,具有国际效益。山东大学教授盛洪认为,西部本身不构成巨大市场,关键在于有一个巨大的外部市场。中国西部问题专家王永庆教授认为,中国开放格局目前是向东开放,形成了珠三角、长三角、环渤海经济区。向西开放,新疆建构大开发区是重中之重。以喀什为重心,重新打通欧亚大陆丝绸之路,对未来中国 20 年发展具有战略地位的价值。中国市长协会副会长兼秘书长陶斯亮认为,喀什把自身发展置放在中亚、南亚区域经济发展的大格局中加以谋划,顺应了世界经济发展的潮流,标志着喀什大发展的时机已经到来。

喀什重心战略构想,引起强烈反响。中国驻阿富汗前大使孙玉玺说,新疆尤其是喀什应成为中亚、南亚经济圈核心。目前国内东南沿海地区与新疆,新疆与周边国家,正好处于经济互补的"黄金期"。他建议,以优惠的政策、良好的投资环境、优质的服务吸引国内东南沿海地区客商在新疆办加工企业,生产质高价低的产品,现在阿富汗市场上卖的日用品,有一半以上是中国制造。2004年 10 月乌鲁木齐与喀布尔通航后,过去前往浙江义乌购物的阿富汗商人大多转道在新疆购物,现在,阿富汗大使馆每天要给二三十位阿富汗商人发签证。中国驻吉尔吉斯斯坦大使张延年说,新疆占中吉年贸易额的 70%,而其中 60%是由喀什进出口的,喀什与吉尔吉斯斯坦贸易前景非常美好。中国驻巴基斯坦大使张春祥说,中巴之间友谊很深厚,但贸易额并不大,去年才达到 30 亿美元,其中还有很大的空间。现在从喀什到巴基斯坦首都伊斯兰堡只要 1 小时就能飞到,这个距离非常近,商品从喀什出去,到达中亚、南亚等任何一个国家都是最近的。中巴不仅可以发展贸易,还可以发展旅游。

喀什重心战略在与喀什相邻的八个国家引起反响和共鸣。参加杭州论坛时,巴基斯坦代表说:"我们共来了 10 位代表参会。"可见巴基斯坦多么渴望和中国开展合作与交流。巴基斯坦不仅希望和中国建立陆路贸易,还希望建立海运贸易和航空港贸易。

在 2004 年 11 月召开的北京论坛会上,塔吉克斯坦、阿富汗、巴基斯坦、印度等国驻华使节对建立"三地经济圈"表现出浓厚的兴趣和普遍的认同。阿富汗驻华大使齐亚木丁认为:"中国的西部大开发战略不仅促进了中国东西部地区的平衡发展,而且对中国西部地区与周边国家建立密切的经贸关系起到了积极作用。我们期望北京论坛能对喀什与中亚、南亚国家建立经贸关系的进程有所推动。"巴基斯坦驻华大使热亚孜·穆罕默德则相信："随着公路和空中交通的发展,喀什的经济发展是指日可待的。这也将推动周边国家的经济发展。我们期待今后有更多的中国游客能通过中巴高速公路到伊斯兰堡来参观旅游。"

喀交会——经济圈重心的硕果

令人欣喜的是,2005 年 5 月 10 日至 12 日,首届"中国新疆喀什·南亚中亚经贸洽谈暨商品交易会"在喀什成功举办,从而使"打造喀什在南亚、中亚经济圈重心地位"战略构想结出了丰硕果实。

首届喀交会吸引国内外客商 4 300 多人,其中国外客商近千人,交易会层次高、规模大。巴基斯坦、吉尔吉斯斯坦、阿塞拜疆、印度、塔吉克斯坦等国官员,中国驻巴基斯坦、吉尔吉斯斯坦、塔吉克斯坦三国的大使,以及多国驻华使节前来参会,来自巴基斯坦、土耳其、美国等国客商 52 家,来自长三角、珠三角、环渤海经济区及国内其他省市交易团 31 个,交易会展区面积 3.5 万平方米,共设展位 456 个,商品包括五金、化工、农机、家电、纺织等几十个大类商品。交易会上不但中国商品受到外商青睐,巴基斯坦、印度等国商品也受到中国客户的欢迎。

此届交易会取得了丰硕成果,与国内外客商共签订 87 个合作项目,涉及果品保鲜加工、矿产开发、电站及棉纺厂建设等几十个方面,总金额 47.8 亿元。会展期间共有 8 万余人次入馆洽谈、参观、交易。国内外 44 家新闻媒体的 173 名记者云集喀什进行了报道,全国 110 多个网站发布了喀交会的信息。

外国朋友对喀什也寄予了美好的希望。吉尔吉斯斯坦经济发展、工业和贸易部长朱马别科夫说,他们有一个卡拉可其煤矿,储量可以供应整个新疆,他希望合作开采煤矿,另一个希望是合作供电,把丰富的吉尔吉斯斯坦的电力输送到新疆。

喀什充满了广阔的机遇和希望!

（选自 2005 年 7 期《中国商界》）

喀什市向和谐宜居城市迈进

到南疆重镇喀什采访,城市规划建设方面给人留下了很强烈的印象。喀什市遵循科学发展观,坚持以人为本宗旨,城市面貌不断发生新的变化,使这座拥有2 500年历史的古城焕发生机,成为各民族人民的宜居城市。

让母亲河为城市增添灵气

喀什从市领导到城市规划建设部门决策层有一个共识:综观国内外,大凡流经城市的河流或城中的湖泊都为城市增添了生气,城市因有水而充满灵性。

大自然恩赐新疆一些河流穿越城市,如穿过首府的乌鲁木齐河,穿过库尔勒的孔雀河,穿过古城喀什的吐曼河。

说到吐曼河,维吾尔语意为雾河,被誉为喀什的"母亲河"。它流经喀什市区,长达15公里,年径流量1.26亿立方米。

为了让吐曼河增添古城灵性,早在20世纪80年代,喀什市政府便领导全市人民因势利导将吐曼河流经市中心的一片沼泽芦苇地拓挖扩大为700亩的水面,这就是今天中外游人到喀什为之惊叹的烟波浩渺的城中湖泊东湖,成为新疆城市河流改造的先河,也是新疆城市中最大的水面,为古城喀什平添了生机,为各民族人民休闲度假提供了娱乐的场所。

近年,吐曼河遭到污染,已严重影响了喀什人民生活和居住环境。人民群众呼声很高,要求彻底整治吐曼河污染问题。

喀什市副市长徐建荣接受采访时告诉记者,喀什市已将吐曼河整治工作列为重点,并作为落实科学发展观的具体实践内容,逐步分期分项加以实施。从2006年开始,喀什市政府派人员现场督办,城建、环保部门全力配合,拆除了吐曼河沿岸临时违规建筑1.3万平方米,清除了沿岸简易厕所240多个,拆迁河岸湿地附近 100 多户居民,积极实施湿地保护。政府投资 320 万元,完成滨河道改扩建工程;同时,大力实施截污排污应急工程项目,目前已经清除河道污物沉积 3 万立方米,确保了城区河流基本通畅。

加快城市排水管网建设,则是解决吐曼河遭污染的根本。鉴于此,市政府投资 900 万元,积极实施城市东区污染拦截工程,该工程全长 9.2 公里,目前已经完成排水管修建 4 520 米。自 2006 年 11 月始,吐曼河两岸 89 家餐馆及宾馆、医院 13 个单位及 4 个自然村一年排放的 227 万立方米污水已全部并入城市排水管网。

正在施工的吐曼河东区排污工程完工后,沿河西岸全部直排吐曼河污水都将通入管道,输送到郊区污水处理厂进行处理,届时吐曼河污水污染将从根本上得到根治。

另外,喀什市还规划了一个充分利用吐曼河天然优势而培育城市灵气的美好蓝图。喀什市规划局积极学习借鉴库尔勒市利用穿城而过的孔雀河优势,兴建广阔的城中水面和休闲广场的经验,聘请成功设计该工程的海南雅克设计院,为喀什市吐曼河沿岸景观进行设计,将吐曼河两侧打造成为集景观、人文、历史、休闲、旅游于一体的生态风光带,从北向南沿吐曼河两岸依次修建北湖、吐曼、东湖、南湖公园,让吐曼河串联起 4 个公园和沿岸 26 个景点。吐曼河风光带建成后,将成为水清岸绿、景观优美、设施齐全的休闲娱乐区和旅游观光区,为广大市民营造环境优美、空气清新湿润的生活氛围。

加紧进行老城区改造

喀什市规划局工程师穆合塔尔·那曼向记者介绍,曾几何时,"高台民居"等喀什老城区街道和房屋是国内外游客青睐的景观,但是,人们有所不知,这些老城区建筑却有着巨大的隐患。

喀什老城区居住着 21.92 万居民,占全市人口的一半左右,老城区人口过于集中,特别是集中连片的危旧房片区有 28 处,其核心区人口密度高达 2.6 万人/平方千米,居全国之首;建筑密度过大,高达 70% 以上,在密集的建筑群中,土木建筑占老城区建筑总面积 67.5%,这样大面积建筑基本不具备抗震能力。老城区内街巷道路狭窄,迷宫式街巷纵横交错,房屋建筑参差不齐,拥挤不堪,房压房,楼接楼,几乎没有一点点空间,街道最宽处仅 6 米,窄处不足 1.5 米,大部分地段机动车辆无法通行,许多是死胡同,被称作"活坟墓"。居民行走运载东西尚且十分困难,消防、疏散、救援更是难以实施。这里几乎没有绿化地,少有公厕,居民只好在屋顶建旱厕,居民生活环境十分恶劣。

不仅如此,老城区居民在地下无序挖掘了大量深浅不一、纵横交错的地道和防空洞,加之多年来老城区居民随意在地下采挖泥土烧陶,遗留下大量洞穴,这些地道、地洞经长期风化和雨雪水浸泡,时常发生垮塌,甚至一条街一个片区、几十户民房连片倒塌,居民生命财产受到严重威胁。

喀什还是个地震多发区,被国家列为发生破坏性地震十大危险区之一,一旦遭遇 6 级以上地震,喀什市老城区必将夷为平地,人员伤亡和财产损失将无法估量。

喀什市老城区建筑牵挂着中央、自治区许多领导的心,喀什市历届党委、政府更是看在眼里,急在心头。现在市委、市政府决心把老城区危旧房改造作为一项重大而紧迫的任务,作为头等大事实施。

2001 年 9 月喀什老城区抗震加固及部分基础设施改造项目开工建设。到 2007 年底,已改造老城区外围救援道路 7 600 多米,建疏散广场 3.8 万平方米,完成供水管改造 1.4 万米,排水管改造 1.4 万米,消防栓安装 20 座,配套路灯 910 盏。已完成地道回填 600 米,居民房屋拆除重建 650 户,面积 5.93 万平方米,建成 2 号小区用于搬迁的住宅 96 栋,已有 506 户迁入,另有 567 户居民入住 1 号小区,政府修建的廉租房有 524 户入住,从而使全市 2 247 户居民住上了抗震安居房。

2008 年 "5·12" 汶川大地震造成的巨大灾难,促使喀什市老城区危旧房改造步伐迅速加快,老城二期改造紧锣密鼓拉开大幕。

喀什市建设局计划财经办公室主任杨国政向记者介绍了老城区危旧房改造实施计划。

为做好宣传动员工作,喀什市政府专门制作了伊朗巴姆地震和汶川大地震光碟,用惊心动魄的画面教育喀什市老城区居民,要努力转变"故土难离"的思想观念,搬迁是"离土不离乡"。说明喀什厚重的文化底蕴、文化风貌,不是靠几座简陋危险的破旧房屋来体现,改造是为了更好地保护人民。曾经,与喀什邻近的伊朗巴姆古城被地震毁于一旦,历史文化遗迹也消失了,连 4 万多居民的生命也葬送了。

新的老城区危旧房二期改造工程,以在原址加固重建、疏散外迁安置相结合。要建设经济适用房、廉租住房,解危解困住房安置外迁户,原则上对低保家庭疏散外迁户实行房屋产权调换(发放房屋产权证)。

到今年年底,喀什市将有 2 000 套廉租房和 1 000 套经济适用房竣工,届时将安置外迁居民入住。

喀什市决定举全市之力,力争用 3~5 年时间完成老城区危旧房改造这一"民心工程""德政工程"。

为自行车出行大开绿灯

漫步喀什市街头,不仅为喀什市宽广的马路惊奇,还为宽阔的自行车道(亦称非机动车道)叫好。喀什市马路一侧的自行车道宽度达 4 米,最宽的达 6 米,两边加起来有 8~12 米,车道上行驶着川流不息的电动自行车和脚踏自行车,男女骑手们身着五彩缤纷的衣服在大街上流动,构成一道道亮丽的风景。

一位叫王为的小伙子,原是乌鲁木齐市一家媒体记者,现在是喀什市一家广告公司的经理。他在喀什市上下班都骑电动自行车,也有两辆自行车。他说,骑自行车上下班和休闲都很轻便,还强身健体。他听说记者来自乌鲁木齐,感慨道:"乌鲁木齐原来也是自行车王国,近一二十年压缩甚至取消自行车道,太不应该了,相比之下,喀什人真是幸运!"

据当地交通部门一位负责人介绍,喀什市城市人口 40 余万,平均 5 个人就有一辆电动自行车,每 3 个人拥有一辆脚踏自行车,总共算下来数量很大,所以街道上自行车很多,现在国家提倡绿色出行,减排降耗,自行车不仅是很好的交通工具,还能减少汽车的交通压力,各行其道,各得其所。

据当地政府领导介绍说:"城市交通不能只建机动车道,只为有车(汽车)族着想,还要替广大市民和自行车族出行提供最大便利,要尊重老百姓的出行权,这是我们喀什市委、市政府落实科学发展观,以民为本的工作宗旨,所以我们在全市马路改造时,为自行车道都留有足够的宽度。"

(选自 2008 年 8 期《今日新疆》)

喀什农民的致富新路

2007年春耕时节,喀什地区伽师县巴仁村农民吐尔逊•努尔焦急万分,因为急需500元购买化肥,但是钱还没有着落。正巧,远在天津务工的女儿阿依仙古丽•吐尔给家里寄来500元钱,解决了这个燃眉之急。在此之前,2006年,女儿已给家里寄来了2 000元钱,使家里的生活发生了明显的变化,而这仅仅是众多外出务工家庭的一个缩影。

据了解,自2006年以来,伽师共派出7 980名农民到外地务工,一共为家乡挣回5 745万元,人均年收入达7 200元,这个数字远远大于这些农民原来的人均年收入。伽师的事例仅仅是喀什地区近年来积极推行农村劳动力转移政策结出丰硕果实的缩影。

自2003年以来,喀什地区出台了多项优惠政策。通过成立专门的工作机构,免费进行技能、务工常识、双语知识培训,提供转移启动资金,随队管理服务,帮助解决外出务工人员家庭生产难题等助农措施,鼓励农村劳动力赴国内其他省市务工。同时,依托"阳光工程""劳务扶贫工程""财政补贴性培训"三大农村劳动力培训项目,加大劳务输出培训力度,使全地区劳动力转移地域不断扩大,外出务工人员技能不断提高。2003~2007年,全地区累计培训农村劳动力72. 3万人次,劳动力输出的范围从疆内扩展到江苏、山东、浙江、陕西、广东、四川、河北等省份,时间也由季节性向长期性转变,务工工种则由体力劳动逐步向服装、纺织、玩具、食品加工、家电组装、机械制造等20多个技能型工种转变,劳务输出的质量稳步提升,劳务输出地区的品牌影响力逐步提升。

现在,喀什地区已逐步形成了政府引导、部门联动、市场运作、完善服务的务工工作机制。主要表现在农村劳动力转移、就业技能培训力度进一步加大,培训方式、培训内容更切合市场需要,培训就业率明显提高。全地区现有各类培训机构 150 个,拥有培训师资 1 047 名。2007 年,全地区各县、市共投入培训资金 3 000 余万元。经培训之后具有一技之长转移到不同领域就业的农村劳动力达 6.5 万人次。

喀什地区与国内其他地区尤其是沿海地区城市远隔千山万水,为什么成千上万的维吾尔族青年男女要到万里之外务工?而且农民外出务工的积极性空前高涨呢?

据了解,国内其他省市尤其是沿海珠三角、长三角和环渤海经济区近年来发生了较为严重的"用人荒",原因是随着产业的升级,当地群众生活水平的提高,住房、教育等费用增加,本地劳动力成本增加,工资待遇相对偏低的大量劳动密集型生产加工企业遭遇了招不到工人的窘境。

而据喀什地委农业办公室负责人说,喀什地区农业人口比重较大,富余劳动力多。搞好他们的转移,是促进当地农村经济发展、增加农民收入的有效途径之一,而打造劳务输出大区品牌则是喀什地区劳务输出工作的重中之重。

据了解,2003 年喀什地区外出务工人员人均劳务所得为 801 元,到 2006 年增加到 1 443 元,2007 年又增加到 1 732 元。从 2003 年到 2007 年,喀什地区农村共有 60.6 万人次外出务工,共创收 14.5 亿元。

为了更好地保障外出务工人员的合法权益,喀什地区各县市在同国内其他省市用工企业签订劳务合作协议时,明确了用工企业为务工人员交纳工伤保险、医疗保险、养老保险的责任,解除了外出务工人员的后顾之忧。随着劳动收入的不断增加和社会保险的落实,越来越多的青年农民加入外出务工的行列。

据了解,喀什地区计划 2008 年培训劳动力 25 万人次,季节性转移劳动力不少于 60 万人次,创收 18 亿元以上,其中转移到区外就业 5 万人次,力争"十一五"期间把农村新增人口数全部转移出去。

(选自 2008 年 2 期《今日新疆》)

—国内游记—

这里是博物馆和欢乐园

为期两个月的新疆第三届国际旅游节暨第十五届中国丝绸之路吐鲁番葡萄节于 6 月 27 日联袂拉开序幕,吐鲁番以"哈密瓜、西瓜赛瓜会""沙雕节""交河古村"剪彩等丰富多彩的活动项目和异彩纷呈的特色倾倒了中外游客。记者采撷了其中几个片段。

湖水荡漾吐鲁番

千百年来,吐鲁番的干涸闻名于世,素有"火洲"之称,但是 2006 年 6 月 27 日夜晚,在吐鲁番市区东南角展现在百名中外记者和众多来宾眼前的是一泓波光粼粼、流光溢彩的大片湖水。

在剪彩仪式上,地委书记孙昌华向中外来宾宣布:"火洲水韵"一期工程竣工,吐鲁番市区内结束了没有湖面的干涸历史!

"火洲水韵"工程是地市领导层从"以人为本、科学发展"的高度,按照"葡萄绕城,水景入城,道路环城,绿色满城,环境亮城,文化立城,旅游兴城"的思路,为改善市民居住环境,促进城市建设发展而实施的城市重点工程,该工程占地面积 155 亩,由人工湖、滨湖广场、博物馆、群艺馆等八大项目组成,其中核心是水域面积达 32 亩的人工湖和露天游泳池。工程经国内著名专家评审认为:"火洲水韵"工程,政府决策科学,增强了城市活力,有益于改善百姓的生活环境。

"火洲水韵"工程是去年 10 月动工的,仅半年多时间,人工湖即展现芳容。记者置身湖畔,只见在音乐的伴奏声中,喷泉不时变换水姿,令数千名湖畔休闲市民为之雀跃,更有一艘艘泛舟湖面的小船,游弋在五彩斑斓的水面上,好一幅祥和太平的欢乐图景。

"火洲水韵"被称作葡萄泉,在双节期间撩开了面纱,为双节增光添彩。

　　难得一见的丝绸之路新疆段百余件新出土文物精品展是双节期间一大亮点。

　　在6月29日吐鲁番地区博物馆中,一件制作精致的"陶祖"(也称陶根,即男性生殖器)吸引了中外观众的眼球。这件陶祖泥质红陶,圆塑。陶祖宽6～9厘米,长21.5厘米,厚4～5厘米。陶祖被一个龙头衔在口中。龙头表面的眼睛、耳朵、鼻孔、胡须及牙齿的纹理清晰,两侧各有一对獠牙。龙头背面有刻画阴线三角纹饰。这是一件制作精美、形态逼真、栩栩如生的作品。陶祖背面上部右侧有一部分残损。陶祖表面被日晒泛黄,但底部仍呈红色。它出土于新疆克孜尔千佛洞,是1300多年前唐朝时期的文物,其工艺水平应该是当初大师级的雕刻水平。

　　新疆考古研究所张平先生介绍,这件陶祖虽然是一件小小的东西,但寓意博大精深,反映当地居民从漫长的母系社会过渡到父系社会的男性生殖崇拜,即人们期求生生不息、代代繁衍、祛邪免灾的愿望。而深一层的意思是,这件"陶祖"寓意是龙的传人,龙文化即汉文化。公元7世纪中叶后,安西都护府由交河迁往龟兹,当时,唐朝在龟兹驻军多达3万人,还有许多随军家属。出土了那个时期的"陶祖",反映具有五六千年历史的汉族龙文化已与当时当地民族的性崇拜文化融合起来,两种文化经过碰撞、交流、融合而开花结出硕果,是当时新疆多元文化结合的有力证据。

　　张平介绍,"男根"工艺品有木头、石头、陶金、银、玉多种。在新疆小河墓地出土的多为用木头雕刻的女性生殖器,反映母系社会时期的性崇拜现象。生殖崇拜文化在中国源远流长。在云贵川很多省的一些地方有供奉"石祖"的传统,如云南剑川石窟中,一些不能生育的妇女即前往膜拜石窟中的"石祖",乞求赐子。新疆呼图壁、康家石门子、阿勒泰等地的大量岩画,反映的也是性崇拜。

　　张平强调,在吐鲁番阿斯塔那古墓考古时,时常会发现男性死者陪葬品中都有一件"男根"泥质、木质工艺品,这种生殖崇拜文化反映了新疆历史文化的悠久。

　　不过,迄今"陶祖"在新疆出土仅此一件,其价值弥足珍贵,引得众多参观者为它的精妙绝伦而感叹!

　　新疆龟兹研究所赵莉认为:陶祖究竟蕴含着什么寓思,表达着什么样的追求,给我们留下了深邃的想象空间。但毫无疑问的是,这件文物的出土对研究新疆宗教信仰、艺术实践等,都是极其珍贵的资料。

其实,这次百件丝绸之路新出土文物中,吐鲁番出土的文物占很大比例,都是一些"重量级"文物,大多是首次亮相,从而有力印证了吐鲁番是地下历史博物馆的公论。其中引人注目的还有鄯善洋海墓地、苏贝希墓地出土的约3 000年前的葡萄藤,更加有力说明了吐鲁番是中国最早种植葡萄的地区。展出的还有吐鲁番出土的色泽鲜明的《伏羲女娲像》绢画,它是吐鲁番墓穴中普遍的随葬品,图案绘制的是人类始祖伏羲、女娲人首蛇身,上身相拥、下身相交,伏羲在左,左手执矩,女娲在右,右手执规,头上绘日,尾间绘月,周围绘满星辰。由于寓意深奥,构图奇特,富于艺术魅力和神秘色彩,此图案成了联合国教科文组织杂志《国际社会科学》创刊号的首页插图。

出土文物展上不仅展出了吐鲁番1 000多年前的棉花、小麦、黑豆、胡麻等农作物,以及食物馕、饺子、葡萄、葡萄干、枣、梨等,还有晋唐丝织品、彩陶、泥俑等,品种门类众多,从而再现了吐鲁番和新疆古代丰富多彩灿烂的文化。

吐鲁番地区文物局局长、博物馆馆长李肖博士说:"目前,吐鲁番地区正与兄弟地州商讨,准备建立文物交流机制,使新疆文物展在吐鲁番举办常态化。届时,中外来宾在吐鲁番旅游就可以了解到新疆文物的面貌了。"

万人麦西来甫成了"世界之最"

在6月28日双节开幕式上,万人麦西来甫成了最大亮点。据统计,共计21 571名群众分别在吐鲁番旅游文化广场、葡萄沟景区、火焰山前、交河故城门前停车场、苏公塔广场、鄯善库木塔格沙漠公园、鄯善吐峪沟景区和托克逊县托海公园八个地点,也就是在吐鲁番地区所辖两县一市境内同时跳起欢快的麦西来甫。在欢乐激越的鼓乐声中,官员和群众万众翩翩起舞,许多中外来宾也加入欢乐的人群中,载歌载舞、手舞足蹈、玩兴大发。

大约30分钟的麦西来甫表演,使这一魅力独特的活动荣登上海大世界吉尼斯纪录。上海大世界基尼斯总部总经理助理王晓英女士为吐鲁番地区颁发了规模最大的麦西来甫展演活动证书。

维吾尔木卡姆艺术是流传于新疆各维吾尔族聚居区各种木卡姆的总称,是集歌、舞、乐于一体的大型综合艺术形式,作为东西方乐舞文化交流的结晶,维吾尔木卡姆记录和印证了不同人群乐舞文化之间相互传播、交融的历史。2005年11月,维吾尔木卡姆艺术入选第三批"人类口述和非物质遗产代表作"。

新疆各地的木卡姆,是经过塔里木盆地维吾尔族民间长期流传,又经过叶尔羌汗国时期音乐家们集体研究整理、改造创新,而于16世纪正式形成的,是结构严整、曲调丰富、形式多样、规模宏大、趋于系统化和规范化的维吾尔族古典音乐大曲。

大曲包括三大部分:第一部分"琼拉克曼"演出时先是器乐演奏,然后是歌唱和器乐伴奏;第二部分是"达斯坦",演出开始有歌有舞,但依照旧规,歌者不舞,舞者不歌;第三部分是"麦西来甫",以舞为主,歌舞并作,是最热烈的部分。整个木卡姆包括170多首歌曲、歌舞曲,72首器间奏曲,由序歌、叙诵曲、叙事组歌、即兴乐器和舞蹈组成,完整演奏一遍需要24个小时。

"十二木卡姆"盛行于新疆各地,因地区和特色的不同,又分为"喀什木卡姆""伊犁木卡姆""哈密木卡姆""刀郎木卡姆""吐鲁番木卡姆"五个种类。

"吐鲁番木卡姆"与南疆流行的"十二木卡姆"有许多共同之处,但也有自己与众不同的风格和别具一格的特点。"吐鲁番木卡姆"流行的中心地区是鄯善县境内的鲁克沁镇,这里曾经是吐鲁番郡王府邸所在地,一度是吐鲁番地区政治、经济和文化中心,"吐鲁番木卡姆"正是从这里兴起和传播的。

麦西来甫和纳孜库姆是源于"吐鲁番木卡姆"的民间歌舞娱乐形式,既是"十二木卡姆"的组成部分,又是独立的民间文艺活动。

麦西来甫和纳孜库姆把歌舞、器乐演奏、竞技表演、各种民间娱乐和民族风习结合在一起,在新疆各地和吐鲁番民间广为流行,形式多样,地域特色鲜明、群众参与性强,是维吾尔族人民生活中不可缺少的文艺表演和娱乐活动之一。

吐鲁番地区的麦西来甫历史悠久,吐鲁番特有的纳孜库姆更是独具特色、与众不同。每逢节假日或喜庆活动,在吐鲁番城乡都要举行群众性的麦西来甫活动和纳孜库姆表演。男女老少聚集在一起,鼓乐齐鸣,载歌载舞,通宵达旦,兴尽方休。

纳孜库姆中加进了有台词的特技表演和哑剧表演,内容有歌颂、赞誉、调笑、打诨、挖苦、讽刺、现编现演。其中还有矮子步的滑稽表演,模仿跛子或瘸骆驼走路的技巧表演,学阿凡提骑驴等有趣的游戏。

饶有兴味的是,纳孜库姆以跨脚跳舞、腰肢扭动和肩部动作为主,还夸张地模拟和面、搓线、做鞋、打馕等生活动作,诙谐幽默是这项表演的情绪基调,特别是矮子步的表演极富特色,表演者挤眉弄眼、摇头晃脑,引得音乐都变了节奏。矮子舞蹈的表演难度很大,屈膝而舞,下巴向前一伸一伸,作出种种滑稽动作,还必须随着音乐应节而舞,同时不停地插科打诨,又说又唱,引得全场哄笑不止,高潮迭起。配合主角的副手表演者也要抖肩跨脚,与主演者动作划一,使舞场的欢乐气氛达到顶点。

近年来,随着吐鲁番旅游业的飞速发展,吐鲁番越来越成为中外游客向往的游览胜地。无论在葡萄沟、在宾馆的葡萄架下,或在其他旅游景点,游客都可亲眼看见精彩的麦西来甫表演,并且可参与其中,载歌载舞,同喜同乐,共同感受吐鲁番欢乐园中的欢乐。

(选自 2006 年 7 期《每周文萃》)

阿勒泰夏之韵

——阿勒泰地区第十六届阿肯弹唱会侧记

今年新疆继塔城地区、伊犁哈萨克自治州等地阿肯弹唱会之后,阿勒泰地区第十六届阿肯弹唱会于7月29日至8月1日在吉木乃县举办。记者应邀参加,深为激越铿锵、美妙动听的弹唱会音韵所感染,也感受到哈萨克民族风情的浓郁和各民族大家庭的和谐团结。

弹唱会在毗邻吉木乃县城的红山湖畔举行,山坡上是新辟的环形主会场,山下湖边鳞次栉比排列着新搭设的600多顶洁白的毡房,看上去恢宏壮观,如朵朵蘑菇生长在草原上。

方圆数十里、数百里本县和外县的牧民骑马或乘车驾车赶赴盛会,开幕当天与会者估计有5万人之多。

来自中央电视台7套、新华社、广西电视台等中央、自治区、当地100多名媒体记者前来采访报道。

据介绍,阿勒泰地区阿肯弹唱会每两年举办一次,地区六县一市轮流操办,也就是一个县市每14年才有一次承办机会。

开幕式上,来自青河、富蕴、福海、布尔津、哈巴河、吉木乃县及阿勒泰市的代表和参赛选手依次入场,其中有结婚四五十年的金婚、银婚哈萨克族老人方队,他们满脸喜悦,精神矍铄。然后,赛马队、骆驼队、转场驼马队、古代武士队、猎隼骑手队、芟镰手队和曾经在历次阿肯会上比赛成绩显赫的阿肯和运动员依次进入会场。

入场式最后一项是年长的哈萨克族大妈向参会人员、来宾撒扔"包尔萨克"(油炸面食)、奶疙瘩和糖果。这一仪式预示弹唱会马上拉开序幕。

　　随后,阿勒泰地区文工团专业演员为牧民及与会者献上了一台精彩的融阿肯弹唱、歌舞为一体的文艺演出。阿肯们纵情放歌,给草原带来如潮的欢乐,欢乐美妙的音乐歌声时而激越如万马奔腾,时而柔美抒情如涓涓细流,通过大功率的音响设备播放扬洒在广袤草原,久久回响缭绕。

　　在为期 4 天的弹唱会上,来自各县市的选手分别进行了多场独奏独唱、男女对唱等以唱为主的表演,台上表演者声情并茂,台下哈萨克族牧民及群众看得如醉如痴,忘乎所以。

　　阿肯弹唱会上来自各县市的牧民选手还进行了赛马、赛骆驼、摔跤、吃肉、喝马奶等项目娱乐比赛,赛场上骏马飞奔,骆驼嘶鸣,万众欢呼,使昔日沉寂的草原沉浸在一片欢乐之中。

　　弹唱会期间,笔者访问了阿勒泰地区文联主席哈德别克,他介绍了阿肯弹唱会这一文化。

　　据介绍:我国有哈萨克族 110 多万人口,主要聚居在新疆北部,这里四周由阿尔泰山、天山、巴尔鲁克山等山脉环绕,中间是准噶尔盆地、塔额盆地和伊犁河谷,其间河流纵横,高山湖泊点缀其间。每年夏秋之季,这里水草丰美,牛羊肥壮,是牧区的闲暇时节,此时,因历史传承的关系,一些地州市县都要举办规模不等的阿肯弹唱会。

哈萨克族有丰富的民间文学,其中口头文学尤其发达普及,其形式有神话、故事、诗歌、民歌、谚语、格言等,众多作品既不是出自某个时期,也不是哪一位作家独创,而是一代又一代哈萨克人相继传诵过程中不断加工而逐步形成的。在这种情况下,一批专门收集、加工、承传演唱这些作品的民间艺人应运而生,他们就是阿肯。

为了弘扬哈萨克族这一传统优秀文学艺术,丰富人民的文化生活,如今在每次阿肯弹唱会上,由各地选出的阿肯们纷纷登台亮相,竞技表演,一段段动情感人的故事,一首首优美动听的诗歌,一曲曲响亮悦耳的冬不拉琴声,使听众时而屏息静聆,时而欢声雷动。

这种演唱会同时伴有赛马、叼羊、姑娘追、马上拾银、摔跤和其他娱乐活动以及物资交流,时间连续数天,形成了哈萨克族传统聚会方式。

自1976年举办首次阿肯弹唱会,阿勒泰地区已举办16届。十年来,新疆维吾尔自治区全区阿肯弹唱会也举办了2次。20世纪80年代,新疆青河县胡尔曼别克和塔城地区的加玛丽汗两位著名阿肯曾到法国、德国表演,受到欧洲文化界和观众的称赞。

为了发扬光大阿肯弹唱艺术,阿勒泰地区开办了两年制全脱产大专阿肯学员班,有30名男女青年接受了系统的教育培训。

身为哈萨克族的新疆维吾尔自治区党委副书记、自治区政协主席艾斯海提·克里木拜最近评介阿肯弹唱认为:“它是继承、发扬和创新我区优秀民间传统文化活动,推动牧区发展的社会主义文明建设,对宣传推介我区民间优秀传统文化和旅游知名度起着巨大作用。”

(选自2006年9期《每周文萃》)

春游怪石沟

在新疆众多的名胜风景中，位于新疆西部边境博尔塔拉蒙古自治州的怪石沟同吐鲁番的葡萄沟、火焰山、阿勒泰的喀纳斯湖等景点一样赫赫有名，多年来笔者一直意欲前去游览，这个愿望终于在今年三月得以实现。

怪石沟也叫怪石峪，位于博尔塔拉蒙古自治州首府博乐市东北48公里处，当地哈萨克族牧民称其为"阔依塔什"，意思是"像羊群一样的岩石"。

到达怪石沟前，想象它不过是一座或几座怪石堆成的山体；然而，亲临其境，方知它是由相连的群山组成。同游的博乐市旅游局局长刘燕告诉笔者，怪石分布在230平方公里内，其核心景区有142平方公里，是我国西部最大的怪石群体，它以怪石林立、奇石象形著称并因而得名。中国地理研究所所长郭来喜游怪石沟认为，博乐的怪石是中国一绝，怪石全国都有，但成规模的巨型怪石群体唯博乐独有，实属罕见。

步入怪石沟仿佛步入神话境地,山谷两边是两道对峙的花岗岩组成的石山,山体东西长20公里,南北宽6公里,海拔1 200米,两旁山体则高出河谷一二百米。褐红色岩石千奇百怪,既浑然一体,又神态各异。所有的山体都无棱角而呈浑圆状,似经成千上万天兵天将下凡将岩体研磨过一般。令人叫绝的是岩体上无数形状各异的岩坑,有的呈圆球状,有的呈葫芦状,巧夺天工,惟妙惟肖。怪石沟沟壑纵横,置身其中,仿佛进入怪石的森林和怪石的迷宫。岩石由于强烈风化、雪蚀而演化成神态各异的形象,有的像骆驼静卧,有的像乌龟翘首,有的像蘑菇,有的像灵芝,有的像展翅欲飞的雄鹰,有的像睡美人,有的则像骷髅,有的似是而非,朦朦胧胧具有抽象美。难怪有人说,游怪石沟可以充分调动人的思绪和想象力,能够自己发现景点,感受融入景致之中的绝妙意境。

古代岩画是怪石沟的又一特色,岩石所表现的有围猎图、宗教祭礼图、古老民族的图腾画面,这些都是博乐地区古代先民社会生活的真实写照,是进行文化旅游和考石探秘的理想去处,也显现了怪石沟的文化底蕴。

怪石沟到处是青草、抓地松和野花,还有野葡萄、野草莓、野石梅,沟中有一条哗哗流淌的溪水,树木沿水而生,花香鸟语,游人在攀登游览之后,在溪水树下小憩,心旷神怡,无比惬意。怪石沟过去鲜为人知,似藏在深山的大家闺秀,近年才撩开面纱,游人日渐增多,2000年游客已超7 000余人。

笔者曾游云南石林,它以挺拔秀丽闻名,而怪石沟的石头则以圆润、矜态温存见长,两景迥然不同又珠联璧合、相映成趣,游石林不可不游怪石沟,游怪石沟不可不游石林。

（选自2001年5月27日《中国商报》）

从新疆到敦煌　潇洒走一回

——记首列"敦煌号"旅游列车周末游

4月30日中午，乌鲁木齐铁路局"敦煌号"旅游列车结束了乌鲁木齐至柳园往返路程，吹着欢快的笛声，徐徐进入乌鲁木齐火车南站，此举标志着首次试运行圆满成功。

"敦煌号"旅游专列于4月28日下午4点11分由乌鲁木齐火车南站开出，载着376名游客于第二天早晨到达毗邻敦煌的柳园火车站，再由10多辆豪华轿车迎接，经过一个多小时的路程到达敦煌，游客相继游览鸣沙山、月牙泉、莫高窟等名胜。4月29日晚10点10分，火车载着游客返回乌鲁木齐。此项活动一次交费，全程服务包干，游客十分称赞。

"敦煌号"旅游专列周末游活动是由乌鲁木齐铁路分局旅游总公司以及新疆迎宾旅行社等单位为适应五天工作制，让广大群众在两天休息日中尽兴游玩而推出的举措。专列共计8节车厢，除一节内设餐饮、卡拉OK、录像等服务的特种豪华车厢外，其余为空调软卧、硬卧车厢，列车服务员全部由经过专业培训的服务小姐担任，她们身着天蓝色衣帽，英姿飒爽。

记者有幸成为首批客人。正遇新疆八一钢铁厂13对新婚夫妇在列车上举行了集体婚礼，车体晃动，新人们喝交杯酒时身体前倾后仰，如醉如痴之态，逗得观者笑语阵阵。一对新婚夫妇告诉记者："这种婚礼有意思，既不累父母亲友，又不累自己，两全其美。"

乌鲁木齐市民政局系统的20多名残疾人先进人物也参加了游览，他们互相打着哑语手势，看得出他们玩得很舒心。

游客中有60位头戴大红旅游帽的，他们是新疆农机公司的先进工作者。

公司工会主席胡怀亮说:"单位掏钱让先进人物度周末进行旅游是一种尝试,这是对先进人物的一种奖励、一种荣誉,很受大家欢迎。"

忻元凯、陈以坚老两口是年近花甲的高级工程师,在新疆工作30余年,多次出差探亲路过柳园,但一直未去敦煌,久以为憾,这次终于如愿以偿。他们说这种旅游好,两晚上都在车上度过,人也不累,花钱也不多。远在上海的儿女事先打来长途电话,提醒父母带上微型摄像机,过后把带子寄回上海,以便让他们及八旬奶奶也饱饱眼福……

深圳信息中心的银迪小姐此次来疆出差,也成为首批幸运游客。她高兴地告诉记者:"看了戈壁滩,看了鸣沙山,骑了骆驼,真过瘾。"

新疆开发专列游甘肃,也引起甘肃关注,国旅酒泉分社经理马丽君专程从300公里外赶到敦煌迎接新疆客人。他说:"从乌鲁木齐到敦煌比兰州到敦煌距离近200公里,组织敦煌游,新疆更有优势。"他们分社在敦煌的饭店欲与新疆同行合作。乌鲁木齐铁路旅游总公司总经理文武说,乌鲁木齐市有130万人,大部分人未去过敦煌,组织乌鲁木齐市、全疆和外来的宾客游敦煌,前景广阔。

(选自 1995 年 5 月 18 日《中国商报》)

送走世纪最后一缕阳光

　　2000 年 12 月 31 日,新疆克孜勒苏柯尔克孜自治州乌恰县斯姆哈纳村成为世人瞩目的焦点,由新疆维吾尔自治区党委宣传部和克孜勒苏柯尔克孜自治州党委、政府联合举办的"目送 20 世纪最后一缕阳光"活动在这里隆重举行。

　　斯姆哈纳,意为"拉铁丝网的地方",海拔 2 900 米,是中国西部有人口居住的最后一个行政村落,因而有中国西部第一村之称,与其毗邻的还有"中国西部第一关"——伊尔克什坦口岸和"中国西部第一哨"——斯姆哈纳边防哨卡。斯姆哈纳是古丝绸之路上的重要通道。1997 年伊尔克什坦口岸开通,使得这个最偏远村落的村民弃鞭(放羊鞭)从商,生活普遍富裕起来。

　　柯尔克孜族州长买买提艾山•托乎克力介绍说,长期守卫在长达 1 170 公里边境线上,每一座毡房就是一个哨所,每一个牧人就是一个活界碑,因此柯尔克

孜族人被称为守边民族,很少为外界所知。

当日北京时间 12 时 30 分,随着低沉的长号声,40 名柯尔克孜族骑手骑马列队进入庆祝场地,70 名身着民族服饰的柯尔克孜族男女演员伴着库姆孜乐曲唱起了欢乐的歌:

> 愿山有一千年白雪的覆盖,
>
> 愿水有一千年的歌唱不断,
>
> 愿我们的祖国繁荣昌盛,
>
> 愿天下人有一千年流着酥油的生活。

极富观赏性的柯尔克孜族传统体育表演开始了,20 名猎鹰手骑马排列整齐,他们的手臂上都站立着金雕或猎隼,克孜勒苏柯尔克孜自治州阿合奇县的苏木塔什乡是闻名世界的猎鹰之乡,几乎家家养鹰驯隼,以鹰隼狩猎。野兔被放进场内,猎手们随即也放开鹰隼,它们像离弦的箭,插向空中,继而俯冲下去,准确无误地以尖利的双爪钩住野兔,转而向主人复命,这一套高效率动作让全场观众发出一片唏嘘赞叹声……

剽悍的柯尔克孜族男子和身着浓艳民族服饰的柯尔克孜族妇女还进行了赛马、马上角力、荡秋千、叼羊等一系列表演,柯尔克孜族人民豪爽、好强的性格展现得淋漓尽致。

太阳渐渐西移,万人瞩目的落日盛典于 18 时 30 分进入高潮,场地中央堆起了 8 堆木柴。被誉为"当代荷马"的 84 岁的居素甫·玛玛依老人吟唱起了《玛纳斯》。

《玛纳斯》与《格萨尔》《江格尔》并称为我国民间三大史诗。《玛纳斯》是柯尔克孜民族的英雄史诗,描述的是 8 代英雄为维护柯尔克孜族人民的利益而进行艰苦卓绝斗争的英雄业绩。居素甫·玛玛依老人 8 岁开始学唱《玛纳斯》,是目前世界上唯一能够演唱 8 部 24 万行《玛纳斯》的人。

> 英雄玛纳斯啊,
>
> 你的梦,现在都变成了现实。
>
> 我们柯尔克孜人,
>
> 像驰骋的骏马,
>
> 像翱翔的雄鹰,

永远永远快乐地生存。

我们的未来像草原一样宽广。

8 堆木柴燃起熊熊火焰，19 时 28 分，万人目送 20 世纪中国最后一缕阳光消失在帕米尔高原的崇山峻岭之后，人们狂欢呐喊，怀着眷恋和希望围着篝火雀跃。火星迸裂，火光冲天，长号冲着夜幕鸣响，此时国内其他地方早已夜幕笼罩，人们正希冀新世纪的阳光从夜幕中升起。

（选自 2001 年 1 月 3 日《中国商报》）

新疆泥火山纪游

今年年初，中国地震局地质研究所教授许兵、钱瑞华在对新疆独山子进行实地勘察时，发现了泥火山和山顶上的岩浆喷发口，惊讶、兴奋之情溢于言表。泥火山是地质学中的一个地理自然现象，也是世界上少见的自然景观，目前正在喷发的泥火山更是罕见。

笔者驱车从乌鲁木齐西行 250 公里来到我国著名的石油化工基地独山子。在石油城西南约 3 公里处有一座高 945 米的黄色的山，名曰"泥火山"，又称"喷泥丘"。这里的山不与天山相连，又突兀于准噶尔盆地之上，因而俗称独山子。

据地质部门考察，独山子泥火山形成于二三百万年前，由于地表深处的天然气受压膨胀，急剧上升，顺着地层裂缝或断层喷出地面，喷发时携带的泥沙、碎石溅落到地面，慢慢堆积形成山包。泥火山经过几百万年的风雨剥蚀，外形上已不具备火山特有的上小下大的锥体和顶部呈漏斗的形状，而是几堆黄土包。

泥火山山腰及山脚下是旧中国三大油田之一的独山子油田遗址，新疆第一口油井、中国第三口油井便在这个山坡上。

顺着一条简易山路，汽车将我们载往山顶，在相距不到百米之内，散落着 4 个岩浆喷发口，位于西南角的一个最大、直径约 1 米的泥槽内头尾部各有一个喷发口，同时或轮番喷出高几厘米的银灰色泥浆，泥浆柱直径 10 厘米左右，原以为泥浆是热的，不料用手触摸都是冰凉冰凉的。在东北角的一个喷发口已喷溢出一个近 2 米高的"小火山锥"。还有两个小的喷发口是今年 7 月才发现的，喷发很微弱。

独山子当地一位 80 多岁的老人邵家曙告诉笔者：1907 年，新疆第一批石油工人在独山子勘探开发石油时,便发现了泥火山顶部有几处岩浆喷发口,近百年来,泥火山喷发口一直不停地向外喷涌流淌着岩浆。1980年以前,独山子的青少年常在泥火山上玩耍,在离岩浆喷发口不足百米的山顶天然池塘中游泳,独山子人对泥火山及山上的岩浆喷发口可谓熟视无睹,压根儿就没想到这是世界上罕见的自然景观。

自打今年地质专家考察泥火山后,泥火山才名声大噪。最近,独山子石化总厂修了一条通往泥火山的简易公路,乘车可直达岩浆喷发口处,吸引了大批游客前去游览。

驻足在泥火山喷口处可鸟瞰独山子石油城全貌,庞大的储油罐及壮观的炼油厂厂区一览无余。独山子石化总厂宣传部部长刘明荣告诉笔者,总厂将推出包括泥火山和中国最早三大油田遗址为内容的工业旅游项目,以吸引国内外游客前来观光。

(选自 2000 年 10 月 29 日《中国商报》)

游览石河子北湖

如果您想到新疆观光游览,别忘了去一趟石河子北湖。

从新疆石河子市向北驱车 15 公里便到了北湖,因毗邻古尔班通古特沙漠边缘,因而被喻为"沙漠明珠"。

北湖水面 11 平方公里,水深 3～10 米,这里原是玛纳斯河水积聚的大泉沟水库,10 年前被石河子市政府命名为北湖。置身湖边,可见湖水波光粼粼、浪花拍岸,因水中生长着数量可观的鱼类,鱼腥味竟阵阵扑面而来。

近年来,石河子市政府和玛纳斯河管理处投资 1 000 多万元,建成了北湖公园,这是一座融自然野趣与人文景观为一体的娱乐场所。湖岸芳草萋萋,鲜花遍地,杨柳依依,树粗者竟有一围,这是 50 年前军垦战士种植的,可谓前人栽树,后人乘凉。岸上建有飞龙阁听鱼楼、天镜亭以及蜿蜒曲折的"苏堤",琉璃瓦金碧辉煌,亭阁雕梁画栋,系列彩绘花鸟虫鱼、山水人物栩栩如生。据说这是从湖北请来的园林画匠绘制的。湖中有几十艘游船、快艇供游人驰骋和荡漾。

北湖游览特色之一是观鸟。据北湖旅游公司汪绍新经理介绍,由于水草丰美,鱼虾繁多,这里的水鸟有 70 余种,其中属国家保护的水鸟就有 20 多种,最引人注目的有白天鹅,最多时有 1 000 多只,还有各种野鸭、灰鹤,大雁更是多得惊人,有时水鸟密布 5 平方公里水面。

游北湖的最大乐趣是垂钓,由于鱼多且大,从春到秋,垂钓者络绎不绝,只需交 10 元钱,不善钓者每日也能钓到 10 多公斤,可谓妙趣无限。

食鱼也是北湖游的一大乐趣。岸边鱼馆众多,最有名的是北湖旅游公司开发的鱼香阁,20 世纪 80 年代就推出 20 多个品种全鱼宴,如今全鱼宴已达上百个品种,其中突出的有北湖珍珠鱼肉水饺、酥炸小鱼、香酥虾等。笔者曾品尝过山东东平湖的鱼宴,两相比较,北湖鱼宴毫不逊色。

北湖已成为石河子市 20 万居民和周边 18 个农牧团场职工休闲娱乐场所,每年 7 月 16 日的北湖文化节期间,每天游人达二三万之多,北湖也吸引着国内外千万游人纷至沓来。

（选自 1999 年 5 月 31 日《中国商报》）

巴里坤旅游话山珍

　　旅游的内涵是什么？有一个朋友告诉我，吃喝玩乐呗！细细品味，也是，在吃喝玩乐中感受世界真奇妙，生活真美好。这恐怕就是旅游的内涵和真谛，古今皆是。

　　试问，当人们去欧洲旅游，大概不会放过品尝比萨饼、意大利面和畅饮法国葡萄酒以及德国慕尼黑啤酒吧。到北京、天津、四川旅游，总要尝尝北京烤鸭、炒肝，天津狗不理包子，四川麻婆豆腐、夫妻肺片，而到新疆旅游的国内外宾客，同样不会放过一饱口福的抓饭、烤包子、烤羊肉以及吐鲁番的葡萄、哈密瓜的美味吧。

　　今天笔者要说的是到新疆巴里坤旅游并见识一下那里众多山珍美味中的椒蒿和野山蘑菇。

　　笔者首次认识椒蒿，是八年前在博州宾馆的一次就餐中，那独特的口感一下子吸引了笔者的食欲，其后到当地商店和农贸市场欲购一些带回，无奈难觅其踪，根本没有卖的。后来多次在各地寻觅也不见其踪。

　　2004 年笔者应邀参加巴里坤建县 50 周年庆典，不料在那里大小商店随处可买到当地加工的小包装椒蒿，宾馆饭桌菜单上也必有椒蒿菜，顿时有一种"踏破铁鞋无觅处，得来全不费功夫"的感触。

　　巴里坤，这座新疆著名的草原古城，近年来撩开了神秘的面纱，那历久犹存的古城墙、原始古遗址、古寺庙、古民居院落、清代古粮仓、老油坊等名胜及夏季避暑胜地的旅游优势，吸引了八方游客，而更得益于巴里坤有为数甚多的风味食品油酥饼、蒸饼、羊肉焖饼子、腊羊排等，其中非常值得一提的是椒蒿、野山蘑菇。

椒蒿是巴里坤的一种可食野菜，叶细长、翠绿，具有开胃解毒、清热明目利胆的药用功效。椒蒿也是无污染的"绿色食品"，被誉为"草原珍宝""森林蔬菜"，当地居民有用它代替花椒的习俗，也是巴里坤人民家喻户晓的调味好菜。

椒蒿生长在山坡，雨水充足时，漫山遍野都是。巴里坤县城就坐落在东天山北坡之上，县城离天山松树森林仅几百米距离，可谓是近在咫尺，而全县处在三面环山的盆地之中。这里气候凉爽，冬季多雪，夏季湿润多雨，特别适宜椒蒿、沙葱、苦菜、野山蘑菇生长，这都是些纯天然无污染的绿色食品。

新鲜的椒蒿有一股混杂着山中泥土芬芳的清香。巴里坤人招待客人时，总会摆出他们的特色山珍野味——凉拌椒蒿，主人们在炸后过凉的椒蒿上面放上辣椒和葱，再泼上烧开的清油，调上盐和醋，味道诱人极了。

凉拌椒蒿突出一个"麻"字，嚼在嘴里，起初觉得有些发苦，还麻酥酥的，继而细嚼慢咽，就会觉得满口清香了。美中不足的是，前几年当地几家小厂加工的椒蒿，由于技术不得要领，颜色不鲜亮，变成黑褐色了，也由于清洗不够，时有牙碜现象，而且包装不够大气，影响了销路。

今年元旦，笔者应邀再赴巴里坤，参加哈密巴里坤第二届冰雪节活动。令人欣喜的是我们在当地饭馆里可以享用一种颜色翠绿诱人、口味鲜美的椒蒿，还有一种产自巴里坤天山上的野山蘑菇，同行的几位记者异口同声地称赞这两种山珍口味独特，非同一般。细问店家得知它们都是巴里坤石人子乡泽西有机食品有限公司的精加工产品。

笔者约见了这个公司的年轻经理朱平，他向笔者介绍了公司的生产情况。

朱平说，泽西有机食品有限公司2005年开始加工野生椒蒿，"四月的椒，五月的蒿，六七月当柴烧"，意思是椒蒿虽然味美，但是采食的季节太短，椒蒿可长到1米多高，所以在四五月份长到30厘米高度时便要掐掉顶部10厘米的椒蒿嫩尖进行加工，他们对从农民收购来的椒蒿进行细致分拣，剔除杂草，并立即进行清洗，因为放置时间稍长，椒蒿就变黑。清洗后要立即用80～90℃的热水快速过一下，并当即捞出后用凉水过凉，从而保证椒蒿翠绿诱人之色，然后真空包装进行冷冻。由于掌握了翠绿色保鲜技术，该公司产品成了巴里坤一枝独秀的产品，饭馆商店争先进货，产品还销往其他一些省市。

朱平说，公司的拳头产品除了椒蒿外还有野山蘑菇。它长在天山北坡的草丛之中,七八月份雨后采集。它是山珍中的佳品,其味清香悠长,用它炖烧鱼肉,煎炒或烧汤均可,为上乘调味品,尤其是炖鱼、炖鸡,美味独特,别有一番滋味。"物以稀为贵",尽管野山蘑菇价格高达 300 元/公斤,但春节前还是售罄,大多销往上海、广东。

巴里坤县委常委、宣传部部长李梅彩向笔者介绍,巴里坤有肥美广袤的土地,最近,巴里坤 10 万亩的野生菜、野山菌(蘑菇)、野生药材产业获得了国家环保有机产品认证中心颁发的认证书和产品商标准用证。

李梅彩特别指出,椒蒿不仅有食用价值,而且药用价值高,椒蒿含胡萝卜素、维生素 C、生物碱、挥发油,挥发油中含香叶烯、茴香脑等,可清热祛病。其中茴香脑有明显升高白细胞的作用,临床用于肿瘤患者因化疗和放疗所致的白细胞减少症,有较好的疗效。

李梅彩介绍,巴里坤现有一支 1 000 余人的采摘农民队伍,专门从事椒蒿和野山蘑菇等绿色食品植物的采摘,其中一些农民还在冬季温室大棚中成功种植椒蒿,严冬时节上市,成为市场抢手货。

李梅彩说,椒蒿等绿色食品植物加工业的崛起,说明绿色食品加工业完全可以做大做强,可大量采集和种植,能够带动农村产业结构调整,促进特色种植业快速发展,实现农牧民增收。

朋友,请到巴里坤旅游吧!到那里吃盘凉拌椒蒿,再吃一顿野山蘑菇炖小鸡、野山蘑菇炒羊肉,这已经成为越来越多游客的美好心愿。

(选自 2008 年 7 期《今日新疆》)

趣游鄯善沙漠公园

沙漠与城市只有一步之遥,形象地说,前脚已迈进沙漠,后腿还在树木葱茏的公园,这就是吐鲁番地区鄯善县沙漠公园的独特别致之处。

鄯善沙漠公园位于县城南端,这里有个名叫库木塔格的沙山,总面积达50余平方公里。公园由沙山和公园两部分组成,沙漠公园融大漠风光和江南景色于一体,山下绿树参天,流水潺潺,山上金涛起伏,无边无际,景色迷人。

游沙漠公园最适宜的时候是在日出和日落前后。在这两个时段,太阳接近地平线,斜阳照射,沙山层次清晰,鳞次栉比,明暗分明,沙丘顶端新月形的弧线,恰如黄金镶嵌,其背面光滑平整,而迎风面则有棱有角,酷似刀削斧砍。沙山逶迤起伏像大海中的波涛,一浪追逐一浪,在阳光下熠熠生辉。此景不禁使人想起"五岭逶迤腾细浪"的磅礴诗句。

沙山处于达坂城风口与七角井风口吹来的西北风、东北风的交汇处,因此在这里聚集了大量的沙丘,沙山内部沙丘高大,最高处海拔665米,沙山临近公园处长有稀疏的红柳、芦苇、骆驼刺等植物,稍远处的高大沙丘上则黄沙绵绵、寸草不生。

沙漠与鄯善城市紧密相接,千百年来,沙漠未越雷池一步,并未出现其他地方沙进人退、吞没农田的情况,这令许许多多游人对鄯善库木塔格沙漠怀着莫大的惊奇。

原来,鄯善沙漠公园本是一个三面高、西北方向低的喇叭形地貌,喇叭口大致对着鄯善县城。特殊的地貌形成了特殊的风向,这一带西北风盛行,风起沙涌,这些被风卷起的沙粒只有在这个喇叭口状的沙漠公园内旋风般地翻动。沙子的运动规律正好和流水相反,它是沿着沙梁、沙坡向上滚动,风越大,沙子向高处运动的速度也越快,因此沙子绝不会向低于它几十米的树林和县城流动。而当从塔克拉玛干大沙漠中吹来的东南风,挟着沉重的沙土越过沙漠公园东南方向的高山后,风速便大减,沙子就趁机落在这个小盆地里。

鄯善沙漠公园是我国离城市最近的沙漠旅游景点,到这里旅游比到其他沙漠旅游有交通便利的独有优势,可以减少数百公里甚至上千公里旅途颠簸之苦。如果与敦煌沙漠游相比,笔者认为不但毫不逊色,而且有过之而无不及,只不过敦煌沙山得益于莫高窟壁画的吸引力,早已名扬四海,而鄯善沙漠公园则是久不为人所知、刚掀起盖头来的少女。若论沙的特点,鄯善沙山的沙是清一色的细绵沙粒,而敦煌鸣沙山沙粒则大小不一。鸣沙山特点主要是沙鸣,并不像鄯善沙山那样,沙丘连绵起伏不绝,更具沙漠的独特魅力,简言之更像沙漠。

爬鄯善沙山,游客大多脱下鞋袜,这样不但方便行走,更主要的是能品味到沙粒从脚趾缝中流出的那种舒畅的感觉。鄯善人应该说是有福气的,每天晨曦中,无数晨练的人选择爬沙山。节假日则有更多的人到沙山进行沙浴、沙疗、沙上摔跤、沙漠运动会、沙漠游览等活动,经常是漫山人流。埋沙治病是流行于吐鲁番和鄯善的独特方法,尤其是对治疗风湿性关节炎有特效,每年 6 月至 9 月国内外数以万计的人来此进行沙疗。

(选自 2001 年 7 月 27 日《中国商报》)

漫话坎儿井

"坎儿井的流水清,葡萄园的歌儿多……"外地人到新疆尤其是到吐鲁番旅游,一定能听到这首优美的歌曲。当你进入吐鲁番盆地,在浩瀚的戈壁滩上,会看见一行行排列整齐的锥形土堆,形似坟茔,如果乘飞机从空中俯瞰,它们就像一条条珍珠项链,这就是吐鲁番的坎儿井。

坎儿井是一种独特的地下水利灌溉系统,在干旱、炎热的吐鲁番盆地,形成并延续着这样的绿洲,坎儿井功不可没。

吐鲁番的坎儿井有 1 000 多条,总长度超过长江、黄河,与长城、大运河并称为我国古代建筑史上的三大工程。

吐鲁番盆地北高南低,北部自天山起向南部滑斜,落差很大,坎儿井就是利用地势落差、水由高处向低处流的规律而创造发明的,这种地下暗渠也是为了因吐鲁番地面高温避免水分蒸发而选取的方式。坎儿井一般长 3～8 公里,最长的超过 10 公里,一条坎儿井由竖井、地下暗渠、地面明渠、涝坝四部分组成。竖井间距 10～20 米,竖井主要是为开挖地下暗渠和日后掏捞石土方便而开凿的,暗渠下游距地表面深 2～3 米,最上游的竖井一般深达六七十米,个别超过90 米。上游临近水源丰富的天山,在上游竖井和暗渠深处挖入地下含水层内,地下水溢入渠内,渠水便沿渠道直泻吐鲁番盆地,进入地面的明渠和涝坝,用于生活用水和灌溉农田。掏挖坎儿井是一项艰苦危险的劳动,许多农民为此付出了生命代价,坎儿井使用中每一二年要掏捞一次,清除塌方和淤泥。吐鲁番地区的坎儿井,都有自己的名字,其命名方式多种多样,不拘一格。有以人名姓氏命名的,如"杨西成坎儿井""艾提巴克坎儿井";有以动植物命名的,如"尤勒滚坎儿井"(尤勒滚是维吾尔语红柳之意);有以水甜咸苦味命名的,如"西卡力克坎儿井"(西卡力克是维吾尔语甘甜之意)。

关于坎儿井的起源有三种说法。

一是由中原传入。清末民初著名学者王国维,在他的名篇《西域井渠考》中提到新疆的坎儿井,早在2 000年前的汉代就已经出现,它的技术得之于中原地区的井渠。主要根据《史记·河渠书》记载,汉武帝刘彻,曾令士卒万余人,自征(今陕西澄城县)引洛水到商颜山(今陕西大荔县北)下,因渠岸经常崩塌,于是凿竖井,使"井下相通行水"。近年,也确实在这些地区找到了当年的一口口竖井,说明《史记·河渠书》记载的是可靠的事实。汉代新疆与陕西联系十分密切,接受这种井渠技术,因地制宜,变通应用,是完全可能的。另外,吐鲁番盆地内,无论哪个民族挖坎儿井的工匠师傅,有关劳动工具、劳动术语,不少都是沿用了汉语词汇,如挖土用的工具称"镢头",提土的用具叫"辘轳",地下作业叫"水活",地面作业称"旱活",这些都有力地说明吐鲁番挖坎儿井的技术确实得到过汉族工匠的传授,汉族工匠在吐鲁番坎儿井工程中贡献了力量。

二是坎儿井自中亚传来。据说,在伊朗,公元前500年就已经使用了坎儿井。目前世界上坎儿井仍以伊朗最多,约有5万条,最长的达40公里。伊朗周边国家埃及、叙利亚、伊拉克、阿富汗、巴基斯坦等也有很多坎儿井。

三是由当地人民创造。当地维吾尔族群众流传一个故事,古时候,有一个牧羊人赶着羊群来到吐鲁番,经长途跋涉终于来到一处绿草茵茵的洼地,只是不见清水,牧羊人快渴死了。他想有草必有水,于是就拼命在绿草处向下挖掘,最后一股清泉喷涌而出,这就是甘甜的水。从此,当地人便学着牧羊人的样子,掏泉眼,挖暗渠,开凿出道道坎儿井。

坎儿井不但在历史上功绩显赫,而且现在每年仍然向吐鲁番绿洲供水2.2亿立方米,它把"天山乳汁"源源不断地汇集起来,灌溉农田,滋养树木,孕育生命,被誉为"生命之泉"。

现在,吐鲁番建有坎儿井民俗园、坎儿井博物馆等游乐场所,迎接着国内外的游客。

（选自2001年7月31日《中国商报》）

吐鲁番欢迎你

在第十一届中国丝绸之路吐鲁番葡萄节即将举办前夕,笔者采访了新疆吐鲁番地委副书记、葡萄节组委会常务副主任孙昌华,请他全面介绍吐鲁番葡萄节概况,下面是笔者与孙昌华的谈话记录。

孙昌华说,11年前的1990年,为了纪念张骞出使西域2 000年,在吐鲁番举办了第一届中国丝绸之路吐鲁番葡萄节,它是新疆唯一被国家批准的40个地方文化节之一,到2000年已成功举办了10届。第十一届吐鲁番葡萄节将于2001年8月26日至9月25日在吐鲁番市举办。葡萄成熟、瓜果飘香的八九月,是吐鲁番最美好的季节,56万热情的"火洲"人欢迎四方嘉宾到葡萄城做客。

吐鲁番是一个富庶而丰饶的地方、一个神奇而美丽的地方、一个世人关注并向往的地方,是国内其他省市与中亚地区连接的重要通道,是古丝绸之路重镇。吐鲁番发展旅游业的条件得天独厚,发展潜力巨大。据普查,全地区旅游景区共79个,可归属为34个基本类型,占全国类型总数的46%,旅游资源具有以下三大特点:

第一,吐鲁番是东西方文化和宗教错综交织与相互融合的丝绸之路重镇。从西汉到宋元1 000多年内,东西方伟大的古代文明大多曾在这片土地上驻足,曾有众多的民族在吐鲁番地区生活,反映出吐鲁番受中原文化、印度文化、波斯文化和北方游牧文化等多种文化影响的特点,这些文化、宗教交融在吐鲁番盆地,留下了大量的文化古迹。现有的历史文化遗迹如交河故城、高昌故城、柏孜克里克千佛洞、吐峪沟千佛洞、阿斯塔那古墓、苏公塔等,成为新疆历史乃至西域历史的"活"见证。

第二,吐鲁番是维吾尔族两大文化中心之一。维吾尔族发展的历史,使吐鲁番与喀什和田地区并列为维吾尔族两大文化中心。吐鲁番维吾尔族音乐、舞蹈、服饰、礼仪、宗教、生活习俗、建筑风格等都独具魅力。

第三,吐鲁番是极干旱地区独特自然生态环境与绿洲农业文明的典型代表。这里自然景观与生态环境异彩纷呈,形成了火焰山、艾丁湖、沙山公园、沙疗、葡萄沟、坎儿井等众多独有的景观,成为人们了解新疆乃至西域自然景观最丰富、最集中和具有代表性的地区,是西域历史、文化和自然的博物馆。

孙昌华向记者介绍了吐鲁番地委、行署因地制宜发展旅游业的决策及取得的可喜成绩。他说,西部大开发,为吐鲁番旅游业的大发展带来了千载难逢的机遇,地区不失时机地将旅游业列为先导发展产业。最近,地区聘请中国社会科学院旅游研究中心的专家编制了地区旅游发展总体规划和交河故城、葡萄沟、火焰山、沙山公园、雅丹地貌等五个景点(区)的详细规划,出台了《关于进一步加快旅游业发展的决定》《关于加快旅游业发展的优惠政策》。近年先后投资2.5亿元用于交通及景点建设,使软硬环境明显改善,众多旅游景区以崭新面貌迎接八方来宾。自1990年至2000年,中国丝绸之路吐鲁番葡萄节已成功举办10届,年旅游人数已由最初的400人次增长到现在的100万人次,年旅游收入达2.5亿元,经贸成交金额累计58亿元,1999年吐鲁番市被评为全国首批优秀旅游城市,文化搭台、旅游唱戏已结出丰硕成果。

孙昌华介绍了即将举办的第十一届葡萄节的情况。第十一届葡萄节开幕式选择在闻名中外的葡萄沟中的葡萄乐园举行,游客在葡萄架下可观看民族歌舞表演、民俗婚礼表演、维吾尔族姑娘梳小辫子比赛,在专业人员指导下,游客可自采葡萄、晾制葡萄干、土法酿制葡萄酒、品尝葡萄酒、进行吃葡萄比赛、骑毛驴比赛、选美比赛等。

孙昌华说,葡萄节推出了包括著名景点葡萄沟、火焰山、坎儿井、高昌故城、交河故城、阿斯塔那古墓、沙疗、苏公塔等景点在内的"一日游""二日游""三日游"等专项旅游线路。葡萄节期间还要举办旅游产品展销会、鄯善县城市沙漠公园沙漠游活动。游客还可到维吾尔族农家做客、吃农家饭、体验民族风情等。

孙昌华最后说,第十一届葡萄节将具备更加丰富的文化内涵,更为新型的办节模式,更具浓郁的民风民俗,更具时代特征,要推广宣传吐鲁番,加强同国际、国内间的文化交流和信息交流,加快吐鲁番的经济发展与腾飞。

(选自 2001 年 7 月 11 日《中国商报》)

撩开吐鲁番神秘的面纱

吐鲁番地区包括吐鲁番市、鄯善县、托克逊县共一市两县。它位于新疆中部、天山以南,距离乌鲁木齐180公里。地区东西长300公里,南北宽240公里,总面积7万平方公里。

吐鲁番名气非常大,书籍、文章、歌声使其名扬四海。脍炙人口的《西游记》中孙悟空智斗牛魔王和铁扇公主、三借芭蕉扇扇灭火焰山烈火的故事无人不知。小学课本介绍艾丁湖是中国海拔最低的地方。中学课本描写了葡萄沟的秀美景色。关牧村演唱的委婉甜美的歌《吐鲁番的葡萄熟了》以及"西部歌王"王洛宾创作的《阿拉木汗》《黑力其汗》等歌曲令无数人陶醉与神往。许多人从孩童时就向往着到吐鲁番去游玩。

吐鲁番是一块宝地,自古以来许多文人墨客都留下了名诗佳句。有的说,吐鲁番是一幅巨型画卷,因其北部耸立着海拔5 445米的博格达雪峰,冰清玉洁,白雪皑皑;在其境内有绵延100多公里的火焰山,赤日炎炎,热气蒸腾;还有流水潺潺、叠翠堆绿、果实累累的葡萄沟,真乃千姿百态,大漠藏秀。

吐鲁番地理位置独特重要,它位于一条东西大道与南北大道的交会点上,是丝绸之路的必经之地,也是北方游牧民族穿越天山,进入塔里木盆地的要道。历史上,这片土地一直是各王朝、各民族必争之地。

吐鲁番是一部厚重的史书,一万年前就有人类活动,三千年前就已有文字载入史册。从公元前108年到公元前60年,西汉与匈奴为争夺吐鲁番进行了五次大的战役,历史上称"五争车师",经过50年的战争最后以西汉取胜告终。公元前48年,西汉在吐鲁番设戊己校尉,从此吐鲁番成为西汉乃至以后历代王朝在西域的屯垦中心。自西汉以来,吐鲁番就是西域地区政治、经济和文化的中心和古丝绸之路的重镇。汉唐整个时期,这里十分繁荣,来往于中原、印度、波斯、地中海沿岸的商贾、使节、僧侣络绎不绝,吐鲁番是新疆最早对外开放的地区。

吐鲁番是一座历史博物馆。现存吐鲁番博物馆的巨犀化石骨架高4米、长9米,距今已有3 000万年。考古发现,2亿年前吐鲁番是水草丰美的热带雨林。六七千年前,吐鲁番开始进入新石器时代,在多处发现的人类加工琢磨的石器表明了这一特征。在距今约3 000年前,吐鲁番进入了奴隶社会。《汉书•西域传》记载,西域三十六国,在吐鲁番有四个小国。现遗存的交河故城、高昌故城、千佛洞、古墓、苏公塔都是世界级和国家级的文化遗产。据调查,吐鲁番现有文物保护单位179处,其中国家级5处,自治区级23处,居全疆之首。

吐鲁番是一个旅游胜地。它的旅游资源丰富,按全国旅游资源分类可划分为74个基本类型,而吐鲁番景点有79个,可归属34个基本类型,占全国类型总数的46%,占"亚心区"类型总数的85%。近年来,国内外掀起了一波又一波的新疆旅游热潮,20世纪70年代,每年到吐鲁番旅游的人数仅400人次,而2000年到吐鲁番旅游的国内外游客已高达100万人次。

(选自2001年7月12日《中国商报》)

最低、最热、最干、最甜的地方
——话说吐鲁番

说到吐鲁番,它是公认的最低、最热、最干、最甜的地方。

吐鲁番是全国地势最低的地方。人们乘汽车从乌鲁木齐到吐鲁番旅游,出天山后,公路是一路下坡,简直有一种沿着锅壁向锅底下滑的感觉。在吐鲁番盆地,低于海平面以下的面积就有 4 000 多平方公里,盆地的最低处是盆地南部的艾丁湖,湖水平面低于海平面 154 米。世界上最低的地方是约旦死海,低于海平面 392 米,而吐鲁番排名为世界第二低地。旅游者纷纷前往湖边,为的是在写有"中国最低地方 -154 米"的标志牌前拍照留影。能到过中国最低的地方,并有留影照片珍藏,岂不是令人值得回味的事情?

吐鲁番是全国最热的地方。吐鲁番盆地北高南低,加上四周高山环绕,盆地多处在底部位置,阳光辐射强烈,热量不易散发,因而形成了我国最热的地方。自古吐鲁番就有"火洲"之称。每年的六、七、八三个月,平均气温达 38 ℃以上,绝对最高温度曾达 50 ℃左右,而地表温度曾测得过 90 ℃。如果中央电视台每天播报包括吐鲁番在内的天气情况,吐鲁番准能天天以最高温度名列全国之首。由于天气酷热,据说旧时吐鲁番的县太爷经常泡在水缸里办公。至于地表温度达八九十摄氏度,埋沙烤熟鸡蛋更是不争的事实。

吐鲁番是全国最干的地方。吐鲁番又一特点是降雨量极少,空气极为干燥,年降雨量平均为 15 毫米左右,年蒸发量却高达 3 000 毫米,除极个别年份外,吐鲁番基本上是"干燥无雨"。另外,吐鲁番还有一种特有的干热风,这在全国其他地方是没有的。干热风,又叫焚风,温度多在 40 ℃以上,焚风吹过,大有毛发欲焦之感。由于白天阳光炽烈,天气干热,因而吐鲁番实行夏季中午午休 4 小时作息制,中午 1 点下班,直到下午 5 点才上班,而此时北京等城市已到下班时间。与旧社会县太爷经常坐在水缸里办公迥然不同的是,今天的吐鲁番办公室、居民家庭、宾馆饭店都普遍安装了空调,外地旅游者大可不必担心夜晚休息会受到炎热的袭扰。

吐鲁番是全国最甜的地方。吐鲁番是个天然大温室,昼夜温差大,这种气候特别有利于葡萄、甜瓜、西瓜等瓜果的生长,吐鲁番无核葡萄含糖量高达 18%～30%,而吐鲁番哈密瓜含糖量一般为 8%～20%,是国内外市场上的瓜果珍品。

吐鲁番的人民以好客著称。当游客做客时,主人会以吐鲁番的瓜果热情招待,并告诉游客,先吃西瓜,再吃哈密瓜,最后才吃葡萄,这叫越吃越甜!吐鲁番,全国最甜的地方,名不虚传!

（选自 2001 年 7 月 13 日《中国商报》）

火焰山下的哈密瓜熟了

七、八、九月份是吐鲁番的旅游黄金时间,也是哈密瓜等水果成熟大量上市的季节。在旅游中,你不妨去哈密瓜地里看看,那可真让人眼界大开。

哈密瓜俗称甜瓜,它真正的故乡在吐鲁番的鄯善县,而鄯善东湖瓜品质最佳,有"新疆甜瓜甲天下,东湖甜瓜甲新疆"的说法。哈密瓜久负盛名,曾被列为贡品,据说当年康熙皇帝吃了新疆进贡的甜瓜,色纯味正,香甜可口,与众不同,龙颜大悦,便询问瓜名和产地,殿下文武大臣面面相觑,无人回答,一内侍灵机一动,脱口而答:"此乃哈密王进贡的哈密瓜也!"清朝初期,有人在河西走廊目睹当时专给皇帝运送哈密瓜的情景:"路逢驿骑,进哈密瓜,百千为群,人执小兜,上罩黄袱,每人携一瓜,瞥目而过,疾如飞鸟。"这样的派头,足可以和唐朝时为杨贵妃万里飞马贡荔枝的盛况相比拟了。

笔者认为,人们喜欢称新疆甜瓜为哈密瓜,恐怕也是沾了"密"字之光,虽然不是蜂蜜的蜜,但是取其谐音,亦含有甜蜜之意吧。

哈密瓜植株性喜干热,要求充足光照,特别是在成熟期要求白天气温高、夜间气温低,吐鲁番鄯善县是典型的昼夜温差大的地区,因此特别适宜种植瓜果,也特别有利于积累糖分,因而鄯善哈密瓜特别甜。

哈密瓜大的如枕,小的似碗,分早熟、中熟、晚熟等多种。哈密瓜果实表面有的呈密而粗的网纹,有的呈美丽而宽窄不同的彩带。果肉颜色有白、绿、红等,肉质有软肉和脆肉之分。哈密瓜品种十分丰富,据《新疆甜瓜志》介绍,光是有生产价值的就有 101 种。哈密瓜营养丰富,含糖量可高达 8%～20%,还含有维生素 A、B_1、B_2、C 以及苹果酸、烟酸和铁、磷、钙等元素。哈密瓜除鲜食外,还可晒制成干,榨成汁食用。

还是让我们一起到瓜乡走一走、看一看吧。

有一年的六月中旬,笔者来到鄯善县火焰山下吐峪沟乡火焰山村了解哈密瓜产销情况,当时气温高达 46 ℃,这里紧靠火焰山,一望无际的瓜地延伸到远方,许多瓜地打上了土围墙,据说是起防风作用的。如今,许多瓜农大户资金充足,租用了当地农民的土地来种植哈密瓜,光是鄯善县,100 亩以上种瓜大户就有上百人。笔者来到瓜老板李志春的瓜地,他是鄯善县有名的瓜王,今年种了 550 亩新品种金芙蓉哈密瓜,亩产 3 吨。这种瓜品种优良,具有早熟,抗白粉病、角斑病性强,糖度高等特点,因而特别有市场竞争力,今年获得大丰收,每亩纯利达 3 000 元,目前这些哈密瓜全部被深圳瓜商订购一空,大部分哈密瓜进入香港和澳门市场。笔者去时,工人们正在摘瓜装汽车,继而运到乌鲁木齐以冷藏火车运往深圳。金芙蓉哈密瓜个头匀称,个体 3 公斤左右,表皮金黄,网纹密布,是新疆五家渠神农种苗公司提供的新品瓜种,比其他品种早成熟 7 天,光是头茬瓜,销售金额就已达 200 万元。

李志春原籍河南洛阳,当年 50 岁,已经在火焰山下种了 10 年时间的哈密瓜,种瓜使他成为富裕大户。10 年前,他是鄯善农村第一批安装电话的农户,如今他亲自驾驶桑塔纳轿车,装有车载电话,备有手机。他雇用的种瓜农工有 110 人,主要来自四川乐山和甘肃省。李志春在地头切开橘黄的金芙蓉哈密瓜请我们品尝,尽管瓜才七成熟,但清香爽口,相对甜度已达 13 级。

如今全鄯善县哈密瓜种植面积达 4.5 万亩,总产 6 万吨,与往年相同,大部分要远销到全国 150 多个城市,哈密瓜早已香飘万里了。

(选自 2001 年 7 月 16 日《中国商报》)

游葡萄沟 览葡萄王国

　　游吐鲁番不到葡萄沟等于没到吐鲁番。旅游胜地葡萄沟位于吐鲁番市东北 10 公里处,呈南北走势,沟长 8 公里,宽 2 公里左右,葡萄沟以盛产葡萄而闻名于世,主要有无核白、马奶子、红葡萄等 13 个品种。葡萄沟两侧岩壁峻峭,沟内溪流环绕,葡萄架铺天盖地,如同绿色海洋。

　　葡萄沟是吐鲁番最著名的旅游胜地之一,长年游客不断,进入夏秋,更是络绎不绝,虽与市区距离仅 10 公里,但气温比市区低 5 ℃左右,凉爽宜人,是炎夏避暑的好去处。早在 1958 年,国家领导人就曾多次到过葡萄沟。葡萄沟内葡萄架下立有一块花岗岩石碑,上书“葡萄沟”三个红字,为彭真所题,游客大都要在碑前留影。最有兴致的,莫过于在葡萄架下品尝葡萄、哈密瓜、西瓜,只要花上几元钱,即可大饱口福,令人回味无穷。

　　近年来,葡萄沟中已陆续建成了葡萄沟游乐园、葡萄山庄、葡萄沟度假村、王洛宾音乐艺术馆、葡萄博物馆等诸多旅游设施。

　　其实吐鲁番不但葡萄沟长满葡萄,而且吐鲁番全地区就是一个葡萄王国,吐鲁番市就是一座葡萄城。一曲“吐鲁番的葡萄熟了,阿娜尔罕的心儿醉了”,不知令多少人对吐鲁番充满了向往之情。

　　吐鲁番种植葡萄已有 2 000 多年的历史了。在吐鲁番,葡萄的寿命长达数十年甚至上百年,成片古老的葡萄园随处可见,即便是在吐鲁番市或者鄯善县城,很多人家也种植了葡萄。吐鲁番市还投资 2 000 万元修建了长 2 000 米、宽 28 米的葡萄步行街,这是全世界最长的城市葡萄街。现在吐鲁番是我国最大的葡萄生产基地之一,到 2000 年年底全地区种植面积为 31.9 万亩,种植面积和总产量占到全国的 20%,品种增加到 600 多个。近年来,吐鲁番葡萄畅销国内、国际市场,由葡萄园直接装箱空运,因此日本、韩国等国家都可以吃到当日采摘的吐鲁番葡萄。

到吐鲁番旅游,无论城乡,旅游者都随处可看到带孔洞的土坯房,这就是吐鲁番特有的用来晾葡萄干的晾房。鲜葡萄成熟后,葡农将串串葡萄挂在晾房内木刺架上,利用酷热的天气,特别是吐鲁番特有的干热风,将葡萄晾干。一般用于制干的葡萄为无核白,5 公斤鲜葡萄可晾制 1 公斤葡萄干,自鲜葡萄挂进晾房,一个月时间就可晾制成功。在葡萄干中有一种索索葡萄干,《本草纲目拾遗》中有记载,形如胡椒,小儿食之,能解痘毒,这种吐鲁番特产现在仍然是中医用来治疗小儿麻疹的首选中药。千百年来晾房功不可没,它晾制的葡萄干驰名中外,成为新疆的一大特产。

吐鲁番还是我国葡萄酒的发祥地,葡萄酒的酿制方法就是汉唐时期由吐鲁番传入中原的。

近年来,吐鲁番以葡萄为原料的葡萄产业迅速崛起,其中葡萄酒、葡萄罐头、葡萄汁、巧克力葡萄干等畅销国内外市场。

(选自 2001 年 7 月 17 日《中国商报》)

火焰山览胜

"山不在高,有仙则名。"到吐鲁番旅游应该首选火焰山。

火焰山位于吐鲁番盆地北缘、吐鲁番市以东约 30 公里处,呈东西走向,长约 100 公里,最宽处约 10 公里。火焰山荒山秃岭,寸草不长,盛夏时节,烈日当头,地气蒸腾,烟云缭绕,形如飞腾的火龙,十分壮观。

火焰山山体不高,一般高 500 米,最高处也仅 851 米,但论知名度,却可与昆仑、五岳媲美。成书于战国时期的《山海经》记载:"西海之南,流沙之滨,赤水之后,黑火之前,其外有炎火之山。"这可能是关于火焰山最早的记载。从古至今,不知有多少文人以诗文赞美火焰山。唐代大诗人岑参当年多次来到火焰山前,留下多首描述火焰山的诗作,其中《火山云歌送别》说:"火山突兀赤亭口,火山五月火云厚。火云满山凝未开,飞鸟千里不敢来。"还有一首《经火山》说:"火山今始见,突兀蒲昌东。赤焰烧虏云,炎氛蒸塞空。不知阴阳炭,何独烧此中。我来严冬时,山下多炎风。人马尽汗流,孰知造化工。"明朝人陈诚,衔命西使,也曾到过吐鲁番盆地,他的诗作《火焰山》说:"一片青烟一片红,炎炎气焰欲烧空。春光未半浑如夏,谁道西方有祝融。"

其实,让中国老百姓家喻户晓知道火焰山名气,应该最得益于中国古典名著《西游记》,书中介绍:"西方路上有个斯哈哩国,乃日落之外,俗称天尽头。这里有座火焰山,无春无秋,四季皆热,那火焰山有八百里火焰,四周围寸草不生。若过得山,就是铜脑壳,铁身躯,也要化成汁呢!"书中描写,火焰山原是孙悟空大闹天宫时,蹬倒了太上老君的炼丹八卦炉,余火落到了大地上,才化生出来的。唐僧师徒四人一行离火焰山还有六十里路程,就已经感到灼人的热浪,无法前进。火焰山附近的村落人家,主要是靠铁扇公主的芭蕉扇,一扇熄火,二扇生风,三扇下雨,所以方能播种、收获。为向铁扇公主借得芭蕉扇,孙悟空使尽浑身功夫,腾云驾雾,用定风丹,变小虫钻进铁扇公主肚中折腾,勇斗牛魔王,最后才拿到扇子,扇灭了八百里大火,而且断绝了山上的火根,使火焰山四周村民得以安居乐业。

从地质学的角度讲,在2.2亿年到7 500万年前,吐鲁番盆地发生褶皱隆起,火焰山露出的地层以侏罗纪、白垩纪和第三纪的砂砾岩层和红色泥岩为主。形成鳞次栉比的沟谷,有名的如葡萄沟、木头沟、桃儿沟、吐峪沟、连木沁沟等,火焰山上几乎寸草不长,而这些沟谷中却浓荫蔽日,流水潺潺,瓜果飘香。

火焰山以其独特的自然风貌、美妙的神话传说、众多的文物古迹而闻名。

如今在火焰山山前312国道旁立有一块石碑,石碑上有书法家李铎书写的"火焰山"三个大字,石碑背后则是火焰山,游客大多在此拍照留影。另外,在火焰山东侧山麓有唐僧师徒四人取经群塑。在群塑相邻处有一处新建人工景点西州天圣园,它融壁画泥塑为一体,十分耐人寻味。

(选自 2001 年 7 月 18 日《中国商报》)

徜徉苏公塔

如同游苏州不可不游虎丘塔、游杭州不可不游六和塔一样，游吐鲁番则不可不游苏公塔。苏公塔是新疆境内现存最大的古塔，也是国内独树一帜、极富伊斯兰建筑风格的高大古塔，颇具塞外粗犷雄浑之风。

苏公塔位于吐鲁番市南郊 2 公里处，古塔建成于 1778 年（清乾隆四十三年），迄今已有 200 多年的历史。苏公塔四周被绿色的葡萄园所簇拥，看到此塔此景，初来乍到的外地游客顿时就会有一种异样神奇的印象。

苏公塔又名额敏塔，是清朝名将吐鲁番郡王额敏和卓的次子苏来满，为纪念额敏和卓的功绩，表达对清朝的忠诚，耗用 7 000 两白银建成的。古塔是灰砖结构，除了顶部窗棂外，基本不用什么木料，塔身浑圆，自下而上渐次收缩。塔基直径 10 米，塔高 40 米。塔身中心是用灰砖砌成的，用砖砌的阶梯，凭阶拾级而上，可一直登临塔顶。塔身内部十分幽暗，隔相当距离才洞开一点小孔，透射进些许光线，简直不足以看清脚下的虚实，令人产生一种朦胧的神秘感。及至塔顶才是一个 10 平方米的小阁楼，四面敞着大窗，从长长的幽暗中走来，突然会有一种豁然开朗的畅快。凭窗远眺吐鲁番大地，座座坎儿井口竟连成串串项链，炽热的火焰山，绿如地毯的葡萄园，都会尽收眼底，使人有一种心旷神怡的舒畅。

下得塔来，驻足鲜花环绕的广场，举头仰望塔体，游客会发现，普通的土坯砖竟由聪明过人的匠人们变幻出神奇的造型。这主要是由于匠人们对砖进行了巧妙处置。匠人每砌一块砖时，都要变换一下手法，或横或竖，或平或立，或凸或凹……只不过很普通的砖，从塔基到塔顶，竟形成了三角纹、水波纹、菱格纹、四瓣花纹等 10 多种格调的几何形图案，循环往复、变化无穷，使人流连忘返、回味无穷。

至于建塔缘由,塔下一块刻有维吾尔文、汉文两种文字的石碑给出了答案。其中汉文碑记为:"大清乾隆皇帝旧仆吐鲁番郡王额敏和卓率子札萨克公苏来满等。念额敏和卓自受命以来,寿享八旬三岁。上天福庇,并无纤息灾难,保佑群生,因此报答天恩,虔修塔一座,费银七千两整。爰立碑记,以垂永远,可为名教,恭报天恩于万一矣。乾隆四十年端月吉日立。"

额敏和卓在汉文碑记中,强调了对清王朝乾隆皇帝的效忠感情,有其历史原因。额敏和卓在其 80 多年岁月中,经历过多次重大事变,他深谙自己与吐鲁番人民的命运只有和统一强大的祖国结合,方能得以安定。18 世纪初,准噶尔部曾举兵袭扰南疆及吐鲁番,额敏和卓组织力量,配合清军共同予以抗击。1731 年,准噶尔部再次侵扰吐鲁番,额敏和卓在清政府统一安排下,率领吐鲁番万余名维吾尔族人全部迁居甘肃敦煌,垦地自养。20 余年后,额敏和卓又帮助清军平息准噶尔叛乱立下汗马功劳,并帮助维吾尔族人民在迁居敦煌 30 年后重回故土。

从额敏和卓任吐鲁番郡王起,到 1937 年新疆军阀金树仁废吐鲁番郡王伊敏,计 6 世 9 人,共传 178 年。

苏公塔下的清真寺,宽敞宏大,是大型生土建筑。2000 年在苏公塔前修建了广场,矗立了额敏和卓的石立像。如今,被国务院列为全国重点文物保护单位的苏公塔景点吸引了越来越多的国内外游客。

苏公塔被当代吐鲁番人奉为团结祥和、健康长寿的象征。

（选自 2001 年 7 月 19 日《中国商报》）

回眸高昌故城

如果游客想领略感受隋唐时期古都长安城的规模与风采，那么请你到吐鲁番高昌故城走一走吧，它的城市布局大致和当年的长安城相仿。19世纪俄国的一名考古者雷格尔来到高昌，此时高昌城已经荒废700多年了，但眼前的景象仍让他极为震撼，他说："那是一座如古罗马城市的废墟。"

高昌故城位于吐鲁番市东45公里处，火焰山之南，是西域最大的古城遗址，1961年被国务院公布为全国重点文物保护单位。它自公元前1世纪到13世纪末废弃，曾繁荣辉煌1 400年，始建至今已2 000多年了。高昌故城与吐鲁番交河故城是一对风格不同的"姊妹城"，同是吐鲁番地区千年沧桑的见证，也是吐鲁番古老文明的渊源。今天，高昌故城高耸的城墙气势雄伟，凹陷的护城河轮廓犹存，城池格局依稀可辨。

在漫长的岁月中，西域大地上发生的很多政治、军事事件，都和高昌有着或深或浅的联系。它始建于公元前1世纪，公元450年成为吐鲁番盆地政治、经济、文化中心。9世纪后成为高昌回鹘王国的首府，是西域最大的国际商业大都会、宗教中心以及亚洲巨大的印刷中心之一。

公元1275年，蒙古叛军率士卒12万人围攻高昌达半年之久，最后高昌城在战火中毁灭。

说起高昌城的由来，这与赫赫有名的"天马"——大宛马有关。

汉武帝是一个喜爱良马的皇帝，他曾用卜卦的形式得到"良马当从西北来"的结论，于是派一个叫车令的壮士携千金和金马前往大宛国交换良马，然而大宛国王不仅予以拒绝，还抢劫了汉使者的财物。消息传到长安，汉武帝勃然大怒，任命李广利为贰师将军，率数万兵马，远征大宛，这一年是公元前104年。大军过河西走廊，经过漫漫长途的戈壁行军，伤病员不少，队伍走到吐鲁番，李广利将军看到这里气候宜人,又有源自天山流出火焰山木头沟的丰富水源,凭借河水垦辟土地,囤积粮秣,既可补给军用,又可作为远征军的中转站,能与汉朝呼应,因此决定将军中病弱疲惫伤员集中起来屯驻于此。一声令下,在木头沟畔筑起一座小城,取个吉利、屯驻士卒的壁垒名字,定名为"高昌壁"。自此,火焰山前木头沟畔的这个小洲,在历史上掀开了辉煌的一页。公元前 102 年,李广利征伐大宛大胜而返,终于得到倾城好马。自汉代以来,屯田士卒在这里世代定居,渐成土著,以后河西地区移民接踵而来,使高昌日渐人丁兴旺。至唐朝时,高昌人口达三万七千人之多,并逐渐成为丝绸之路上的商业贸易中心。

高昌城还因高昌王麴文泰与唐玄奘法师的一段友情而成千古佳话。公元 627 年,当时唐朝立国不久,李世民正忙于建立国内秩序,河西走廊以西为强邻西突厥所控制,双方关系紧张,为了不起事端,唐王有令,擅出玉门关者杀无赦。是年,29 岁的玄奘为求取佛法,舍命西行,夹在逃荒流民中,混出长安,踏上漫漫西天取经路,当到达吐鲁番东面的伊吾(哈密的古地名)时,已经经历了官府的追缉、徒弟的叛逃和强盗打劫,在"上无飞鸟,下无走兽,复无水草"的百里莫贺延碛,滴水全无地跋涉了五天五夜。得知此事,高昌王曲文泰甚为感动,他热情接待了玄奘。玄奘西去时,曲文泰为他准备了法服 30 套、黄金百两、银钱 3 万、绫绢 500 匹、马 30 匹、仆役 25 人,足够 20 年资用。曲文泰又修书请高昌国以西龟兹等 24 国让玄奘顺利过境,并致书当时的西域霸主西突厥可汗(王)派人护送法师去印度取经。

汉唐以来,高昌是连接中原、中亚、欧洲的枢纽。粟特、康国、波斯等地商人富贾,带来苜蓿、葡萄、香料、胡椒、宝石和骏马,带走中原的丝绸、瓷器、茶叶、造纸术、火药、印刷术,经贸活动十分活跃。

高昌故城规模宏大,气势雄伟,占地 220 万平方米,略呈长方形,分宫城、内城、外城三重,外城周长 5 000 米,城墙高 11.5 米,墙外有马面、瓮城等军事防御设施。高昌故城,有东南坊和西北坊,东面有青阳门和建阳门,西南有金章门和金福门,北面有玄德门和武城门,南面有横城门,命名与中原相同。

如今到高昌旅游,进入城内都要乘坐带布篷的毛驴车,沿途人们可以浏览高低不一的残垣断壁,体味它昔日的兴衰荣辱。

(选自 2001 年 7 月 20 日《中国商报》)

漫游交河故城

在祖国浩繁的历史典籍诗文中,有关西域交河的篇章相当丰富。盛唐诗人李颀有诗"白日登山望烽火,黄昏饮马傍交河",诗人李白有诗"狂夫犹戍交河北,万里交河水北流",边塞诗人岑参有诗"曾到交河城,风土断人肠"……

到吐鲁番旅游,交河故城是必游景点之一。

交河故城是世界上面积最大、历史最古老、保存最完好的建筑城市之一,也是我国保存 2 000 多年最完整的都市遗迹。它始建于 3 000 多年前,是吐鲁番盆地最早的居民——车师人的王城,13 世纪末毁于战火。唐朝西域最高军政机构安西都护府最早就曾设在交河故城。

由于重要的历史价值和文化内涵,1992 年,联合国教科文组织以世界文化遗产为项目对它进行了专项研究。1961 年就被国务院列为国家重点文物保护单位。

交河故城位于吐鲁番市以西 10 公里处,坐落在一个 30 米高的柳叶形河心洲上,四周环水,地势险峻,也因两条河环绕将其包围而得名。

3 000 年前,原始居民为躲避野兽的侵害和防备部落间的战争,选择在这个河心洲上建立自己的家园。据《史记》记载,这些早期的土著居民属于"姑师人",战国初期,姑师已进入阶级社会,这个河心洲可能是他们的首府和重要据点之一。公元前 108 年,姑师被汉朝所破,分为车师前国和车师后国,交河城是车师前国的国都。

交河故城地理位置非常重要,历史上通往南疆焉耆的"银山道"、通往乌鲁木齐的"白水涧道"(乌鲁木齐旁曾有白水城)、通往车师后国(天山以北吉木萨尔)的"金岭道"等,都要经过交河故城。在军事、商贸方面,交河故城对于中原和北方游牧民族都是必争之地。

车师归汉后,汉在车师屯田,并从公元前 48 年起,置戊己校尉,主管屯田事务,从此吐鲁番盆地成为西汉王朝以及后面历代王朝在西域的屯垦中心。

交河故城平面呈柳叶形,长 1 650 米,最宽处 300 米,崖高 30 米,全城由一条南北向的中央大道分为北部寺院区、东部官署区、西部手工作坊和住宅区,现存遗迹总面积 22 万平方米。

交河故城内有价值的游览点主要有以下四处。

一是东门,作为军事要地,当年的防卫设施、转移道路、设计、配置都是相当完善的。在交河故城的东门一带,较完整地保存有角楼、哨所、马厩、地穴式瞭望孔、转移地道和军需用水井。从东门进城后,沿东西大道两旁,都是高达六七米的生土厚墙,深墙后的宅院不能与干道直接相通,这与唐代的长安城类似。

二是官署区。这里曾经是车师前国的王宫,安西都护府的衙署最早就设在这里。主体建筑物 8 000 平方米,连附属建筑和广场,共占地 2 万平方米。该区遗址明道、暗道均与交河故城主干线相连,而且有气宇不凡的地下庭院。

三是北部寺院区。交河故城曾经是一座佛城,佛寺众多。在北部的寺院区内,有模仿印度建造的 101 座塔,它们也是我国现存最早的金刚宝塔。在南北大道的端点,是交河故城最大的佛教寺院。大门南开,墙体基本保存完好,主体建筑面积达 5 200 平方米。

四是民宅区。在交河故城的东北部,南北大道两侧,都保存了相当完好的古代民房。

（选自 2001 年 7 月 23 日《中国商报》）

柏孜克里克千佛洞漫记

游吐鲁番不可不游柏孜克里克千佛洞，游千佛洞方可领悟吐鲁番悠久的历史底蕴。1982 年，柏孜克里克石窟被列为国家重点文物保护单位，现在也是吐鲁番旅游的主要景点。

柏孜克里克石窟俗称柏孜克里克千佛洞。它坐落在吐鲁番市以东 45 公里处火焰山中段木头沟河谷西岸的悬崖上，这里距高昌故城 15 公里。柏孜克里克千佛洞以洞窟多、时代早、壁画内容丰富、有较高的艺术价值和科学价值闻名于世。它共有洞窟 83 个，现存 57 个，其中 40 多个有壁画，画面总面积达 1 200 平方米。

千佛洞始凿于南北朝后期，在历经唐、五代、宋、元等长达 7 个世纪的漫长岁月里，这里一直是高昌地区的佛教中心，回鹘高昌是石窟群最兴旺的时期。

1906 年，斯坦因从藏经洞中携走的经书文卷中有一部《西州图经》，书中记载了关于吐鲁番地区的佛教名胜，其中就有宁戎窟寺，即柏孜克里克石窟的相关内容。书中说它背依崇岩，面临清川，树木葱郁，掩盖了回转曲折的高台楼阁。石窟寺所在的沟谷称宁戎谷，所以谷中的佛寺也就称宁戎窟寺，寺内僧人众多，久负盛名。

前几年，考古工作者在修复石窟中，除发现早期废弃的窟室、珍贵的雕版印刷品和其他文物外，还见到了表面漆成朱红色的木质斗拱 16 件，这表明，石窟寺在依岩开凿的洞窟外面，还有过十分高大的殿堂、回廊，形成了相当轩敞、曲折回环的架空过道，供人登达危岩，远眺四方。《西州图经》上说的"临危而结集""架回而开轩"正是这一景象的描写，与晋北高原上的"悬空寺"有异曲同工之感。

柏孜克里克千佛洞主要有礼拜窟（支提窟）、僧房窟、影窟三种形式。佛典上说，有舍利者名塔，无舍利者名支提，支提窟的特点是窟门敞开；僧房窟是供僧人居住、修禅的地方；影窟用来纪念功德过人的高僧，前室绘壁画，后室存有高僧舍利。

由于回鹘人在信仰佛教之前曾信仰摩尼教，柏孜克里克千佛洞的部分壁画也反映了摩尼教的内容，并不是单一的佛教石窟群。如38窟，是一个反映古代摩尼教生活情景的石窟，在石窟后壁，画有三棵树，树下有许多穿白色衣服的僧尼和有翅膀的羽人形象，表现了对摩尼教的尊崇。9世纪至12世纪，回鹘高昌是世界摩尼教的中心，这幅壁画就是摩尼教在高昌盛行的证据之一。

洞窟中保存至今的主要是唐代及高昌回鹘时的壁画，绘画内容多为佛传故事。立佛周围，簇拥着天部、菩萨、比丘、婆罗门、国王等人物形象，而且根据不同的内容，饰绘了道具、城郭、庙宇、塔寺等，显示了在此之后的社会生活内容。33号窟后壁是一幅表现佛陀涅槃后众弟子举哀的图像，艺术地表现出各种不同身份、不同民族的佛家弟子，肤色各异，发式、服饰不同，这一画料明显显示作为"丝绸之路"要冲的吐鲁番历史上是人种各异、众多民族和睦相处的地区。

石窟中，画面完整、色泽艳丽的高昌回鹘国王、王后供养礼佛的图像，是国内外普遍关注的艺术瑰宝。

柏孜克里克千佛洞从13世纪末至今700多年间，经历了一场场劫难。先是15世纪，伊斯兰教东扩到吐鲁番，柏孜克里克佛教艺术遭到洗劫。然而更大的浩劫发生在19世纪末20世纪初，先是俄国人，后是德国人、英国人、日本人，他们以考古为名，行掠夺之实，大肆割切壁画，还窃夺了大量手写文稿、布画，犹如真人般大小的佛像，各种钱币、丝绸织物等。

尽管如此，柏孜克里克千佛洞每年仍吸引着国内外络绎不绝的游客，如果没有经历巨大摧残，这座早于敦煌的佛窟艺术将是何等的灿烂！

（选自2001年7月24日《中国商报》）

古墓探幽

从吐鲁番出发，驱车沿 312 国道（亦称兰新公路）东行约 40 公里抵达胜金口，再向南行不远处便可看到戈壁上古冢累累，这便是素有"地下博物馆"之称的阿斯塔那、哈拉和卓古墓群。

墓群位于高昌故城北 2 公里处，长 5 公里，宽 2 公里，是公元 3 世纪至 8 世纪高昌城官民的公共墓地，墓主以汉人为主，也有车师、突厥、匈奴、高车以及昭武九姓等民族，说明当时的高昌城是多民族的聚居地。

"阿斯塔那"与"哈拉和卓"是两个相邻的居民村的名称，汉语分别叫三堡村、二堡村。从 20 世纪 50 年代至今，这里先后进行了 14 次考古发掘，共清理墓葬 456 座，出土各种珍贵文物达万余件。拼合整理后可读的文书约 2 000 件。1985 年，古墓被国务院列入国家重点文物保护单位。

近年来，学术界出现了一门新的学科——吐鲁番学，还与举世瞩目的敦煌学合并在一起成立了中国敦煌吐鲁番学会，吐鲁番地区出土的大量古代文书是他们重要的研究内容之一。这些古代文书除少量粟特文资料外，其余均为汉文，已经整理编成 10 册出版，定名为《吐鲁番出土文书》。其中大多是世俗文书，包括：租佃、雇佣、买卖、借贷的契约，受田账、欠田账、退田账、差科簿等籍账，审理案件的辩词和录案、授官授勋告身、收发文簿、收支账历、行旅的过所和公检、符帖牒状等官府文书，以及历书、药方、经籍写本、私人信札、随葬衣物等。

在封建社会，历史学家对与广大劳动人民直接相关的经济生活通常是十分吝惜笔墨的。而吐鲁番出土的大量文书，最早写成于西晋，最晚止于唐朝，前后跨度约 500 年，其中包含了十分丰富、具体、没有经过任何人剪裁加工的第一手社会生活资料。比如在出土文书中有天宝十二年至天宝十四年吐鲁番地区各驿站的马料出入账,账上居然有赫赫有名的边塞诗人岑参的一笔马料账:岑判官马柒匹,共食青麦叁豆伍胜,付健儿陈金。账上也多次出现封大夫之名,岑参的名诗《轮台歌奉送封大夫出师西征》就是在这个时期写的。这看似琐碎的马料记载,为后人全面了解岑参无疑提供了虽不见经传却十分珍贵的资料。

阿斯塔那、哈拉和卓古墓地区十分干燥,地下水位深达20多米,不易返潮,因此大量文书得以完好地保存下来。

自古以来,中国葡萄酒的故乡在西域高昌,这在出土文书中也有确凿的印证。当时,由于葡萄产量多,葡萄酒的酿造业也很发达,有一件文书,提到高昌王国征收"酒租",一次就入酒"九百七十三角斗"。难怪有"葡萄美酒夜光杯,欲饮琵琶马上催"的诗句,恐怕是唐朝诗人王翰畅饮高昌葡萄酒产生了灵感而诗兴大发吧!

吐鲁番的伏羲女娲图出土于阿斯塔那、哈拉和卓古墓群,伏羲在左,左手执矩,女娲在右,右手执规,人首蛇身,蛇尾交缠,头上绘日,尾间绘月,周围绘满星辰。由于寓意深奥,构图奇特,富于艺术魅力和神秘色彩,自20世纪初首次与公众见面以来,一直深受学术界重视。

出土文书中,除多种佛教经典外,还可以看到道教、祆教、景教、摩尼教等民间宗教遗迹,说明这里曾经是世界上古代宗教最活跃、最发达的地方之一。

出土文书除汉文外,还有希腊斜体文、叙利亚文、突厥文、波斯文、粟特文、吐蕃文、婆罗米文、回鹘文、安息文等24种文字,比敦煌文书的文字还多,反映出曾有众多的民族在吐鲁番地区生活过。

文坛泰斗季羡林先生曾指出:"在全人类历史上,影响深远、历史悠久的文化体系只有四个,即中国、印度、伊斯兰和希腊,而这四大文化体系汇流的地方只有一个,这就是中国的敦煌和新疆地区,其之所以能够在这里汇流,要归功于贯穿全区的丝绸之路。"

吐鲁番丰富的出土文书印证了大师、学者们的观点。

(选自 2001 年 7 月 25 日《中国商报》)

"火洲"歌舞醉游人

远方的客人来到吐鲁番旅游,都无一例外地会感受到吐鲁番独具特色的歌舞魅力。

历史上,西域歌舞对中原地区就产生了深远的影响。隋朝的"九部乐"中,三部出自西域;唐代的"十部乐"中,五部出自西域。胡旋舞、胡腾舞、霓裳羽衣舞、狮子舞等舞蹈自西域传入中原,并成为当时最为流行与时尚的舞蹈。

吐鲁番自古就是有名的歌舞之乡。"高昌乐"是唐代的"十部乐"之一,著名的高昌乐舞更风靡了长安城,受其影响,逐渐形成了今天吐鲁番地区独特的歌舞艺术。

歌舞是维吾尔族人民生活的一部分。

走进吐鲁番,无论是葡萄架下,还是庭院旁,只要有琴声和鼓声流淌的地方,游人常常可以看到载歌载舞的人群。

说到维吾尔族,那是世人公认的能歌善舞的民族,其歌舞奇葩中一朵艳丽的花朵就是乐舞木卡姆。木卡姆是维吾尔族的大型音乐套曲,主要分为流行在南疆喀什和田一带的"十二木卡姆",塔里木盆地麦盖提、巴楚一带的"多郎木卡姆",哈密地区的"哈密木卡姆",吐鲁番地区的"吐鲁番木卡姆"。

木卡姆乐舞艺术是在传统民歌、古代民间音乐和古典歌曲的基础上,经过历代民间乐师和诗人的不断创作、加工并融合其他民族的优秀音乐而日臻完善的。木卡姆乐舞艺术集音乐、歌唱、舞蹈和文学于一体,曲调丰富、结构严谨、篇幅博大,自成体系,在整个东方音乐文化乃至世界音乐文化中都是罕见的。

吐鲁番地区的鄯善县境内的鲁克沁镇是"吐鲁番木卡姆"最重要的传播地之一。这里的民间老艺人曾到国外演出,受到过英国女王的接见。据老艺人介绍,"吐鲁番木卡姆"目前能够完整演唱下来的有 11 部,连续演唱完需要七八个小时。据说,现在的木卡姆演奏大师已是第三、四代传人了,"吐鲁番木卡姆"之所以能够流传至今,主要得益于这些木卡姆大师们的口传心授。在过去,这些木卡姆大师经常被邀到郡王府演唱,现在他们则是频繁地参加民间各种庆典活动。

麦西来甫是维吾尔族歌舞的又一朵鲜花,也是歌舞、各种民间娱乐和风俗习惯相结合的一种少数民族娱乐形式。它以其鲜明的地域特征、浓厚的民族风情、很高的参与性,吸引着国内外游客。在吐鲁番,每年的葡萄节期间和旅游旺季,均举行麦西来甫,以增加节日气氛和游客的乐趣。

(选自 2001 年 7 月 26 日《中国商报》)

神奇的"火洲"沙疗

吐鲁番以酷热干燥著称,享有"火洲"的称号。外地人多有疑惑,吐鲁番人民怎样在这种环境中生存?其实,世世代代的吐鲁番人民,在看似难以生存的自然环境中,充分利用自然条件,顺其自然,让自然为人类服务,创造出了"绿洲文化",从而达到了人与自然的和谐,实现了"人与自然和谐生存的欢乐园"。其中,人们利用沙漠进行治病,即著名的"沙疗",就是突出的范例。

"埋沙疗法"是在夏季高温干旱的气候下,利用光照后的热沙进行人体掩埋,对某些慢性疾病进行非药物治疗的一种有效的维吾尔医学传统疗法。吐鲁番各族人民采用埋沙方法治疗慢性疾病具有悠久的历史,在唐代的汉文医典中就有"西域埋热沙,除祛风寒诸疾"的记载。新疆的沙疗主要在吐鲁番市郊和鄯善县库木塔格沙漠地区流行。

吐鲁番盆地是我国夏季最炎热的地区之一。这里日照时间长,太阳辐射强,紫外线充足,沙漠吸热快,保温能力强,盛夏时节,气温常常在 40 ℃以上,最高达 48 ℃,地表温度可达 70 ℃至 80 ℃,里层沙温达 50 ℃,将鸡蛋埋入沙中,很快就能够烫熟,这已经成为不争的事实。

吐鲁番沙疗所是维吾尔医院下属机构,地处吐鲁番市西郊 10 公里的亚尔乡上湖村。这里沙丘连绵,沙丘面积有 334 亩,沙丘高大,高出地面 10 多米,沙粒细小而洁净,沙子含磁量大,比别处含磁量高 9 倍,磁力越大对治疗疾病就越有效。

盛夏 7 月,记者来到吐鲁番沙疗所采访,看到在赤日炎炎之下,埋沙治疗的人们大多撑着各式花伞,饮着茶水,把沙子埋在腿、手臂、腰、肩等部位,接受沙子的神奇治疗。

吐鲁番地区维吾尔医院副院长艾合麦提·亚森告诉记者,沙疗有季节性,每年6月至8月底,阳光充足,日照时间最长,最适合埋沙治疗。据不完全统计,近20年中,沙疗者达到8万人,除当地群众外,外地的患者也纷至沓来,而且还有来自俄罗斯、日本、马来西亚、新加坡、美国等国家的患者,治疗人数每年以20%的速度递增。

据介绍,埋沙治疗的疾病有各种风湿性关节痛、类风湿性关节炎、腰腿痛、坐骨神经痛、瘫痪、肌肉萎缩、肢体麻木、神经衰弱、失眠等症。实践证明,埋沙疗法对各种风湿、类风湿病的治疗有效率达到92%,有很多患者来沙疗所时是被抬着或拄着拐杖来的,最后离开时,把拐杖和担架留在了沙疗所。

埋沙治病的原理是:当人体某些部位埋入沙子里时,人体微动沙子也动,沙子不时散发出热量和铜、铁、锌、钾、磷等微量元素,此时按摩力、热疗、光疗综合发力,致使人体的末梢血管扩张,血液循环加快,神经系统被高度激活,人体内的新陈代谢加快。

在沙疗所的沙山上,记者看到一位85岁维吾尔族老大爷,他说他已经坚持夏季埋沙30年了;一位来自河南的姓张的青年,刚来时靠人扶着走路,也不能蹲下,经过两个月埋沙治疗,症状明显好转,已经能自己走路了。

沙疗所现有600张床位,为患者提供医疗咨询、食宿和治疗。沙疗所所在的上湖村,现已成为繁华的小集镇,招待所、饭馆、邮电局、商业网点一应俱全,为前来埋沙者提供各种服务。

现在沙疗所已扩大为沙疗旅游公司,除前来埋沙的病人外,大批旅游者也频频光顾这里,参观这道独特的风景线。

（选自 2005 年 9 月 23 日《中国商报》）

吐鲁番汉唐烽燧今犹在

这是人与大自然的共同杰作！因干旱少雨，吐鲁番的古代烽燧与高昌故城、交河故城、众多石窟等生土建筑一样，历经千年岁月，奇迹般保存下来，成为华夏灿烂文明进程的活化石，繁荣丝绸之路的见证者。

在 2005 年 8 月底召开的第二届吐鲁番学国际研讨会上，记者访问了吐鲁番学专家、湖北大学程喜霖教授，他曾先后 4 次沿丝绸之路考察古代烽燧。

程喜霖教授介绍，烽燧（唐朝称堠），俗称烽火台，是中国古代军事活动中用于侦察、警备、通信等作用的设施。汉唐时期军政机构在山头、平原、戈壁开阔处高筑土台、储备狼粪和柴草，士兵登顶值班瞭望，当发现敌军来犯或土匪袭扰百姓等紧急情况时，白天则立刻点燃柴草和狼粪，浓浓狼烟直冲云天；夜间则点燃柴草，分别以浓烟、火光传递信息，提醒军队立即投入抵御入侵战斗或救援。烽燧制度形成于汉代，到唐代更臻发达和完善。

程喜霖教授说，汉唐是中国古代最开放的朝代，汉武帝用武力辅以外交开通了丝绸之路，打开了中华与外部经济文化交流的窗口，中外使节、商贾不绝于道，同时丝绸之路又是汉朝经营西域的军事要道，因此汉朝在丝绸之路上建置烽燧，行使侦察、通信、警戒治安、捉拿盗匪的职能。总之，烽燧是保证丝绸之路畅通的军事设施之一，有路就有烽，相辅相成，不可分割。

程喜霖教授介绍，唐朝开疆拓地，西边的疆界直达碎叶城，而在天山南北地区，沙漠与绿洲之间，军防只能以城镇为中心，向四周辐射布局，军镇与烽堠控制着丝绸之路要道。

唐代曾一度称吐鲁番为西州，是丝绸之路的重要枢纽城市，是东西方商客转换出入边塞的过所。据《西州图经》记载，西州有 11 条交通要道，纵横交错，沿线分布着大量的烽燧。有东至伊州(唐朝郡县,辖境相当于今哈密市及伊吾、巴里坤二县地)的伊西路、北至庭州的他地道、西至焉耆的银山道,是西州通河西、南疆、北疆的交通要道,把横贯天山南北的丝绸之路南、北、中三道紧密联系在一起。天宝年间北庭都护府封常清和幕僚岑参经常往来于三道之上。

唐朝的烽与驿都隶属兵部,皆三里设置一座,所以有时在重要驿道上出现烽驿并置,烽主要放烽火,驿主要传牒,难怪唐朝人将烽驿相提并论。

西州是唐朝开拓西疆经营西域的基地,自然是设置烽堠的重要区域。烽堠不仅是军防的重要设施,亦是行旅的一大景观。唐朝诗人李颀诗云:"白日登山望烽火,黄昏饮马傍交河。野云万里无城郭,雨雪纷纷连大漠。"

程喜霖教授还提到,从吐鲁番出土的唐文书可知,当时有白水、赤亭、赤山、神山等27个烽名和7个烽铺。赤山就是火焰山,岑参诗云:"白山南,赤山北。"火焰山自胜金口至连木沁一带称红山,又称赤山。赤山烽是高昌城北丝绸之路要隘。从交河故城北行数里,有一座烽火台,高约4米,登上烽火台向南远眺,交河故城如一片柳叶悬在两河相交的黄土崖上,此烽似为神山烽。

而今文物部门考古资料表明,吐鲁番共有军事交通类遗址62处,其中烽燧遗址42处,是吐鲁番文物遗存的一大类型。今天看到的烽燧走向主要有四条:一条是高昌—木头沟—煤窑沟线。此线主要连接高昌故城和柏孜克里克千佛洞,两地是古代政治和宗教的中心,此线最后经煤窑沟北越天山进入吉木萨尔的北庭城,沿线烽燧密度之大、数量之多在新疆和全国少有。另外三条是沿通往南、北疆道路附近的烽燧。

众多线路及沿线烽燧像一张网络,反映了汉唐中央政府对西域的有力管辖。今天,烽火台仍然屹立在丝绸之路上,成为先辈们维护丝绸之路行旅安全的历史见证。

(选自 2005 年 10 月 14 日《中国商报》)

"火洲"沙漠植物园
——人与自然和谐生存的欢乐园

吐鲁番不仅有"火洲"之称,还被称作"风库"。多少年来,风灾对群众的生活造成了极大的危害。但在数十年时间里,吐鲁番人民在绿洲外围、戈壁荒滩、风沙前沿,持续进行治沙造林,有力地遏制了肆虐的风灾,创造了人与自然和谐相处的家园。

据气象资料表明,吐鲁番大风多出现在每年3~6月份,从1956年至1978年,刮8级以上大风713次,11级大风在中华人民共和国成立初35年中就刮过56次。令吐鲁番人民刻骨铭心的是1961年5月31日的12级飓风造成的灾难,那次大风,死亡5人,刮起的石子打死骆驼41峰、毛驴22头、羊302只,2万只羊受伤,刮塌房屋86间,小麦、棉花绝收。吐鲁番(当时叫大河沿)火车站中新疆商业厅供应新疆货场的货物刮得精光,损失数千万元,5吨的储油罐刮到了40公里外的艾丁湖……这次惨痛的教训,使吐鲁番党政官员和人民群众开始了大规模的治沙造林。

经过40余年的奋斗,吐鲁番树林面积由中华人民共和国成立初的几百亩增加到279万亩,人进沙退,风灾明显减少,生产生活环境大为改观。沙漠植物园就是吐鲁番绿化成果的缩影。

沙漠植物园位于吐鲁番市东南10公里,处于海平面以下95~76米处,这里有一片绵延百里的9万亩荒漠,沙丘连绵,最大风速每秒达40米,风沙流速居全国之首。

早在20世纪60年代,这里就成立了乡治沙站,造林治沙,防止风沙危害。在中国科学院新疆土壤沙漠研究所科技人员的指导和帮助下,经过数年的努力,利用冬季富裕闲水大面积灌水造林,取得了初步成功,并于1978年建立了吐鲁番沙漠植物园。

这是一片诱人的沙漠绿洲,一处美化大自然的人造景观,是吐鲁番农民和科技人员共同创造的人间奇迹。

经过30余年的努力,今天的沙漠植物园占地500多亩,引种栽培各类荒漠植物500种,园内分门别类种植有固沙植物育苗繁殖区、柽柳(红柳)园、沙漠植物分类标本园、民族草药园等8个园区。其中独具特色的有被称为"沙漠王子"的胡杨、"沙漠卫士"的梭梭、"沙漠之花"的柽柳,还有沙拐枣、沙冬青等,隶属于72科247属,各属种类已占我国荒漠地区植物种类的80%。柽柳已种植15种,占我国分布种类的83%。园内的沙漠植物是从我国新疆南北疆以及内蒙古、甘肃、宁夏和中亚国家逐年引进的。

据介绍,该园是中国科学院直属的12个植物园之一,是目前全国引种栽植沙漠植物品种最多的沙漠植物园,也是世界上海拔最低、植物生存环境最恶劣的沙漠植物园。该园以固沙植物引种驯化和扩大繁殖为主,兼沙害防治研究、沙漠植物普及教育、观赏旅游等功能。

每年三四月份,新疆大部分地区仍然千里冰封、万里雪飘时,植物园里早已鲜花盛开,四处飘香了,成为当地和全疆游客理想的赏花春游之地。其实即使在一二月份吐鲁番气温零下20多摄氏度时,植物园内的沙冬青依然常青不衰,令人称奇,因此有"沙冬青"的美名。遍布园内的主栽树种柽柳,从早春到深秋一直是花红柳绿的,始终是园中一道亮丽的风景线。

给人留下强烈印象的是植物园外围与沙漠相邻处的一道道高达几十米的沙墙。沙墙顶部长满了茂盛的柽柳、梭梭、沙拐枣、老鼠瓜(野西瓜),风沙袭来,沙墙堆增高,上面的沙漠植物也会增高,年复一年,沙墙多高,植物就多高。据介绍,沙拐枣、梭梭、老鼠瓜等植物的根有四五十米深,地下的根系发达粗壮,盘根错节、密如蛛网。树根的森林比地面上的森林还要壮观。沙漠植物的固沙能力真神奇,一棵老鼠瓜四面延伸的枝蔓能把一个大沙堆覆盖住,防止它再移动,而在干热烫手的沙子表面瓜蔓竟也郁郁葱葱。

如今的吐鲁番沙漠植物园已成为戈壁绿洲和沙漠花园,景色优美,林木参天。这里的沙拐枣树都是从中亚地区引种的,高度多在四五米以上,而我国的沙拐枣比较低矮。步入植物园林中,竟能听到呼呼的林涛声,难以置信 30 年前这里是寸草不生的沙漠。

植物园大面积植树种草,构建乔灌草防护林体系,为抗御风沙发挥了突出的作用,风沙刮到植物园被阻隔,沙子到此止步,连园内的风速也大大减小,园外 8 级风,园内却只有 5 级风。位于沙漠与吐鲁番市中间的植物园为抗御风沙对吐鲁番市的危害发挥了巨大作用。近年来,吐鲁番的大风次数明显减少,呈现出大风小灾、小风无灾的可喜变化。

植物园内的民族草药园别具特色,搜集维吾尔、蒙古、哈萨克等传统民族草药,偏重沙漠草药种类,现已经种植 50 余种。固沙植物育苗区主要培育各种优良苗木,供各地造林引种。这里的沙拐枣、柽柳、梭梭已在我国其他荒漠地区广泛推广。近几年向甘肃、内蒙古、天津塘沽等地提供了上千万棵。新疆伊吾县数千亩地绿化,全部的柽柳苗都来自吐鲁番沙漠植物园。

植物园的发展是人类文明发展的标志,是人与自然和谐相处的标志。吐鲁番沙漠植物园已被命名为全国科普教育基地和全国青少年科技教育基地。

2004 年,植物园进行融资,成立了沙漠生态旅游公司,这里既是科研基地,又是特色旅游景点。近几年,到这里进行科研访问和旅游的中外客人络绎不绝。

(选自 2005 年 10 月 18 日《中国商报》)

神秘的吐峪沟大峡谷

在吐鲁番市与鄯善县中间 40 余公里、西南距高昌故城 13 公里处,有一条壮观而神秘的大峡谷,这就是著名的吐峪沟大峡谷。它东起 312 国道旁的古老村落苏贝希村,南至麻扎村口,全长 8 公里,平均宽度 1 公里。

吐峪沟大峡谷之所以驰名,主要得益于它有悠久的历史和丰厚的宗教文化底蕴,还因为它有奇异壮美的景色以及独特的民族风情。

在沟南入口麻扎村口左侧的山坡上铺陈着用围墙圈起来的伊斯兰宗教圣地七圣庙(麻扎),俗称"圣人坟"。传说大约 15 世纪,来自阿拉伯的叶木乃哈等五人到东方传授伊斯兰教,行至吐鲁番遇到一位带犬的牧羊人,便结为朋友,到吐峪沟后便一起在山洞中修行,六个人和一只犬死后便葬于洞中,被后人称作"七圣贤墓"。

吐峪沟的意思是"到处有洞的山谷",这真是名副其实的称谓。吐峪沟东西两边的崖壁上布满佛教洞窟,是西域建窟历史和保留佛教壁画较早的佛教石窟,早于敦煌莫高窟。日本大谷探险队在吐峪沟发现的《诸佛要集经》是写于公元296年的经卷,这是西域发现的最早有纪年的佛经写本。

到唐代,吐峪沟石窟进入繁荣期,敦煌莫高窟发现的唐代《西州图经》就记载吐峪沟佛寺禅院"烟火缭绕,蔽天遮月",被称为"仙居之胜地,栖灵之秘境"。

历经1 000余年沧桑,现在吐峪沟洞窟仍存46个,其中9个洞保留有壁画。洞窟中最早的一个凿于北凉时期,其余众多佛寺建筑在15世纪的宗教战争中被摧毁,或被地震荡平,幸存遗留佛窟中的文书、壁画、文物等在19世纪末和20世纪初又被外国人掠走,吐峪沟是他们在吐鲁番盗走文物最多的地方。

吐峪沟不仅是佛教文化与伊斯兰教文化的双重遗存地,也是自然景观和人文景观的美好结合地。吐峪沟山体陡峭险峻,山色五彩斑斓,东西山体素有"天然火墙"称号,夏季温度最高达60℃,山上寸草不生,像火焰山一样干得冒烟。然而,山谷中溪水环绕,流水潺潺,宽阔处的水面上摇曳着片片芦苇,酷暑时节,儿童在河里游泳嬉戏;山谷中树木葱茏,一块块葡萄园点缀其间,一派生机景象;山谷中的小山村也保留着原始的黄黏土屋,令外来游客有恍如隔世的感觉。

（选自 2005 年 12 月 20 日《中国商报》）

览市泰山下

提起泰山，人们会想起"会当凌绝顶，一览众山小"的名句。那是当年杜甫抒发登临山巅的感受。山下景况如何呢？"诗圣"未写，但今人写了（当然是今天的景况了）——览市泰山下：苦菜"味"变了，"铁骑"驮"天女"，花鸟闹昏晓……

野菜今胜昔

岱北市场是泰安最大的农副产品集贸市场，在时鲜蔬菜柜台上，堂而皇之摆放着众多的野菜、香椿芽、花椒叶、洋槐花、苦菜、白蒿，马齿苋……数不胜数，花椒叶每 500 克 8 元，香椿芽每 500 克 2.5 元，价格虽比一般蔬菜贵些，但购者如云，销得很快。卖野菜的有个体菜贩，但更多的是来自山村的老大娘，有的还是小脚老太太。由于生意好，她们脸上都是笑意。

记者在泰安游览数日，亲朋好友以野菜款待，凉拌马齿苋、苦菜煮面条、烙洋槐花饼，还有香椿拌豆腐、凉拌蓬蓬菜、炸面糊荷香、炸花椒叶等。品尝鲜香迥异的众多野菜，再就着吃煎饼卷葱，津津有味、妙不可言。吃野菜当年曾是挣扎的代名词，如今视为改善人们口味的选择，成为一种时尚。同是食野菜，今昔两重天，岂不令人感慨万分！

潇洒摩托女

进入泰安，视觉刺激最强烈的莫过于满街奔驰的摩托车了。摩托大多数为山东产的木兰摩托，白的、红白、宝蓝色的，五颜六色。骑摩托车的大多是青年男女，而以年轻妇女和姑娘为多。女摩托车手大多穿着入时，手戴白纱或黑纱手套，身穿白纱或黑丝衬衣，外罩或白或黄马甲，身着长短裙，足蹬白色皮鞋，或披长发,或戴头盔,骑着摩托穿梭于大街小巷,衣裙迎风飘逸,洋洋洒洒,骑行风姿与北京、上海、广州、青岛等大城市姑娘相比毫不逊色。

据泰安公安交警大队同志介绍,泰安是山城,马路坡度大,因而允许摩托车上街,全市已有3万余辆。泰安百货站何经理告诉记者,全站男女职工有600名,已有摩托400多辆。

花鸟入市来

逛泰安花市是一件憾事。花市坐落在岱庙后门连接的红门路上。在近500米长的两边人行道上逶逦摆放着数不清的奇花异草,花架高高低低、错落有致,比如圆杆巴西铁树、玉罗、棕竹、米兰、君子兰等。这里还堪称盆景的世界,那些用松树、杉树、榆树精心加工的盆景或遒劲古朴,或亭亭玉立,造型生动的盆景引来络绎不绝的游客驻足观赏。据说乘火车来登泰山的游客离开时一般都会买一盆小盆景或小盆花,开汽车来的游客则要买大盆景或大盆花带走。除鲜花盆景外,花市中还有鸟市、鱼市,花香鸟语,令人赏心悦目。

(选自1996年6月11日《中国商报》)

扬州有个谢馥春

　　眼下,越来越多的商业企业愿与名优厂家攀亲交往。今年 3 月,新疆商联会组织近 50 家商场 200 多名代表从大西北风尘仆仆、万里迢迢赶赴扬州订货,首先就直赴百年化妆品老厂——谢馥春。

　　谢馥春化妆品厂坐落在扬州东关街上。记者与众人一同步入厂门时,一股浓郁芬芳的香气袭来,沁人肺腑,整个厂区都弥漫在芳香的氛围之中。在工厂样品间里,呈现在参观者面前的是品种繁多的产品,众多的奖牌、奖状、证书令人目不暇接,其中 1915 年巴拿马国际博览会颁发的一枚香粉银质奖章格外引人注目,这枚奖牌是中国化妆品最早在国际大赛中获得的最高奖。谢家香粉既有美容的功效,又有除斑痣、除皱纹的功效。

　　而今,百年老厂正焕发出新的生机,工厂年产值已达 4 000 万元,生产不断推陈出新,产品已有膏霜类、香水类粉饼、化妆盒洗护发剂、美容类等系列 160 余种高、中、低档化妆品,产品多次获部优省优和北京首届博览会奖章、奖状。厂长蒋永正人称"拼命三郎"式人物。他告诉记者,工厂已与法国某公司开始合作,一个上规模的中外合资项目正在筹措实施之中,届时,工厂将跻身于国内大化妆品厂之列,一个光辉的明天正展现在谢馥春人眼前。

（选自 1992 年 8 月 8 日《中国商报》）

香港杂拾

应香港中国21世纪友好协会会长、香港特别行政区南区议员林启晖先生邀请，笔者于11月中下旬参加了香港南区艺术节并游览香港。

在港10日，深深感受到它的现代气息和先进的管理模式。香港主要公共交通工具是双层大巴和地铁，马路上各种车辆一律靠左行驶，速度极快，真可谓风驰电掣、呼啸而过。马路各个路口的自动信号灯相当先进，即使盲人过马路也不难，因为立柱中发出连续急促的啪啪声即为准行信息；如果啪啪声放慢节奏，则为行人停、车辆行的号令。香港不但车速快，而且人们的步伐普遍急速，反映出香港人快节奏的生活方式。香港马路整洁，公共场所摆放着分门别类回收金属易拉罐、塑料瓶、纸品类三种垃圾桶箱，街面上也看不到随地吐痰现象，反映出香港人很高的素质。

香港人普遍重视锻炼身体。在九龙公园和众多公寓周围，笔者看到，从早到晚，到处有打拳、舞剑、练气功、打羽毛球、跑步、散步的人，其中不但有老年人，而且有相当比例的中青年人。香港公园是免费开放的，因此成为大众娱乐的好去处。

香港有"购物天堂"的美誉。商场林立，入夜店内店外灯火辉煌，几乎通宵达旦。商店内商品琳琅满目，而且相对内地来说价格十分便宜。

香港市场的服装给笔者印象很深，不但款式新颖，做工精细，而且价格便宜，大多是从日本、韩国进口的，也有香港本地生产的，很有引领服装新潮的感觉。其实，香港青年女性多以短小上衣配长裤和中短裙为主，商店里不同色泽不同款式短装众多，令顾客挑选的余地很大。

香港吃的东西很贵,一根油条5港币,在广州一碗3元的皮蛋肉片粥在香港能卖到12港币以上。

香港也有不尽如人意之处。香港曾有"文化沙漠"的称号,这似乎可从一些现象得以印证。香港许多人说不好汉语普通话,不但不会说,甚至连听也听不懂。香港的餐饮以粤菜、潮州菜为主,许多内地人到香港旅游因吃不到可口的饭菜而产生抱怨。据说香港已将旅游业作为发展重点,尤其是将内地游客作为主要的发展力量,因此,解决语言、饮食等问题是刻不容缓的。

在港期间,得以认识从内地移居香港10多年的钟女士,她告诉笔者,香港语文等教学质量不行,待孩子在香港小学毕业后,就将双胞胎女儿送回广州或珠海上中学。

(选自 2001 年 12 月 30 日《中国商报》)

— 国外游览 —

做客美国家庭

体验美国生活

这次到美国,我是以记者身份与参加美国冬令营的多名中国高中生同行的。学生们要在洛杉矶著名的加州爱因斯坦中学与美国学生一同上课,体验美国中学课堂教育的特色,中国学生们被安排到多个美国家庭住宿。女儿是冬令营的带队老师,我们父女俩被安排在一户美国家庭食宿。这户美国家庭的男主人名字叫瑞克(Rick Hood),60多岁,在爱因斯坦中学担任历史教师。据说,美国对退休年龄没有严格限制。女主人名叫克里斯汀(Christine),出生于1962年,一头金发,是相夫教子的家庭主妇。

每天,瑞克先生吃过早餐,要开车去学校上班,顺路将其轻度智障的小儿子送到另一所学校上学。在美国,很多残疾儿童,即便是智障儿,也要上学接受教育。据说,其小儿子是领养的。大儿子有一头金发,很帅气,然而未到学校读书,而是由夫妇二人在家辅导自学。

每天早上,克里斯汀夫人要牵着狗在附近环湖一圈遛狗,然后与女骑友相约骑自行车去锻炼。早餐后或午饭后,克里斯汀夫人要出去购物,哪怕是买几根葱、一棵白菜也要开车去超市。有一次,她带着我开车去超市专门购买茶叶,还有一次她驱车近百公里专门去山里养蜂场买蜂蜜,一次购买一箱,可见美国人的养生意识也很强。

夫妻俩对来自遥远的中国的客人很和蔼可亲,瑞克先生专门搬出一本厚厚的报纸大小的世界地图册,在地图上寻找我居住的中国城市乌鲁木齐在哪里。他说,他很向往新疆的喀什,希望有机会能到那里旅游。

瑞克全家四口与我每天早晚同桌就餐,由于我不懂英语,因而沟通是个难题。解决的办法是互加手机微信,用各自的语言发出微信,每当看到翻译过的语言,彼此心领神会,不免会心微笑。

给美国房东包饺子

在瑞克先生家住宿餐饮五天,总感觉他们的餐饮过于单调,不外乎牛奶、面包、咖啡、牛排、果汁。于是在告别的前一天晚上,我决定给瑞克全家包一顿中国水饺,严格地说是中国山东水饺,一是感谢他们全家五天来的精心呵护照料,二是与他们分享一下中国的美味佳肴。

我首先去沃尔玛超市购买了加工好的猪肉馅和大白菜。在我的指点下,克里斯汀夫人拿出面粉、胡椒粉、酱油、香油、橄榄油,女儿帮我切白菜并剁碎。我在切碎的白菜里撒上少许盐,用手挤掉白菜水,并将白菜加入肉馅中,相继倒入橄榄油、酱油、胡椒粉、香油,顺时针搅拌均匀,再放盐拌匀,然后放入葱花搅拌,顿时饺子馅散发出诱人的香味。最后在面粉中加入蛋清和水,开始和面。克里斯汀夫人目不转睛地盯着我的每一个动作,显然是想要记住这种烹饪技巧。

临包饺子时,却发现缺少小小的擀面杖。克里斯汀夫人拿出一个石头碌子,两边有手柄,石碌足有二三斤重,这可能是她做面包的工具。这个石碌虽然笨重,但也能凑合,只不过费劲不少。我包好几个饺子后,克里斯汀夫人也模仿着包了起来,虽然她的饺子包好后都是平平的,但好歹没有露馅。

饺子煮好了,瑞克先生和克里斯汀夫人吃得津津有味,两个孩子也说好吃。最后,有三十多个饺子没有煮,克里斯汀夫人将饺子放入冰箱速冻起来,她说,过两天就到了她父亲的生日,她要将这些中国饺子作为生日礼物送给亲爱的爸爸,让他也尝尝大洋彼岸的美味。

我将中国象征阖家欢乐的饺子技艺传授给大洋彼岸善良的美国夫妇。美国夫妇则将一个封好的信封交给我,我打开一看,里面全是翻译成中文的教人向善的《圣经》词句。

(选自 2016 年 4 月 14 日《乌鲁木齐晚报》)

感受美国的汽车文化

中国有句老话,叫"千里不同风"。在远隔重洋、数万里之外的美国,自然具有一种别样的风情风貌。春节之际,笔者到这个异国他乡一游,从美国西海岸洛杉矶到东海岸的波士顿,历时 18 天,行色匆匆,记下了些许的见闻。

驾驶室玻璃不贴黑膜

除从旧金山到首都华盛顿是乘坐一夜飞机外,从洛杉矶到旧金山,从华盛顿到纽约,从纽约到波士顿往返,都需要乘坐差不多一天时间的汽车,笔者强烈感觉到美国是一个汽车车轮上的国家。据司机介绍,3 亿多人口的美国,拥有乘用轿车 2.6 亿辆,除了未成年人外,几乎每个家庭成员会拥有 1 辆汽车,美国是名副其实的汽车王国了。在美国到处是车河车海。汽车在双向八车道上奔流不息,且车速飞快。笔者东张西望,看到驾车的有相当多的金发女性,她们车技娴熟,巾帼不让须眉,完全不逊色于男性。在城市市区、郊区乃至公路旁分布着众多宽广的停车场,停车场内鳞次栉比停满各式汽车。

与中国情况不同的是,美国的乘用轿车驾驶室玻璃不贴黑膜。人们从外面可清晰地看到开车人与乘车人的面孔,据说,这是美国法律规定的,便于执法人员查看车内状况。另外,前挡风玻璃清爽明亮,未贴一个纸片。令人惊奇的是,清晨、傍晚或阴天,公路上行驶的汽车无一例外地开着大灯;更令人疑惑的是,在阳光灿烂的日子,公路上也有不少司机开着大灯在行驶。据说,这是司机警示对方,以确保安全。以上几种状况,与欧洲相同,1999 年,笔者访问欧洲九国时就看到过这种景象。

汽车以本国品牌为主

美国道路上行驶的汽车以美国本土品牌为主,有福特、通用、克莱斯勒等,其次是日本车、韩国车,日本车有本田、丰田、尼桑等,韩国车有现代、起亚等,欧洲产的汽车在美国不多见。美国的汽车很便宜,一辆新车通常在2万至3万美元,普通打工族一年工资就可买一辆新车,而白领阶层半年工资就可买一辆新车。美国的二手汽车很便宜,可以说是"白菜"价格,1 000美元就可以买到。笔者到波士顿后,笔者的堂哥宋铭杰开着一辆新车来看笔者。他原是中央民族学院(中央民族大学的前身)的讲师,1989年公派到美国波士顿东北大学留学,获数学博士学位。他告诉笔者,刚到美国时,大多数学生不富裕,他花了几百美元就买了一辆二手车,性能也蛮不错。

美国的住宅区不收停车费,大部分商业区设有免费停车场。一次,我们要在公路旁餐馆就餐,车开进三个停车场才找到一个停车位。笔者问司机,刚才的停车场有不少空位,为何不停?司机告诉笔者那是专门的残疾人停车位,美国法律规定,残疾人车位不得占用,否则罚金高达五六百美元,而且还要吃官司。若被占用,举报的民众很多,虽然举报无奖励,但美国大众法律意识很强。

油费包括养路费

在美国行车数日,一路上畅通无阻,并没有见到收费站。据说,美国的汽油费已经包括了高速公路的养路费,结果是司机无需时时停车交费,自然车流畅通。在美国,对汽车司机来说,"买路钱"几乎为零。按说,美国的公路年久失修,大多已老化,不像笔者在欧洲一些国家看到的公路那般平坦厚实。但是乘车在高速公路行驶四五日,没有看到一桩交通事故。据司机介绍,美国交通事故较少,这得益于美国交通管理严格。在美国考驾照,理论考试主要是交通标识的识别以及汽车优先让行人过马路等基本知识,考80分就可以过关;而路考是开进城市马路实际操作的,考官坐在考生旁边严格打分。在美国,不通过学习而通过"走后门"领到驾照是绝对没有的。美国严禁酒后驾车,公路上严禁的警示牌很多,也特别强调开车乘车要系安全带,并严禁驾车换CD带、发短信等。美国的汽车大多是自动挡,性能先进,新车开几年就又换车。另外,美国司机文明驾驶礼貌行车的自觉性很高,这也是事故不多的原因之一。

(选自2016年3月10日《乌鲁木齐晚报》)

美国商业服务业扫描

大红灯笼高高挂

显然是为了应对逐年增加的中国游客,美国的商业服务业中的中国元素处处可见,这也是一种与时俱进吧!

从西海岸到东海岸,无论是洛杉矶、旧金山,抑或是华盛顿、纽约、波士顿,从闻名遐迩的旅游名胜迪斯尼乐园、环球影城到普通的商店、饭店、超市,游人会经常看到高悬的中国大红灯笼以及喜庆的"春"字、"福"字、"龙"字的字体和模型,这使得远离故土的中国游客油然产生一种亲切感,显示了美国人吸引中国人的良苦用心,同时也表达了他们对中国文化的一种尊重。

不仅如此,在美国由华人开设的中餐饭店也在逐年增加。笔者这次去了美国五个大城市,应笔者的要求,司机总是爽快地答应并很快带笔者到就近的中餐馆就餐,可见,在美国不必为难觅中餐而忧虑。比如在华盛顿,笔者吃除夕饭是在一家四川人开的名为"川人百味"的饭店,不仅品尝到了麻婆豆腐等地道的川菜,还吃到了中国的饺子。笔者注意到,到中国餐馆就餐的人,除华人外,还有大量的美国人,据说,其中有相当多墨西哥裔美籍人,他们也特别喜欢中国自助餐的食品和菜肴。

不仅中国人在美国开设中餐馆,笔者还注意到,有些中餐馆是由美国人开的,而且掌勺的也是美国人,但是仔细观察,会发现他们的厨艺不是很地道。比如美国有一个名叫"熊猫"(Panda Express)的连锁中餐馆,这是美国人眼中最地道的中式快餐厅,笔者在这里就餐时看到,厨师们事先将豆角、芹菜等蔬菜焯熟,炒时就简单回了一次锅,程序简化,当然味道就稍逊一筹了。不过,美国人喜欢中国餐饮是不争的事实。

在世界上,中国是一个极富商业文化传统的国度,比如崇尚"童叟无欺、和气生财""今天的看客就是明天的买客,都要热情接待"等,这些都是耳熟能详的商谚。中华人民共和国成立后,我国商业战线曾涌现过张秉贵、李素文、时传祥等服务明星,乌鲁木齐市商业战线也曾涌现了张桂兰、李寿文、唐燕柱等服务明星。

这次到美国,也看到了美国商业服务业的一些闪光点。比如,大多数超市、商店都设有数量充足的供顾客歇脚的长凳,橱窗陈设都很新颖醒目,售货员和服务员不论男女抑或白人、黑人,对进场的顾客总是先笑脸招呼。当你凝神无措时,他们会赶忙前来询问:"你有什么困难需要我帮助吗?"而且相当多的商场都安排有中文导购员,在顾客挑选商品时也是耐心等待,绝无厌烦的举动。笔者在一家卖鞋的商店看到,地面上刷印着大小尺码的鞋样,为顾客挑选合脚的鞋提供了方便。

新型商业模式——厂店商城

在中国,广大消费者喜欢到批发市场购物享受批发价,也喜欢购买出厂价商品,原因是流通环节少,没有层层加价。这次在美国就看到了一种新型商业模式,让顾客能够享受出厂价商品,而且都是名牌产品,这便是由众多美国生产厂家组成的商城。

这座名为奥特莱斯的商城位于距离纽约不远的 WOOD-BURY,地处公路旁一个四面青山环绕的山坳里,这儿坐落着一大片鳞次栉比的建筑群,由 300 多家生产厂家开设的商店组成,商品包括了箱包、鞋帽、化妆品、服装、食品、养生保健品、玩具、手表、小家电等百姓日常消费品。笔者注意到,除美国本国消费者外,还有大量的外国旅游车开到这里,其中主要是中国游客。人们购买最多的是美国的运动鞋,据说,美国生产的运动鞋款式新颖、质量上乘,很受中国人喜爱。其中耐克、纽巴伦、斯凯奇、UGG、玖熙牌很是畅销,美国的塑料行李箱如新秀丽、RIMOWA 等品牌因重量轻、结实耐用而广受旅游者青睐,女士提包中的 MK、COACH、LV 等品牌则很畅销。另外,美国生产的对心脑血管等有良好保健作用的鱼油、卵磷脂、银杏产品也相当畅销,曾有此类货架被顾客买空的报道。这里的生意常年如此红火,主要都是美国的名牌产品集中荟萃,而且卖的是出厂价格,可谓是消费者认可的价廉物美购物场所。

　　看过这座厂店商城,笔者想,乌鲁木齐何不也修建一座集中新疆名优土特产品的厂店商城呢?

（选自 2016 年 4 月 28 日《乌鲁木齐晚报》）

大洋彼岸遇故知

这次春节到达大洋彼岸的美国,的确遇到了不少故知。

首先是有幸见到了阔别 26 年的堂哥宋铭杰。到波士顿后,铭杰哥亲自驾车到宾馆接我到他家。这是一大片相同样式的二层小楼中的一座。有一个用篱笆围挡的小院,一片有"岁寒三友"之一称号的竹子在严寒中挺立。大雪覆盖着小院,积雪有一尺多厚。堂哥说,雪下面的地里还有牡丹,开春后,满院鲜花盛开。此情此景,使我不禁想起孩童时山东泰安老家的情形。我们的爷爷宋英全也养了满院的鲜花。

睹物思人,自然想到了宋英全爷爷,他是闻名故里的乡长。当年日军侵占了山东,爷爷一身正气不愿当亡国奴,毅然请来各村村长和乡绅,摆酒请客,给众乡亲下跪,坚决恳辞乡长职务。事后还将我的叔叔宋克仁(宋铭杰之父)送到八路军中参加抗日战争。时至今日,已时隔 70 多年,在老家仍然传为佳话。叔叔宋克仁抗日战争时任八路军冀鲁豫边区政府商业科长,中华人民共和国成立后担任过商业部计划局副局长、综合组(局)负责人、政治部负责人,为全国商品供应运筹帷幄;20 世纪 70 年代担任商业部副部长职务(享受部长级医疗待遇),鞠躬尽瘁,以为官清廉著称。

久别重逢,兄弟俩灯下促膝长谈。铭杰哥说,他在部队锻炼了好几年,复员后又上了大学,后来在中央民族学院(中央民族大学的前身)当讲师,工作中深感知识欠缺,为了充实自己, 1989 年赴美国深造,终于在波士顿东北大学获得了数学博士学位。

他乡遇故知,分外亲热。我们兄弟俩在美国相聚,我深深感慨的是,英全爷爷、克仁叔叔、铭杰哥,他们每个人身上都有着时代的烙印,都无愧于他们所经历的时代。

临别之时,我与铭杰哥在叔叔为铭杰哥写的书法条幅前留影。叔叔生前享有"书法家部长"的雅号,这幅书法是他生前 85 岁时题写的。

从洛杉矶到旧金山 8 个小时的汽车行驶中,为我们开车的是一位操着山东胶东口音的身材高大的李师傅。交谈中得知,他是大连人,祖辈是闯关东的烟台人。8 年前,他只身闯荡到日本,开了几年车;5 年前,他又闯荡到美国。

从华盛顿到纽约的一天行程中,为我们一行 8 人驾车的是一位名叫李岩的 50 岁开外的汉子。交谈中得知,他是天津人,他的妻子是石河子兵团人,在遥远的美国结识一位"新疆女婿",陡然增进了亲切感,也拉近了我们的距离。李师傅的妻子和 29 岁的儿子都居住在天津。19 年前,李岩初闯美国,一直住在纽约,开始在餐馆洗盘子,干杂活累活。他说,电影《北京人在纽约》里中国人所遭遇的挫折和困苦他都经受过。他现在是北京美洲集团的司机兼导游,他边开车边给我们介绍美国的历史文化风俗,俨然是一个美国通了。通过他的介绍,我长了不少知识。比如,在参观美国首都华盛顿国家广场高约 169 米的华盛顿纪念塔时,李岩介绍,这座高耸入云的塔是为了纪念美国首任总统华盛顿修建的,建成于 1888 年,由纯大理石建成,塔内也有中国元素,一块中文石刻是清朝福建巡抚徐继畬赠送的,刻有赞美华盛顿的词句:"华盛顿,异人也,起事勇于胜广,割据雄于曹刘,既已提三尺剑,开疆万里……"据说,这一中国元素在中国鲜为人知,直到 1998 年美国总统克林顿访华,在北京大学演讲时才予以披露。

如两位李师傅一样,在美洲集团尚有数百名中国司机兼导游,他们背井离乡,驾车奔驰在美国大地上,以辛勤的劳动,为中国学生了解美国进而留学默默地作出自己的贡献。

(选自 2016 年 5 月 12 日《乌鲁木齐晚报》)

欧洲印象

访问欧洲九国,乘汽车行驶 6 000 公里,公路上各种汽车风驰电掣,有巨型大巴、厢式货车,但整体上以小轿车为主,等于参观了一次欧洲车展。在国内看惯了三厢小轿车,自踏上欧洲大地就发现,与中国迥然不同的是,90％的汽车是两厢轿车,奔驰、欧宝、宝马、雷诺、沃尔沃、雪铁龙、大众高尔夫、大众 Polo、神龙富康、福特,品牌众多,令人眼晕。这些小轿车色彩纷呈,黑色、白色、绿色、宝石蓝色、大红色、橘黄色,十分悦目。众多轿车车体短小别致,在公路上闪电般奔驰,速度大多为 100～150 公里／小时。欧洲小轿车以小巧玲珑、操作自如、车位占地少著称。

欧洲的公路尤其是高速公路质量之高令人赞叹,我们的长途行程都是乘坐超级大巴。欧洲公路宽阔、平坦,一般有四车道至六车道,最宽八车道,近万公里行程中竟不曾感觉到一次颠簸,途中一位同志曾数日躺在最后一排,竟然舒适自如,优哉游哉。欧洲公路路面表面粗糙,不如我国公路路面光滑,但这种用破碎石子与沥青等混合铺设的路面,汽车行驶起来分外平稳;滂沱大雨中,路面也不见积水,汽车在大雨中高速行驶,丝毫未降低速度,司机根本不用为汽车打滑而担心。

欧洲公路上各种信号标牌十分完备,路旁不但有路标,间隔一段还设有地图牌,牌上方的横标上有当日日期、时间,还标有当时当地的气温。在法国公路两旁还设有许多彩色实物标志,有各种几何体,有立柱、圆球,在阳光的照耀下五彩缤纷,据说是为了消除司机的疲劳,为司机提神而设的。这一做法真让我们佩服设计者的匠心独运。

（选自 1999 年 11 月 28 日《中国商报》）

在欧洲国家吃中餐

出国前曾一度担心在国外能否吃上中餐,不料去年金秋近 20 天欧洲旅程中走了 9 个国家,除早餐每天在宾馆用西式早点外,其余顿顿都在中餐馆用餐。欧洲各国中餐馆之多出人意料。

10 月 15 日,飞机降落在法兰克福机场时,夜幕已经降临。夜色中我们来到一家熊猫餐厅,门前自然有憨态可掬的熊猫图像标志。尽管已是深夜,但店内用餐的德国人还为数不少。店主是上海人,夫妇俩既是厨师,又兼服务员,他们倒茶端饭,十分热情。主食为大米饭,菜为四菜一汤、炒鸡蛋、白斩鸡、白菜炒肉、菜花炒肉和猪肉骨头汤。热腾腾的饭菜和老板亲切的乡音,让我们虽身处异国他乡,却有宾至如归的感觉。

欧洲 9 国之旅,我们一行去了许多城市,法兰克福、斯图加特、慕尼黑、威尼斯、罗马、佛罗伦萨、比萨、摩纳哥、尼斯、戛纳、里昂、巴黎、布鲁塞尔、阿姆斯特丹等,无一例外城城都有中餐馆,其中在法国里昂就有 100 多家,巴黎则有上千家。欧洲中餐饭店名别具中国地域文化特色,如王府酒楼、天坛饭店、四合院餐厅、东方餐厅、天厨餐厅、海天酒楼、望海酒家、金狮酒楼、明园餐馆等。餐馆主人多来自中国沿海省份,以山东、上海、浙江、福建、广东为主,比如奥地利因斯布鲁克城东方餐馆的主人姓江,透着山东人的豪爽;里昂明园餐馆的杨老板则是广东揭阳人。10 月 21 日,我们在明园餐馆用餐,向主人问及来此地多长时间时,他幽默地说已经 9 000 天了。

令人称奇的是,欧洲各国中餐馆大多位居著名的旅游名胜景点。尽管众多华人来异乡时间很短,大多是改革开放后出去的,却能迅速占据寸土寸金的经商宝地,在罗马神庙旁、巴黎埃菲尔铁塔附近、意大利比萨斜塔广场门外,在布鲁塞尔小尿童雕塑附近，都有装饰富丽堂皇、生意兴隆的中餐馆。

欧洲中餐馆店堂陈设具有鲜明而浓郁的中华民族特色，门楣除汉文店名外，全部高悬大红灯笼。店内悬挂宫灯、山水字画，摆设花瓶古玩、福禄寿禧、龙凤呈祥、孔雀开屏、长城万里图，金光闪闪，耀人眼目，连近年流行的"莫生气"等字幅也高悬店内。

欧洲中餐馆生意之好令人惊讶。我们白天参观访问，往往入夜才赶到餐厅，大多数餐厅门庭若市，客人爆满，就餐者以中国游客居多。

客观地说，欧洲各国中餐馆的烹饪水平参差不齐，少数味道纯正、地道可口，但多数大同小异，主食基本上是米饭，家家餐馆供应乏味的白斩鸡，中国食客几乎不屑一顾。据说鸡肉便宜，蔬菜很缺，也昂贵，故餐桌上很难见。面食很少供应，不能满足游客需要，随着中国游客的日益增多，欧洲中餐馆应努力提高烹饪水准，在饭菜口味和品种上适应更多中国人的要求。

（选自 2000 年 1 月 16 日《中国商报》）

新加坡纪游

今年 9 月中旬,笔者应邀前往新加坡进行了为时 10 天的参观访问。那里浓厚的华人文化与绿色葱茏的秀丽风光,给笔者留下了深刻印象。

初到新加坡,笔者首先参观了正在那里举办的中国山东青年女剪纸艺术家卢雪和中国北京书法家王景芳的作品展。据介绍,新加坡经常举办中国书画艺术家的展览。这次展览的举办者是狮城书法篆刻会,其会员遍及新加坡各阶层,上至国会议员,下到国家各部门公务员以及教师、士兵等。中国书法在新加坡有广泛的群众基础。这个协会连续 10 多年,每年都编辑出版精美的汉字书法篆刻作品集。协会主席邱程光祖籍中国海南,对中国怀有深厚的眷恋之情,与中国各地书法界交往甚密。

踏上新加坡的土地,游客都会明显感受到处处充溢着华人文化氛围。电台、电视台的播音员都操着标准的普通话,与中国国内播音员并无差异。新加坡的华文报纸也不少,一天之中,街头报摊陆续销售有《联合早报》《新明日报》《联合晚报》等,且都是对开大报,版面多达 20 多版,而且一般使用简化汉字。街头巷尾,从早到晚,总能看到阅读华文报纸的读者,人数之众,明显多于读英文报纸的读者。

漫步新加坡街头、公园、商店等任何公共场所,满目皆是华人面孔,虽在异国他乡,却毫无"独在异乡为异客"的感觉。新加坡的商号牌匾大多用中、英两种文字标示,而且基本上是中文在上、英文在下。公共汽车车体上都用中、英两种文字标示诸多站名。据说,新加坡国民华语水平普遍较高,这是新加坡政府明令禁讲方言,大力推广华语的结果。

牛车水是新加坡有名的华人商业区。牛车水的名称源于开发新加坡之初,靠牛车拉运生活用水而得名。牛车水地区有一条唐人街,它与附近纵横交错的多条街道,组成商号林立的繁华区。牛车水大厦和唐城坊是两座最大的购物场所。商店大多销售来自中国的中成药、干鲜果品、纸伞香火、手工艺品、纪念品、服装箱包等。笔者留意到,摊位上赫然摆放着包装精美的中国东北人参以及中国新疆产特级枸杞、福建香菇等不胜枚举的土特产。牛车水南桥路坐落着泰安参茸行、泰昌古玩店以及许多记不住名号的茶叶店、瓷器店等,古玩店内陈列销售有文房四宝、中国名人字画、珠宝玉器、古陶瓷,引来络绎不绝的欧美游客驻足观看,其中也不乏购买者。据泰昌古玩店老板、书法家杨昌泰介绍,店内商品都是从中国组织来的。笔者逗留新加坡期间,临近中秋节,处处可看到销售月饼的摊点,许多店铺张灯结彩,节日气氛很浓。

据了解,新加坡有 300 万人口,其中 80% 为华人。早在 400 多年前,以广东、福建等省为主的中国人就来到了新加坡,为新加坡的开发建设作出了突出贡献。如今的华人仍然保持了吃苦耐劳的传统,在这块美丽的国土上辛勤劳作,不断创造。

(选自 2001 年 10 月 28 日《中国商报》)

鸟语花香访"狮城"

"狮城"新加坡以城市绿化和清洁卫生闻名于世,与瑞士并称为世界上最整洁清新的两个国家。

就绿化而言,新加坡有花园城市的美誉。访问新加坡,走下飞机,进入候机楼,首先映入眼帘的是悬垂在墙壁上和摆放在地上盛开的盆花,顿时给人清爽宜人的感觉。从机场到市区公路两旁栽种着高大美丽的热带扇形棕榈树、雨伞树、木麻黄树和色彩绚丽的三叶花。新加坡有一个建于 1819 年面积广阔的植物园,园内树木花卉有上万种。徜徉其间,满目奇花异木美不胜收,其中兰花最为著名,品种达 250 种。新加坡每年出口 300 万至 400 万株兰花到世界各地。花草树木之美不仅仅限于植物园,其实新加坡从城市到保护地(郊区)除房屋建筑设施外,土地全被鲜花绿树簇拥和覆盖,是一个名副其实的绿色鲜花世界。树多自然鸟就多,城市街道上空,时时有鸟儿掠过,街上也时常落下鸟来,笔者在沿街饭馆就餐,一只只比麻雀大点的黑色小鸟竟在饭桌和脚边跳跃。新加坡真可谓一个鸟语花香的世界。

有人认为新加坡树木茂盛、鲜花烂漫主要得益于其地处赤道热带,其实这只是一个方面的原因,最主要的原因还是国家倾心致力于绿化的结果。负责园林绿化的国家公园局杨秀珠女士介绍,早在 1963 年政府就提出了"绿化新加坡"的口号。1971 年举办了"全国植树节",后来相继成立了"花园城市行动委员会""国家花园局"。20 世纪 70 年代,政府提出"绿化街道""施工造园"。大力引种花卉观赏植物,在高架行人天桥、高墙、电灯杆上进行垂直绿化,并且拟定了公园与树木法令。20 世纪 80 年代后则进一步实施引种香花,广植果树,披绿黄土,植树成荫,开展对话,征求民意绿化工程。进入 21 世纪又提出了持续改进园林及绿化管理奋斗目标。现在,新加坡荟萃了全世界的奇花异木,如锡兰肉桂、美国槐、印度菩提树、巴西橡胶树、铁树、南美义叶树、非洲喀哑木、西印度樱桃、爪哇合欢树、非洲菊、南美朱槿等,引进名贵树木花草近 400 种,难怪毗邻的马来西亚非常羡慕,多次到新加坡求取引种树木花草品种。

(选自 2001 年 11 月 4 日《中国商报》)

—经济报道—

笑话："乌鲁木齐"错为"鸟鲁木齐"

——痛心：一点之差损失十六万元

　　乌鲁木齐市挂面厂在日本印制的精美挂面塑料包装袋，因将"乌鲁木齐"错写成"鸟鲁木齐"，致使塑料袋报废，损失金额达十六万元人民币。

　　1986年上半年，乌鲁木齐市挂面厂设计的这种包装袋，在交付印刷前曾上报有关部门审查，未能发现这一错字。这批塑料包装袋计一千卷，重量达十吨，在日本印好后，漂洋过海，越过千山万水运到乌鲁木齐，结果被有关部门发现而禁止使用。

（选自1987年2月24日《乌鲁木齐晚报》）

记者附记

　　多年实践使笔者体会到，记者要深入基层和第一线，才能抓到好新闻。这则消息就是笔者到乌鲁木齐市挂面厂采访，无意中捕捉到的独家新闻。稿件见报后，被《羊城晚报》《人民日报》《中国少年报》《小学生学习报》《文摘报》等国内许多媒体转载选用。还被选入大学、小学教材，有的省市还将其作为高考作文命题。此消息获新疆1987年度好新闻一等奖，并被选入当年《新疆年鉴》。可见，好的新闻是用腿跑出来的。这里选用几篇媒体和读者的反馈文章，以供参考。

【文章一】

有感于错印"鸟鲁木齐"

编辑先生：

我是《人民日报》海外版的一名忠实读者。读了 1987 年 6 月 2 日第三版上那篇《马大哈乌鸟不分，鸟多一点万金报废》的报道，出于海外赤子的责任心，提出几点感想和意见。

（1）先为挂面厂在日本印塑料袋，感到诧异。中国香港和国内很多国货商品的塑料袋难道都是花外汇到国外印的吗？不知道为什么，这家挂面厂竟能弄到十多万元的外汇，跨洋越海到日本去印包装袋。是否有人在这个问题上谋取了私利，如能查清原因，借以教育更多的人，这就起到了亡羊补牢之效。

（2）既已在日本印刷，根据设计底稿校对日方校版，并非难事。却让日方把样版送到北京，北京校对完了不算，又送往新疆，新疆机械进出口公司审后，又转送挂面厂再审，这是小题大做，重复劳动。

（3）这篇报道的结论也妙，似乎"面粉厂那位校对者'大概地'看了一遍，既未请示上报厂领导，又未让原设计者会审，就擅自签字同意"。意思是如能多加这两道审阅，错误或可避免。我个人认为此案关键不在于少了两人过目，因为这并不是什么技术难题，无须专家鉴定反复会审。如果不负责，即使再多的人过目，哪怕是中文系的大学毕业生，也完全可能视而不见。

（4）话说回来，错误既成，如何挽救，这是我们读者非常关心的。这篇报道谈到，价值十六万元的包装袋已运回国内，而且无法使用。万金报废确实令人痛心。果真，报废就是更大的浪费。我看乌、鸟两字仅一笔之差，完全可以用洗漆水或其他药剂把"鸟"中一点抹去。

（5）海外版揭露这种不负责任的不正之风，说大不算大，说小不算小，却能引起我们警惕，引起人们深思。请勿等闲视之，要借此能引起大大小小的"马大哈"们吸取教训，否则类似玩忽职守的事还会层出不穷。

香港远洋轮船有限公司财务部一读者

1987 年 6 月 4 日

（选自 1987 年 6 月 27 日《人民日报》海外版）

【文章二】

一点之差的喟叹

吴强

过去曾听到过把"买猪舌"写成"买猪千口"的民间笑谈，想不到今天竟见到了"乌鲁木齐"错写为"鸟鲁木齐"的大新闻，尤其当那"一点之差损失十六万元"的一行黑体字赫然入目时，使人想笑也实在笑不出声来了。

在此，我不想多费笔墨去鞭挞这些"马大哈"的责任者，因为，他们自会有人去认真追究、严肃处理的。我只想就汉字的书写规范化说几句话。

君不见，眼下的"一点之差"何其多也——店铺的招牌上有，荧屏的字幕上有，报刊的文章上有，甚至红头文件上也有……五花八门的错字、别字、生造字招摇过市，登堂入室，不仅谬误百出，贻笑大方，更有损于我国五千年的文明史。在当前，把加强精神文明的文化修养作为一件大事去抓，看来确有必要。据说前不久，上海小学生上街"捉"错别字成绩不小。我们乌鲁木齐为啥不可效法一下呢？如果由"一点之差"引出大家都来消灭错别字，也算是坏事转为好事的一个方面吧。

朋友，愿我们都从自己做起——笔下留情，为纯洁民族的文字而努力。

（选自 1987 年 6 月 2 日《乌鲁木齐晚报》）

【文章三】

一字之差，万金报废

1986 年，我国新疆乌鲁木齐市粮食局挂面厂从日本引进一套挂面生产线。随后，又与日方签订了 1 000 卷塑料包装袋的供货合同。袋子的图案由厂方请人设计，样品出来后，首先经新疆维吾尔自治区进出口公司审查，然后交日方印刷。

1986 年 3 月，这批塑料袋漂洋过海从日本运到乌鲁木齐。打开包装一看，才发现袋上的"乌"字多了一点，"乌鲁木齐"印成了"鸟鲁木齐"。

结果，花了 16 万元印制的这批塑料包装袋，成了一堆废品。

【阅读练习】

1. 花 16 万元印制的塑料包装袋为什么成了一堆废品？

2. 你从这件事中受到了什么教育？

（选自 1991 年 2 月 20 日《小学生学习报》）

乌鲁木齐：忽视大众自行车族出行的城市
——从科学发展观看近年乌鲁木齐城市规划建设

每当问及外地来新疆的客人或从外地出差回来的新疆人，都有一个大体一致的看法，在国内直辖市、省会城市、首府城市中（重庆除外），乌鲁木齐是少有的忽视大众自行车一族出行的城市，因此使得这个曾经拥有百万辆自行车的大都市在今天自行车数量剧减，给绝大多数市民群众的出行造成了极大的不便，这反映出乌鲁木齐与发达城市在交通上的明显差距。

曾经是自行车大都市

20世纪90年代前，乌鲁木齐曾经是自行车大都市，自行车是大多数市民主要的出行工具。每当上下班时节，闹市区街道上自行车像潮水般涌动。当时，乌市天山商场、天山百货大楼、新百大厦、红山商场等十大商场门前自行车停车场内，每天都停放着数百辆自行车。平时，市民们推着小孩上街或外出游玩，秋冬时节购买白菜、土豆、大葱或者买粮、换煤气等，都靠自行车。著名音乐家王洛宾就是大众自行车族一员，他晚年骑过飞达、鸵鸟等牌子的自行车，在他80岁时，人们还时常见到这位老人骑自行车穿行于乌鲁木齐的大街小巷。当时，一般市民家中都拥有两三辆自行车。每逢年底，税务部门都要在报纸等媒体刊发自行车上税通告，全市仅此一项税收数目就很可观。笔者在20余年记者生涯中就曾骑过12辆自行车。20世纪80年代初，我的记者同行们也都是骑自行车在市区采访的。可以说，自行车给人们的生产、生活带来了极大的方便。

道变窄、道不畅是行车难的主因

今天，当人们漫步于乌鲁木齐中心城区就会发现，乌鲁木齐一些主要街道，如中山路、光明路、文化宫路、公园街等，根本就没有规划自行车道。如果按原本将中山路规划为步行街的话,理应只让市民步行或非机动车穿行,实际上却是汽车川流不息,而唯独缺少自行车行车路线。有些街道,如解放路、新民路、和平路、健康路等,原来很宽的自行车道被人为压缩变窄了,只能容一辆自行车或一辆人力车勉强通过。如果有自行车想超车前进,则必须驶进机动车道内,导致险象环生。广大市民称这种自行车道是象征性自行车道,是脱离实际的设计,根本不实用,称交通管理者只是坐在办公室里纸上谈兵。在压缩自行车道的同时,马路中间的机动车道反而被加宽到两车道、三车道甚至四车道。

更有甚者,原本很窄的自行车道,被各种汽车挤占后成为停车位,所谓的自行车道早已名存实亡,自行车根本无法从自行车道通过,有的骑车人只好冲上人行道,穿行在行人之中。

友好路本是一条很宽阔的马路,除中间道路跑汽车外,原先两旁的自行车道如今也成了公交车专用线,自行车无法从此通过。还有扬子江路的自行车道,在新疆日报社门前突然被堵截,成了公交车停车站,自行车只好穿过树丛拐进人行道。

道路不通畅,自行车道狭窄,致使广大自行车族只得放弃自行车这种代步工具,造成自行车近10年来日渐减少。一位在公园街空地上修理自行车的江苏南通修理工顾振兵告诉记者,从1989年开始,他一直在这里修车,十年前,他一天要修30辆自行车,而现在一天仅修两三辆,骑自行车的人越来越少了。

据了解,虽然自行车难行,但是乌鲁木齐市至今自行车保有量仍在60万辆左右,退休的市民、打工一族、学生等等是自行车一族的主体,他们仍然期待乌鲁木齐能改变骑自行车难的窘境。

仇保兴:自行车应有优先行驶权

不久前,2006年中国城市规划年会在广州召开,建设部(国务院原有组成部门)副部长仇保兴在会上大力倡导:中国大城市应该恢复自行车道。他引用国外城市的经验称:"市长不应只考虑去改善30%有车(汽车)族的生活,而是要为占人口70%的无车(汽车)市民做些什么?"他还指出:只有一种经济组织形式的城市,是难以创造可持续发展能力的。我们的城市应该宽容,而我们的城市很多时候却犯了"一刀切"的毛病。

在接受媒体记者采访时,仇保兴一针见血地指出:取消或压缩自行车道,错误选择高耗能(汽车)城市模式,这是逆时代潮流而动的错误决策。他说:"所有的交通工具中,自行车是最节能的,零排放、零能耗,而且骑自行车出行还可以锻炼身体,提高国民体质;同时,多使用自行车可减少交通拥堵和铺路用地,一辆汽车占用的路面一般可以容纳6辆自行车,而一辆汽车停车所占用的空间则可使20辆自行车停放。现在,所有发达国家的城市都在倡导可步行的城市(walkable city),恢复了自行车道,自行车与机动车拥有同等的道路通行权,城市行政首长带头骑自行车或步行上班。"

仇保兴副部长还指出:实践证明,在公共汽车停车站建设立体的自行车停放处,使公交与自行车两者有机结合成全面便捷的交通系统,可使城市的噪声污染和交通堵塞大为减少,而我国少数城市交通管理部门的负责人"屁股指挥脑袋",没有考虑普通百姓的利益和持续发展的大局,单纯从"城市形象的现代化"出发,取消自行车道,这样的决策者以后是要被子孙指着脊梁骨骂的!

律师:公民有交通工具选择权

记者曾咨询几位律师,他们一致认为:出行主体是平等的,任何公民都有选择交通工具的权利,政府不应用行政手段限制自行车出行。骑自行车、人力车的主要是为数可观的邮局投递员,还有学生和送货员以及小商小贩、外来工、退休人员等低收入群体,这些人因为收入微薄,才选择这种靠体力助推的交通方式,所以从保护这些低收入阶层的角度出发,也应该为他们的出行提供方便和保护。

有关交通专家认为,城市的机动车道、非机动车道和人行道是"三权分立",自成体系。如果不出现交通堵塞的情况,骑自行车者很少自愿闯入机动车道冒着生命危险和机动车赛跑。要从根本上解决路与车的矛盾,不应只采取"限车"方式,更不能一味地压缩非机动车道,而应解决整个城市经济重心的偏移与均衡发展问题。

世界重新重视自行车骑行

在汽油不断涨价的今天,世界各国自行车重新焕发出魅力,被发达国家尤其是西方国家重视起来。德国政府每年财政拨款1亿欧元新建和维修自行车道。意大利和荷兰则采取对骑车一族经济补贴的办法推广使用自行车。法国政府在几年前就明确提出,要让全体国民都来骑自行车。美国总统布什不久前公开号召人民骑自行车,并且带头骑行。在英国,自行车销量每年以20%比例增长,仅2005年销量就比上一年增加约300万辆。

期盼首府再现自行车活力

在党中央倡导科学发展观、构建和谐社会的今天,突出重点,坚持把群众的利益放在首位,着力解决好群众最关心、最直接、最现实的利益问题被各级领导提上议程。

群众利益无小事,群众的衣食住行都是大事。在乌鲁木齐,自行车就是"行"的主要内容之一。近年来,乌鲁木齐每年都会公布要为市民办的十件实事。记者认为,2007年即将来临,希望乌鲁木齐市在新的一年里能将市民自行车出行难的问题列入新年为市民办的十件实事之一,使构建社会主义和谐社会的成效真正体现到为群众排忧解难上来,体现到实现和维护群众切身利益上来。

实际上,青岛、深圳等先进城市,在城市规划前都要在媒体上进行公示,广泛征求市民的建议。建议乌鲁木齐也在广泛听取广大市民建议的基础上,扭转今天城市自行车交通被动的尴尬局面。

(选自 2006 年 11 月《每周文萃》)

大批杜松为何死去

近年来,乌鲁木齐市朝着园林化、花园化的方向发展。在市内一些主要街道两旁,陆续种了松树、刺玫瑰、丁香等常绿乔木和花卉,逐渐改变了城市绿化的单调色彩,丰富了人民的精神生活。接着,东北的杜松、樟子松、红皮云杉等珍贵树种相继来到乌鲁木齐市安家落户,使市容面貌艳丽多姿,生机勃勃。但是,最近发现有关部门不太重视幼苗的科学管理,致使一些地段栽种的杜松大批死去。记者调查了新华南路至人民路口和钱塘江路新栽的近 1 000 棵杜松,发现成活量不足半数。还有相当一部分幼松针叶发黄,处于生死存亡关头。团结路到七一酱园栽种的 200 余棵幼松,目前有三分之二以上生命垂危。

据市园林局同志讲,今年从东北购进 2 000 棵杜松,每棵价值 40 多元,共计约 9 万元。以目前的 50% 成活率计,就将给国家造成近 5 万元的直接经济损失。有关部门不知是否仔细算过这笔经济账?

同样是从东北引进的杜松,命运却大不一样。新华南路至三甬碑一带和北京路种的杜松,如今已亭亭如盖,充满生机;光明路种的杜松,如今已绿树成荫,苍翠挺拔。为什么新华南路至人民路口和钱塘江路种的杜松却不断地死去?除了输水渠道一度不通等客观因素外,难道就没有有关部门对工作不负责任的主观因素吗?

(选自 1984 年 7 月 2 日《乌鲁木齐晚报》)

闹市区商店关店太早

——群众渴望适当延长营业时间

乌鲁木齐市闹市区大部分商店下午关店时间太早，给群众生活造成不便，乌鲁木齐市居民和外地来客希望有关部门认真抓抓这件事，适当延长营业时间。

最近，记者对解放南北路、中山路进行了实地调查。这两条繁华的商业街区，共有310多家各类商店，其中下午三点半钟已经关门的就有42家，四点半到五点钟关门的有141家，下午五点半关门的有107家，有18家营业到晚上六点至八点，只有2家营业到晚上九点。几家大商店虽然关门较晚，但是也大多在下午五点半至六点关门。从调查看出：下午五点半钟以后，绝大部分商店都关了门，群众购买东西十分困难。

下午五点钟以后是不是顾客就不多了呢？实际上，工矿企业、机关单位大多下午五点半下班，许多人下班后想顺便到商店买东西，可是此时不少商店已关门，或者只许顾客出，不许顾客进了。

记者在采访中了解到：广大顾客、商业干部、职工都迫切希望延长营业时间。许多人认为，冬季营业时间延长到晚上七点，夏季营业时间延长到晚上八点或八点半是比较合适的。

（选自 1986 年 4 月 28 日《乌鲁木齐晚报》）

乌鲁木齐应当开办夜市

"乌鲁木齐应当开办夜市。"这是一些从外地来到乌鲁木齐的客人在本市逗留后的共同意见。

一位从辽宁省辽阳市来乌鲁木齐的客人说:"作为采购员,我几乎跑遍全国,目睹了北京、上海、天津等大城市和各省会夜市的盛况,就连拉萨也开设了几条夜市街,而唯独乌鲁木齐没有。论时差,北京比乌鲁木齐早黑两小时,而商店夜市通常开到晚上八点半或九点,乌鲁木齐商店关门时间却比北京还早;论天气,哈尔滨冬天气温常常在零下二三十摄氏度,比乌鲁木齐还冷,可是哈尔滨不仅有不少街道开夜市,还有的街道夜市还通宵营业。"

这位辽阳客人认为,乌鲁木齐是新疆维吾尔自治区首府,约有 120 万人口,又是开放城市,常常有许多外宾、华侨以及国内其他省市的客人来这里办事或旅游,许多人很想逛逛西北边城的夜景,而入夜的边城大街却空旷冷漠,无处买物,无处品茗,无处吃上可口饭菜,使人兴味索然,只好回旅馆关门睡觉。如果乌鲁木齐夜市能开起来,必将吸引更多的游客,这对发展新疆旅游,吸收外地资金,将会起到积极的作用。他建议乌鲁木齐市有关部门重视这项工作。

(选自 1986 年 4 月 29 日《乌鲁木齐晚报》)

二道桥食品店八年坚持晚间营业

每天晚上,当百商谢客、众店关门的时候,团结剧场斜对面一家小食品店里依然灯火通明,顾客盈门。这就是乌鲁木齐市糖业烟酒公司所属的二道桥食品店。这个小店八年如一日坚持晚间营业,赢得了群众的称赞。

这个小店面积不足 40 平方米,货架上烟酒、糕点、罐头琳琅满目,品种不下300 种。商店主任李秀芬告诉记者:"有人说,我市晚上没多少人上街,生意不好做,并非如此。拿我们店来说,这里靠近团结剧场,电影开演前、散场后都有许多人前来购买香烟、糖果、糕点;即使不演电影,晚上也有许多出门散步的人。有的人家晚上来客人,也要临时来买烟酒食品。一些探亲访友,到医院看望病人的人,都来本店购买东西,常常是络绎不绝。"据了解,这家小店每天晚上营业到北京时间十一点钟,有时还延长营业时间。平均每天营业额都在 500 元以上,而仅晚上七点以后的营业额就达 300 多元,比白天的收入还要多。有时商店关门后有顾客来叩门买东西,值班人依然开门,破格售货。

这家商店由于坚持晚间营业,营业时间长,经济效益显著。去年销售任务26 万元,实际完成了 46 万元。

(选自 1986 年 4 月 30 日《乌鲁木齐晚报》)

乌鲁木齐市两闹市区即将开办夜市

本报关于乌鲁木齐应当开办夜市的一组报道刊出后，引起市商业部门的普遍关注。有关部门立即采取有效措施，确定延长营业时间和开办夜市。

乌鲁木齐市一商局局长步启武、二商局局长张中兴、市供销社主任陈杜芬经过商讨，一致同意先在南门至北门，广场至大西门闹市区开办夜市。他们认为，开夜市，国营、集体、个体商业要一起上，各类商业门店都要开，要让赶夜市的群众有吃处、有喝处、有玩处、有购物处。为此，他们希望市府财贸办公室做这方面的协调工作。

一商局步局长告诉记者，他们局所属各商店准备在机关、工矿企业单位下班后，再营业 1～1.5 小时，一些紧俏商品如名牌自行车、彩电将放在夜市销售，保证群众白天安心工作。

二商局 5 月 2 日召集所属公司经理、业务科长会议，专门研究延长营业时间和开夜市问题，要求各店无条件延长营业时间并开夜市，夜市区域内的鸿春园等 13 家饭店营业到晚上八点至十点；16 家猪肉、羊肉、蛋禽商店实行双班制，营业时间由早上七点至晚上七点；蔬菜公司和饮食服务公司还组成了 11 个夜市检查小组，监督检查营业时间。市供销社决定，位于闹市区的贸易中心、中山路果品店等八家商店营业时间普遍延长 1～2 小时。

（选自 1986 年 5 月 8 日《乌鲁木齐晚报》）

夜市巡礼

夜幕降下来了,可是乌鲁木齐闹市区比白天还热闹。原来,从 8 月 1 日晚开始,乌鲁木齐市闹市区开办了夜市!

一天傍晚九点,记者踏着斑斓的灯光和树影,浏览了大十字一带的夜市情况。大十字食品商店、百货商店、五金商店和天山商场、天山百货大楼店内灯火辉煌,橱窗内的霓虹灯扑朔迷离。大十字食品商店门前,酸奶摊旁围满了喝酸奶的人。不大一会儿就卖掉了近 1 000 瓶。各个商店里,顾客熙熙攘攘,男女老幼,有时比白天还红火。据估计,仅天山商场夜市两小时客流量就达 3 000 多人。天山商场经理王哲敏高兴地告诉记者:"民运会结束后,我们还将继续开设夜市。"一商局局长步启武接着话茬说:"开夜市,营业员很辛苦,可用提成的办法解决工资报酬问题。"

虽然闹市区夜市刚刚开始,但是各商店销售都相当可观。大十字百货商店小五金柜台,第一个晚上一会儿就卖掉 100 多元的商品。天山百货大楼自选商场的瓜子、汽水、食品销售很快,晚上的营业额近 400 元,相当于白天两三个小时的收入。

在天山商场,记者见到了市公安局局长谢建勋,他告诉记者:"市公安局最近专门成立了夜市治安办公室,有相当数量的治安员和民警分散在各商店,维持治安。"

如今,市中心 30 多家商店、饭店举办夜市,它们像一颗颗夜明珠,镶嵌在市区各街道上,给边城增添了光彩。

(选自 1986 年 8 月 5 日《乌鲁木齐晚报》)

记者附记

这是一组模仿报道。当时《经济日报》刊出了该报记者建议北京应当开办夜市的一组报道。笔者阅后很受启发,当时想到美国著名记者杰克·海顿的名言:"你想当记者吗?你就认真阅读当地的报纸,并模仿写作吧。"联系到当时乌鲁木齐市仍处于计划经济时期,与北京一样国有商业还吃四平八稳、按部就班的大锅饭,商店营业时间竟是机关化作息时间,机关上班,商店开门,机关下班,商店关门,给人民群众生活造成极大不便,于是,笔者花了大量精力,沿着解放路、中山路、民主路等商业街一家一家看商店的营业时间,还专门找了一家数年坚持夜间营业的二道桥食品店作为典型见报,以"榜样的力量是无穷的",表明乌鲁木齐能够开办夜市。

这组消息见报后引起很大反响,市长出面干涉,促使10多家大商场夜间营业。但是乌鲁木齐真正变为不夜城,大多数商业服务业做到夜间营业,还是进入市场经济以后,而今乌鲁木齐市夜间的市场繁荣超出了全国许许多多的城市,令外地人惊羡不已。

新疆羊毛库存过大危及收购

毛纺织原料紧缺,全国"羊毛大战"不止,而新疆却有 1.3 万吨羊毛长期躺在仓库"睡觉"。地区封锁造成商业资金严重占压,达 2 亿元。在当前羊毛收购旺季迫近之时,因资金周转不灵,全疆 60% 的网点停止收购。

近两年,新疆为保证本地毛纺工业原料供应,严格控制羊毛出疆,特殊原因需开出疆证。而新疆盛产羊毛,自治区内 13 家大中型毛纺厂用不了这么多,迄今因原料备足,工厂在 6 月份以前无须再从新疆茶畜公司进毛。而自治区政府唯恐毛纺织原料流走,不准外销,这样新疆茶畜公司就成了工业厂家的大仓库,目前,已向银行支付库存利息 1 500 万元,今年前两个月又净赔出 50 万元,作为一个独立核算的企业怎么承受得了!从今年 2 月 1 日起,银行贷款利率再次提高,因而商业企业资金紧上加紧,且出现恶性循环,无力承担今年羊毛收购任务。在全疆 590 个羊毛畜产品收购点中,目前有 60% 停止收购。

皮张收购更呈危急状态,哈密在 1988 年的旺季收购量只是 1987 年的 1/2,乌鲁木齐则为 1/50,自治区茶畜公司 1987 年皮张收购有 33 万张,而 1988 年只有 3 万张。眼看四五月新毛收购旺季就要到来,完成羊毛、羊绒收购任务需资金 2.6 亿元,目前全无着落,供销社有关部门忧心如焚。

为保证毛皮收购,按常规茶畜公司每年 2 月都向农牧民发放预购定金,以解决农牧民春季转场中的资金困难。但目前新疆茶畜公司资金困难,自顾不暇,无法为农牧民提供这一必要的服务。

(选自 1989 年 4 月 1 日《中国商报》)

市场难题困扰新疆
良策速解燃眉之急

　　停收毛皮、收购羊毛"打白条"、"三毛"产品严重积压等诸多困扰新疆业界人士的难题已逐渐解决。拨出部分紧俏工业原料配套供应给协作单位、注重深加工、中国人民银行安排专项贷款收购，这些措施是新疆维吾尔自治区政府最近采取的应急之策。

　　今年新疆牧业丰收，牧畜年末存栏数预计3 380万头，羊毛年产量达4万吨，创历史最高水平。但到11月中旬，自治区供销社羊毛、山羊绒、牛羊皮张收购进度缓慢。除牧民自用以外，尚有6 600吨羊毛、数十万张牛羊皮滞留在牧民手中。在已经收购的羊毛中，"打白条"欠款高达6 400余万元，直接影响了牧民的生产和生活。据不完全统计，全区毛产品积压值达2亿元以上，新疆供销社库存羊毛高达2.01万吨。与此同时，工商企业间连环债严重，欠款高达1亿多元，企业经济运行启动困难。为解决这些难题，新疆维吾尔自治区政府迅速拿出具体措施：

　　——拨出部分工业原料，由新疆供销社配套向国内其他省市销售1万吨绵羊毛，并请铁路部门优先安排车辆。

　　——抓加工，将积压羊毛加工成洗净毛或毛条，避免库存羊毛霉烂、泛黄。

　　——中国人民银行乌鲁木齐中心支行安排专项贷款，兑现农牧民交售羊毛打的"白条子"，并继续敞开收购羊毛、皮张。

　　——由中国人民银行乌鲁木齐中心支行负责协调清理拖欠资金问题。对没有继续收购任务的地区，可以将工厂占压茶畜公司的资金和利息转入工厂账户，供销社系统上下之间拖欠的贷款由各级农行清理。

——停止加息、罚息。对畜产品收购贷款可以采取延长期限的办法加以解决。从今年 10 月起,畜产品的收购贷款期限可延长半年至明年 3 月止。

（选自 1989 年 12 月 14 日《中国商报》）

记者附记

《新疆羊毛库存过大危及收购》一稿见报后,产生了很大影响,被《文摘报》转载,《新疆日报》记者陈晨还专门打电话向笔者告知此事。我们的行政部门搞了几十年的计划经济,面对市场放开极不适应,也是束手无策,所以采取了这些应急措施,现在回想起来,真是有幸记录了这一特定时期的阵痛。

乌鲁木齐市夏令男女服装可与上海媲美

今年夏季,乌鲁木齐市男女服装色彩纷呈,款式新颖,品种繁多,可与上海服装媲美。

不久前,记者在上海看到:青年服装朴素雅致,美观大方,色彩艳丽且和谐,穿着后显出紧身、苗条、健美的身材。而乌鲁木齐市一个明显的特点是:女青年穿裙子的大大多于往年,既有彩格、彩条喇叭裙,彩条毛巾裙,白色、红色涤纶牛仔裙,也有蓝色米色筒裙、多色连衣裙,尤其是多年不见的旗袍,也可在街头看到。裙子式样繁多,长短不一。女上装多为上海、广州、无锡等地生产的饰有精美小花的毛巾衫、针织紧身棉毛衫、涤纶衫、翻领长短袖、双上袋棉毛涤纶小姐衫,以白色、浅黄、肉色等单色和双色为主。男青年流行穿针织棉毛、涤纶短袖衫,带有体育运动、龙、鹰、帆船、美术字母等图案。

身着富有特色服装的边城各族群众,显得更加健美多姿。五彩缤纷的夏装与盛夏的鲜花辉映,使边城风采倍添。

(选自 1984 年 7 月 19 日《乌鲁木齐晚报》)

"边城"儿女穿戴美

"边城"乌鲁木齐人素以巧打扮、善穿着、潇洒风流给外地人留下深刻印象。今年穿着打扮又呈现出新特点,表现了各族人民对美好生活的追求和憧憬。

从春到夏,牛仔裤盛行不衰,受到青年们的喜爱。与牛仔裤相配穿的服装,则因气候的变化而变化。初春,男女青年上身穿紧身皮卡衣,姑娘们大多蹬一双棕色或黑色皮靴。入春后,女青年身穿绚丽多彩的紧身毛衣,多以红色或彩条引为时髦,喇叭裤基本被淘汰。这种"紧身化"的穿着风格使人们显得精神饱满,洋溢着青春的活力。

今年,乌鲁木齐市还出现了"西装热",男青年普遍穿西装,中老年人也不甘落伍。在市场上,男西装的销售远远超过女西装。和男西装配套的领带和男式花色衬衣也同步旺销。入夏,各式凉帽出人意料地成为热门货,人们争购纱网帽、无顶遮阳帽、旅游帽等。红山商场"五一"节一天就售出各种凉帽6 000多顶。

在打扮上,女青年多兴烫长发或自然披肩发。女青年中还兴起了"太阳镜热"和"首饰热",各种太阳镜、金首饰畅销,戴耳环、耳坠的女同志骤然增多。天山百货大楼新增无痛穿耳业务,只开业20多天,就有300多名女青年前往光顾。

(选自 1985 年 5 月 31 日《乌鲁木齐晚报》)

市属各单位青年学跳集体舞

4月份以来,乌鲁木齐市属机关、厂矿、企事业单位的团员青年积极学跳集体舞。

集体舞内容健康、形式活泼,很受青年欢迎。乌鲁木齐市级机关、供销社、一商局、二商局、支行、住宅公司等单位的团组织,结合青年人的特点,将《党啊,亲爱的妈妈》《我们的生活比蜜甜》《年轻的朋友来相会》等乐曲改编成新颖、欢快的舞蹈曲,在广大团员青年中推广、普及,有的单位还从艺校请来舞蹈教师指导,许多团干部带头参加。

这些活动,不仅丰富了广大团员青年的文化生活,还陶冶了他们的思想情趣。

(选自 1984 年 4 月 21 日《乌鲁木齐晚报》)

乌鲁木齐市名厨师在京显身手
"花篮藏宝"荣获优秀奖

乌鲁木齐市唐燕柱、马金堂、朱云显、杨瑞初最近在北京举行的全国名厨师技术表演大会上,四人集体创作的"花篮藏宝"获冷荤拼盘制作优秀奖。

"花篮藏宝"的篮体是一个切蒂长形黑西瓜,瓜表面雕刻着浓郁的民族风情画:满架的葡萄和累累苹果、香梨、石榴,葡萄架下维吾尔族青年男女翩翩起舞,底座也是用西瓜雕成的,刻有精美的民族图案和四只彩蝶。雕刻者唐燕柱酷爱美术,他把美术与烹饪有机地结合在一起,技艺精湛,刀法熟练。瓜盅内盛冰糖蜜水,内泡香梨、苹果、海棠果、哈密瓜瓣、西瓜瓤、鲜葡萄、石榴子、樱桃新疆八鲜水果,瓜盅上平放一只直径一尺二的盘子,盘外围用甜瓜瓤、樱桃、葡萄、石榴围摆点缀,盘内围用葡萄干、瓜脯、巴旦杏仁、樱桃仁、南疆红枣、杏包仁干果围摆,盘心簇拥数朵萝卜雕花,衬以嫩绿芹菜、香菜;盘子上面立放一个用绿皮哈密瓜刻成的花篮提手,并在上面镶嵌石榴子,在灯光照耀下灼灼闪光,宛若彩色宝石。

"花篮藏宝"这道工艺菜在我国传统食品雕花基础上,进行了大胆创新,图案形态逼真,栩栩如生。原料全部选用新疆本地出产的多种名贵干鲜瓜果,具有鲜明的地方特色。八鲜藏于花篮主体,故名"花篮藏宝"。

(选自 1984 年 1 月 2 日《乌鲁木齐晚报》)

八万温州人畅游新疆商海
——乌鲁木齐温州商会成立

目前在新疆的温州籍个体私营经营者有 8 万余人,绝大多数集中在乌鲁木齐市,主要从事服装、鞋帽、机电、灯具、文化用品和餐饮业。其产品销往全国及中亚、西亚等国,年销售额在 100 亿元左右。温州人为繁荣新疆市场,沟通中亚各国与中国的商品交流作出了突出贡献。

大多数温州人是党的十一届三中全会后进入新疆从事商业经营的,经过 20 余年的发展,许多人已成为富商。多年来,新疆维吾尔自治区及乌鲁木齐市党政领导和职能部门对温州人在新疆从事经营活动给予了大力支持和帮助,乌鲁木齐市还在繁华区开辟出地皮,供温州人修建了温州商贸城。

近日,乌鲁木齐温州商会正式成立。温州籍人、现年 33 岁的新疆亿通集团董事长、新疆十大杰出青年钱金耐当选为商会会长。温州商会成立后主要是为会员和温州籍个体私营经营者提供有效服务,维护其合法权益;同时加强对业主的职业道德教育,规范其服务行为,杜绝经营过程中的欺诈行为。

(选自 1998 年 6 月 18 日《中国商报》)

新疆要做冰雪大文章

　　新疆的冰雪旅游资源得天独厚，完全可以与东北相媲美，唐诗"忽如一夜春风来，千树万树梨花开"即是对新疆冬季风景的生动写照。由于当地因地制宜、大力开发，如今，新疆已成为中外游客冬季冰雪游的向往地区。入冬，伴随着新疆降下全国第一场大雪，气温降至全国之最——零下 20 ℃。12 月初，乌鲁木齐市冬季旅游大型系列活动拉开了序幕。

　　这次冰雪系列游活动，由乌鲁木齐市旅游局牵头，有关区县局协助，规模大、景点多。活动以草原湖泊柴窝堡湖、天山国际滑雪场及市区公园、娱乐场所景区为主，分区域、分阶段、分主题不断掀起新的高潮。

　　活动内容主要有柴窝堡湖冰壁滑道、冰壁攀登、马拉雪橇、冰上赛车、滑冰等，并利用冰资源和风资源，首次推出冰帆滑冰项目。以天山国际滑雪场为主的近郊南山滑雪场已逾 30 余家，将组织开展雪地飞碟、雪地摩托、越野滑雪、马拉雪橇队、专业队滑雪表演等，特色项目为组织 40 匹马的队伍，穿越林海雪原，进行雪原观光览胜。市区人民公园将举办历时 50 天的第三届雪雕游园会，有题材广泛、造型各异、惟妙惟肖的 190 组雪雕作品和庞大冰灯群亮相。新城公园、植物园、水上乐园也将开辟大型滑冰场和滑雪道。

　　乌鲁木齐市旅游局春节前后将与深圳、厦门、昆明等市旅游局联手开辟包机旅游直航线路，以方便南方游客体验北国冬景并领略新疆独特民族风情。据悉，近年参加新疆冰雪游的中外游客逐年增多，去年接近 10 万人次。

（选自 2001 年 12 月 10 日《中国商报》）

养生健美好去处

——访红山浴池桑拿浴室

朋友,你洗过桑拿浴吗?最近红山浴池开设了乌鲁木齐市第一间男子桑拿浴室,记者慕名前去进行了采访。

一个大房间设一间别致的小木屋,屋内两侧是两排长木椅,可供 6 人淋浴;屋中间是一座七八十厘米高的电炉,上面堆放着一块块带有洞孔的矿石;还有一把喷壶,这就是桑拿浴室的全部设备。浴室负责人老马向记者介绍说:桑拿浴,就是用湿热蒸汽洗澡。桑拿浴身法是古代劳动人民在生活实践中发现总结出来的一种健身方法。相传,在古代芬兰,人们用石头架起锅灶做饭,天下大雨时,雨水从屋顶滴落到炽热的石头上,产生了热蒸汽,置身其中,倍感舒适。以后,人们常常有意识地利用湿热蒸气浴身。因此,桑拿浴又称芬兰浴。

大运动量的活动和繁重的体力、脑力劳动之后,洗上一次桑拿浴,能在十几分钟之内迅速消除疲劳,恢复体力,并有一种特殊的舒适感。桑拿浴对腰腿痛、关节炎、风湿病及各种组织损伤和劳损神经衰弱、消化不良、感冒、毛囊炎等多种疾病有一定的医疗作用。

"那怎么洗呢?"笔者问道。"很简单,"老马说,"先将温度调整到自己能适应的程度,再进入室内,并不断向矿石上喷水以增加空气的湿度,沐浴者坐或躺在木椅上,10～15 分钟后出浴室,然后进行淋浴。"

听了介绍,笔者不禁想体会一下。温度调到 70℃,但只坐了 5 分钟,就大汗淋漓,再也坐不住了。浴后,当笔者走在街上,感到精神爽快,全身舒适极了。

(选自 1986 年 12 月 11 日《乌鲁木齐晚报》)

疑是天女来散花

——记全疆烟花鞭炮订货会焰火晚会

6月3日夜晚,全疆烟花鞭炮订货会在南门体育馆门前举行了一次空前壮观的焰火晚会。笔者提前来到现场。湖南醴陵和浏阳的各种名贵的烟花鞭炮堆成了小山,数千名群众前来观看这次烟火盛会。

夜幕降临,忽然鞭炮声大作,著名的醴陵烟花燃放,晚会的序幕拉开了。只见长长的横杆上悬挂着的数十串千响大鞭炮爆开了,火星迸射,金鼓齐鸣,声震四方,清脆悦耳。接着燃放了59种醴陵礼花,分别具有声脆、形美、色艳、烟香等特色。礼花腾空,把整个夜空装扮得花团锦簇。

新疆4家花炮厂也相继燃放了160余种花炮,历时3个小时。塔城花炮厂的"起花"烟花,喷出的粗大金黄色火束形似一条金龙,摇摇摆摆腾向遥远的星空;吐鲁番鞭炮厂的"兰花盛开",喷出的蓝色火球,如闪光的翡翠珍珠;奎屯花炮的"大雪烟花"如漫天大雪,纷纷扬扬,蔚为壮观……

焰火晚会压轴戏是浏阳的烟花,把晚会推向新的高潮。且看,有的如火箭射向天空,在空中爆炸后同时飞射出两颗圆球,犹如天鹅下蛋;有的炸出数朵伞花,那满天小伞上都挂着亮灯,在半空中飘飘荡荡。"金盘起月"烟花在空中停顿两三次,继而又向上升腾……夜已深沉,花在怒放。

据烟花鞭炮订货会负责人介绍,为庆祝新疆维吾尔自治区成立30周年,新疆维吾尔自治区土产日杂公司组织了近千个烟花品种供各地选购。可以预计,全国各地大庆日之夜空,将会出现五彩缤纷、绚丽多姿的奇景。

(选自1985年6月10日《乌鲁木齐晚报》)

新疆烤肉香飘京华

出差北京，漫步街头，遍布于京华大街小巷的烤羊肉摊，给记者留下了深刻印象。

列车到达北京时，夜幕已经降临。走出西长安街地铁出口，突然听到了一阵阵卖烤羊肉的吆卖声，一听便知是维吾尔族摊主操汉语的声音。记者循声望去，只见在明亮的路灯辉映下，人行道上摆着一长溜烤肉槽，红红的炭火把串串肉儿烤得滋滋地冒油，香烟缭绕，香气扑鼻。尽管北京的冬夜寒风刺骨，但顾客依然围坐在烤肉摊边，吃得津津有味。异地遇乡亲，分外亲切。记者与两位年轻摊主聊起来，其中一位叫艾山的小伙子热情地拿起几串让记者品尝，与新疆的烤肉一样美味。旁边的一位北京小伙子对记者说："新疆烤羊肉味儿真够意思，北京人忒爱吃……"

据有关部门统计，目前新疆已有 1 000 多名维吾尔族群众在北京经营烤羊肉、烤包子及其他新疆风味小吃。他们来自新疆各地，其中乌鲁木齐今年 1～11 月底办理进京卖烤羊肉手续的就有 160 户，许多人把妻子、孩子都带去了。现在新疆烤羊肉已风靡全国 40 多个大城市。

驻足在北京烤肉摊前，使人感叹不已：党的十一届三中全会后，对内搞活政策已打破了省区之间的界限。其他省市大批能工巧匠涌进新疆，而新疆的大批维吾尔族个体户进入其他省市，这是何等的好事啊！它促进着祖国各地经济的繁荣和昌盛！

（选自 1985 年 12 月 20 日《乌鲁木齐晚报》）

滚滚石油激活一方经济

近年来,在我国石油工业"稳定东部、发展西部"的战略转移中,吐哈油田成为一颗西部新星。鄯善县是吐哈油田的主战场,又是会战前指挥部所在地,记者最近去鄯善县采访了石油指挥部。

离开鄯善县城驱车半小时左右,便进入吐哈油田地域,只见高大的烟筒上燃烧着耀眼的火焰,钻塔星罗棋布,数不清的采油机(俗称磕头机)不停地上下运转。

吐哈石油勘探开发指挥部党委副书记张国栋和副指挥吴涛向记者介绍了吐哈石油开发情况。吐哈盆地是新疆三大沉积盆地之一,地跨吐鲁番、哈密两地区,东西长 660 公里,南北宽 50～130 公里,面积 5.3 万平方公里,预测石油资源量 16 亿吨,天然气资源量 3 650 亿立方米。

据介绍,吐哈盆地石油勘探始于 20 世纪 50 年代,截至 1997 年底,共钻探井 223 口,勘探总投资 66 亿元,油气勘探成果丰硕,先后发现了鄯善、丘陵、温米、巴喀等 16 个油气田和 5 个含油气构造,累计探明石油地质储量 2.31 亿吨,天然气地质储量 703 亿立方米,现有油水井 903 口,平均日产原油 8 200 吨以上,年产量达 300 万吨,截至 1998 年上半年已累计生产原油 1 293 万吨,原油产量列于我国陆上石油企业第 10 位,主要经济技术指标达到行业先进水平。目前,吐哈油田已形成集勘探、生产、销售及多种经营于一体的跨地区经营的国有大型石油联合企业,1995 年在中国 500 强大中型企业评比中列 115 位,1996 年评定为国家大型一类企业,原油产量连续七年持续增长,其中 1995 年、1996 年两年增长超过 70 万吨,居全国之首。在大力抓好原油生产的同时,同步实施了天然气的综合利用工程,目前已建成日处理能力 212 万立方米的天然气处理装置,仅用一年时间,投资 4.3 亿元,优质高效地建成了年输气能力 6 亿立方米、长 301 公里的鄯善—乌鲁木齐输气管道工程,为乌鲁木齐提供生产、生活用气。1997 年向乌鲁木齐输气 2.4 亿立方米,销售收入 1.6 亿元,既充分利用了宝贵的天然气资源,又有效地防止了环境污染。

吐哈油田的开发,促进了地方经济的发展。油田建设资金相当一部分消化在当地,就地采购物资达 55.8 亿元,占油田总投资 30%以上,累计上缴税费 8.6 亿元,给哈密、鄯善低息贷款 1.2 亿元,用于水利建设与地方开展联营项目 50 余项,累计注入资金近 1 亿元。

谈到发展,油田负责人介绍,争取 2000 年探明石油储量达 3 亿吨,确保年产原油 350 万吨,天然气 8 亿立方米,建成 8 万吨甲醇等石油化工项目,力争年销售 60 亿元,利税 7.5 亿元。

（选自 1998 年 9 月 25 日《中国商报》）

城中不知多少城
城中广场数不清
——乌鲁木齐市店名掠影

　　近年来,我国社会语言文字中出现许多不能容忍的混乱现象。以流通领域而言,不规范商店名称比比皆是,明明是一家什么商店、什么娱乐场所,且面积很小,却美其名曰某某广场、某某城、某某世界,皮革店称皮草行,家具店称家私店,个别省份的方言也蔓延全国,使人既看不惯,也听不懂,店名起名走进了误区!

　　在乌鲁木齐,也毫不例外地出现了上述现象,以城、广场命名的商店和服务场所不计其数,真是城中不知多少城,城中广场数不清。在这个城市每条街道都有这种现象,如从友好路到长江路就有什么平价广场、金孔雀娱乐城、布艺城、丝绸城、联邦亚都家私等,其他如皮草行、火锅世界、礼拜8等,五花八门,在大十字人民广场毗邻处正在修一座楼,起名银河广场,两个广场在一处,真不知怎样区分叫法。

　　商店店名是文化的范畴和意识形态的范畴,党的十四届六中全会作出了加强社会主义精神文明建设的决议,对当前社会不规范用字和不良文化现象建议社会各方面通力合作,齐抓共管,纯洁祖国语言,规范社会用字。

（选自 1996 年 12 月 6 日《中国商报》）

新疆粮食局向农民预报市场"天气"

春耕生产即将在天山南北展开,放开农业指令性种植计划后的第一春,如何安排生产,种什么作物,这是目前农民关注的头等大事。2月10日,新疆维吾尔自治区粮食局召开新闻发布会,预报今年粮食市场购销行情,供农民和农业生产部门参考。

关于今年粮食购销形势,粮食局负责人指出,粮食销售全部放开,价格随行就市,食油购销全部放开。粮食定购按照往年基数"保六放四"的原则安排,粮食部门平议价粮食收购量与去年持平,估计非粮食部门经营还要收购数亿公斤。另外,国内其他省市与周边国家对新疆的粮食需求有所增加,今年生产的粮食将不愁没有销路。鉴于新疆交通不便、运距长、运费高,制约了新疆粮油产品打入国内外市场,农民不能把增加收入主要寄托在提高粮油收购价格上,要不断适应市场变化,使新疆粮油价格与全国国际市场价格接轨,增强竞争力。

新疆粮食局还对小麦、玉米、大米、小杂粮、食用油等市场销售前景做了详细预报。

(选自 1993 年 2 月 16 日《中国商报》)

自治区市领导察看农贸市场

入冬以来的两场大雪,牵动了新疆维吾尔自治区和乌鲁木齐市党政领导的心弦:乌鲁木齐百万居民的冬季蔬菜和副食供应情况怎样呢?

11 月 20 日,正是星期天,市场上人山人海,随意选购各种商品和蔬菜。上午 11 时左右,新疆维吾尔自治区和乌鲁木齐市领导同志随着摩肩接踵的人流,来到了二宫农贸市场。当看到市场上芹菜、辣椒、白菜、蒜苗、西红柿等蔬菜应有尽有,葡萄、橘子、苹果、柿子等水果和各种风味小吃琳琅满目时,领导同志都露出了满意的笑容。他们挤在人流中仔细打听各种商品的价格、质量和产地等情况。这时,铁路医院两位同志手提豆芽和新鲜羊肉走了过来,王恩茂同志立即上前询问:"菜价贵不贵?"接着又亲自在小摊上买了 1 公斤生姜。离开二宫农贸市场时,王恩茂同志高兴地握住商店负责人冯淑华的手,鼓励他们要把工作搞得更好。

中午 12 时许,领导同志来到百花村饭店,仔细地询问新大楼开张营业以来的经营情况,并察看了卫生间和客房设备。他们还兴致勃勃地登上饭店的楼顶,眺望市容。王恩茂同志亲切地同正在饭店用餐的三名维吾尔族汽车司机攀谈,问他们饭菜味道如何。在离开饭店的时候,领导们热情地同炊事员、服务员一一握手。

两个多小时的视察结束了。许多顾客望着领导同志远去的身影,感慨地说:"领导同志工作那么忙,星期天也顾不得休息,来了解市场供应情况,关心人民生活,这种作风真好。"

（选自 1983 年 11 月 23 日《乌鲁木齐晚报》）

宋汉良书记要求
拿出商业职工工效挂钩办法

新疆维吾尔自治区党委书记宋汉良 5 月 21 日到新疆百货大厦了解"四放开"改革情况时,当场解决了大厦职工工效挂钩不能兑现的问题。要求主管职能部门转换职能,为试点企业放权。

新疆百货公司所属的新疆百货大厦是乌鲁木齐市的一家大型零售企业,年营业额 1 亿元以上,今年被自治区确定为首批 5 家"四放开"改革试点商业企业之一。1～4 月,销售、利润、税金分别比去年增长 44％、34.01％和 40.16％,然而职工工效挂钩却未兑现,影响了职工的工作积极性。宋汉良得知此情况后,当场与有关部门领导研究解决办法。他指出,在试点期间要把百货大厦从百货公司"割断"出来,单独同财政算账,使企业经营好坏同奖惩兑现。

了解新疆百货大厦初步改革情况后,宋汉良指出,商业企业实行"四放开"政策,对国家、企业、职工都有利,给了企业一条活路,"四放开"一定要搞下去,他要求试点企业的主管部门放权,让企业大胆尝试。要权部门与放权部门要同时改革,职能部门在为企业提供服务时,要主动提出自己的试验课题。

(选自 1992 年 6 月 6 日《中国商报》)

胡平勾勒新疆流通跨世纪宏图

9月上旬,商业部(国务院原有组成部门)部长胡平在新疆考察时指出,新疆要抓住三个机遇,发挥地缘优良传统的优势,思想再解放一点,步子再大一些,把流通工作搞上去,迎接新疆在21世纪的大发展时期。

胡平认为,新疆流通战线面临着三个良好的机遇:第一,新疆石油大会战,石油工业大发展,未来的能源希望在新疆;第二,"八五"期间将要修通兰新铁路复线,21世纪新疆将是大发展时期;第三,国际机遇,有发展边贸的得天独厚的优势。要把握机遇,流通要积极为经济建设服务。

胡平说,我国新疆与巴基斯坦、蒙古等八个国家相邻,边境线长达5 400公里,在民族文化、历史、经济等方面,双方都有密切联系,同周边国家做生意条件特别好,连翻译都不要,全国少有。除发展易货贸易外,还可有选择地到境外开办商场,商办工业,发展服务行业。也欢迎他们进来,把他们的优势辐射出来,机会是难得的,贸易兴边,就把流通带起来了。

在谈到兵团流通工作时,胡平认为,兵团有很好的精神。几十年来,老一辈革命者培养了许多优良传统,在流通领域拓展了新的领域。他们雄心勃勃,组建了兵团商业局和兵团供销合作总公司,要在90年代担负更多工作。地方商、粮、供系统的同志也应考虑90年代的整体发展规划。

胡平还说,新疆这么大的地方,流通工作虽取得许多成绩,但与国内沿海发达地区相比尚有一定的差距,需要进一步学习、实践、团结、进步。

(选自1992年9月17日《中国商报》)

新疆出口商品额创历史最高水平

近期,笔者从新疆维吾尔自治区经贸厅获悉:在 1987 年春季广州出口商品交易会上,新疆出口商品成交额达 3 500 万美元,创历史最高水平。交易会上,新疆传统商品哈密瓜、鲜葡萄、葡萄干、黑瓜子、安息茴香、红花籽、脱水菜、甘草制品成交量明显增加,价格普遍上调。许多新商品,如吐鲁番生产的利乐包装哈密瓜汁、葡萄汁、桑葚汁、小瓶装低度饮料酒,备受客商青睐。在短短的 20 天内,就有来自新加坡及中国香港、澳门的 6 家客商前来洽谈,哈密瓜汁成交 164 000 包,饮料酒成交 24 000 瓶。

(选自 1987 年 5 月 8 日《乌鲁木齐晚报》)

新疆商办酒厂八种白酒获优胜奖

新疆维吾尔自治区首届商办酒厂白酒质量评比会日前结束，八种白酒被授予优胜奖产品称号，三种白酒受到表扬。

获优胜奖的产品是伊犁酒厂浓香型低度伊力特曲、奇台酒厂清香型古城大曲、博尔塔拉酒厂清香型赛里木大曲、新源酒厂浓香型巩乃斯特曲、霍城酒厂浓香型特级北疆春、五五酒厂浓香型天池特曲、奎屯酒厂浓香型奎屯特酿、托克逊酒厂清香型白粮液。塔城酒厂的塔城特酿、伊宁酒厂的新宁特曲和一二七团酒厂的启明特曲受到表扬。

这次参加评比的共有 44 家酒厂的产品。评酒员普遍认为，新疆维吾尔自治区商办酒厂的白酒质量近几年有很大提高。

（选自 1987 年 4 月 5 日《乌鲁木齐晚报》）

乌鲁木齐市民族特需商品生产发展迅速

乌鲁木齐市民族特需用品生产和民族贸易工作"六五"期间发展迅速,成绩喜人。

去年,乌鲁木齐市民族特需产品的工业年总产值比 1984 年增长了 24.22％,比 1980 年实际增长 79.88％,近五年平均递增速度为 12.45％,其中日用品工业产值是 1980 年的 1.33 倍。到去年底,生产民族特需用品的企业已达 25 个,建成了陶瓷、长袜、服装、套鞋、毛毯五条生产专线,品种达 200 余种,花色 2 000 多个,有 10 种产品荣获国家和自治区优质产品称号,其中东方地毯、布拉吉、民族茶具获国家轻工部优质产品奖。部分地毯、毛毯、服装、花帽远销国外市场。

此外,乌鲁木齐市民族用品贸易也十分活跃,民族商品供应丰富多彩。去年 8 月正式将二道桥百货商店改名为民族用品商场,并成立了乌鲁木齐民贸采购站。五年来,红山商场、天山百货大楼两个民族用品专柜和民族用品商场的销售额直线上升,经营品种达 4 600 余种,受到各民族群众的欢迎。

（选自 1986 年 2 月 2 日《乌鲁木齐晚报》）

乌鲁木齐市集贸市场呈现繁荣兴旺景象

近六年来,乌鲁木齐市集市贸易市场建设发展迅速,开放、恢复了传统集市,修建了一些新的市场,呈现出一派繁荣兴旺景象。这些市场遍布市区和郊区,沟通了城乡商品流通,方便了群众生活。

党的十一届三中全会以后,乌鲁木齐市重视集市贸易市场建设,先后投资680万元进行市场建设。现在全市共有各类集贸市场77个,比1979年市场开放前增加了62个。今年以来,又新建了火车南站、育才巷、鲤鱼山、南山矿区、达坂城、安宁渠等10个市场,改建扩建了红旗路、天池路、文艺路、二宫等7个市场。这17个市场总建筑面积达4万平方米,市场内宽敞明亮,摊位整齐划一,上市商品品种繁多。据统计,今年头九个月,全市集贸市场成交额达1 200多万元,上市商品由1979年的50种增加到1 000余种,其中包括蔬菜、肉食、干鲜果品风味小吃、地毯、皮革制品、服装鞋帽、纺织品等,已由经营单一的农副产品发展为多种产品经营。这些市场已成为新疆的名优产品、土特产品的荟萃之地。另外,我国南方的竹编制品、名贵的花卉等特色产品也进入了这些集贸市场。集贸市场以它丰富的商品、特有的魅力,吸引着边城群众和国内外客人。

目前,在集贸市场经营的除国营、集体商业单位外,还有31 700多个个体户,这种多种经济成分的社会主义市场,起到了互通有无、拾遗补阙的作用。

(选自1985年10月16日《乌鲁木齐晚报》)

乌鲁木齐市出售第一批商品住宅楼

乌鲁木齐市一批商品住宅楼竣工,市城市建设综合开发公司已开始向市民出售。

今年4月,乌鲁木齐市成立了"城市建设综合开发公司"(又名中国房屋建设开发公司乌鲁木齐公司),并在团结路南、长江路东、友好东路开始修建一批六层居民楼,共计23幢。目前已有10余幢竣工,其余楼房也将陆续竣工。这批商品楼可出售1 000余套住房,总面积62 000多平方米。每套住宅都设有独用厨房、厕所及小方厅,集中采暖,装修质量较好。团结路民族专用住宅楼厨房还专门修建了馕坑,以方便少数民族群众的生活。

这三个住宅区大部分楼房为一、二类住房,每户建筑面积55平方米,也有部分是60~70平方米。

凡有乌鲁木齐市常住户口的单位和个人,以及允许进城经商和居住的单位、个人,均可持证明购买商品住宅。付款办法原则上在房屋交付使用前一次付清,也可提前预交定金,凡预交定金者,房价上可给予一定优惠。商品住宅出售后,产权归购房单位及个人所有。

(选自1984年1月1日《乌鲁木齐晚报》)

乌鲁木齐市居民调换住房愿望即将实现

乌鲁木齐市房屋互换所日前成立,乌鲁木齐市居民调换房屋的愿望即将实现。

乌鲁木齐市许多职工工作单位与住房相距较远,每天上下班都要花费很多时间在路途上,影响了工作、生活和休息,也加大了公共汽车的负担。据了解,乌鲁木齐市房产局现有直管平房 18 000 多间,分布在全市各处。另有直管楼房 4 000 余套,大多集中在友好东路小区、南公园小区、博物馆小区、新华南路小区、肥皂厂小区、新民路小区、长江路小区、团结路小区等地。凡是住在房产局直管平房或楼房的居民均可互换。

市房屋互换所今后还将逐步开展私房互换、单位公房互换工作。需换房者可先到互换所协商登记卡片,以便换房者互查。

（选自 1986 年 2 月 18 日《乌鲁木齐晚报》）

乌鲁木齐市换房条例开始实施

最近乌鲁木齐市人民政府决定：乌鲁木齐市换房条例开始实施，由市房管局统一负责乌鲁木齐地区住房互换工作。

换房条例规定的换房条件是：居住地点离工作单位较远；住房过宽、过挤，双方自愿；居住楼房有困难；因某种原因，需要分居、合居；因发生意外事故，需要改变环境的。住房交换，采用机关单位成片对调、个人之间交换、多边联换等多种形式进行，达到双方有利、相互方便的目的。

交换办法规定，凡驻乌鲁木齐地区的国家机关、企事业单位（包括征地办、住宅开发建设单位等），需要调换住房，以及各单位在征购搬迁中需要调换楼房、平房等，必须到市房管局房屋互换所登记，办理换房手续，不得擅自换房。

（选自 1986 年 11 月 29 日《乌鲁木齐晚报》）

"燕舞"牌收录机
与乌鲁木齐市消费者见面

一批设计新颖、音质优美、外形美观的"燕舞"牌收录机、带彩电收录机，18日起在新疆广播器材服务部首次同乌鲁木齐市消费者见面。

这批收录机有高、中、低档多种型号，其中有双卡双波段五音调快录混响立体声便携式收录机、调频调幅双卡电脑选十五曲五均衡分箱式组合机、大台式六喇叭立体声收录机、十四寸彩电组合式单卡立体声收录机。

据了解，盐城无线电总厂收录机年产量50万台，居全国第四位。

（选自1987年2月23日《乌鲁木齐晚报》）

农建食品厂尝到市场预测的甜头

在乌鲁木齐市食品商店里,农建食品厂根据市场预测生产的许多装潢精美的盒装糕点,受到群众的欢迎。

农建食品厂是一个老厂,这个厂生产的小儿酥糖、龙须糖是驰名自治区内外的糖果。糕点种类多,在群众中享有一定声誉。这个厂近两年通过市场调查发现,随着人民生活质量的提高,群众对食品生产要求更高了:不但要可口,富有营养,而且要好看。特别是盒装点心的点心盒,图案设计新颖,装潢精致大方,便于携带,越来越受群众的喜爱。于是,农建食品厂从国内其他省市定制了各式彩色图案点心盒,并生产了蛋麻花、沙琪玛、龙须糖、酒心巧克力、京津八件、千层方酥、薄脆酥等共15万盒,质量分500克、600克两种,于元旦、春节前后投放市场,很快便销售一空。

由于尝到了市场预测的甜头,他们决定今年把盒装的品种增加到15种,以满足群众的需要。目前,这个厂已成为乌鲁木齐市生产盒装点心品种较多、产量较大的食品厂。

(选自 1984 年 4 月 14 日《乌鲁木齐晚报》)

穿行在大街小巷　服务于千家万户

——大批能工巧匠给乌鲁木齐市人民生活提供方便

　　近几年,来自河南、江苏等省份从事各种技术操作的大批能工巧匠活跃在乌鲁木齐市大街小巷。他们摆摊设点,走门串户,以勤劳的双手、高超的技艺,方便了各族群众,美化了生活环境,带来了勃勃生机。

　　乌鲁木齐市从事木工、油漆、裁衣、补鞋等行业的人历来较少,给人民日常生活造成诸多不便。党的十一届三中全会以后,浙江、江苏等地的大批从事补鞋、弹棉花、补锅、木工、油漆的年轻手艺人先后来到乌鲁木齐市。他们走街串巷,沿街摆摊,到处招揽生意,繁荣了乌鲁木齐的手工业。这些手艺人绝大部分安分守己,吃苦耐劳,服务周到,收费合理,深受群众欢迎。目前,乌鲁木齐市不少居民家里摆设的时兴漂亮家具,身上穿的挺括、时髦的服装,绝大部分凝聚着这些手艺人的辛勤劳动。其中不少人还被商店请去在店内设摊,为顾客现量、现裁、现做,既增加了服务项目,又提高了服务质量,扩大了销售范围。

　　乌鲁木齐市工商部门给这些手艺人发放了临时营业执照,在经营上提供了许多方便,仅文化八巷就安排了各种手艺人50多名。据9月份统计,仅在天山区领取营业执照的就近200名,而活跃在全市的各类能工巧匠有数千人。

（选自 1984 年 10 月 30 日《乌鲁木齐晚报》）

贸易中心举办儿童玩具展销

昨天，乌鲁木齐市贸易中心玩具柜台被孩子和他们的家长围得水泄不通，为期15天的儿童玩具展销正在这里举行。

柜台上，音乐火车在缓缓行驶，边走边发出悦耳的乐曲；憨态可掬的熊猫频频举起相机，闪光灯一闪一闪；立式钢琴、电子琴奏出清脆美妙的音乐；电动飞车在"S"形盘道上急速奔跑……展销的四十多种玩具，琳琅满目，使人目不暇接，孩子们都看愣了神儿。在营业厅内还摆着数百辆童车，有大四轮手推车、带篷三轮车、坐卧两用推车等共计30多种。全部童车在儿童节期间以优惠5%的价格出售给小朋友们。

在柜台前，一位叫小洁的七岁女孩正在让奶奶和爸爸给她买玩具。她看了半天，喜欢上了喷火坦克，她的爸爸花了8元多钱，满足了女儿的心愿。石油化工厂计划生育办公室几位女干部，拿着600元钱来挑选玩具，据说是为独生子女运动会准备的奖品，光是熊猫小壶就买了50多个……营业员告诉记者，现在一对夫妻只生一个孩子，家长们为开发独生子女的智力，舍得花钱，单价四五十元的中、高档玩具十分畅销。

（选自 1985 年 5 月 16 日《乌鲁木齐晚报》）

新疆出口商品展览会举办预展

　　即将在香港举行的新疆出口商品展览，6 月 5 日开始在新疆维吾尔自治区展览馆举办预展。

　　这次展览是由新疆维吾尔自治区经贸厅组织的。展览会共展出粮油食品、土产、药材、纺织、裘革制品、地毯、轻工、石油化工、五金矿产、机械设备等 2 000 多种商品，反映了自治区成立 30 年来科学技术、工农业生产、对外贸易方面的成就。

　　展览会上展出的许多商品，如土产食品、名贵药材、毛纺、棉纺织品、地毯、绒毛、皮张等，是新疆的传统出口商品，在国际上享有盛誉。预展结束后，将于八月份在香港举办新疆出口商品展览。这是新疆第一次大规模的对外商品展览，将以展为主，展销结合，通过展览向港澳和海外介绍新疆建设成就，发展对外贸易和经济联合，扩大出口，组织进口，引进国外先进技术，加快新疆的经济建设步伐。

（选自 1985 年 6 月 10 日《乌鲁木齐晚报》）

乌鲁木齐市年历、年画销售
出现新变化

　　记者从正在举办年历、年画展销的南门新华书店获悉,今年销售年历、年画有新变化,一是销量明显增加,二是人们的喜好发生了变化。从元旦前到今天,共销售 20 万张年历、年画,比上年增加三倍。往年电影演员像销量大,今年销得最快的是山水、花鸟、中国画和彩色风景摄影,读者还偏爱名人字画,如郑板桥的墨竹四屏条、书法四屏条等。

　　据分析,年历、年画销售出现新趋势,是因为随着生活水平的提高,人们的生活情趣也变得高雅了,日益注重居室的装饰美化。

（选自 1985 年 2 月 8 日《乌鲁木齐晚报》）

抓好蔬菜生产
满足人民生活需要

在乌鲁木齐市蔬菜工作会议上,市委书记栗寿山就如何进一步发展乌鲁木齐市蔬菜产销工作的大好形势,大力促进蔬菜的商品生产,满足各族人民日益增长的需求作了重要讲话。

他说:"去年在中央1号文件指引下,在自治区党委和人民政府的关怀下,在各级有关部门的大力支持下,乌鲁木齐市郊区广大菜农和商业战线广大职工,从产销两方面积极努力,使乌鲁木齐市蔬菜的产销工作出现了品种增多、供应及时、价格稳定、经营管理有所改善的大好形势。市委、市政府和全市各族人民衷心感谢蔬菜战线广大菜农和职工的辛勤劳动。"为了把乌鲁木齐市1984年的蔬菜工作做得更好,他提出了以下几点意见和建议。

第一,各部门要树立明确的指导思想,把蔬菜工作作为乌鲁木齐市的一项中心工作来抓,要认真贯彻中央两个1号文件和国务院〔84〕9号文件,结合乌鲁木齐市实际,解放思想,放手发展蔬菜商品生产,确立蔬菜工作在城市工作中的地位。要狠抓蔬菜生产,抓得一年比一年好。

第二,要认真解决送菜难的问题。农商双方都要从为城市各族人民服务的大目标出发,开辟多种途径,保证及时送菜。近郊地区可以采取以生产队送菜为主、以个体送菜为辅的方法,对于远郊的安宁渠等蔬菜产地,商业部门要设点收购,减少中间环节;运输要坚持装箱、装筐、捆把,减少蔬菜损失,切实做到保鲜、保质、保量。

第三,要想方设法延长旺季,充实淡季。要从乌鲁木齐市的气候条件出发,土洋并举,大力发展拱棚、温室。商业部门要不失时机地做好贮藏和购销工作,市有关部门要推动农商两家工作,确保快菜、细菜如期上市。

第四,要努力增加蔬菜品种。乌鲁木齐市蔬菜供应大路菜多,品种较为单调。市、县科技部门要积极组织力量,在抓好抗灾、抗病、防止品种退化的同时,不断引进和更新蔬菜品种。市有关部门要坚决贯彻"大管小活"、支持菜农积极发展蔬菜品种,丰富市场供应。

栗寿山同志还谈了如何进一步增加蔬菜供应点,实行必要的补贴,保持菜农种菜积极性和大力发展蔬菜生产专业户等问题。

（选自 1984 年 4 月 4 日《乌鲁木齐晚报》）

新疆小吃亮相昆明
春城群众大饱口福

3月的昆明,繁花似锦,春意盎然。前天开始在这里举行的新疆民族风味小吃展销,引起了春城人民极大的兴趣。

这次展销由昆明市旅游服务总公司与乌鲁木齐市饮食服务公司联合举办,为期一个月。乌鲁木齐市的11名维吾尔族、回族、汉族男女名厨为昆明群众提供美味佳肴,展销品种有烤全羊、烤羊肉、羊肉抓饭、帕尔木丁、油馓子、油塔、爆炒蝴蝶面等共30个,另有高级宴席供应。

近几年,新疆烤羊肉等民族小吃,在国内许多城市安家落户,在昆明却难见芳踪,这一次是新疆小吃首次在春城大规模集体亮相,《春城晚报》《云南日报》等新闻单位均派记者采访报道。小吃摊前,群众纷纷前来品尝,盛况空前,许多顾客围着工作台观看35岁的回族厨师马聚林的拉面表演,一块面团经他倒七次手便拉出256根细面,根根细如金丝,围观者拍手叫绝,一名开饭馆的小伙当即要求拜师学艺。

(选自 1988 年 3 月 22 日《乌鲁木齐晚报》)

吐鲁番百货站
经营面貌焕然一新

　　新疆吐鲁番百货站经理谢钟绍承包经营企业四年,销售额上升 67.7%,上缴利润上升 66.38%,到今年 8 月底在市场继续疲软的情况下,已完成销售额 7 100 万元,企业面貌焕然一新,成为全国商界的一颗新星。

　　谢钟绍承包企业后,首先全力抓经营工作。当时,新疆商界横向联合几乎还没有人采纳的时候,谢钟绍已经把它付诸经营实践。分别设立苏州、无锡、常州、杭州、北京、广州联合经营部,在乌鲁木齐市、克拉玛依市先后设立 7 个批发经营部,还成立了“新疆百货批发企业联合会”,在温州、合肥开设了联营点。目前,这个站已同自治区内外 210 余家工商客户建立了经销关系,开辟了货源渠道。

　　面对 1989 年以来的市场疲软,谢钟绍提出了“市场疲软,人不能疲软,经营思想不能疲软”的经营口号。他认真做市场调查,发现化妆品在新疆需求潜力大,于是联络京、津、沪、穗批发站、公司、全国化妆品厂和新疆批零单位共 60 余家企业,成立了新疆洗涤化妆用品联合会。仅一年时间,化妆品经销量就达 3 500 万元,占全疆五个百货二级站化妆品经销量的 2/3。由于不断开拓货源渠道,捕捉新产品,吐鲁番百货站的商品花色品种已由五年前 1 万种增至现在的 25 100 种。

　　为了振兴企业,谢钟绍千方百计改善经营条件,四年多的时间里,他领导的百货站共修建了 27 幢家属院,使 100 多户职工住进了宽敞的房屋,并且修建了堪称国内一流的商品样品间,当人们步入百货站,如同进了芳草铺地、鲜花盛开的大花园,增强了企业的凝聚力。

有人问谢钟绍第一轮承包结束后有何想法,他说:"这几年办企业工作量大,非常累,如果第二轮我不能承包了,我要致力于职工培训工作,培训40名骨干力量,我要亲自教,题目就是'企业出现种种问题怎样应变',要让企业现代管理人才不至于枯竭。"

(选自 1990 年 10 月 6 日《中国商报》)

乌鲁木齐市居民买粮不再难

乌鲁木齐市人民政府为缓解市民买粮难的矛盾,两年时间完成42个粮店新建改建任务,新建面积2.37万平方米,使5万户居民能够就近买粮。

三年前,乌鲁木齐市共有160多个粮店,承担全市130万居民的粮油供应任务,年计划供应粮2.3亿公斤、食油150万公斤,大部分粮店是20世纪50年代至80年代修建的,危房比例大,营业面积小,网点布局不平衡,粮店负荷量大,有的店担负5 800户居民的供应任务,购粮难成为困扰市民的一大问题。

粮店问题引起乌鲁木齐市人民政府重视,从1990年开始,他们用3年时间新建扩建60个粮店,建设所需的资金得到有关部门大力支持,已完成的42个粮店共投资1 092万元。

这些新粮店面积大多在300平方米以上,最多400平方米,今年乌鲁木齐市计划投资550万元,完成18个粮店的新建任务。

(选自1992年2月28日《中国商报》)

"沿海"意瞩"西部"

——泰安市在乌鲁木齐市成功举办经贸洽谈会

通常习惯于与海外发展经贸往来的沿海发达地区的眼光,也开始瞄向沿边发展省区的市场。8 月 10 日至 15 日,山东泰安市在新疆乌鲁木齐市成功地举办了商品贸易经济技术协作交易会就是突出个例。

这是首个山东省城市在新疆举办经贸洽谈会,成交总额达到 4.7 亿元。新疆维吾尔自治区领导参观后说:"新疆资源丰富,发展前景广阔。泰安经济实力雄厚,两地要加强合作,共同发展。"

泰安交易团此次共带来 205 类 2 000 余种名、优、土、特产品,并开列了 100 个合作项目。通过交易洽谈反映出两地经济有很大的互补性,山东对新疆的石油、棉花、油料、黑瓜子等有浓厚兴趣,光是棉籽、油菜籽就购买了 2 万吨;新疆对山东的花生、猪肉、啤酒、水果罐头、大麻纺织品则十分青睐,仅大麻凉席一次就成交 4 万条,价值 1 100 万元;一次成交肉类产品 2 000 吨,谈成联合办厂经济协作项目 25 项。泰安市副市长在接受记者采访时说:"洽谈成果比预料好得多,新疆市场非常广阔。泰安近两年东拓西进、北上南下找市场,已在新加坡及中国香港、哈尔滨、深圳、兰州举办七次洽谈会,近年重点是以三北为突破口试探延伸,新疆是向西开放前沿,我们要以此为桥梁,走向中亚及欧洲市场。"

(选自 1995 年 5 月 20 日《中国商报》)

阳光下的特色农业

——岳普湖县农村见闻

地处塔克拉玛干大沙漠边缘的岳普湖县以盛产棉花闻名,而近年来特色农业又为县域经济增光添彩。盛夏七月,记者与兄弟媒体一位同行到这个县进行了采访。

汽车沿着喀什至岳普湖公路疾驰,公路两旁一片片金灿灿的花地飞速掠过。记者在离县城30公里处停车,路旁是艾西曼乡的一块花田。

展现在记者眼前的是一块上千亩万寿菊地块。通常人们在城市居民的阳台花盆或院落里看到的是几株或一小块万寿菊,可驻足岳普湖千亩万寿菊田头,放眼望去,蓝天上飘着白云,灿烂的阳光下是一片无边无际的花的海洋,林林总总数也数不清的橘红色花朵竞相绽放,使人心旷神怡,感到异常的震撼和惊叹!

记者与在田间劳作的维吾尔族农民乌布力•托乎提攀谈起来,同行的岳普湖县委宣传部副部长王草原担当翻译。

乌布力•托乎提指着眼前的花地说,这片地中有他家两亩花地,他的感觉是:"这个东西(花)好,投入少,赚钱多,还不费力。"

乌布力•托乎提今年50岁,家里有三口人。他家往年种棉花,平均亩产300公斤,收购价每公斤5.5元,一亩地棉花效益是1 600~1 700元,扣除种子、化肥等生产资料费用,才落1 000元收入,两亩地一年辛辛苦苦最多收入2 000元。而种万寿菊后,一亩地就可挣2 000元。乌布力•托乎提说:"种棉花累得很,种菊花太轻松了,投入少,地就像是花园,看了心里美得很,心情也好得很。"

据乌布力•托乎提介绍,鲜花不愁销路,种花之前就与收购的公司签了订单,还规定了每公斤八角钱的最低收购保护价。今年县里从外地引进了这家公司,他们负责提供种苗和技术,乡亲要按他们的要求按时种植、按时采摘,鲜花交售后当场兑付现金。

"昨天,我刚摘了 70 公斤鲜花,已经交售了,当场就拿到了钱。"说话时,这位朴实憨厚的维吾尔族庄稼汉脸上露出了笑容。身在花海中的他,脸上被映衬得红扑扑的,而无边无际的花海则弥漫着诱人的花香,乌布力•托乎提等农民置身于迷人的花海中,如同一幅很美的图画。

王草原副部长向我们介绍了万寿菊以及引进种植情况。

万寿菊原产地在墨西哥,别名金盏花、蜂窝花。从万寿菊花中提取的叶黄素是天然植物色素,1 克叶黄素价格相当于 1 克黄金价格,因而有"软黄金"称号。万寿菊广泛应用于食品医药、饮料和化妆品等领域,由于是纯绿色食品,成为市场上的抢手货,仅美国年需求量就达到了 5 万吨。

由于万寿菊具有耐干旱、喜欢温暖气候、要求光照充足的特点,因此昼夜温差大、日照时间长的新疆成为全国公认的万寿菊最适宜种植地区,长出的花朵艳丽夺目。菊花中的叶黄素含量高,由于亩产收入近 2 000 元,是种植玉米收益的三倍,种植万寿菊地区的受惠农民都高兴地把万寿菊称作"富裕花""小康花"。

看罢万寿菊田,我们又来到了阿其克乡 4 村的辣椒地,全乡一共种了 965 亩辣椒,而 4 村就有 200 亩,只见油绿闪亮的辣椒叶片下挂满了一个个鲜红的板椒和铁皮辣椒等品种。王草原副部长介绍,到了秋天,这里的辣椒园更美,一棵辣椒上结满四五十个红辣椒,农民见了又高兴又喜欢,舍不得摘下来。

岳普湖县引进种植的红辣椒,主要用来提取红色素,从辣椒中提取的红色素色泽鲜艳,稳定性好,着色力强,无毒无味,富含胡萝卜素和维生素 C,可在食品、化妆品、保健品生产中广泛使用。国内外市场需求量很大。

王草原副部长告诉记者:"我们县是传统农业县,主要种植棉花、玉米,种玉米效益不高,棉花效益也是起伏不定,一年好一年差,过去农民面朝黄土背朝天,一年到头在地里辛劳,可收益不高。近几年,我县扩大招商力度,引进了特色龙头企业,鼓励农民大面积种植万寿菊和大红辣椒。实现农业与工业、商业接轨,使农产品市场化,从而使农业增效,农民增收。现在全县已种植万寿菊

3 000 亩, 红辣椒 15 000 亩和小茴香（孜然）30 000 亩, 走的全是'公司 + 农户'模式, 产品有销路, 比如我们的小茴香畅销国内外, 在刚刚举行的喀什商交会上, 巴基斯坦客商就签约订购 6 000 吨, 价值 180 万美元。"

（选自 2008 年 8 期《今日新疆》）

阳光沐浴农家乐

近年来，乌鲁木齐市郊农村牧区农家乐旅游项目火爆起来，成为城市居民节假日娱乐休闲的好去处，也成为农牧民增收致富的好途径，而“阳光工程”惠及农家乐旅游，更使农家乐旅游丰富多彩、有滋有味。

石人子沟村民的笑声

水磨沟区石人子沟村是离乌鲁木齐市区很近的一处旅游景点，仅仅有16公里，因距离上的优势，春夏秋三个季节，许多市民骑自行车或结伴步行，远足来此旅游。因此这里的农家乐旅游异常红火。

前些日子，记者乘车赴石人子沟村采访，汽车沿着水磨沟温泉路东行，峰回路转，绕过几座山岭，不到半小时便来到了石人子沟。那日，村里正在举办一期烹饪培训班。

时令已经进入冬季，可石人子沟村委会办公室院落里搭起的帆布篷下却人头攒动，80多名青壮年男女村民，围绕在一台炉火熊熊的液化气灶周围，目光紧盯着城里请来的名厨师进行烹调菜肴操作，许多人还在笔记本上疾速地记录着，生怕漏掉一个细节。这是乌鲁木齐县农业广播电视学校（简称农广校）请来的厨师在进行“阳光工程”培训工作。

当一道热菜拔丝土豆出锅时，授课厨师请村民品尝。村民杨春新用筷子夹起一块裹满糖汁的土豆，不曾想到，高高挑起的土豆竟拖着一条长长的糖丝，引起村民的一阵喝彩和笑声。

参加学习的45岁村民袁玉忠告诉记者，往年他种12亩地，品种比较单一，主要是油葵、玉米，一年下来，收入仅四五千元。2007年夏天，他开始做农家乐旅游项目，经营仅半年时间，就增加上万元收入。

他说:"这个烹饪培训班办得好,过去我们接待城里人来游玩,饭菜品种主要就是清炖羊肉、烤羊肉那么几个,调料也少,就知道放盐、花椒、辣皮子。这个学习班让我开了眼,心里亮堂了许多,知道做菜还要放胡椒粉、料酒、香油、豆瓣酱、姜、白糖等。过去做虎皮辣子只是习惯放一点盐、酱油,现在请来的厨师操作中过油后还要放葱、姜、大蒜、白醋、黑醋,作出来的菜看一眼都让人流口水。"

石人子沟村党支部书记马生智是致富带头人。1999 年,他是全村第一个搞起农家乐旅游的,在他的带领下现在大多数村民都搞起了农家乐。9 年中,村里的人均收入呈逐年上升趋势,目前已达到 4 600 多元。

马生智书记介绍,从前村民只是按照自己的手艺为游客做饭做菜,品种少,待客礼仪也没什么讲究,如今正规的厨师来讲课,才知道接待游客并不是一件容易的事情。

这次培训班共教 88 道凉菜、热菜,为期 20 天,开班仅一半时间,村民们已经学习了 42 种菜。这次培训内容包括烹饪、农家乐旅游接待礼仪等,还将给参加培训合格的农民发放技能证书,真正做到培训合格一人,发证一人。

学习班激起了村民办好农家乐旅游的热情,村民杨春新在米泉区开小饭馆,有些做饭基本知识,这次学习了几十道新菜的做法,他决定 2008 年也要回到石人子沟做农家乐旅游。他说,搭支一架帐篷毡房费用 2 万多元,估计每天接待几十个游客,毛利也能挣到 400 多元,半年时间就可以收回成本。

南山农牧民热情学旅游

乌鲁木齐南山有"首府后花园"之称,这里的板房沟、水西沟、菊花台、后沟等地方以风景秀丽、牧区特色浓郁而闻名。近年来,农家乐旅游在这些地方遍地开花,成为乌鲁木齐市民和国内外游客向往的旅游地区,无数游客在这里纵马驰骋,饱览哈萨克族牧民生活风情,而一批又一批农牧民通过"阳光工程"的培训,不断提高接待游客的服务水平。

12 月 8 日,正好是大雪节令,记者去南山板房沟东湾村参加一个农牧民旅游培训学习班。

冬日的南山地区阳光明媚,这让冬季长期生活在烟雾笼罩中的首府人顿感神清气爽。在洒满阳光的村委会会议室里,四周摆放着一圈桌椅,围坐着 63 名哈萨克族、回族、汉族等青年男女,这里也正在举办旅游学习班。牵头者也是乌鲁木齐县农广校。

东湾村村委会主任苏文贵介绍,东湾村紧邻南山,全村共有361户1 556人,以前村子里和通往外面的大路全是土路,去年环山公路和村庄道路都修成了柏油路,全村有40%的农牧户紧靠马路两侧居住。要致力于发展沿路经济,要在公路旁增开农家乐旅游,前两年东湾村已经有5户农牧民开展了农家乐旅游,在山区搭建的旅游毡房已经有20多顶。苏文贵列举东湾村发展农家乐旅游的优势,首先是紧靠山区和公路,占据交通优势。东湾村的土鸡,是农民真正在田间院落放养的土鸡,并且有相当规模的蔬菜基地,都是天然绿色无污染食品,城里人一定喜欢。他说,村委会与"阳光工程"办公室联合举办旅游学习班,就是要提高农牧民的烹饪技巧和接待水平,为来年全村大力发展农家乐旅游打好基础。

记者在学习现场见到了一位戴头巾的哈萨克族中年妇女,名字叫努尔古丽,40岁,已经是4个孩子的母亲。她与丈夫在距后峡30公里的鹰沟搭起三座毡房,已做农家乐旅游3年时间了,两个夏天平均接待500多名游客。以往,她待客主要是提供馕、羊肉抓饭、马奶子、酸奶、奶茶、炸油香那几样老品种,现在她想多学些旅游知识,多学些饭菜品种,满足游客的需求。在这次培训班上,她新学习了宫保鸡丁、牛肉大杂烩、拔丝土豆、大盘鸡、红烧牛肉等,还高兴地说:"明年游客就可以品尝到我的新手艺了。"

38岁的回族女村民康艳萍也参加了培训班,她家以前种30亩地,主要种大麦和土豆,这是南山的传统农作物,一年下来,收入仅有一万多元。2005年她家开始做农家乐旅游,开始时不会经营、不会做菜,农家乐旅游效益也不好,这次培训班让她开了眼界,半个月就学习到了不少旅游知识和经营技能,还学会了做不少菜,现在会经营了,手艺提高了,2008年的收入肯定会增加。

她说,过去到城里学做菜,费时费力,还要花钱买车票,现在足不出户,在农闲时间,就能在家门口学习,真是太方便了。

她还说,希望村里多搞些培训项目,她还想学电脑、美发美容呢。如果开设这些班,村里学习的人一定很多,姐妹们还想学习跳舞呢,办个舞蹈培训班肯定受欢迎。

"阳光工程"的实践者康仁英

在东湾村培训班上,记者采访了乌鲁木齐县农广校校长康仁英,她是三年来乌鲁木齐市郊区农家乐旅游项目培训学习班的热情组织者。

康仁英介绍,这次学习班是南山地区 2007 年举办的第 5 个培训班,此前,已经在小东沟、东湾村、东梁村、平西梁子村办过 4 个培训班,而 2007 年一年中农广校已经办了 10 期培训班,共培训 800 名农牧民。近三年来,农广校共为乌鲁木齐市郊农牧民举办"阳光工程"培训班 50 期,培训农牧民 2 500 余人。

康仁英介绍了国家实施的"阳光工程"情况。"阳光工程"全称是"农村劳动力转移培训阳光工程",由财政部予以适当补贴,对志愿转移到二、三产业的农民开展转岗就业前的短期技能培训,时间一般 15 ~ 90 天,目的是提高农村劳动力素质和就业技能,促进农村劳动力向非农产业转移,实现稳定就业,增加农民收入。

康仁英说,2005 年农广校被乌鲁木齐市农牧局认定为首批乌鲁木齐地区"阳光工程"项目培训基地,一开始就坚持严格地按照"阳光工程"培训要求开展工作,充分发挥农广校的办学优势,将学校工作与当地政府有关产业结构调整工作紧密地结合起来,以培养新农民、服务新农村为己任,把教学点搬到了农牧民家门口,送教到村,与农牧民零距离接触,使农牧民不离土、不离乡,在家门口就近参加学习。

农广校坚持深入基层乡镇,根据当地产业结构的调整实际和农牧民的需求,坚持创新培训模式,坚持实际、实用、实效的原则,让农民学了就能用,学了就管用,用了就能增收。据此设置教学内容,教给农牧民最需要的致富技能和知识。培训专业主要有农家乐、牧家乐、家庭小炒班,农机驾驶操作、民族手工刺绣班等,培训地点主要在乌鲁木齐市南北郊、水磨沟区、东山区、达坂城区。其中南北郊由于旅游业的发展,农家乐烹饪家庭特色小炒培训班特别受农牧民的欢迎,学校聘请的是银兔烹饪学校的高级厨师给农牧民上课,边讲边操作,学员学习主动性强、互动性强,看了就懂、学了就会,达到了办班培训的目的,实现了农村劳动力向二、三产业合理流动,使农牧民从思想上、行动上、理念上发生了变化,为他们自主创业、就业起到了积极引导作用。

南山水西沟方家庄子是农广校 2005 年最早办班的村庄,现在的方家庄子已经是著名的农家乐旅游景点,公路两侧鳞次栉比坐落着 100 多栋整齐划一的房屋,每天这里停满了城里来的汽车,许多是全家来休闲旅游的。这几年方家庄子接待水平提高很快,农民收入大幅度增加,尤其是周六、周日游客爆满,当地农民的钱袋子鼓起来了。记者来到方家庄子农家乐旅游点 117 号参观,看到家中游客盈门,院子里停放着房子主人马学义新买的桑塔纳轿车,而三年前马学义还是贫困农户,他就是 2005 年参加烹饪班有了一技之长后搞起农家乐,很快发家的。如今马学义依然感谢"阳光工程"的培训,因为培训使他走上了致富路。

(选自 2008 年 3 期《今日新疆》)

金桥之路

一年一度的乌洽会已经举办了 16 届,笔者参加了历届乌洽会,深深感悟到,乌洽会像一个窗口,又似一个宽阔的平台,向外界展现了新疆丰富的物产和资源。它又如一座金桥,架起了新疆通向外部广阔市场的路程。

不久前,在刚刚谢幕的乌洽会上,笔者见到了往届乌洽会上的"老面孔"和本届乌洽会的"新形象",至今令人难忘。

拜城县委书记推介土豆

在这次乌洽会拜城县的展位上,醒目摆放着一盘硕大的土豆,县委书记端着一盘土豆向展位前川流不息的客商津津有味地介绍着拜城土豆的特色,借以宣传该县的土豆加工招商项目。

这一举动引起人们的好奇。因为在不少展位前,县市领导大部分是向客商介绍含金量高的优势资源,诸如石油、煤炭、矿石等诱人资源,而同样是石油、煤炭储量大县拜城,却向外界宣传不起眼的土豆。

经了解方得知,拜城土豆缊藏着无穷商机。拜城临近雪山,气候凉爽,昼夜温差大,特别适宜薯类作物生长和干物质的积蓄。拜城县种植的土豆品质优良,单产高,食用口感是面、香、沙、甜,而且淀粉含量高,闻名南疆阿克苏等四地州。多年来,和田、喀什、阿图什等城市居民都习惯来拜城拉运土豆食用,土豆也是拜城传统农作物,全县种植面积最多时达到 10 万亩,亩产达 2～3 吨,个体重量平均 700～800 克,最重的达 1 公斤以上。

鉴于土豆是拜城县优势资源,县政府领导决定把土豆种植业列为该县 16 项重点种植作物之一,计划土豆种植面积 20 万亩,年产量 30 万吨,除了部分出口和部分鲜食外,计划招商引资建设加工 15 万吨土豆加工厂,届时年产淀粉

1.5万吨,土豆全粉2万吨,年产值1.2亿元,年利税2 000万元。该项目还享受所得税减免优惠政策。

拜城乌洽会土豆宣传已受到客商关注,乌洽会第一天就有2家客商表达有合作意向。

更上一层楼的百信蜂蜜

在乌洽会伊犁地区展区内百信蜂蜜展位分外抢眼,展出了伊犁山花蜜、蜂胶、蜂王浆、蜂花粉等6大系列50种产品。百信蜂业公司现在已跻身全国著名蜂蜜产业行业之列。

然而笔者回想起1996年,百信第一次上乌洽会展位,摆放着仅仅有半公斤装和一公斤装蜂蜜两种包装的单一产品。

在展位上百信公司主管销售的副总经理陈文军向笔者介绍了伊犁蜂蜜特色和公司借助乌洽会扩大影响,广增客户朋友,公司由小到大的发展历程。

陈文军介绍,伊犁是一个野生植物荟萃的蜜蜂天堂,是被学术界誉为"中亚植物基因库"的神奇之地。这里生长着百里香、牛至、突厥益母草、西域党参、疆贝母、野薄荷、甘草等150余种珍贵野生蜜源植物,从而造就了伊犁蜂产品卓尔不凡的绿色属性及天然成分的多样性。

改革开放后的伊犁蜂业取得迅猛发展,大批外地蜂农来此养蜂采蜜,如今伊犁河谷已成为西北乃至中亚地区规模最大、质量最佳的生态蜂产品原料集散地,被誉为"塞外蜜库"。

伊犁百信草原蜂业有限责任公司成立于1996年,前身为伊犁天山阿合奇蜜蜂养殖场。多年来,公司依托伊犁丰富的野生蜂业资源,始终坚定不移地走"品牌修身、科技兴业"之路,产品种类日趋繁多,生产规模不断壮大。

陈文军介绍,伊犁传统的蜂蜜都是散装,百信蜂业是开创第一个瓶装蜂蜜的经营者,百信是第一个参加乌洽会的蜂蜜产品,通过乌洽会这个平台,广交朋友,宣传产品,寻觅商机,比如通过乌洽会结识了甘肃兰州、江苏镇江和连云港、海南海口等省市的客商,并建立了代理商关系。现在疆内各大超市、专卖店都有百信蜂蜜,疆内外代理商共有数百家,其中旅游城市杭州成为百信蜂蜜销量最大的城市,年销售蜂蜜100吨左右。

通过乌洽会，百信树立了自己的蜂蜜品牌地位，获得乌洽会知名品牌商品称号，还获得新疆著名商标称号，也是唯一一家新疆蜂蜜行业著名商标。

百信大力抓原料基地建设和产品质量工作，与伊犁河谷 1 000 多户养蜂户建立紧密联系，牵头组建了伊犁蜂业产业协会，每年对蜂农进行科学培训，从而保证了蜂蜜的质量。百信还花 100 万元巨资购置了国内先进的蜂蜜检测设备，从源头上把关，杜绝了不合格蜂蜜原料进入车间，此举因而获得了国家有机蜂蜜认证，而全国蜂蜜加工行业，获此殊荣者一共不足十家。

2004 年 7 月，中国蜂业龙头企业——南京老山药业股份有限公司与百信蜂业公司建立了增资扩股合作关系，南京老山注入 500 万元资金，用于百信基础设施建设，现在 4 000 平方米的新厂房已经投入使用。百信蜂业由此成功地参与了全国蜂业资源及产品市场的第一轮战略整合，不仅极大充实了企业的行业技术力量及资本实力，还一举奠定了百信蜂业在西北乃至周边中亚国家蜜蜂产业的优势地位。

（选自 2007 年 11 期《今日新疆》）

小店品味普洱茶

近几年,普洱茶声名鹊起,价格一路走高,甚至形成了一股收藏热。赵本山在云南拍摄《落叶归根》电影时一次购买 20 公斤普洱茶饮用,离开后,又购买 4 吨。普洱茶迅速蹿红,即使在价格翻了数倍甚至数十倍的情况下,市场仍然呈现出供不应求的势头。

在乌鲁木齐,不少普洱茶店也崭露头角,在火车站附近炉院街,形成了茶叶一条街,其中不乏普洱茶店。

普洱茶有何功效?怎样饮用普洱茶?笔者带着诸多疑问,慕名访问了炉院街上一家隆昌普洱茶叶店。

年轻的邵全伟、常雪梅夫妇是茶叶店主人。与众不同的是,茶叶店柜台上竟摆放着茶炉,热情的主人端上酱红色的普洱茶请客人品茗,并热情介绍货架上琳琅满目的普洱茶和普洱茶的基本知识。

普洱茶的产地是西双版纳,其中勐海县是它的主要产地。普洱市是各类茶叶的集散地,自唐代开始一直被称为普洱茶。西双版纳终年气候湿润,四季如春,又因土壤肥厚,所以是茶树得天独厚的生长环境。

普洱茶树是乔木型大叶种茶树,是全国优良品种茶叶独树一帜的茶树,其叶肥厚,内含丰富的化学成分,以此为原料制出的茶叶香味浓郁。曾有古诗赞曰:"雾锁千树茶,云开万壑葱。香飘千里外,味酽一杯中。"

普洱茶经过不同的加工方法,可以制成多种形状,目前有碎茶(散茶)和紧压茶两种。普洱散茶经蒸软或炒软后,装入不同形状的模型压制,即成为多种形状的普洱茶,如方形的"普洱方茶"、碗形的"沱茶"、圆形的"七子饼茶"等。

目前市场上供应的普洱茶主要是"七子饼茶"。广东省是普洱茶的传统销售区，"7"在广东话中有多子多福多富贵之意，又加上一个饼重量是 357 克，折合 7 两，7 个饼装一桶，因此，传统习惯称"七子饼茶"。

云南普洱茶色泽暗而油润，汤色橙红明亮。普洱茶品性温和，滋味醇厚，既不似绿茶的清寒，又不似红茶的浓烈，还有神奇的药用健身功能，因此享有"美容茶""减肥茶""益寿茶""瘦身茶"等美称。

喝普洱茶大有学问。老茶客说，有时一点点的喝法差异都会有不同结果。普洱茶最好在睡前喝，而要睡前喝，切记要用冲泡方法而非浸泡方法。冲泡方法是，热水注入，泡出茶色后，就要将茶水与茶叶分开来，以便保持茶叶干爽，冲泡的茶水能够安神定惊，使人安稳入眠；浸泡方法却恰恰相反，它会让人提神醒脑，更加清醒，看来加班"开夜车"的人适合喝浸泡的普洱茶。

喝普洱茶欲达到减肥目的，切记要在饭后喝，而不是饭前喝，否则不是减肥，反而会使人增肥，要想减肥一定记住在饭后半小时喝普洱茶。

另外，喝普洱茶也有许多调制方法。因为普洱茶品质独特，香气含蓄内敛。一开始难免有人喝不惯，尤其是喝惯了香味浓郁的花茶、绿茶的人。所以，喝普洱茶可以根据自己的喜好，加增调味品，比如添加蜂蜜后味道更加好，而且长期喝还可以预防感冒。还可以加添玫瑰花、茉莉花、菊花、桂花、薰衣草、橘皮、果汁等，可以增加茶的香气，让口味更适合自己。

据悉，西双版纳现有普洱茶场 100 余家。隆昌茶场是其中的一家。

乌鲁木齐隆昌茶叶店是云南省西双版纳景洪隆昌茶业有限公司在全国开设的 18 家分店之一。这个公司自有高标准、无公害茶园 3 000 亩，生态茶平均树龄在 50 年以上，乔木茶树树龄均在百年以上。公司近年全面推行标准化体系建设，全心打造国家品牌。2006 年，通过了国家质检总局（国务院原有组成部门）"QS"标准认证，被中国中轻产品质量保障中心评为中国优质产品重点推广产品；被中国商品质量名优品牌推广中心评为"绿色环保知名品牌"。目前，公司下属四个加工厂，年产量达 1 500 吨，已在新疆分设了 30 个销售点。

（选自 2007 年 6 期《今日新疆》）

建体系 树榜样 逆境突围
——新疆和田地区供销合作社改革纪实

在新疆 15 个地州市供销合作社系统中,和田地区供销合作社可谓是名副其实的"老大难"了。在 2003 年的改制中,全地区 7 县 1 市供销合作社有 6 个民营化,棉麻、农资等骨干行业游离出去;2012 年 5 月,唯一有经济效益的烟花爆竹企业也在经营改制之后实行了全民营化。和田地区供销合作社基本上成了空壳社,陷入了迷途之中……

和田地区供销合作社的困境逆转出现在 2013 年。2013 年,和田地区供销合作社系统恢复重建县级供销合作社 8 个,恢复(改造、新建)基层供销合作社 7 个,领办农民专业合作社 6 个,创办村级综合服务社 4 个,新建(改造、整合)经营网点 25 个。

从迷雾到新路,和田地区供销合作社的历程艰难却坚定。

重建供销合作社

2012 年 10 月,和田地区供销合作社新的掌舵人贾林辉到任后,遵循从群众中来、到群众中去的工作方法,首先向社内老党员、老职工发出地区供销合作社当前急需开展哪些工作的建议问卷调查,从而理清了思路,明确了当务之急的工作目标。

针对全地区 8 县市中皮山县、墨玉县、策勒县、洛浦县等 6 个县市供销合作社已经民营化,和田县、于田县 2 个供销合作社也处于坐吃山空,靠变卖资产、收取房租维持生存的严峻局面。和田地区供销合作社决定首先从恢复县级供销合作社机构入手,着力纠正供销合作社改制过程中出现的问题与错误。在这一艰难的过程中,国务院 40 号文件、自治区 93 号文件、和田行署下发的《和田地区加快供销合作社改革发展实施方案》以及《关于理顺县级供销合作社管理体制有关问题的通知》成为和田地区供销合作社寻求党委和政府支持的切入点。和田地区地域辽阔,县与县之间相距几百公里,贾林辉带领领导班子一个县接着一个县做工作,往往一个县跑一次不能解决问题,只能一次接一次地跑,有的县甚至去了七八次。

功夫不负有心人。对于恢复重建供销合作社,4 个县的领导给予了有力支持。策勒、洛浦等县选拔有农村工作经验的乡党委书记或者乡长到供销合作社担任主任,新成立的县供销合作社无办公室,策勒县就在县委、县政府联合办公楼内腾出 4 间办公室给供销合作社使用,洛浦县也在即将竣工的县委、县政府办公楼中给县供销合作社安排了 5 间办公室。新恢复的县供销合作社没有经营场地,策勒县就将县投资 100 多万元新建成的果品交易市场连同 28 间房屋全部无偿移交给县供销合作社;墨玉县委、县政府专门组成工作组进驻墨玉县供销合作社对供销合作社民营化改制后的剩余资产、土地进行审计,清产核对,挽救了大量的社有资产,避免资产流失。截至 2013 年底,4 个消失多年的县供销合作社得以恢复,和田地委、行署为和田地区供销合作社及所属 8 个县市供销合作社共确定 64 名人员被纳入地方财政预算管理全额事业单位,人员得以安心,8 县市供销合作社主任已全部到位,供销合作社的框架重新得以搭建。

一个体系初步完整的和田地区供销合作社至此得以显现。

榜样引路求实效

和田地区各县市供销合作社改制过程中,唯有民丰县的组织体系完整地保存下来。民丰县供销合作社不仅组织体系完整,而且各项传统业务经营得有声有色。特别是民丰县供销合作社引领创办的金凤凰农民专业合作社,目前已经是享誉新疆乃至全国的农民专业合作社了。

2009 年,做甜瓜生意的农民经纪人周彬发现民丰县的树木上夜晚栖息着许许多多的油光闪亮的黑鸡。经了解,这是当地维吾尔族农民饲养的一种珍贵鸡,这种鸡被称为"尼雅黑鸡",是"鸡中的凤凰",属于和田黑鸡(尼雅型),当地农民已有 2 000 多年的饲养历史,被誉为鸡的活化石。尼雅黑鸡善飞,其肉多、肉质细腻,富含十多种氨基酸和微量元素,有较高的药用价值,其疗效远在乌鸡之上。于是,周彬便萌生了饲养这种鸡的想法,他的愿望也得到了民丰县供销合作社主任王卫东的支持,并且引领创办了金凤凰农民专业合作社,开始有 35 户维吾尔族农民入社。由于这种鸡在乌鲁木齐市场上极为畅销,一只鸡价格卖到 100 元,因而极大鼓舞了农民饲养的积极性,第二年社员增至 160 户,第三年发展到 214 户。

和田地区供销合作社在逆境突围中看到了金凤凰农民专业合作社这个典型的感召力和深度价值,着力支持发展,先后为其申请了冷链加工、场地建设两项目资金 140 万元。现在,这个合作社饲养的黑鸡达到了 30 万只,并通过了QS 认证以及流通许可、地理标志、无公害产品、有机认证等资质,冷冻黑鸡产品销售到京津、长三角、珠三角广大地区。为让这个典型在和田地区 8 县市供销合作社发扬光大,2013 年 10 月 24 日,和田地区供销合作社在金凤凰农民专业合作社召开现场观摩会,来自 8 个县市的供销合作社主任大开了眼界,也打开了思路,活灵活现的典型就是未来自己的学习目标。

和田地区供销合作社组织业务人员每月、每季度赴县市调研督导任务指标完成情况,发现问题及时向地委、行署汇报,并积极主动与各级党委、政府及有关部门沟通协调,争取支持。2013 年,在地委、行署与各级党委、政府的大力支持下,和田地区供销合作社系统恢复重建县级供销合作社 8 个,编制内人员也正在逐步落实当中;恢复(改造、新建)基层供销合作社 7 个,打造经济强社 2 个;领办农民专业合作社 6 个,示范社 2 个;创办村级综合服务社 4 个,发展专业协会 2 个;组织收购棉花 1.06 万吨,组织供应农资 9.23 万吨;新建(改造、整合)经营网点 25 个。

和田地区供销合作社拨开迷雾,已徐徐起航。

(选自 2014 年 1 月 28 日《中华合作时报》)

种好菜园子 供好菜篮子
走向国际菜市场
——新疆伊宁市供销合作社助农进入两个大市场

城市供销合作社应该引领城郊农民发展何种专业合作社，如何帮助他们将农产品打入市场，使农民脱贫致富？地处我国西部边陲的新疆伊宁市供销合作社开拓了可供借鉴的新路。伊宁市供销合作社积极引领农民生产城市居民菜篮子和国内外市场需求的菜蛋肉奶果等副食品，并与市场紧密对接，各类农民专业合作社焕发勃勃生机，农民收入大幅提高。

菜园子产品直供市民菜篮子

伊宁市有30多万非农业城市人口，这使市供销合作社领导高度重视市民的菜篮子供应，在近几年伊宁市供销合作社引领郊区农民创办的53个农民专业合作社中，绝大多数是从事养殖、种植业的，其中蔬菜专业合作社就有30个，生产的产品从各类蔬菜、水果到花卉、奶牛、肉牛、肉鸡、蛋鸡、鹅、蜂蜜等，都与城市居民的菜篮子息息相关，一日不可或缺。

初夏时节，记者到伊宁市采访，首先登上达达木图乡旺达农民蔬菜专业合作社办公楼楼顶，俯瞰了鳞次栉比的蔬菜种植大棚。据合作社负责人马慧介绍，合作社现有5 343个蔬菜大棚，是全市规模最大的蔬菜专业合作社。走进大棚，看到菜农正在喜摘黄瓜、茄子、西红柿。记者还看到两座新修成的总储量为1 000吨的蔬菜保鲜库。再走进集分拣、加工、包装于一体的"伊润堂"净菜配送中心，社员们正忙碌地将包装好的蔬菜装箱。

据介绍，该合作社有4辆送菜汽车，实行蔬菜直销业务，直接送菜进城市社区、进超市、进学校、进企业、进部队。伊宁市供销合作社主任邢永彬将其归纳为五个对接,即"农社对接""农超对接""农校对接""农企对接""农军对接"。在伊宁市共有 86 个社区,目前蔬菜直销已覆盖 50 个社区、5 所学校及幼儿园、1 个大型企业、2 个部队和 5 个大型超市,占全市超市总量的 8 成,每天直供蔬菜 20 吨。合作社为平抑和稳定市场菜价发挥了积极作用。记者了解了一下,市场上黄瓜价格每公斤 3.5～4 元,而合作社黄瓜的批发价为 2.3 元,到直销点的零售价是 2.7 元。合作社正在积极努力,争取尽快实现直销蔬菜全市 100% 全覆盖。

瞄准国际市场,促进果菜外贸出口

伊宁市号称边城,距离中哈(哈萨克斯坦)边贸口岸霍尔果斯只需 1 小时的车程,伊宁市供销合作社充分利用当地地缘优势,引导蔬菜、果业专业合作社的产品积极出口哈萨克斯坦,取得了显著效果。

2012 年 2 月,旺达蔬菜专业合作社与伊犁外贸部门签订了 1.1 万吨蔬菜出口销售合同。截至目前,已经销售黄瓜、西红柿、辣椒、芹菜等各类反季节蔬菜 6 800 吨,在生产旺季,每天出口达到 100 吨以上。现在,旺达蔬菜专业合作社已成为外向型农业出口基地示范区。

另一家拥有 1 625 座红提葡萄种植大棚的于孜乡冬鲜果业农民专业合作社,其产品已经通过了国家无公害绿色有机认证,并注册了"西域鲜"商标,这个合作社 2011 年葡萄产量达 500 吨,创产值 750 万元,全部出口哈萨克斯坦、越南、马来西亚等国。今年葡萄将迎来盛果期,总产将达 3 000 吨,产值预计达 5 000 万元。

伊宁市众多农民专业合作社产品与市民的菜篮子需求紧密对接,适销对路,并且产销直接挂钩,因而产生了极大的经济效益。据统计,今年 1～4 月,伊宁市农民专业合作社共实现销售 8 920 万元,实现利润 878 万元,相比去年同期约增长 45%。农民人均收入 9 500 元,经济效益最好的旺达蔬菜专业合作社农民年均收入在 1 万元以上。全市入社社员比未入社社员年均收入高 3 000 元左右。

喜见新的菜篮子主渠道

种好自己的菜园子,供应好市民的菜篮子。伊宁市供销合作社积极引领城市郊区农民创办与城市人民菜篮子息息相关的各类专业合作社,而且践行农产品直销业务,减少流通环节,满足城市居民需求,为丰富市场供应、平抑市场物价作出了积极贡献,这一举措值得城市供销合作社同行借鉴推广。

这不禁使人回想起在计划经济时代有一句口号:"要发挥国营商业主渠道作用。"过去城市郊区菜农直接将蔬菜交给城市蔬菜公司,由蔬菜公司批发市场批发到遍布城市的众多菜店,流通环节单一,货源渠道畅通,菜价平稳,市民满意。然而,随着商业改制,城市蔬菜销售体系销声匿迹了。更有城市建设大量挤占蔬菜种植地的原因,蔬菜产量锐减,于是菜贩层层加价倒手,不仅菜农得不到实惠,城市居民还承受了高价菜的困扰。

伊宁市供销合作社的工作举措,实际上是抢占了蔬菜流通已经缺失的主渠道,不仅为菜农搭建了销售平台,还为城市居民做了一件大好事。

(选自 2012 年 7 月 6 日《中华合作时报》)

设施农业亚克西

深冬的新疆寒凝大地,一场强寒流又突然袭来,更使这里雪上加霜。阿勒泰降下60年罕见暴雪,积雪厚达一两米,气温骤降至零下40多摄氏度。然而冰火两重天,素有"火洲"之称、独具地域特色的吐鲁番却依然是温暖世界,时令大寒,记者去采访那里冬季设施农业,感受到的是一派春意盎然、生机勃勃的景象。

绿油油菜园　红艳艳果实

鄯善县辟展乡的东湖自古以来就是著名的哈密瓜产地。记者穿过厚达四五米的土门洞,进入了维吾尔族农民卡德尔家大棚,只见鲜红、溜圆、水灵的西红柿挂满菜架。卡德尔的妻子玛依拉告诉记者,这是她第一年种大棚菜,西红柿已采摘了一次,卖给批发商50公斤,每公斤价格3.5元,全棚有把握能卖5 000元,半年种两茬,一茬西红柿收获后,第二茬种豇豆,又将是一笔大收入。她说,多年来他们整个冬天闲着没事干,现在冬天种菜还能卖那么多钱,真是亚克西(好得很)!

站在一旁的辟展乡乡长吾斯曼说,这个乡还有一个叫卡德尔·阿不都的农民,是这里的致富带头人。前几年,他贷款40万元,建起了26座日光大棚,种了辣椒、西红柿和油白菜。去年10月,卡德尔·阿不都仅育苗的收入就达10万元,另外他每个大棚菜收入有2万元。在他的影响下,辟展乡现在有700多户农民建起了瓜菜大棚。

随后,我们又来到鲁克沁镇,在农民张文义92米长的大棚内,一个个金黄色的品名为"早醉仙"的哈密瓜吊挂着。张文义说,瓜苗是9月栽的,春节前这些瓜上市每公斤可卖20元钱,一共可销售1 500公斤。他还育种了3万多棵西瓜苗,能供 20 个大棚栽种。

当我们来到鄯善县达朗坎乡洋布拉克村村民哈山·司马义的辣椒大棚时,他与两个女儿正在摘辣椒。他家已经卖了一次辣椒和油白菜,收入 8 000 元钱,至今他与女儿脸上都挂满笑容。哈山以前被乡亲们称为"哈山阔依提"(牧羊人),今年 46 岁,已经放了 30 多年羊,在县乡政府号召群众大搞设施农业建设中,哈山将 300 只羊雇人放牧,自己则一心一意种了 6 个大棚,"哈山阔依提"变成了"哈山赛依提"(种菜人),在技术人员的指导下,他家种植的从甘肃引进的陇椒长势特别好。哈山介绍,300 只羊年收入 6 万元,大棚菜至少也能卖 6 万元,两项加起来有 10 多万元呢。

要建新疆最大冬季果菜园子,无论是火焰山下、库姆塔格沙漠边缘,还是交河、高昌故城旁,满眼看到的是成片的闪着银光的日光温室大棚,冬季设施农业正在吐鲁番大地如火如荼大发展。

同行的吐鲁番地区鄯善县达朗坎乡党委书记殷实向记者介绍了吐鲁番冬季设施农业产业化发展情况。吐鲁番地区人多地少,矛盾突出,农民人均耕地面积仅 1.3 亩,只有全疆农民人均耕地面积的五分之一,导致农民人均收入增长缓慢。更困难的是吐鲁番缺水,全地区水资源总量为 11.73 亿吨,其中农业用水占了总量用水的 95%,然而创造的产值不足 20 亿元。经过科学论证,吐鲁番地委确定要实施由传统农业向现代农业转变,就必须转变农业增长方式,发展节水性高、效益比较好的设施农业。

实际上,吐鲁番发展设施农业有得天独厚的条件,光热资源丰富,全年日照时间 3 200 小时,无霜期长达 270 天,而且区位优势明显,靠近乌鲁木齐大市场。乌鲁木齐虽然与吐鲁番一山之隔,气候却是冰火两重天,冬日乌鲁木齐常常零下二三十摄氏度,而吐鲁番气温却高出 20 ℃,相当温暖;乌鲁木齐有 350 多万人口,冬季每天瓜果蔬菜需求量在百万吨以上,70% 的菜要从国内其他省市运来,无论从产品的品质还是成本上考虑,都不合适。有人说,即使发展 30 万个大棚,也远远满足不了乌鲁木齐市场供应。在科学论证基础上吐鲁番地委制定了《设施农业 2009—2015 年发展规划》,仅 2009 年吐鲁番全地区就建成 13 561 座大棚,冬季设施农业旗开得胜,已在"火洲"大地发芽,结出丰硕成果。

殷实告诉记者,设施农业发展起来后,怎样让大量农产品及时与市场对接,是当前面临的大问题。一直以来，乡政府承担了为农民联系销售客户的工作，花费了大量时间与精力，但这不是长久之计。解决问题的根本之道，还得引进实力雄厚的经营实体，将来带头组建农产品绿源专业合作社，将目前众多的实力不强的农民专业合作社整合在一起，共同开拓市场和抵御市场风险。

（选自 2010 年 2 月 26 日《中华合作时报》）

海南香蕉踏上新疆通道闯中亚

"特别希望借助新疆连接中亚的地理优势,开发中亚地区的水果市场,实现香蕉出岛、出口的产业发展目标。"这是海南省供销合作社主任在 5 月 19 日海南、新疆两省区供销合作社及乐东县等部门联袂举办的"海南乐东——中国香蕉之乡"新疆推介会上的一番话。

海南乐东县是我国为数不多的热带地区之一,优越的自然条件使其成为世界上最适宜发展香蕉生产的地区。经过多年努力,该县香蕉产业得到快速发展,种植面积达 12 万亩,年产量 30 万吨,香蕉产量占全省 1/3。所产香蕉风味浓、口感好、品质优、营养价值高,不仅畅销北京、上海等国内许多城市,还远销日本、美国、俄罗斯等其他国家。2007 年乐东县被国家有关部门评为"中国香蕉之乡"。

为了扩大乐东香蕉销售,海南省供销合作社主任专程带领业务人员赴新疆进行了市场考察。他说,举办这次推介会就是要建立促销平台,推动乐东香蕉在新疆地区的销售,而且特别希望借助新疆连接中亚的地理优势,开发中亚地区的水果市场,实现香蕉出岛、出口的产业发展目标,同时建立海南与新疆之间长期稳定的农产品运销绿色通道。通过市场调查,他们了解到,香蕉等南方水果在新疆历来销量大,是新疆本地瓜果的补充商品,在当地市场不可或缺,有广阔的销售前景。

海南省供销合作社主任说:"通过市场调查,我们还了解到,与新疆毗邻的中西亚各国水果尤其是热带水果需求量大,市场前景很好,近年来新疆地产及南方的水果、蔬菜通过新疆众多口岸大量运往中亚各国,已经形成了顺畅的'绿色通道'。我们计划利用这一通道,将海南丰富的热带水果和蔬菜销往中西亚地区,为海南果农和菜农致富作出贡献,从而提高供销合作社的实力。"

新疆供销合作社巡视员、副主任吕永民在推介会上表示,新疆是闻名中外的瓜果之乡,新疆水果与海南水果互补性很强,新疆供销合作社可利用遍布天山南北的销售网络,扩大海南香蕉等热带水果销售。

新疆维吾尔自治区供销合作社很重视这次推介会,专门下发通知,召集吐鲁番、和田、石河子等新疆 16 个地、州、市、县供销合作社主任及 30 多个企业参会,各地供销合作社纷纷要求在当地设立乐东香蕉经销点。

推介会上,新疆维吾尔自治区供销合作社所属果业集团有限公司等 6 家企业分别与海南省乐东县供销合作社等部门签订了 20 多万吨香蕉购销合同,总金额达 5 亿多元。

(选自 2009 年 5 月 22 日《中华合作时报》)

温州商人要卖吐鲁番葡萄

"十几年前,温州人把小商品销往全世界,今后我要把优质的吐鲁番葡萄推向全球!"日前,新疆德汇实业集团有限公司董事长兼总裁钱金耐豪情满怀地表示。

这位来自温州的商人说话之所以如此自信,与8月25日吐鲁番市敲定筹建"新疆吐鲁番葡萄股份有限公司"是分不开的。

据悉,由新疆德汇实业集团有限公司作为第一发起人,吐鲁番红柳河园艺场作为第二发起人,联合其他三家公司共同组建的新疆吐鲁番葡萄股份有限公司在今年10月底前正式成立,并将以上市股份公司形式规范运作,争取三年内上市。

分析认为,吐鲁番红柳河园艺场生产的甜葡萄,加上"德汇"的资金和温州民营企业先进的经营理念,新疆吐鲁番葡萄股份有限公司一定会打造出一个强大的葡萄品牌。

沿海企业家钟情于吐鲁番葡萄

一位沿海的民营企业家,为何钟情于新疆吐鲁番葡萄,并立志把它销往全球呢?为此,记者采访了钱金耐。

据介绍,新疆德汇实业集团有限公司是中国德力西集团和新疆嘉德投资集团于2001年5月共同组建的民营企业。经过短短几年的努力,现已发展成为拥有分公司8家,员工2 100人,注册资金1.39亿元,总资产达12.6亿元,占地面积230亩,批发市场建筑面积33万平方米,跨行业、跨所有制、跨地区的大型民营企业集团,成为参与西部大开发成长最快的外来企业之一。

这个成绩对于改革开放之初就只身来新疆闯天下的钱金耐来说，也算得上是功成名就了：他先后荣获新疆第三届十大杰出青年、乌鲁木齐市劳动模范、温州市十大优秀在外创业青年等称号，同时担任新疆温州商会会长、新疆浙江企业联合会常务副会长，带领和帮助温州籍企业家、经营者在新疆投资创业，成为在新疆 13 万温州籍人中凝聚力最强的人士之一。

"为什么又对吐鲁番葡萄产生兴趣了呢？"对于这个问题，钱金耐深有感触地说："党的十六大和党中央关于西部大开发的号召，给新疆经济发展带来了千载难逢的好机遇，应该说，新疆现有的投资环境非常好，我作为一名在新疆创业20 年的温州人深有体会。今年，公司根据形势的发展，又制定了经营发展的近期目标，即利用新疆优势资源转换经济优势，为企业的可持续发展打造具有竞争力的新型产业链，努力成为东部民营企业参与西部开发最具竞争力和生命力的企业。"

于是，德汇公司高层开始思索如何拓宽公司经营领域，延伸企业产业链，寻找新的经济增长点。今年 6 月，当获知吐鲁番市正在寻找有实力企业进行合作，共同筹备组建吐鲁番葡萄股份有限公司，联合做大做强葡萄产业，以实现本地葡萄产业整体效益的快速提高时，钱金耐感到眼前一亮。

钱金耐说："多少年来，由于距离遥远，加工保鲜技术跟不上，所以国内其他省市和国外消费者难以品尝到吐鲁番味美可口的葡萄。如果能成立一个葡萄公司，融合国内、国外拥有完备水果销售网络，那就能让吐鲁番葡萄进入现代销售网络。"

钱金耐进一步说："当然，要把葡萄销往全国和世界，现有的落后纸箱包装不行，要立即在吐鲁番建立拥有世界先进保鲜技术的真空包装厂。葡萄要用篮子包装，既保鲜又美观，可以提高档次和价值。这样就可以走出一条按葡萄生产产业化、销售产业化、品牌整合与传播产业化相结合的发展之路，以推进葡萄种植和保鲜技术为基础，打造中国名牌农副鲜果销售渠道。通过公司在全国乃至世界建立销售网络，吐鲁番葡萄在收获季节便能快捷地分销到世界各地，使广大消费者能吃到当天采摘的新鲜葡萄。"

红柳河园艺场身手不凡

新鲜的葡萄在吐鲁番比比皆是,作为此次合作第二发起人的吐鲁番红柳河园艺场,可以说是远近闻名。

红柳河园艺场场长白秉书告诉记者,该场始建于1959年,是以葡萄种植与加工为主,集科、工、贸于一体的葡萄产业化集团企业。在葡萄园的开发建设上,实行统一规划、统一开垦、统一栽培、统一品种、统一浇水、统一施肥、统一埋墩(冬季)开墩(春季)等措施,大力推行新式灌溉技术,引进沿海和澳大利亚滴灌技术与设备,滴灌面积3 000亩以上。

为了保证葡萄的质量,园艺场制定了严格的品质标准,推行严格有效的奖惩措施。白秉书场长介绍说,在每年鲜葡萄采摘销售期间,场部干部全部分派到各队,分片包干,对葡萄质量进行蹲点监督,发现质量问题,及时处理解决。为使葡萄质量责任到人,在包装的每箱葡萄箱中都填写有生产单位及个人编号的质量跟踪监督卡,凡出现质量问题,不论出现在哪个环节,都能查找出责任人,然后追究其责任,并给予相应的行政经济处罚。

这一措施的推行,形成了可靠质量体系:从客户订单的下达到葡萄采收、包装、质量监督、装卸、发运,以及到货后的质量抽检和质量纠纷处理等方面实行了以场供销公司为主体的全过程服务,解决了客户的后顾之忧。

另外,为了适应农产品市场化,园艺场树立起品牌闯市场思想,他们向工商部门申请注册了"红柳"牌葡萄商标,在所有的包装箱上都印有"红柳"牌彩色商标,在国内许多城市尤其是广州市场,"红柳"牌鲜葡萄以品质优良、包装精美赢得了消费者的信赖。"红柳"牌葡萄在2001年被评为自治区名牌农产品,园艺场被自治区命名为国家级无公害无核白葡萄生产基地,所产的葡萄被农业部(国务院原有组成部门)授予优秀农产品奖。

"现在我们拥有鲜食、制干、酿酒葡萄品种146个,年产鲜葡萄近2万吨。有年产葡萄干系列产品2 000吨的葡萄干加工厂,年产葡萄酒5 000吨的中外合资高昌葡萄酒业有限公司,年产300万套各种规格的高、中档纸箱厂,年产100万套葡萄包装塑料箱厂,年产1 500吨的农用地膜厂,并具有承揽大中型土方工程机械化施工能力。"白场长在向记者表述园艺场的能力时,也禁不住透露出了自身的软肋:缺乏足够的资金,园艺场没有做到产供销一条龙。一直以来,新疆吐鲁番的果农采用自产自销方式，使当地的葡萄和其他水果难以推销到新疆以外地区，经济效益低下。"没能建立起覆盖全国的营销网络，制约了葡萄产业的发展和提升。"

两好合一好

8月25日，在吐鲁番市政府的撮合下，长短互补的德汇公司与红柳河园艺场终于走到一起，组建了"新疆吐鲁番葡萄股份有限公司"，并争取三年内上市，计划用五年时间，陆续投资8亿元，在吐鲁番地区建立高新种植葡萄园区、葡萄保鲜恒温库，建立吐鲁番葡萄历史博物馆、葡萄展厅、葡萄研究院，进行葡萄系列产品深加工、种植反季节葡萄等。

对于葡萄股份有限公司的成立，吐鲁番地区及吐鲁番市官员全力以赴予以支持。吐鲁番市委书记王建勇认为，多少年来，外地人难以品尝到吐鲁番闻名中外的无核白葡萄，而吐鲁番的葡萄又销不出去，关键是流通不畅，供销脱节，缺少一个龙头企业。组建葡萄股份有限公司，必将对吐鲁番调整扩大葡萄种植、培育龙头企业，推行"公司＋农户"产销模式，增加农民收入，加快葡萄产业起到推动作用。王建勇表示，要在土地使用、工商、税务、金融等方面给予葡萄股份有限公司以大力支持。吐鲁番地区行署专员阿不拉·卡斯木则表示，吐鲁番葡萄、吐鲁番葡萄干原产地商标和标识已经受到国家认定，这一标志将允许葡萄股份有限公司独家使用，重点扶持发展该葡萄股份有限公司。

新疆吐鲁番葡萄股份有限公司利用自己的营销渠道，把世界上最甜的葡萄推向全球，这不仅是钱金耐的理想，还是整个吐鲁番市的期待。

（选自 2003 年 11 月 4 日《中国商报》）

走进南疆齐鲁工业园

五月的喀什花红柳绿、莺飞草长,汽车驶过七里桥沿 315 国道南行约 10 分钟,在公路右侧,南疆齐鲁工业园便映入了眼帘。

工业园占地 5 平方公里,宽广的园区内坐落着一座座大型厂房,园区修建了一横三纵四条宽阔笔直的道路。工业园是由喀什地区疏勒县在不到一年时间于 2006 年底高速度建成的。

据疏勒县招商局局长、齐鲁工业园管委会主任曲连东介绍,疏勒县全面实施"工业强县"战略,把招商引资工作当作促进县域经济快速发展的"一号工程"来抓,南疆齐鲁工业园是落实自治区实施新型工业化战略而建立的。近年

来喀什地区着力打造中亚、西亚、南亚经贸战略,边贸迅速发展的优势,使工业园成为喀什地区的出口加工基地具有现实可行性。在选址上,将工业园建在喀什市与疏勒县中间距离,毗邻 315 国道和 211、214 省道,交通便利,形成喀什边贸前店后厂格局,从而使疏勒县与喀什市的经济对接。

曲连东强调,疏勒县是传统农业大县,农产品是疏勒县最有力的资源优势,尤其盛产杏子、石榴、西甜瓜、无花果,以及甘草、麻黄枸杞、紫草等名贵药材。要把工业园建成农产品深加工基地,就要依托资源这个基础优势,进而使整个南疆的农产品资源都可以成为疏勒县的资源优势。

目前,昆仑维吾尔药业公司等 56 家龙头企业已在工业园落户,计划投资总额 15.8 亿元,实际到位资金 4 亿元,投产或在建的已有 35 家,安置劳动力 1 200 余人。工业园首先是农副产品深加工,其次是轻工、建材、食品、医药。这些产业带动了当地农业产业化的发展。农民种植杏、黄桃、开心果、红枣的热情使疏勒县林果总面积突破了 20 万亩,同一块地实行套种、间种、变"一季一熟"成"一季多熟",农民增收,不少农民亩收入已破万元。维药制药项目带动了全县 1 万亩玫瑰花种植,肉制品加工项目使疏勒县今年新增肉、蛋鸡存栏 100 万只。

曲连东介绍,农副产品深加工,对和谐社会和新农村建设,推进农业产业结构调整,都具有非常重要的促进作用。如果齐鲁工业园当时选择化工、矿产加工,就与促进农民增收、加快推进新农村建设没有直接的效益关系了。

2006 年,南疆齐鲁工业园总共投入 2 021 万元建设资金,其中 1 200 万元为山东省政府的援助资金,用于建设园区路网体系和排水系统,其余的配套设施费用全部通过市场化运作解决,没有让当地财政支出一分钱。前不久,园区内一个天然气加气站建设项目经过 5 家企业竞标,土地出让金价格达到了每亩 22 万元,全工业园区土地收益金 1 250 万元全部用于园区内设施建设,收支平衡。

决不损害农民利益

曲连东告诉记者,建设工业园始终以群众利益为出发点,土地征用的同时,及时拨付土地赔偿金、补偿金,决不留尾巴,对原来土地上的建筑、民居、树木、桥涵、青苗都进行足额及时的补偿,共发放补偿金 590 多万元。

对失去土地的 16 岁至 45 岁的村民,本人自愿,免费培训 4 个月,进行双语、企业基本劳动技能培训,然后介绍到相关企业工作。2006 年介绍到工业园去工作的有 280 人;对年满 60 岁村民转入城镇居民,享受社会低保,目前已有 73 人转入,每月享受 90～120 元低保。另外在工业园成立建筑施工队伍,从事园区内基建,已有 160 人参加,最低年收入达 6 000 元。

由于正确处理了群众利益,在工业园建设中无一例上访出现。村民积极支持园区建设,巴仁乡 16 村麻扎内有 218 座坟,在村民支持下,不到一个月全部迁完,未出现任何波折。

走进齐鲁工业园

曲连东主任同记者一起进入工业园泰缔信木业公司,公司经理杨爱国介绍,公司投资 3 600 万元,年产 4 万立方米中高密度纤维板,属国家支持变废为宝加工项目。只见厂区堆放着大量树根、各种小树枝、板皮,这些昔日农民当柴烧的下脚料,经过削片、蒸煮、热磨、烘干、压制而成为高质环保复合地板,产品畅销中亚五国。

记者还看到了一名叫艾斯卡尔的炊事员。他以前是该地农民,昔日年收入几百元,如今月收入 800 元,说到如今,他反复说"太好了"。

曲连东最后告诉记者,进入 2007 年后,南疆齐鲁工业园开门红,投资 1.5 亿元的农用机械物流园、投资 2.6 亿元的生物发电项目、投资 8 000 万元浓缩胡萝卜汁项目等一批项目纷纷签约落户。

再过两三年,南疆齐鲁工业园就会成为疏勒县集物流、商贸、加工、金融、文化、娱乐于一体的新城区。

榜样的力量是无穷的,南疆齐鲁工业园已成为当地兵团农三师及各县效仿的范本,每年前来取经、学习的政府部门、企业非常多,相信不久之后,更多的工业园将会在昆仑山下开花结果。

（选自 2007 年 5 期《今日新疆》）

让花炮给节日里的人们平添欢乐

——春节燃放烟花爆竹民俗巡礼

花炮市场"柳暗花明又一村"

一年一度的春节、元宵节刚刚结束。说到节日,人们首先想到的是燃放烟花爆竹。

在我国民间流传一首诗:"爆竹声中一岁除,春风送暖入屠苏。千门万户曈曈日,总把新桃换旧符。"这是宋朝王安石的一首诗,如今已是男女老少耳熟能详的诗句,形象地表达了人们在噼噼啪啪的鞭炮声中送走旧岁、迎来新春的热闹景象。

实际上,烟花爆竹作为中国人最传统的祈福形式,1500年来一直陪伴在人们的生活中,成为不可或缺的文化符号。它与春联、年画、灯笼、秧歌、大戏、饺子、汤圆一样,成为人们记忆里最难忘却的生活场景和温暖元素。

总之,烟花爆竹记载着一个民族的传统民俗文化,它伴随传统节日而延续至今,跟中国人重亲情、好热闹的心理一样,有着根深蒂固的传承意识。这种传统,构成了中华文化的重要组成部分。

但是,燃放烟花爆竹的民俗活动,却从20世纪90年代开始在我国一些地方遭遇冰山。1992年广州市首开"禁放"先河,紧接着,北京也在1993年开始实施"禁放",此后,以"烟花爆竹容易伤人、引发火灾和破坏城市环境"以及"陈规陋习"等为由,一场"禁放"风波席卷了中国各个城市,并在此后十多年时间里,中国城市的春节在缺少烟花鞭炮的沉寂里成为无声的节日。

但是，在实施"禁放"过程中，却普遍面临尴尬局面。自打"禁放"以来，在春节私自燃放烟花鞭炮的现象就一直未断。在开始禁放的前两年，被禁放的城市还比较平静，但是，到了第三年，就有许多人跃跃欲试出来放了，有的半夜三更放，有的抢在黎明前放，胆大一点的竟当众在大街上放，行人非但不制止，反而驻足观看，鼓掌喝彩，连有的执法人员都对这种"违规"行为睁一只眼闭一只眼。于是到了第四五个年头，全国许多城市燃放烟花爆竹的现象基本上"死灰复燃"了。

说到乌鲁木齐燃放烟花爆竹的历史，基本上是伴随它 200 年城市发展过程而延续的。历史上，始于"赶大营"的晋商、津商、湘商、川商等在迪化（乌鲁木齐的旧称）大小十字开办了"鸿春园饭店"（中华老字号）、"元泰堂药店"、"聚义生酱菜园"、"生恒茂茶庄"、"新盛泉浴池"等上百家商号，众多商号在春节后开张时，都有燃放鞭炮的习俗，以期新年开业大吉，生意兴隆。这一习俗一直延续到 20 世纪 90 年代，每逢春节来临，乌鲁木齐万家欢腾，万炮齐鸣。

从 1995 年开始，乌鲁木齐实施"禁放"令。在禁放的三年里，过年期间感觉死气沉沉、冷冷清清、索然无味。到第三个春节，如同全国一样，群众向"禁放"挑战的现象也屡见不鲜。一部分市民认为，春节期间，乌鲁木齐天气寒冷，缺乏娱乐项目，户外活动受阻，出门旅游也不方便。于是，市民将禁令抛向了脑后。还有一部分群众认为，每年新疆因汽车车祸伤亡人数达上千人，其危害远远大于燃放烟花，总不能禁绝汽车吧。

而说到空气污染，在乌鲁木齐老市民的记忆里，20 世纪 70 年代以前，乌鲁木齐冬季雪白天蓝，而现在的乌鲁木齐冬季严重污染，主要原因在于工业污染、汽车尾气污染、城市人口剧增（由 20 世纪 50 年代 10 万居民增至今天 300 万人），还有乌鲁木齐形似锅底的地形结构等，从而形成严重的温室效应，因此不能归罪于燃放烟花。其实，比之其他污染，烟花微乎其微，况且现在的烟花都进行了很大的改进。

在"禁放"实施那几年，许多有识之士，如全国政协委员冯骥才等呼吁政府顺应民意予以开禁。全国政协委员、民俗专家陈文华说："如果连春节都不让放烟花鞭炮，中国的传统节日越过越冷清，那么，若干年后，我们的后代就可能只知道'圣诞节''情人节'了。"

在广大人民群众的反对呼声中,截至 2005 年底,北京、上海、重庆、南京、西安、成都等城市陆续实行"禁改限",除加油站、文物古迹、学校等场所外,在春节期间,市民可以在全市范围燃放烟花鞭炮。至今,原先"禁放"的 170 多个城市包括乌鲁木齐都已解禁了。

花炮市场需要严格加强监管

毋庸置疑,烟花鞭炮会给节日的人们带来欢乐,但是,它的确也是风险性很高的产品,在其生产、运输、销售中都有危险。对此,国家对各个环节都有严格的规定,尽管如此,因不慎造成的事故几十年中曾经发生多次,比如 2008 年 3 月 26 日,新疆吐鲁番在准备销毁库存多年烟花鞭炮卸车时,发生了大爆炸,造成包括警察、记者在内的 29 人死亡;另外,2013 年春节前,一辆装满鞭炮的汽车在河南三门峡路段连霍公路一座桥梁上发生爆炸,炸塌桥梁,伤亡惨重。

从销售环节来说,国家一直将其列入专营产品,明文规定由经营日用杂品的供销社独家销售。在新疆,从 1955 年自治区供销社日杂经营部成立开始专营烟花爆竹,一直延续至今,其中在 1992 年兵团计划单列后,也加入了此行列。时至今日,在新疆从事烟花爆竹批发零售资格的共有两家,即新疆供销社吉庆烟花爆竹公司、兵团供销社祥和烟花爆竹公司。自治区政府对两家经营范围原则上进行了划分,即自治区供销社吉庆公司负责新疆 15 个地州市供应,兵团供销社祥和公司负责兵团 14 个师的供应。

若论新疆烟花爆竹销量,当属首府乌鲁木齐,自从乌鲁木齐烟花爆竹销售及燃放解禁以来,在市委、市政府支持下,在安监、公安等相关职能部门的强力监控和管制下,乌鲁木齐烟花爆竹的销售经营和燃放总体是在规范有序的轨道上运行,没有发生一起大的安全责任事故。

但是,近几年非法进入市场批发销售现象剧增,不少单位以生产厂家驻乌鲁木齐办事处或厂家直销的名义开展批发销售,没有取得安监局颁发的"烟花爆竹经营许可证",在春节前采取团购、团销、送货上门、售后付款等方式,以较低的价格大肆非法经销,造成了市场商品良莠不齐、鱼龙混杂、低劣产品充斥市场的混乱局面。

因此,加强烟花爆竹安全管理,不仅是为了查违打非,规范市场秩序,还是打击暴力恐怖活动、维护社会长治久安的需要。

首先是治理市场乱象。从 2013 年春节开始,新疆维吾尔自治区安全生产监管局责成自治区供销社吉庆烟花公司和兵团供销社祥和烟花公司,在全疆范围内统一实施连锁经营,按照"八统一"要求,即统一规章制度、统一安全培训、统一安全标准、统一信息采集、统一购销合同、统一实名购买、统一应急预案、统一货物配送,确保连锁经营科学化、规范化、标准化运行。

其次是规范进货渠道。在主产区湖南省、江西省安监和公安部门大力支持下,直接到传统烟花爆竹产地浏阳、醴陵、萍乡等地 17 家知名厂家组织货源;还有新疆吉庆公司参股厂家湖南浏阳"美丹"烟花公司严格实行厂家准入制度,对准入产品外包装统一张贴"新疆专用"电子标签,其他厂家产品禁止在疆销售,从源头上防止了假冒伪劣产品进疆。

另外,严格实行实名购买制度,各连锁门店统一配备了电脑终端机,通过采用实名购买系统,将购买人员的身份证信息和所购买的烟花爆竹种类、型号、数量等上传终端,准确掌握了销售最终去向。

现在,新疆范围内 15 个地州市烟花爆竹连锁经营覆盖率为 100%,零售终端机配备率达到了 100%,从业人员签订的"诚信经营承诺"达到了 100%。

三年来,烟花爆竹销售管理成效显著,以 2015 年为例,全自治区未发生一起轻伤以上的燃放事故,没有发生一起重大质量投诉。新疆 34 家批发企业、654 家零售店全部实现了盈利,共上缴税金 2 000 万元。

(选自 2016 年 3 月 9 日《新疆日报》)

浅说乌鲁木齐市建筑

乌鲁木齐市城市建设发展很快,继人民剧场、红山商场、昆仑宾馆、乌鲁木齐机场等一批建筑落成之后,鸿春园饭店、新疆饭店又相继建成。这些巍峨的建筑,的确为边城添了许多光彩。

"建筑是凝固了的音乐",它是集建筑学、历史学、城市规划学科于一身的,故此,盖一幢楼,建一座桥,辟一处园林,并非易事。人们也许还记得,当年乌鲁木齐人民广场主席台对面是一条繁华的街道,肉店、茶店、鞋店、照相馆、缝纫店鳞次栉比,而在联合办公大楼修建后,这条街冷落了,天山百货大楼本来与大十字一带是结为一体的商业区,如今被迫"脱节",群众走过此地,总有一种说不出的遗憾。

百花村饭店虽有鹤立鸡群的气势,但临街太近,遮挡阳光,使街面暗淡,乌鲁木齐市冬季长,走在楼下,顿觉凉飕飕的。红山脚下修了两座六层住宅楼,远看红山,视线受阻,见楼易而见山难。山下的现代化建筑和山上的塔、亭、楼阁也很不协调。这些恐怕是建筑上的败笔。

笔者是建筑行业的门外汉,所谈势必粗俗,情知班门弄斧,意在抛砖引玉,愿各方发表高见,使边城建得更新更美,更富有民族特色。

(选自 1984 年 4 月 23 日《乌鲁木齐晚报》)

街头招牌透出观念变化

——乌鲁木齐市店号门楣各具特色

都市商店的牌匾及楹联，人称"街头艺术"，对行人颇具吸引力。漫步乌鲁木齐街头，看着那流光溢彩的牌匾店号及字体迥异的各种对联，常常令人遐思无限。

提起店号，人们自然会想起京津沪等大都市的全聚德、六必居、同仁堂、老介福、劝业场等，众多的店号寓意丰富。在乌鲁木齐，也有一些颇具特色的店号，如凝德堂药店、元太堂药店、升恒茂茶庄、鸿春园饭店、百花村饭店、三星照相馆等。这些店号堪称边城历史文化的一部分。

党的十一届三中全会后，春风化雨，新疆同全国各地一样，老字号商店复以原名，传统经营特色得以恢复，新店名如雨后春笋，纷纷出现，遍布各个角落。同时，店名也丰富了，一时间，新疆的山川相继被选作店名，其中有以天山命名的商店、饭店、宾馆大厦，也有以准噶尔、博格达、瀚海、边城、西域作店号的；另外，以富有朝气的"春"命名的，就有江南春、四海春、满园春等；红旗路等农贸市场内，还出现了类似福盛面馆、香了来饭馆、百乐春饭馆及美神、美丝、迷你发廊等令顾客惬意的店号。真是丰富多彩，美不胜收。

店名多了，店牌也变了。金晃晃、银闪闪的有机玻璃或玻璃镀金店牌、霓虹灯店牌代替了木板店牌。人们堂而皇之在店号内大书"生意兴隆通四海，财源茂盛达三江"，甚至写出"顾客是上帝"，其他如"文明经商，礼貌服务""优质服务，顾客至上"在商店内随处可见。

（选自 1987 年 9 月 24 日《乌鲁木齐晚报》）

新疆不再遥远闭塞

——从乌鲁木齐看新疆的变化

　　说起新疆，不少人慨叹它的遥远和荒凉，漫漫黄沙，悠悠驼铃，还不免要吟咏起流传千载的令人神伤又充满悲凉豪壮的边塞诗"大漠孤烟直，长河落日圆""故园东望路漫漫，双袖龙钟泪不干。马上相逢无纸笔，凭君传语报平安"……千百年来，似乎世间形成定论，新疆意味着遥远，意味着闭塞，意味着与世隔绝，令人望而却步。历史进入 20 世纪末，相当多的国人对新疆还是知之甚少，常常会提出一些莫名其妙的问题，令新疆人感到啼笑皆非。

　　然而，许多人又知道新疆是闻名遐迩的瓜果之乡、歌舞之乡，那脍炙人口的歌曲《我们新疆好地方》《达坂城的姑娘》《草原之夜》《克拉玛依之歌》《吐鲁番的葡萄熟了》，不知倾倒了多少人；那电影《天山的红花》《冰山上的来客》等令无数人对新疆充满遐想；至于那蜚声中外的哈密瓜、吐鲁番的葡萄、伊犁的苹果更不知使多少人心驰神往，如醉如痴。

　　新疆是那样的神秘，它既荒凉又美丽，犹如蒙着盖头的美丽姑娘，令人向往，急欲一睹其芳容。

　　如今，盖头正在掀开，新疆面容正展露在世人面前。

　　1949 年中华人民共和国成立以来，新疆发生了翻天覆地的变化，揭开了使人刮目相看的新篇章。

　　管中窥豹，可见一斑。让我们透过首府乌鲁木齐来看新疆的变化。

　　乌鲁木齐地处亚洲中心（东经 87°20′，北纬 43°41′），被认为是世界上离海洋最远的城市，离最近的海岸线也有 2 400 公里。昔日，关山重重，大漠茫茫，路途漫漫，过来难，回去也难，靠烽火与驿马传递着信息。今天，乌鲁木齐已不再遥远闭塞。早在 1963 年兰新铁路即通车乌鲁木齐，1990 年北疆铁路在阿拉山口与苏联接轨，使东起中国连云港、西至荷兰鹿特丹全程 1 万多公里的"第二座亚欧大陆桥"全线贯通，为乌鲁木齐走向世界架起金桥。兰新铁路复线于 1994 年 9 月 16 日建成通车，今年已全面交付营运，其客货运力分别提高 2 倍和 4 倍。乌鲁木齐已向北京、上海、成都、西安、郑州等地开通客车。从沿海到乌鲁木齐乘车只需几天时间。

乌鲁木齐航空港已开通国际国内航线 41 条，连接莫斯科、阿拉木图等国际大都市及北京、上海、广州、济南等国内 26 个大中城市，乌鲁木齐机场每天起降 20 余次大型客机，日出入旅客 4 000 名，年旅客流量突破 100 万人次，货运吞吐量 17 万吨，均比 10 多年前增加了 10 倍。投资 26 亿元正在修建的乌鲁木齐国际机场建成后将成为全国 4 大国际机场之一。

随着西安－兰州－乌鲁木齐光缆建成运行，乌鲁木齐长途电话交换机总容量已达 7 500 多线，市区电话 12 万部，并全部实现了程控化，邮电通信畅通，电话可直拨国内及世界各地，移动电话、无线寻呼等现代化通信手段迅速普及，使乌鲁木齐的触角伸向全国和世界。

"无商不活。"如今，乌鲁木齐市场呈现一派繁荣景象，高大的商业营销建筑设施鳞次栉比，商业网点星罗棋布，商业部（国务院原有组成部门）首次公布全国零售百强中，乌鲁木齐就占有三名，外地人惊讶：乌鲁木齐大型商厦数量及规模竟然远远超过国内许多大都市。繁荣的市场吸引国内外客商接踵而来，他们惊喜于乌鲁木齐巨大的市场购买潜力，大多发出相见恨晚、来迟了的感慨。而今乌鲁木齐经贸洽谈会已举办了四届，万商云集，并已成为继广交会、沪交会、哈洽会之后的全国第四大交易会。目前，乌鲁木齐已成为我国西部的大商贸都市，成为向西开放的前沿阵地，成为东联西出的桥头堡。

来吧，朋友，来吧，国内外的客商，请光临乌鲁木齐，请光临宝地新疆，这里定会使你大饱眼福，定会使你生意兴隆，大展宏图！

（选自 1995 年 9 月 16 日《中国商报》）

昔日字号店铺鳞次栉比
如今万商云集更显辉煌

　　乌鲁木齐,被认为是世界上离海洋最远的城市,距离最近的海岸线也有
2 400 公里,远离海洋,又是牧场,将其与商业联系,似乎无缘,然而在乌鲁木齐
建城以来的 200 余年间,恰恰是商业促进了这座城池由原始草原过渡到繁华的
都市,直到今天,也是商业促进了这座亚洲腹地大都市的繁荣兴盛。

　　乌鲁木齐是一座古老而年轻的城市。远在新石器时代,这里就有了人类的
足迹。唐代轮台城就在乌鲁木齐附近,著名边塞诗人岑参的"忽如一夜春风来,
千树万树梨花开"的美妙诗句就是乌鲁木齐冬季景色的生动表述。500 年前的
明代郊区就有了红庙子九家湾故城,也叫瓦剌故城。但是直到 1755 年(乾隆
二十年)乌鲁木齐才正式建成并命名乌鲁木齐,后又改名迪化,1953 年又恢复
乌鲁木齐称谓。

　　1767 年,乌鲁木齐城市商业十分繁华。主编过《四库全书》的清代著名学
者纪晓岚谪戍乌鲁木齐时,称这里"廛肆鳞鳞两面分,门前官柳绿如云""到处
歌楼到处花,塞垣此地擅繁华"。1777 年,学者椿园在《新疆纪略》一书中写道:
"其地为四达之区,故字号店铺鳞次栉比……茶寮酒肆,优伶歌童,工艺技巧之
人,无一不备,繁华富庶甲于关外。"清乾隆皇帝曾多次颁发诏谕动员广大商民
前去乌鲁木齐市从事商贸活动。19 世纪末,英、美、法特别是俄国商人先后来乌
鲁木齐开设洋行,中外客商的汇集促进了乌鲁木齐市的繁荣,乌鲁木齐便"草莱
辟兮陌纵横,城堡起兮聚落兴"了。

　　1865 年,清廷派左宗棠为钦差大臣,率 6 万大军进疆平定阿古柏叛乱,当时
为保证军需供应,曾征集流动货郎随军西征。数百名天津杨柳青货郎挑担步行

随军,一路供应,被称作"赶大营"。清军收复迪化后,众多杨柳青商贩便在迪化开设商店,并逐渐发展形成京津帮商户,分布在迪化大小十字,最著名的是津帮"八大家",他们的分支遍及新疆各地。1911年(清宣统三年),迪化共有工商业户1 130余家,其中商店764家,手工业作坊370家,从这些数字可以看出迪化商业之昌盛。直至今天,乌鲁木齐还遗留许多商号,如鸿春园饭店、凝德堂药店等,不少堪称百年老店,一些老店被原国内贸易部认定为"中华老字号"。

中华人民共和国成立后,乌鲁木齐的国营商业逐渐发展起来,修建了一批具有一定规模的商业网点,诸如军人服务社、天山百货大楼、天山商场、红旗路百货商店、红山商场、友好商场等,商业曾一度红火。

党的十一届三中全会,给乌鲁木齐吹来强劲春风。春风化雨,滋润着商业鲜花盛开。国有商业纷纷改建扩建,改善经营环境,增加营业面积,积极参与市场竞争。个体私营经济也发展起来,农贸市场已发展到178个,星罗棋布于乌鲁木齐市各大街区。私营户米恩华的华凌贸易城是当今中国屈指可数的商城,市场占地500亩,总建筑面积60万平方米,已投入运营20万平方米,容纳7 500户经营者,从业人员3万余人,日客流量10万余人,年成交额50亿元。最近华凌贸易城承办了中国西部建材博览会,成交额近9亿元,这是中国首家由私营经营者举办的全国交易盛会,吸引国内20余个省市和世界上10多个国家地区参会,足见乌鲁木齐市私营经济所具备的实力。巨大的市场,宽松的环境,磁石般吸引着浙江、江苏、广东等省客户纷至沓来,仅温州经商者就有8万人。贸易盛会乌洽会已成功举办六届,对内贸易成交200亿元,对外贸易成交近100亿元。新疆以及乌鲁木齐已成为国内外客商关注的热点地区和城市,成为我国向西出口商品的桥头堡和集散地。平日里,举办乌洽会的新疆国际博览中心也是展事不断,以今年来说,接连举办河南安阳产品展、广东产品展、中国轻工产品博览会、第十一届发明博览会等。

乌鲁木齐市委、市人民政府曾提出将乌鲁木齐建成亚洲腹地的商贸中心。今天看来,这个口号是切合实际的,现实表明,乌鲁木齐就是中亚一颗璀璨的商业新星,无与伦比的商城。

(选自1998年8月7日《中国商报》)

请重新审视新疆

提起新疆,人们自然会想到众多苍凉的边塞诗篇,诸如"劝君更尽一杯酒,西出阳关无故人""马上相逢无纸笔,凭君传语报平安""大漠孤烟直,长河落日圆"等。总之,人们心头多少会掠过一丝凄楚的悲凉。

提起新疆,人们又无不称赞它是闻名中外的歌舞之乡、瓜果之乡。如今恐怕还没有哪个地区拥有新疆那样多美妙动听、脍炙人口的歌曲,《我们新疆好地方》《边疆处处赛江南》《克拉玛依之歌》《吐鲁番的葡萄熟了》《草原之夜》《半个月亮爬上来》《楼兰姑娘》《阿拉木汗》《达坂城的姑娘》《花儿为什么这样红》等,蜚声中外,久唱不衰,不知令多少人神思迷离。

老实说,直至今天,相当一部分人对新疆还是相当迷茫,觉得新疆是又荒凉又辽阔又迷人,有一种说不清道不明的感觉。

中华人民共和国成立初期,新疆有一个尽人皆知的口号:建设社会主义新新疆。其实,时光流过半个世纪,一个新新疆已经巍然屹立于中亚大地,人们实在应该重新审视新疆。新疆犹如撩起面纱的少女,使人得以一睹其姿容美貌。凡是到过新疆的客人无不折服,称赞乌鲁木齐既美丽又富现代气派,因而冠以东方的科威特。人们称赞戈壁滩上雄居亚洲之冠的达坂城风力发电厂塔群,称赞一望无垠银花怒放的千亩棉田。

在惊叹新疆新貌时,人们实在不应忽视新疆如雨后春笋般涌现的名优特产品,这里姑且不说吐鲁番的葡萄、哈密的瓜、库尔勒香梨一枝花,还有更多的特产未被人认识,独具特色的地域和气候条件产生了独具魅力的产品。新疆倡导资源转换优势,使产品原料优势向商品优势转换,提倡发展一白(棉花)一黑(石油)外加一个红色产业(番茄、枸杞、红花、辣椒),新产品层出不穷。现在新疆生产的番茄酱产量雄居亚洲第一、世界第二，新疆生产的天山牌羊绒衫每年畅销国际市场 110 万件，新疆特变电工股份有限公司生产的变压器销往亚洲和非洲，新疆的伊力特曲系列酒畅销全国，阿山皮衣倾倒了东北、华北的消费者，新疆-2 收割机占据了中原大地……

新疆工业企业的有识之士意识到新疆地域很大，但市场有限，于是不少厂家将产品推出天山，让其走向全国大市场。而全国的商界有识之士也能慧眼识珠，争先接纳新疆名优特产品，于是阿山皮衣、蝶王内衣、伊力特曲、白杨大曲纷纷出现在国内许多市场。

新疆人在冷静之余，也发现了自己的短处——不善于宣传自己。新疆某个毛纺针织公司最兴盛的时候，内蒙古鄂尔多斯羊毛衫厂还是个"小弟弟"，而今鄂尔多斯已是国内同行业首屈一指的领头羊。如今，新疆人也已醒悟，酒好也怕巷子深。细心的人也许会发现，在中央电视台和全国媒体中新疆的产品广告多起来了，神内萝卜汁、伊力特曲酒、三台老窖酒、西域葡萄酒不断亮相。新疆人的步子虽然慢了半拍，但新疆似有后来者居上、蓄势待发的劲头。一个新疆名优特产品潮头正滚滚东进。

（选自 2000 年 9 月 28 日《中国商报》）

我的晚报情结

——《乌鲁木齐晚报》创刊 25 周年专版

光阴荏苒,欣逢《乌鲁木齐晚报》创刊四分之一世纪(25 周年)之际,作为晚报创刊初期最早的记者之一,我打心底对它表示由衷的祝贺。

我是老三届的学生,自打初中时便立志将来当一名记者,不料家庭蒙难,我到农场接受再教育,继而又回城工作,接着又考上大学,似乎与记者行当失之交臂,理想要化为泡影。

直到大学即将毕业时,《乌鲁木齐晚报》即将创刊公开向社会招考记者的信息,又撩拨了我心中并未泯灭的火花。

我怀着既忐忑不安又充满希望的心情,参加了 1982 年冬天在西大桥老市委办公楼内举办的《乌鲁木齐晚报》记者招聘理论考试。招聘初选 7 名,我是其中之一。然后进行现场突击采访考试。当时的副总编单尔宾突然宣布,要我们这些初选者立即到街头现场采写街头见闻,连采带写限 3 小时内交文字稿……我们在规定时限内交了稿。经过两次考试后,还得过第三关,于是又进行了外调政审,经过"三关"历练,我终于在 1983 年的春天正式成为《乌鲁木齐晚报》的一名记者。

几十年过去,回首创刊初期,《乌鲁木齐晚报》的两个特色实在值得回味:一是吃苦奉献精神;二是晚报作为市委机关报,把反映市民生活的"民生"内容放在突出位置。

以我负责采访的商贸口为例,在报社领导的支持下,我采写了不少事关市民切身利益的稿件。如从 1986 年 4 月 28 日到 8 月 5 日陆续刊登的《闹市区商店关门太早,乌鲁木齐应当开办夜市》的系列报道。此稿被评为当年乌鲁木齐市好新闻一等奖。

值得庆幸的是,1987 年 2 月 24 日晚报头版刊登了我采写的短消息,《笑话:"乌鲁木齐"错为"鸟鲁木齐"——痛心:一点之差损失十六万元》,这篇报道先后被《羊城晚报》《文摘报》等多家报纸转载,还被选入小学语文教材,报道被评为 1987 年度新疆好新闻一等奖,还被载入 1987 年《新疆年鉴》。

我采写的其他一些报道如《浅谈乌鲁木齐市建筑》《大批杜松为何死去》《街头招牌透出观念变化》《边城儿女穿戴美》等也受到读者好评。

有人说:"记者是时代的记录者和爱心的发言人。"我很喜欢这句话。在晚报创刊初期工作 8 年后,我调往《中国商报》新疆记者站。从进晚报至今,我已当记者 26 年,一直未离开采访工作。我的足迹遍及乌鲁木齐大街小巷,也跑遍了新疆,先后被评为记者、主任(副高)记者、高级记者,我采写刊发了上千篇文稿、数百幅新闻图片。我的 30 多万字新闻作品集《天山的魅力》出版,其中收录了在晚报上刊发的 10 多万字新闻稿件,我将此书作为答卷或礼物,献给《乌鲁木齐晚报》25 周岁生日,我为能通过自己的辛勤采访,为记录一段特定时期乌鲁木齐乃至新疆历史而欣慰。

感谢晚报这块处女地,为我铺就了记者之路。几十年来,我激情不减地从事采访工作,靠的就是我在晚报练就的基本功。

我虽然离开晚报,但多年来一直自费订阅晚报。我衷心祝愿晚报更上一层楼!

(选自 2009 年 2 月 16 口《乌鲁木齐晚报》)

－附　录－

铁肩担道义　妙手著文章

——访高级记者宋铭宝

从 1983 年至今,宋铭宝从事新闻工作已届 23 年。

他出生于山东,少小离家,到新疆已有 40 余年的时间。他曾经担任记者站站长、编辑部主任,但从未间断过采访,在新闻圈业内赢得好口碑。笔者采撷了他的几个侧面。

新闻报道编进大学和小学课本

有人说,一个音乐家一生中创作出一首知名作品就算一个大家了;有人说,一个诗人一生中有一句诗被人诵读流传就是一个大诗人了。譬如诗人臧克家写了一辈子诗,人们记得最牢的是他的一句名诗:"有的人死了,他还活着;有的人活着,他已经死了。"一名记者,如果写了几十年报道,却未见一篇叫得响、令人记得住的报道,也未免太平淡无奇了。在这方面,宋铭宝是幸运的,这应该归功于他的勤勉。

2005 年人民教育出版社出版的小学语文课本中的《一点值万金》课文和教育部编写的高等师范专科教材中的《一点之差》课文,都是宋铭宝写的新闻报道。新闻报道编进大学和小学课本教材在全国很罕见,在人们记忆中,20 世纪 60 年代后,中学课本和大学新闻课教材曾有一篇转自《中国青年报》的《为了 61 个阶级兄弟》的报道。《一点之差》是近几十年以来少有的选入语文教材的例证。

痛心:一点之差损失十六万元

1987 年 2 月 24 日,《乌鲁木齐晚报》一版报眼位置刊登了一则连标点符号在内仅百余字的报道。

本报讯 乌鲁木齐市挂面厂在日本印制的精美挂面塑料包装袋,因将"乌鲁木齐"错写成"鸟鲁木齐",致使塑料袋报废,损失金额达十六万元人民币。

1986年上半年,乌鲁木齐市挂面厂设计的这种包装袋,在交付印刷前曾上报有关部门审查,未能发现这一错字。这批塑料包装袋计一千卷,重量达十吨,在日本印好后,漂洋过海,越过千山万水运到乌鲁木齐,结果被有关部门发现而禁止使用。

笔者请宋铭宝介绍采写"一点之差"稿件的前后背景。

宋铭宝介绍:"多年实践使我体会到,记者要深入基层和第一线,才能抓到好新闻。《一点之差》是我到乌鲁木齐市挂面厂采访时抓取的有价值的新闻。"

《一点之差》消息见报后,首先被广东《羊城晚报》在一版《各地晚报文萃》栏目中转载,继而被国内各种文摘类报纸、多家省报、《中国商业报》和《人民日报》等转载。中国香港一名读者在阅读了《一点之差》报道后,还专门在《人民日报》海外版撰文发表评论。《一点之差》自1987年见报后,陆续被国内一些省市编进小学生语文补充教材。《中国少年报》《小学生学习报》都曾予以转载。直到进入21世纪,报道已刊发近20年时,仍将此报道选进大学、小学课本。1997年,宋铭宝在乌鲁木齐遇到一位在明珠市场做花卉生意的浙江青年,当这位青年得知眼前的记者就是《一点之差》的作者时,又惊又喜。他说,当年他在浙江参加高考,作文题目就是《谈一点之差,"乌鲁木齐"错为"鸟鲁木齐"》。

《一点之差》报道演绎至今还成为新疆人席间或饭后茶余的调侃笑话。乌鲁木齐人在外地人面前笑称是"鸟市"人,"鸟市"这句口头语在《一点之差》报道刊登前从未出现,一篇报道演绎成一句流行口头语真是有趣,也足见其产生的广泛影响力。

《一点之差》这篇消息,被新疆记协评为1987年度新疆好新闻一等奖,并被收录进1987年《新疆年鉴》。

记者是时代的记录者

宋铭宝特别推崇"记者是时代的记录者"这句名言。他为能成为一个历史时期内商业经济的记录者而欣慰!

1983年春,刚刚结束新疆大学本科汉语言文学专业学习毕业的宋铭宝巧逢新创刊的《乌鲁木齐晚报》招考记者。他经过笔试和现场采访,因成绩优秀进入了乌鲁木齐晚报社,成为第五个进入该报社的记者。可能是因为读大学前他曾在商业系统工作多年的经历,所以领导安排他当商业记者。从那时至今,从《乌鲁木齐晚报》到《中国商报》新疆记者站,20多年来,他一直从事以商业为主的经济流通系统新闻采访。

20世纪80年代,乌鲁木齐报纸很少,只有《新疆日报》和《乌鲁木齐晚报》两家报纸。当时正值党的十一届三中全会召开不久,宋铭宝亲眼看见乌鲁木齐市和新疆的种种新气象、新变化,也亲历了由计划经济向市场经济演变的进程及阵痛,许多现象都以新闻消息的方式在报纸上留下了记录。

改革开放初期,一些职能管理部门囿于传统观念,首批从国内其他城市进入乌鲁木齐街头巷尾摆摊设点的鞋匠、裁缝等个体摊贩,时常遭到工商、城管等部门人员的追赶。作为新闻记者,宋铭宝敏锐地意识到应支持外来务工人员在边城摆摊设点,以此繁荣市场经济。于是他拍摄了街头的个体鞋摊、商场楼角的裁缝桌摊等图片并刊登在晚报上,还采写了许多这方面的消息,比如《穿行在大街小巷 服务于千家万户》《乌鲁木齐市个体饮食业发展迅速》《大街小巷有瓜摊》《乌鲁木齐市集贸市场呈现繁荣兴旺景象》等,满腔热情地讴歌改革开放的新动向、新事物。

其实,商业口的报道面很宽,从大的方面讲包括区市商(商业)、粮(粮食局)、供(供销社),还包括工商、物价、税务、银行等系统,从小的方面讲有百货、五金、物资、蔬菜、饮食服务、食品、牛奶等;还包括商办工厂,如天山食品厂、七一酱油厂以及粮店、菜铺、猪肉店、牛羊肉店。当年,轻工、二轻、服装鞋帽公司也归商业记者采访,采访面广量大。

20世纪80年代初,百废待兴,城乡经济格外活跃,例如,农贸市场如雨后春笋般破土而出,如红旗路、二道桥、文艺路、火车南站、水磨沟、铁路局、河南路,甚至达坂城等几十座农贸市场接二连三开业。新建、改扩建的天山百货大楼、友好商场、新疆百货大厦(现汇嘉时代)、红旗路百货商店、贸易中心、中山路贸易大厦、黄河大厦等相继展现新姿,这些商业事件都是宋铭宝报道的。自1985年起,他还一次不落地参加了15届乌洽会。

宋铭宝在商业系统工作10多年,熟悉商业口,加上他十分勤奋,当初担任《乌鲁木齐晚报》记者时抓新闻很及时,新闻时效性也很强,发稿量始终名列前茅。

从《乌鲁木齐晚报》到《中国商报》的20余年中,宋铭宝共刊发上千篇文字和数百幅图片。2004年,新闻作品选集《天山的魅力》出版,共计35万字,这仅仅是宋铭宝作品的一部分。宋铭宝说,这些报道是20世纪80年代初到21世纪初,我国由计划经济向市场经济转型时期的社会记录,他戏说:"如果有人研究这一时期的商业志,一定可以在我的新闻报道中找到一些原始的珍贵资料。"

新闻是跑出来的

有一次,笔者请宋铭宝说说当记者的工作体会。他不假思索地回答:"回顾记者生涯,我深悟新闻是跑出来的。记者要腿勤、嘴勤、手勤,还要深入实际和基层,道听途说是写不出好新闻的。如《一点之差》一稿就是我到乌鲁木齐市挂面厂采访,同厂长赵庆广交谈中得到的独家报道素材。1986年4月28日刊登的《乌鲁木齐应当开办夜市》同样是获得乌鲁木齐市好新闻一等奖作品,为了写好这篇报道,我曾步行于整条中山路、解放路、民主路等多条商业街,一家一家记录商店的营业时间,因而掌握了第一手富有说服力的材料。1984年7月2日刊登的《大批杜松为何死去》也是一篇不因地制宜、盲目引种树木,给国家造成巨额损失的有影响力的报道。这种树根本不适于乌鲁木齐栽种,尤其是不适宜作为乌鲁木齐的街道树。为了调查这种树的长势,我步行调查新华南路、人民路、钱塘江路、团结路、七一酱园、新华南路至三甬碑,一一细数死亡的树木数量,获得了独家报道。"

宋铭宝说:"用脚写新闻,实际上是国内外新闻工作者的光荣传统;而近年记者中蔓延的热衷跑会、抄现成材料、发通稿、一个人写稿、一人拍照大家采用等不良风气,是该整顿整顿了。"

石坚撰写"处女序言"

2004年4月,新疆人民出版社出版了宋铭宝新闻作品集《天山的魅力》。《新疆日报》原高级记者、现南京师范大学新闻与传播学院硕士生导师石坚为选集作序。据悉,此前曾有人请石坚为出书作序,都被其婉言谢绝,为宋铭宝作序,石坚言称这是"我的处女序"。石坚序言摘录如下:(略有改动)

手捧铭宝散发着油墨清香的书稿,细细读来,不禁感慨万千,这是铭宝记者生涯的足迹,人生之旅的足迹。

我与铭宝,相识于20世纪80年代初,当时都是意气风发刚及而立之年的热血青年,我在日报,他在晚报,又同跑财贸口采访。在漫漫新闻生涯中,我们一块赴肖尔布拉克、上北庭、下鄯善、到石城……彼此结下了深厚的感情。今年春节返乌,席间谈至80年代我们共同采访屠宰早市,我的一篇通讯中有一个小标题名为"磨刀霍霍向牛羊",两人不禁拊掌大笑。

当年,名噪一时的《"乌鲁木齐"错为"乌鲁木齐"》的新闻,就出于铭宝之手,"一点之差"的笑柄至今仍被人们津津乐道,铭宝的新闻发现力,由此可见一斑。一个新的事实能不能成为新闻,有多大新闻价值,全依赖于记者一双慧眼的"发现"。同样,发现不了新闻的人,也就当不了记者。而在铭宝的"新闻眼"下,发现了一条条"活鱼",如《大批杜松为何死去》《乌鲁木齐百万市民喊冷》《乌鲁木齐应当开办夜市》等。所谓"佳篇常从格外出",就是这个道理。

普利策曾说过:"懒人当不了记者。"新闻是跑出来的,只有勤奋的人才能做一个好记者。读铭宝书稿,字里行间,散发着泥土的芬芳,稿件大多数采自基层,他一生从事商业报道,完全有条件坐在办公室里打打电话,看看简报,就可以"搞定"。但铭宝不是这样,他的稿件不少来自商场、饭店、夜市、工厂等基层之处,正如他在自序中所言:"回顾多年记者历程,我深悟新闻是跑出来的,记者要腿勤、嘴勤、手勤。不深入实际和基层,道听途说,或仅仅阅读材料,是写不出好新闻的。"这是铭宝的肺腑之言,也是他多年记者生涯的写照。

二十多年来,铭宝白日四处奔波,夜间伏案疾书,常年不辞辛苦,足迹遍及天山南北,乐此不疲,行而不辍,实为新疆新闻界之楷模。纵观铭宝之文集,多为"豆腐块",鸿篇巨制寥寥,正如铭宝所言:"这些'豆腐块'虽不是了不起的文学作品,但毫不羞愧的是,那是我全身心进行采访的结晶。"让我尤为钦佩的是,铭宝以写"豆腐块"为荣,一生都在为"豆腐块"而奋斗。看看时下一些记者,提笔动辄五六千言,似乎不长不足以显示水平;看看时下一些报纸,长篇通讯占据了主导地位,官话、空话、大话、套话、废话充斥版面。对此,新闻界有识之士早已忧心忡忡,提警告,发倡议,大声呼吁要让消息当主角。铭宝在这方面的作为,为我们树立了榜样。

故乡亲人情结

宋铭宝出生于山东省泰安市,童年时代大部分时间是在泰山脚下度过的。中华人民共和国成立前,泰安大汶口镇是著名的商埠,他的父亲是镇上一家茶庄的商人,中华人民共和国成立初到安徽舒城茶山进茶时病死他乡。他的母亲

30多岁时便开始守寡,含辛茹苦将三个年幼的儿子抚养成人。宋铭宝说,母亲勤劳、坚韧、善良的品格一直是他人生奋斗的动力。再一个对他人生产生影响力的人是他的大哥宋铭臣。大哥宋铭臣15岁参军来到新疆,后在兵团运输处当司机,他是中华人民共和国成立后新疆第一代司机,开的是美国大道奇卡车。大哥是一位吃苦耐劳、雷厉风行的工作闯将,汽车跑遍了天山南北,他将国内其他省市的货物从大河沿(吐鲁番火车站)拉到南疆和田等地,又将南疆的棉花运到北疆,还将一车车来自上海、武汉、天津、山东等省市的支边青年拉到南北疆兵团农场,不到30岁已安全行车50万公里。大哥生前不但是一名工作上的闯将,而且是一个热爱生活、兴趣广泛的人,他喜欢摄影、看书,出车之余,还撰写文章。他曾写过一篇散文《奋战在石梯子》,是写他在大雪封山时,如何在山路陡峭的呼图壁石梯子林场克服困难拉运木材时惊心动魄的历程。

1958年,宋铭宝跟随母亲来到新疆,与在新疆工作的哥哥团聚,他在兵团运输处子女学校(现兵团二中)读了小学、初中、中师,后又考进新疆大学。他从中学时期,就给电台、报纸投稿,他的第一篇反映学校运动会的报道,刊登在新疆兵团报纸《运输战线报》。宋铭宝至今保留着新疆人民广播电台寄给他的1962年的用稿通知目录表。直到他再教育后回到乌鲁木齐市商业系统工作,还一直坚持给报纸、电台投稿,到了而立之年,他才正式步入新闻单位门槛。

虽然"少小离家",但他对故乡几十年仍怀深深眷恋之情。当记者后,尤其是到中国商报社工作后,每逢回京开会,他总是设法拐到泰安探望姨妈、老姑等亲戚,并尽量写一些家乡的报道,不少写家乡的新闻稿件刊登在《中国商报》上,比如《览市泰山下》《雪霁泰山又葱茏》,还拍摄刊发了图片《泰山南茶北移》《肥城桃熟了》等,表现了他的故乡情结。

宋铭宝说:"新疆是我的第二故乡。新疆地大物博,极为富饶,又是那样神奇瑰丽。有人说,不到新疆,不知新疆如此天高地广。我更觉得,不到新疆,人的性格也许不怎么豪放;不到新疆,人的心胸也许不会真正宽广。我庆幸,这块土地哺育我一步步成长。"

高 灯

(选自报告文学通讯集《山东人在新疆》2006年版)

宋铭宝：晚报铺就我的记者路

——《乌鲁木齐晚报》创刊 30 周年专刊杨媛媛采写专访

　　走遍乌鲁木齐的大街小巷，跑遍角角落落的农贸市场，活跃在工厂企业生产一线，认真探究市场的瞬息万变。他就是《乌鲁木齐晚报》创刊初期最早的记者之一，现在的《中华合作时报》新疆记者站站长、高级记者宋铭宝。

　　年过六旬的他至今仍坚守在采访一线，欣闻《乌鲁木齐晚报》创刊 30 周年，在由衷祝贺的同时，宋铭宝不禁感慨，正是在晚报工作的 8 年，铺就了自己一生的记者之路。

　　宋铭宝在恢复高考的第二年，考上了新疆大学。1982 年，即将大学毕业的宋铭宝看到了《乌鲁木齐晚报》创刊公开向社会招考记者的信息，怀着忐忑不安的心情，报名参加了 1982 年冬在西大桥老市委举办的招考，100 多名应试者中仅入选 7 人，他就是其中之一。

　　进入报社后，当时的副总编单尔宾宣布，初选者要到街头现场采写新闻，从采访到写作 3 小时内完成任务，宋铭宝终于在晚报圆了自己的记者梦。

　　宋铭宝说："在那个时期，我有幸目睹拨乱反正后的种种新气象，也亲历了由计划经济向市场经济演变的过程和阵痛，作为经济记者，许多现象都以新闻消息见诸报端而留下记录。比如农贸市场如雨后春笋纷纷出现，天山百货大楼、友好商场、中山路贸易大厦重新开业，从 1985 年开始，一次不落地参加了 19 届乌洽会和 3 届中国－亚欧博览会的采访。"

　　说起宋铭宝，不得不说他所采写的新闻《笑话："乌鲁木齐"错为"鸟鲁木齐"——痛心：一点之差损失十六万元》一稿。这篇稿件写的是乌鲁木齐市挂面厂在日本印制的精美挂面塑料包装袋，因将"乌鲁木齐"错写成"鸟鲁木齐"，致使塑料袋报废,损失金额达十六万元人民币的事。

这篇连标点符号在内仅百余字的短消息见报后,被评为1987年新疆好新闻一等奖,并被载入《新疆年鉴》,后来又被《人民日报》《羊城晚报》等几十家报纸转载,还被选入全国小学语文课本中。

回顾多年的记者旅程,宋铭宝说:"通过多年的感同身受,好新闻来源于'三贴近'的采访,好新闻是'用脚写出来'的。最崇仰的是'记者是时代的记录者和爱心的发言人'这句箴言。"

宋铭宝说,回首《乌鲁木齐晚报》创刊初期至今,两个特色值得回味,一是吃苦奉献精神,二是民生优先。不管时代怎样发展,记者都需要具有吃苦精神,晚报记者这一点值得称赞,突发事件现场、新闻一线都少不了晚报记者的身影。再说"民生优先",这在晚报也是非常突出,大到国家、自治区、市委和市政府的惠民政策,小到平凡百姓的点滴生活,无一不在重要版面、重要位置。

作为一名老记者,宋铭宝给很多年轻记者透露了一些经验:"要腿勤、嘴勤、手勤。不深入实际和基层,仅仅道听途说,或仅仅阅读材料,是写不出好新闻的。"

宋铭宝说:"感谢晚报这块沃土,为我铺就了记者之路。几十年来,我激情不减地从事采访工作,靠的就是我在晚报练就的基本功。现在虽然已经离开晚报,但心里一直记挂着晚报的发展,我衷心祝愿晚报更上一层楼。"

(选自 2014 年 1 月 29 日《乌鲁木齐晚报》)

宋铭宝新闻作品获奖一览表

获奖时间	获奖作品名称	获奖情况	组评单位	备　注
1986 年	创建文明边城 争当文明市民	一组报道新疆好新闻一等奖		与尹继民、马春欣、李光明、周隽合写
1987 年	笑话:"乌鲁木齐"错为"鸟鲁木齐"——痛心:一点之差损失十六万元	新疆第三届(1987年度)好新闻一等奖	新疆记者协会	
1987 年	乌鲁木齐市开办夜市组合报道	乌鲁木齐市好新闻一等奖	乌鲁木齐市委宣传部	与李念东合写
1988 年	街头招牌透出观念变化	乌鲁木齐市好新闻二等奖	乌鲁木齐市委宣传部	
1995 年	兰新铁路复线工程采访纪要	全国晚报协会西北好新闻一等奖	全国晚报协会	孙琰、滕燕、宋铭宝采编
1997 年	世界目光投向新疆　新疆目光投向世界	'97乌洽会好新闻三等奖	第六届乌洽会组委会	
1997 年	王乐泉书记指出商品流通工作要面向大众	'97新疆新闻报道好新闻奖	新疆维吾尔自治区党委宣传部	
1997 年	摘取"棉花状元"的奥秘	'97新疆新闻报道好新闻奖	新疆维吾尔自治区党委宣传部	
1999 年	让世界了解新疆	'99乌洽会好新闻三等奖	新疆维吾尔自治区党委宣传部	

获奖时间	获奖作品名称	获奖情况	组评单位	备　注
1999 年	招手停　信息灵	第四届"独石化杯"新疆报道好新闻奖	新疆维吾尔自治区党委宣传部	
1999 年	新疆第一家不正当竞争案结束,乌鲁木齐市蔬菜公司赢了官司	1999 年乌鲁木齐对外宣传报道三等奖		
1999 年	乌鲁木齐向西部国际商贸中心城迈进	1999 年度"独石化杯"好新闻奖	新疆维吾尔自治区党委宣传部	
1999 年	乌鲁木齐商贸在前进	1999 年乌鲁木齐市"城市酒店杯"对外宣传报道特别奖	乌鲁木齐市委宣传部	
2000 年	检查力度大,处理不手软,乌市确保示范街真能示范	2000 年乌鲁木齐市第四届"城市酒店杯"对外宣传优秀报道二等奖	乌鲁木齐市委宣传部	
2000 年	新疆新闻媒体持续曝光果霸	2000 年乌鲁木齐市第四届"城市酒店杯"对外宣传报道一等奖	乌鲁木齐市委宣传部	
2001 年	新疆新闻媒体持续曝光果霸	第八届新疆新闻奖三等奖	新疆新闻工作者协会	
2001 年	我怎么成了改革的罪人	第三届"屯河杯"改革好新闻二等奖	新疆维吾尔自治区党委宣传部	
2002 年	乌鲁木齐百万市民喊冷	第五届"城市酒店杯"对外宣传头条好新闻	乌鲁木齐市委宣传部	